民国诗学论著丛刊

叶嘉莹 主编
陈斐 执行主编

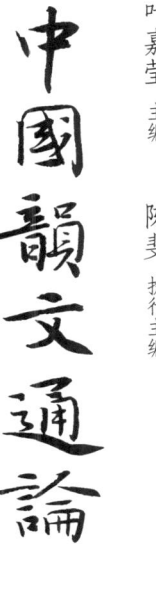

中國韻文通論

陈钟凡 著
卞东波 整理

文化藝術出版社
Culture and Art Publishing House

图书在版编目（CIP）数据

中国韵文通论/陈钟凡著；卞东波整理.—北京：
文化艺术出版社，2017.8
（民国诗学论著丛刊/叶嘉莹主编，陈斐执行主编）
ISBN 978-7-5039-6267-7

Ⅰ.①中… Ⅱ.①陈…②卞… Ⅲ.①韵文—文学评论—
中国—古代 Ⅳ.①I207.2

中国版本图书馆 CIP 数据核字（2017）第041336号

中国韵文通论

（民国诗学论著丛刊）

主　　编	叶嘉莹
执行主编	陈　斐
著　者	陈钟凡
整 理 者	卞东波
丛书统筹	陶　玮
责任编辑	胡　晋　韩路民
版式设计	顾　紫
出版发行	文化艺术出版社
地　　址	北京市东城区东四八条52号　（100700）
网　　址	www.caaph.com
电子邮箱	s@caaph.com
电　　话	（010）84057666（总编室）84057667（办公室） （010）84057696—84057699（发行部）
传　　真	（010）84057660（总编室）84057670（办公室） （010）84057690（发行部）
经　　销	新华书店
印　　刷	国英印务有限公司
版　　次	2018年8月第1版
印　　次	2018年8月第1次印刷
印　　张	13
字　　数	250千字
开　　本	880毫米×1230毫米　1/32
书　　号	ISBN 978-7-5039-6267-7
定　　价	48.00元

本丛刊个别作者未能取得联系，请相关人士尽快与我社联系办理版权事宜。

联系电话：（010）84057672　　（010）84057604

整理说明

一、本丛刊抱着"发潜德之幽光，启来哲以通途"的宗旨，主要选刊民国时期（1912—1949）成书的、学术价值或普及价值较高的、与诗词曲等广义的古典诗歌相关的论著。少数与诗歌密切相关的文学理论、文学批评、文学史著作，或成书于晚清的有价值的此类著作，以及同时期相关的汉学著作，亦适当收录。诗话、词话及新诗研究论著等，因为已有相关大型文献资料集出版或列入出版计划，故暂且不予收录。

二、本丛刊秉持开放包容的态度，期望较为全面地呈现民国诗学研究的多元气象；按照撰著内容和体例，大致分为"史论编""法度编""选注编"等编，分辑滚动推出，每编每辑十种左右；优先选刊1949年以后没有整理出版过的著作，以节约出版资源。

三、每部拟刊论著，我们都约请相关专家进行整理，并在前面撰写一篇"导读"，介绍该著的作者生平、成书经过、学术背景、主要观点、诗学价值、社会影响等，以引导读者更好地理解原著。

四、整理时，以原著内容最全、文字最精的版本为底本，参校其他版本（如手稿本、期刊连载版等）和相关书籍，修订原版讹误，参照古籍整理规范出校勘记。校勘一般只校是非，不校异同。凡底本"误脱衍倒"者，皆据他本或他书订正，并出校记。引文与所引著作之通行本文字不同者，只要文意顺畅，亦读得通，一般不改动原文、不出校记。显著的版刻错误，如笔画讹误、不见字书者，或"日曰""末未""己已巳""戊戌戍"混同之类，如果根据上下文足以断定是非，一律径改，不出校记。注文中的魏妥玛注音，统一改为现代汉语拼音，但不出校记。为避烦琐，校记中征引他书，仅注明书名及页码，卷末另附"本次整理征引文献"，详列作者、书名、出版社、出版年等信息。

五、原版为繁体竖排，现统一改为简体横排，并参照最新版国标《标点符号用法》及古籍整理规范加以新式标点。繁体字、异体字一般改为规范的简体字；容易引起误解的人名、地名用字，通假字或民国时期特有的虚词（如"底"）等，则保留原貌。因版式改动，原版行文中提到的"右文""如左""左表"等，统改为"上文""如下""下表"等。

六、一些论著提到的外国人名、地名、书名等，译法与今日或有不同，为保存原貌，不作改动。个别论著的极少数提法，或有一定时代局限性，为保存原貌，亦不作删改，望读者鉴之。

七、我们的整理目标是争取形成可以传世的、雅俗共赏的"新定本"，但古人云："校书如扫落叶，旋扫旋生。"尽管我们僶勉从事，或疏漏在所难免，恳请方家赐正。

总序

1912年清帝逊位至1949年中华人民共和国成立，一般称为民国时期。这一时期，虽然政局不稳、战乱频仍、民生凋敝，但思想、学术、文化却自由活跃、异彩纷呈。主编过"中国现代学术经典"丛书的刘梦溪先生认为："中国现代学术在后'五四'时期所创造的实绩，使我们相信，那是清中叶乾嘉之后中国学术的又一个繁盛期和高峰期。而当时的一批大师巨子……得之于时代的赐予，在学术观念上有机会吸收西方的新方法，这是乾嘉诸老所不具备的，所以可说是空前。而在传统学问的累积方面，也就是家学渊源和国学根底，后来者怕是无法与他们相比肩了。"[1]

的确，民国学人撰写的学术论著，虽然限于物质条件和学科发展水平，有些知识需要更新，有些观点有待商榷，有些论述还要深化……但仍然接续、充盈着中国固有学术的人文义脉和精魂，更具有为国家民族谋求出路、积极参与当前文化建设的现实关怀，更具有贯通古今、融会中西、打通文史哲、将创

---

[1] 刘梦溪:《中国现代学术要略》，生活·读书·新知三联书店2008年版，第123—124页。

作和研究相结合的开阔视野和博通气象,更具有"文章千古事,得失寸心知"(杜甫《偶题》)的传世期许和实事求是、惜墨如金的朴茂之风。这在人文学术研究显现出"技术化""边缘化""碎片化""泡沫化"等不良倾向的今天,颇有借鉴意义。而且,那时的不少论著奠定了后续研究的基本框架,不管就论析之精辟还是与史实之契合而言,都具有较高的学术价值。《中国诗学》主编蒋寅先生即深有感触地说:"最近为撰写关于本世纪中国诗学研究史的论文,我读了一批民国年间的学术著作。我很惊异,在半个世纪前,我们的前辈已将某些领域(比如汉魏六朝诗歌)的研究做到那么深的境地。虽然著作不太多,却很充实。相比之下,80年代以来的研究,实际的成果积累与文献的数量远不成比例。满目充斥的商业性写作和哗众取宠的、投机取巧的著作,就不必谈了,即使是真诚的研究——姑且称之研究吧,也存在着极其庸滥的情形。从浅的层次说,是无规则操作,无视他人的研究,自说自话,造成大量的低层次重复。从深层次说,是完全缺乏知识积累的基本学术理念……许多论著不是要研究问题,增加知识,而是没有问题,卖弄常识。"[1]

陈寅恪先生曾将佛学刺激、影响下新儒学之产生、传衍看作秦以后思想史上的一"大事因缘"[2]。近代以来的大事因缘,

---

[1] 蒋寅:《热闹过后的审视》,载《文学评论》1996年第5期。
[2] 参见陈寅恪《冯友兰中国哲学史下册审查报告》,《金明馆丛稿二编》,生活·读书·新知三联书店2015年版,第282页。

无疑是在西学的刺激、影响下发展本土学术。中国传统学术需要外来学说、理论的刺激与拓展，既是谁也阻挡不了的必然趋势，也是时代惠赐的绝佳良机。中华民族一向不善于推理思辨，更看重文学的实用价值、追求纵情直观的欣赏。中国语文亦单体独文、组词成句时颇富颠倒错综之美。而且，古代书写、版刻相对比较困难，文人往往集评论者、研究者、作者、读者等多重身份于一体，彼此间具有"共同的阅读背景、表达习惯、思维方式、感受联想"[1]等等。凡此种种，决定了"中国文学批评的特色乃是印象的而不是思辨的，是直觉的而不是理论的，是诗歌的而不是散文的，是重点式的而不是整体式的"[2]。反映在著述形态中，便是多从经验、印象出发，以诗话、序跋、评点、笔记、札记等相对零碎的形式呈现，带有笼统性和随意性，缺乏实证性和系统性。近代以来，不少有识之士如梁启超、王国维等先生，在西学的熏沐、刺激下憬然而醒，积极汲取西方理论和方法，为中国传统学术研究开辟出一片崭新的天地。胡适、傅斯年等民国学人沿着他们的足迹，在"救亡图存"的时代旋律鼓动下，掀起蓬蓬勃勃的"新文化运动"，更加全面地引入西方理论、观念、方法、话语等，按照各自的理解和方式应用在"整理国故"实践中，在西学的参照下重建起现代学术。此后中国学术的发展，大体是在他们奠定的基础上拓展、深化。

---

[1] 叶嘉莹：《王国维及其文学批评》，北京大学出版社2014年版，第118页。
[2] 同上书，第111页。

民国学人的开辟、奠基之功,可谓大矣!

中华民族素来以"承百代之流而会乎当今之变"(郭象注《庄子·天运》语)的观点看待历史和当下的关系。[1]我们生逢今日之世,接续传统、回应西学,实为需要承担的一体两面之重任,缺一不可:对自己的文化传统没有继承,就没有东西和别人交流,永远趴在地上拾人遗穗,甚或没有鉴别力,将"洋垃圾"当"珍宝"供奉;而故步自封、无视西学,又会错失时代赋予我们的创新良机,治学难以"预流"。[2]相对而言,经历了百余年欧风美雨的冲刷和众所周知的劫难之后,如何接续传统越来越成了问题。特别是改革开放以来,学术界和出版界携手,大量译介西方人文社会科学理论著作和海外汉学研究论著,如影响颇大的"汉译世界学术名著"和"海外中国研究"丛书等,皆有数百种之多。这些论著的译介,于本土人文学术研究开拓视域、更新方法等功不可没,但同时,学界也仿佛患了"失语症",出现一味模仿海外汉学风格的不良倾向。"只要西方思想

---

[1] 参见刘家和《史学在中国传统学术中的地位》,《史学、经学与思想:在世界史背景下对于中国古代历史文化的思考》,北京师范大学出版社2005年版,第88页。
[2] 这里借用陈寅恪先生的说法。陈先生治学,有强烈的"预流"意识,在《陈垣敦煌劫余录序》一文中他说:"一时代之学术,必有其新材料与新问题。取用此材料,以研求问题,则为此时代学术之新潮流。治学之士,得预于此潮流者,谓之预流(借用佛教初果之名)。其未得预者,谓之未入流。此古今学术史之通义,非彼闭门造车之徒,所能同喻者也。"(陈寅恪:《金明馆丛稿二编》,第266页。)

稍有风吹草动（主要还是从美国转贩的）"，便有人"兴风作浪一番，而且立即用之于中国书的解读上面"[1]。这种模仿或套用，不仅体现在研究方法和论题选择上，有时甚或反映在价值取向和情感认同中。有学者将这称为"汉学心态"，提到文化上的"自我殖民化"的高度予以批判。[2]在此背景下，自言"一生受的教育都是西方文化影响下的'新学'教育"的费孝通先生，晚年阅读陈寅恪、梁漱溟、钱穆等前辈的著作，敏锐思考和回应信息交流愈来愈便捷的全球化时代民族文化转型的挑战，提出了"文化自觉"这个获得广泛共鸣的议题，呼吁当下最紧迫的是培养"能够把有深厚中国文化根底的老一代学者的学术遗产继承下来的队伍"[3]。学术是文化的核心，"学术自觉"是"文化自觉"的应有之义和关键所在。近年哲学界"中国哲学合法性"、文学界"传统文论的现代转化"、美术界"构建中国美术观"等讨论颇热的话题，皆可看作本土"学术自觉"的表征，共同汇聚成"构建中国特色哲学社会科学"这一时代命题。[4]站在这样的角度考虑问题，民国学人的论著无疑可以给我们带来丰

---

[1] 余英时：《怎样读中国书》，《余英时文集》第8卷，广西师范大学出版社2014年版，第395页。
[2] 参见包伟民《走出"汉学心态"：中国古代历史研究方法论刍议》（载《中国社会科学评价》2015年第3期）、顾明栋《汉学与汉学主义：中国研究之批判》（载《南京大学学报》2010年第1期）等文。
[3] 费孝通《关于"文化自觉"的一些自白》，载《学术研究》2003年第7期。
[4] 参见习近平《在哲学社会科学工作座谈会上的讲话》，载《人民日报》2016年5月19日。

富的启示。

　　民国时期是中国社会从传统到现代的转型期，中西思想文化、旧学新知碰撞、交融发生的"化合"反应，远比我们想象的要复杂得多：既有固守传统观念、家数者，也有采用新观念、新方法者，还有似新却旧、似旧还新、新旧间杂者……只不过长期以来，在"西学东渐"的大背景下，我们对这段学术史的梳理、回顾往往彰显、肯定的是那些和西学类似的论著及面相。然而，在构建中国特色哲学社会科学、提升理论创新能力成为时代命题的崭新历史条件下，恰恰是那些被遮蔽的论著及面相，更具有参考价值。因为治学如积薪，以对西学的理解、借用而言，我们已后来居上，倒是这些论著在古今中西的通观视域中，坚守民族文化本位立场，汲取西方学术优长，进而促进优秀传统文化创造性转化和创新性发展的尝试和努力，长期以来被以"保守""落后"的判词给予了冷眼、否定，今天值得换一种眼光、花点工夫好好提炼、总结，因为这正是我们构建中华自身学术体系的可能萌蘖。诗学研究因为与创作体验、母语特性、民族心理、文化基因等关系更为密切，这方面的借鉴意义显得尤其迫切、突出。

　　我们欣喜地看到，最近几年，喜欢欣赏、创作诗词的朋友在逐渐增多，中小学加大了诗词教学比重，《中共中央关于繁荣发展社会主义文艺的意见（2015年10月3日）》亦强调"做好古籍整理、经典出版、义理阐释、社会普及工作"，加强对中华诗词出版物的扶持。[1] 全社会越来越意识到诗词之于陶冶情操、净化风气、传承中华优秀文化基因的重要性。不过，我们也要清醒地认识诗词传承面临的严峻形势。毋庸讳言，当下诗词氛围已十分稀薄，能够切理餍心、鞭辟入里地解说诗词或将诗词写得地道的人非常罕见。大多数从事诗学研究的学者已不再创作，现行评价、考核体系要求于他们的，不过是从外部审视、抽绎出种种文学史知识，这很难说能触及中华诗词的真血脉、真精魂。在此情势下，与其组织人马"炮制"一些隔靴搔痒、搬来搬去的"新著"，不如将传统文化氛围还很浓郁、诗词仍以"活态"传承着的民国时期诞生的有价值的论著重新整理出版：一方面，使饱含着先辈心血的精金美玉不至于湮没在历史的尘埃中；另一方面，也使当下喜欢诗词的朋友得识门径，由此解悟。这里特别需要说明的是，任何艺术都有一定的规则、法度，中华诗词的欣赏、创作亦然。初学者尤其需要通过深入浅出、简明扼要的入门书籍指引，掌握规则、法度。然而，又没有万能之法，"在丰富生动的创作实践中，任何'法'都会有失灵的时候；面对浩如烟海的作品，任何'法'都会有反例存在"[2]。由"法"达到对"法"的超越，进而"以无法为法"（纪昀《唐人试律说·序》），"行乎其所不得不行，止乎其所不得不止。

---

[1] 参见《中共中央关于繁荣发展社会主义文艺的意见（2015年10月3日）》，载《人民日报》2015年10月20日。
[2] 陈斐：《南宋唐诗选本与诗学考论》，大象出版社2013年版，第208页。

无用法之迹，而法自行乎其中"（李锳《诗法易简录》），才是中华诗词欣赏、创作的向上之路，希望大家于此措意焉。

近年来，随着逐渐升温的"国学热""民国热"，诸家出版社纷纷重版民国国学研究著作，陆续推出了不少丛书，如东方出版社的"民国学术经典文库"、江苏文艺出版社的"北斗丛书"、吉林人民出版社的"大师国学馆"、岳麓书社的"民国学术文化名著"、知识产权出版社的"民国文丛"、中国社会科学出版社的"民国学术经典丛书"等。这些丛书虽然也涉及了诗学论著，但往往是王国维《人间词话》、龙榆生《中国韵文史》、吴梅《词学通论》等少数几部。其实，还有很多具有较高学术价值或普及价值的民国诗学论著，1949年以后从来没有点校重版过。最近几年出版的"民国时期文学研究丛书""民国诗歌史著集成""民国诗词作法丛书""民国诗词学文献珍本整理与研究"等丛刊，虽然较为集中地收录了民国诗学研究某一体式或某一领域的论著，但或影印或繁体重排，都没有校勘记，且大多不零售，定价普遍较高，虽有功学界，然不便普及。有鉴于此，我们拟选编整理一套兼顾学术性和普及性的诗学专题文献库——"民国诗学论著丛刊"，以推动中华诗词的研究、创作和普及。

我们这次整理"民国诗学论著丛刊"，抱着"发潜德之幽光，启来哲以通途"的宗旨，在扎实、详细的书目调查的基础上，主要选刊民国时期成书的与诗、词、曲等广义的古典诗歌相关的论著。在理论、观念、方法、话语乃至撰著形态、体例等方面，则秉持开放包容的态度，古今中西兼收并蓄，以较为全面地呈现民国诗学研究的多元气象和立体景观。在实际操作中，大致按照撰著内容和体例，分为"史论编""法度编""选注编"等编，分辑滚动推出。"史论编"主要选刊诗学史论著作，如梁昆《宋诗派别论》、宛敏灏《二晏及其词》等；"法度编"主要选刊谈论、介绍诗词创作法度、门径的书籍，如顾佛影《填词百法》、顾实《诗法捷要》等；"选注编"重刊有价值的诗歌选本或注本，重要者加以校注、赏析。当然，这只是大致的分类。民国学人往往能够将创作和研究相结合，他们撰写的不少史论著作亦有介绍作法的内容，不少讲解法度的书籍亦会涉及史论，我们不过根据内容偏重及著作题名权宜区分罢了。诗话、词话及新诗研究论著等，因为已有"民国诗话丛编""中国新文学大系""民国文学珍稀文献集成"等大型文献资料集出版或列入出版计划，故暂且不予收录。

每部拟刊的论著，我们都约请在该领域有专门研究的功底扎实、学风谨严的中青年学者进行整理，并在前面撰写"导读"，以引导读者更好地理解原著。整理时，我们征询专家意见，制定了详密的工作细则，既改繁体竖排为简体横排，又参照古籍整理规范出严格的校勘记，争取形成可以传世的、雅俗共赏的"新定本"。版式、用纸、装帧等方面，则发扬讲究细节、精益求精的"工匠精神"，以提高阅读率为标的，处处流露着为读者考虑的温情。这些看似小事,实则关乎民族文化的传承和国民素养的提升。资深出版人、中华书局原副总编辑程毅中先生就曾指出,在商业利益的驱动下,现在很多出版社和书店都喜欢出版、销售大部头、豪华版的书,这些书定价高,消耗的纸浆和能源也多,但手里拿不动,不便于阅读和随身携带,对阅读率有负面影响。[1] 我们充分考虑到了读者朋友在节奏紧张、时间零碎的现代社会里的阅读需求,所收论著都是内容丰实、装帧便携的"贵金属",人们在地铁上、候车时、临睡前、旅途之中、工作之余、休闲之刻……都可以顺手翻上几页,随时接受中华诗词的浸润,从而切切实实地提高国民的图书阅读率,为接续诗词命脉、传承中华优秀文化基因、营建"书香社会"略尽绵薄。

总之,精到稀见的选目、中肯解颐的导读、专业严谨的整理、美观大方的装帧,是我们的"民国诗学论著丛刊"为坊间类似丛书不可替代的鲜明特色及核心竞争力所在。感谢文化艺术出版社杨斌、郝庆军、陶玮等领导与编辑们的大力支持,让我们酝酿多年的设想从内容到形式都能得到近乎理想的实现。从会议结束后的偶遇交谈到正式签订出版合同,不到一周时间,这种一拍即合的灵犀相通亦堪称一段佳话。感谢众多专家、学者的耐心指导和辛勤耕耘!正是共同的发扬、传承中华诗词的

---

[1] 参见李小龙《丹铅绚烂焕文章——程毅中编审访谈录》,载《文艺研究》2017年第1期。

责任感和使命感让我们走到了一起,"正其谊不谋其利,明其道不计其功"(《汉书·董仲舒传》)。希望越来越多的读者喜欢这套丛刊,由此领略中华诗词之美;希望越来越多的学者为我们出谋划策或加入我们的整理团队,一起呵护好这项功德无量的出版工程,让千载不磨之诗心在我们和后辈的生命中得到生生不已的感发!

叶嘉莹 陈斐
2016年10月28日草稿
2016年11月1日修订

导读

一、陈钟凡先生的生平与著作

王德威先生曾说:"没有晚清,何来'五四'。"其实,我们也可以说,没有民国,何来现代学术。距中华民国肇建已百余年,我们的学术研究某种程度上仍没有走出民国的范式。现在社会上有民国热,其实学术界也有民国热。从20世纪80年代大规模重印《民国丛书》,到东方出版中心90年代出版"民国学术经典文库",到近年来陈引驰、周兴陆先生主编的《民国诗歌史著集成》(南开大学出版社,2015年),孙克强、和希林先生主编的《民国词学史著集成》(南开大学出版社,2016年)等民国学术著作的相继出版,再到文化艺术出版社这套《民国诗学论著丛刊》的出版,民国学术的热潮一直不减。在这股热潮中,我们也不禁产生一个疑问:为何几十年后读民国学者的著作,依然会感到很强的学术性?虽然当时可资参考的文献可能不像今天这么多,但这些著述今天读来并不显得怎么"过时"。据说,自然科学以论著的"半衰期"长短来论证学术的进步程度,"半衰期"越短学术越进步,因为这说明新的研究已经取代了旧的研究。但这种办法似乎不适于人文科学,人文科学恰恰相反,追求的是"半衰期"较长的研究,用古人的话说,人文科学追求"藏之名山,传之后世",越能经受住长时间考验的学问越是真学问。也许没有真正的"不朽"著作,但"速朽"的论著绝对不是真正的研究。

中华民国短短38年中,产生了一大批优秀的学者,既有陈寅恪、钱钟书那样超一流学贯中西的学者,也有本书作者陈钟凡这样博古通今的学人。陈钟凡(1888—1982),字觉圆,号斠玄,别名少甫、觉元、觉玄,新中国成立后改名"中凡",并以此行世[1]。陈先生1838年9月29日出生于江苏盐城建湖县上冈镇北七里庵的一个书香门第,其父陈玉瑁("瑁"一作"冠",1846—1926)以教私塾为生。他10岁至15岁跟随叔父陈玉澍(1853—1906)先生读四书五经。1903年,在盐城承志中学求学,1904年转至淮安中学。1909—1911年就读于两江师范学堂,受业于李瑞清、缪荃孙等先生。1912年,在上海沪江大学补习英文一年。1914年考入北京大学文科哲学门,受业于蔡元培、陈独秀等名师,1917年毕业后留校工作。1919—1921年,任教于

---

[1] 陈钟凡先生的生平见于他自己所撰的《陈中凡自传》(载《晋阳学刊》1983年第3期),吴新雷《陈中凡先生的学术成就》(载《古典文学知识》2002年第5期),查锡奎《经历三个不同历史时代的著名学者陈中凡》(载《钟山风雨》2002年第4期),姚柯夫所编的《陈中凡年谱》(书目文献出版社1989年版),以及吴新雷所编的《学林清晖:文学史家陈中凡》(南京大学出版社2003年版)。陈先生晚年以"中凡"名世,本文在行文时,仍从历史习惯称其为陈钟凡。

北京女子高等师范并兼国文部主任。1921年南下就任国立东南大学教授兼国文系主任。1924年至广州，任广东大学文科学长兼教授。1926—1928年，任南京金陵大学教授兼国文系主任。1928—1933年，任上海暨南大学教授兼国文系主任，后又任文学院院长。1934年，赴广州中山大学讲学。1935—1949年，任金陵女子文理学院（后改名为金陵女子大学）教授。1951年，任金陵大学文学院教授兼院长。1952年，原国立中央大学文理学院和金陵大学文理学院合并，成立新的南京大学，陈先生自是年起任南京大学中文系教授，直至1982年去世。1954年始，陈先生受聘为江苏省文史馆副馆长、馆长。从早年在南京大学前身两江师范学堂学习，到晚年在南京大学任教，陈钟凡先生的大半生可谓与南京大学有缘。从陈钟凡先生的履历可以看到，陈先生早年曾在南北两所著名学府求学，又在南北各著名高校任教，受到南北不同学风的熏染，同时受到现代西方学术的影响，这在他的中国文学史研究以及《中国韵文通论》中皆有所表现。

  陈钟凡先生出生于一个书香世家，祖父陈蔚林（1815—1873），字松岩，自号耐庵，为清诸生，于书无所不窥，以善治《毛诗》著名，著有《诗说》二卷[1]。父亲陈玉琯，字章甫，廪

---

[1] 参见《淮安府志》卷三〇《盐城县人物》中的陈蔚林传，以及陈钟凡所撰的《先叔父惕庵府君行述》，载《国学丛刊》第一卷第二期（1923年8月），又载《清晖集》。《先叔父惕庵府君行述》称清代著名学者王先谦为陈蔚林作墓志，"称其精思绝诣，与高邮王念孙父子相禽应"（参见《清晖集》，第119页）。

生[1]。叔父陈玉树,后改名玉澍,字惕庵,曾就读于南菁书院,光绪十四年(1888)举人。陈玉澍也是一位学者,对经学颇有研究,著有《毛诗异文笺》十卷、《卜子年谱》二卷、《尔雅释例》五卷,又著有《盐城县志》十卷,以及诗文集《后乐堂文钞》正续集、《后乐堂诗钞》。陈玉澍曾主讲于盐城县学堂,1904年应两江总督玉山之聘,充三江师范学堂教务长。陈钟凡少年时期曾从叔父读书三年,自称"幼侍函丈,略闻经旨"[2],受到叔父极大的影响。民国时代,"道术尚未天下裂"(借用《庄子·天下篇》语),传统的博雅教育还没有被现代的分科教育取代,陈钟凡先生在家庭中受到传统经史之学的训练,家族中又有古典诗文创作的传统,这些都为他后来从事中国传统学术研究提供了极好的基础。

陈钟凡先生在长达六十多年的研究生涯中,早年致力于目录学、经学、诸子学、宋代理学的研究,后来转向中国文学批评史、中国古代文学史的研究,晚年则集中在元明清戏曲小说研究上。他著作宏富,主要有《古书读校法》(商务印书馆,1923年)、《经学通论》(东南大学出版科,1923年)、《诸子通谊》(商务印书馆,1925年)、《书目举要补正》(金陵大学出版科,1927年)、《中国文学批评史》(中华书局,1927年)、《中国韵文通论》(中华书局,1927年)、《周秦文学》(暨南大学

---

[1]《先君行述》,《清晖集》,第121—122页。
[2]《先叔父惕庵府君行述》,《清晖集》,第121页。

出版科，1928年）、《汉魏六朝文学》（商务印书馆，1929年）、《两宋思想述评》（商务印书馆，1933年）、《汉魏六朝散文选》（上海古典文学出版社，1956年）等。他还著有大量的单篇论文，后来结集为《陈钟凡论文集》（姚柯夫编，上海古籍出版社，1993年）。陈钟凡先生一生撰作的诗歌、散文作品结集为《清晖集》（姚柯夫编，书目文献出版社，1987年）。陈先生师友写给他的手札则见于《清晖山馆友声集：陈钟凡友朋书札》（吴新雷等编，江苏古籍出版社，2000年），这部书对于研究中国现代学术史具有非常大的价值。

二、《中国韵文通论》成书的学术背景

《中国韵文通论》1927年2月初版，1930年6月再版，1936年3月4版，1959年台湾中华书局也曾再版，1989年上海书店出版社出版的《民国丛书》第一编中又收入了该书，可见此书出版以来60年间经受住了时间考验。该书篇首，有陈氏弟子郝立权1926年7月所作的题辞，则此书1926年已经基本完成。郝氏言："因取平日讲稿，及师友讨论之作，萃为是书。"可见此书的原始面貌应该是讲稿。这段时间，陈钟凡先后在广东大学和金陵大学任教，与《中国韵文通论》同时出版

的《中国文学批评史》就是在广东大学完成的，[1]那么《中国韵文通论》可能也是在广东大学的讲稿。实际上在本书出版之前，其中部分章节已经以单篇论文的形式发表，一些观点也已经见于此前发表的一些文章中，如本书第六章《论汉魏迄隋唐古诗》曾以"论汉魏以来迄隋唐古诗"之名发表在1925年10月10日出版的《国学丛刊》第2卷第4期上，第七章《论唐人近体诗》中的部分内容亦与1924年出版的《国学丛刊》第2卷第3期上的《唐人五七绝诗之研究》基本相同，第九章《论金元以来南北曲》中的部分内容亦与《北京中国大学季刊》第1卷第1期所载的《论元曲中的"小令"和"套数"》相同。再如本书第一章的第一句话："世界各国文学演进之历程，莫不始于讴谣，进为诗歌，后有散文。"同样的话，亦见于1922年3月出版的《文哲学报》第1期所载的《中国文学演进之趋势》。可见，《中国韵文通论》一书综合了陈钟凡先前的很多研究成果。

受到西方学术的影响，20世纪初以来，中国学术界也兴起了撰写文学史的热潮。中国最早的文学史著作，林传甲的《中国文学史》（1910年）、黄人的《中国文学史》（1907年内部出版，1911—1913年间正式出版）皆产生于20世纪初。但早期的文学史写作尚处于草创阶段，故对"文学"的认识也偏于"国学"一面，凡文字训诂之类皆入文学史，而且在写作方法上也

---

[1] 参见彭玉平《陈钟凡与批评史学科之创立》，《诗文评的体性》，北京大学出版社2012年版，第63页。

以堆砌史料为主，尚谈不上有体系的、精心结撰的文学通史。《中国韵文通论》可谓一部最早的有体系的韵语文学史著作，全书分为九章：《诗经略论》《论楚辞》《诗骚之比较》《论汉魏六代赋》《论乐府诗》《论汉魏迄隋唐古诗》《论唐人近体诗》《论唐五代及两宋词》《论金元以来南北曲》。我们可以看出，虽然此书以"通论"为名，实际上则是专题研究，是对中国古代文学中诗、词、曲、赋四种所谓韵文的专论。[1]

陈钟凡先生的著作很多在现代学术史上具有开创之功。《中国韵文通论》初版是作为"文学丛书"第二种在中华书局出版的，该丛书第一种《中国文学批评史》则是中国现代学术史上第一部文学批评史之著作，也是陈钟凡所著。[2] 其后朱东润、郭绍虞、罗根泽、方孝岳等先生有关中国文学批评史的著作，皆是在其基础上的踵事增华。而《中国韵文通论》亦是中国第一部有关韵文的通史。[3]

---

[1] 邓乔彬：《中国韵文发展规律臆说》认为："以今人所见，就文学角度言，诗、词、曲、赋当为我国韵文的主要形式。"（《中国韵文学刊》1987年第1期）
[2] 参见彭玉平《陈钟凡与批评史学科之创立》。
[3] 钱鸿瑛《〈中国韵文史〉导读》说："'五四'以后，文运高涨，又不断有文学断代史和分类史问世……有关韵文方面的，最早则为陈钟凡《中国韵文通论》（1927年初版）。"（钱鸿瑛：《断烟离绪：钱鸿瑛词学论集》，上海社会科学院出版社2008年版，第310页）赵敏俐主编《中国诗歌史通论》"绪论"《全球化视野下的中国诗歌史观》云："1927年出版的陈钟凡的《中国韵文通论》，包括诗、词、曲、赋各类，上自《诗经》，下至金元以来散曲，应是中国现代第一部诗歌史类著作。"（人民文学出版社2013年版，第26页）

中国古代似乎没有"韵文"这样的专有名词,《文心雕龙·总术篇》中说:"今之常言,有文有笔,以为无韵者笔也,有韵者文也。"[1]也就是说,能够押韵的文体都可称为"文",包括诗、赋等纯文学文体,而"文"是与"笔"相对的,"笔"主要指应用性的文体。《中国韵文通论》所说的"韵文",就是《文心雕龙》中所说的"文",再加上后世兴起的词和曲,主要是与"散文"相对的概念。陈钟凡曾言:"散文(Prose)出于韵语(Poetry),其迹至明。是故古代文学,韵文发达居先。古人操笔为文,亦以韵语为众。"[2]正是韵文的重要性,触发了他写本韵文研究专著的动机。

在《中国韵文通论》出版之前,日本学者出版了一些以"韵文"命名的书,如盐井正男的《韻文作法》(人文社,1903年)、福泽青蓝的《韻文教授法》(开发社,1907年)、小宫水心的《韻文と美文》(伟业馆,1907年)、高成田忠风的《韻文詳解及び取扱方:国定読本》(目黒书店,1914年)、今泉浦治郎的《韻文教授の原理と方法:詩歌の機能本質韻律及び歌謡史の研究に基く韻文の朗讀と取扱方》(宝文館,1925年)等,这些书都是讨论日本诗歌的。1922年,东京目黑书店出版的儿岛献吉郎所著的《支那文学考》第二篇就是"韻文考"。虽然陈钟

---

[1] 范文澜:《文心雕龙注》,人民文学出版社1958年版,第655页。
[2] 陈钟凡:《中国文学演进之趋势》,姚柯夫编《陈钟凡论文集》,上海古籍出版社1993年版,第260页。

凡使用"韵文"这个概念可能受到日本学者的影响[1]，但笔者认为，他受到梁启超的影响似更直接。1922年，梁启超在清华学校中文学社发表了演讲《中国韵文里头所表现的情感》，他说："韵文是有音节的文字。那范围，三百篇、楚辞起，连乐府歌谣、古近体诗、填词曲本乃至骈体文都包在内（但骈体文征引较少）。"这里梁启超对韵文下了比较明确的定义。除了骈体文，梁启超所列的诸种文体，陈钟凡的《中国韵文通论》都予以论述，而且章节的顺序也与梁氏所言相同。

陈钟凡撰作《中国韵文通论》可能还受到清代扬州学派文学观的影响。清代扬州学派的阮元援引六朝时的"有韵谓之文，无韵谓之笔"之说，认为文必有韵。陈钟凡在北京大学任教时，曾与刘师培有师友之谊，不但曾向刘氏请教过学问，而且刘氏去世之后，他还参与治丧，并料理善后，刘氏家人对此颇为感激。[2] 刘师培是扬州学派后期的代表人物，他的文学思想受阮元的影响很大。陈钟凡可能通过刘师培接受了扬州学派的影响，如他认为文学是"抒写人类之想象、感情、思想，整之以辞藻、声律，使读者感其兴趣洋溢之作品也"[3]，此说与阮元所言"凡

---

[1] 陈钟凡1914年入读北京大学中国哲学门时，同班同学中就有一名日籍学生野满四郎。1923年任教东南大学期间，与日本学人大村西崖、神田信畅相互通信。参见彭玉平《陈钟凡与批评史学科之创立》。
[2] 参见姚柯夫《陈中凡年谱》，第12、15页。
[3] 陈钟凡：《中国文学批评史》，中华书局1927年版，第6页。

为文者，在声为宫商，在色为翰藻"[1]极似。这种文学史观就与早期林传甲、黄人等学者的文学史观有很大不同，如林传甲《中国文学史》第一至第三篇分别论文字、音韵、训诂，第七至第十一篇又讲经、史、子之文，与阮元等人的"文"的观念相距甚远。《中国韵文通论》专论中国古代的诗、词、曲、赋四种所谓"韵文"，则与扬州学派所讲的"文"相近。

扬州学派的学者焦循在《易余龠论》卷十五中提出了所谓文学"一代有一代之胜"之说，也对陈钟凡《中国韵文通论》的撰作产生了影响。如焦循尝言："故论唐人诗，以七律、五律为先，七古、七绝次之。诗之境至是尽矣。晚唐渐有词，兴于五代，而盛于宋，为唐以前所无，故论宋宜取其词……词之体尽于南宋，而金、元乃变为曲……"《中国韵文通论》勾勒的中国文学史路线图与这段论述如出一辙。当时，陈钟凡友人胡小石先生深受焦循文学"一代有一代之胜"之说的影响，陈钟凡回忆道："其时北京大学开有文学史课，由朱逷先先生主讲。看他的讲稿，分经史、辞赋、古今体诗等篇，近于文学概论。读其内容，实则是学术概念，非文学所能包括。小石因举焦循《易余龠论》说，大意谓一代文章有一代之胜，《诗经》、楚辞、汉赋、汉魏南北朝乐府诗，以及唐诗、宋词、明制义，各有它的特色。至后代摹拟之作，便成了余气游魂，概不足道。"[2]从

---
[1] 阮元：《揅经堂续集》卷三"文韵说"，清道光间文选楼本。
[2] 陈钟凡：《悼念学长胡小石》，载《雨花》1962年第4期。

陈先生这段话，可见他对焦循此说非常了解，胡小石先生到北京女子高等师范学校任教也是因为得到陈先生的推荐[1]。胡小石先生在讲授文学史时贯穿文学"一代有一代之所胜"之说，产生了很大的影响，当时不少文学史的撰述受到胡先生的影响，如周勋初先生就提到冯沅君、陆侃如的《中国诗史》、刘大杰的《中国文学发展史》、胡云翼的《中国文学史》等都承袭了胡小石先生的观点。[2] 笔者认为，陈钟凡的《中国韵文通论》极有可能也受到胡先生的影响。[3]

　　文学"一代有一代之所胜"之说其实比较契合当时流行的文学进化论思想，《中国韵文通论》其实也受到文学进化观的影响。《中国韵文通论》所论，依次为《诗经》《楚辞》、赋、乐府诗、古诗、近体诗、词、曲等文体，明显可以看出，作者持一种文学演进的观念，甚至第六章《论汉魏迄隋唐古诗》直接出

---

[1] 姚柯夫:《陈中凡年谱》1920年条，第16页。
[2] 关于胡小石先生与文学"一代有一代之所胜"说的关系及其影响，参见周勋初先生《文学"一代有一代之所胜"说的重要历史意义》(载《文学遗产》2000年第1期)。
[3] 受到胡先生的影响，冯沅君、陆侃如所撰的《中国诗史》，"诗仅叙至唐代，宋代之后略去不谈；词仅叙至宋代，元代之后略去不谈；散曲仅叙至元代，明代之后略去不谈"(参见周勋初先生《文学"一代有一代之所胜"说的重要历史意义》)。这种文学史的叙事模式，与《中国韵文通论》如出一辙。论者认为，"可惜此书(《中国韵文通论》)所论诗歌，未能涉及宋代以后的文人诗歌，是其缺憾"(赵敏俐主编《中国诗歌史通论》"绪论"《全球化视野下的中国诗歌史观》，第26页)。如果考虑到陈氏受到焦循及胡小石的影响，便可以解释这一现象。

现了"文学进化"一词:"至其句度之改变,字数之递增,则循文学进化自然之途辙,固不必抑扬于其间也。"第八章《论唐五代及两宋词》说到文学发展,言"积久弊生,穷则反始,后由定言之五七言诗,变为不定言之长短句,此文学自然之趋势,嬗变之原因又其一也",论及词体的发展,言"由令、引、近,以至各种曲词,其由简趋繁,嬗变之迹,可以概见",从中也透露出文学进化观的痕迹。

在陈钟凡之后,学术界出现了一系列有关中国韵文的专著,如泽田总清的《支那韻文史》(弘道馆,1929年;王鹤仪中译本《中国韵文史》,商务印书馆,1937年)、龙榆生《中国韵文史》(商务印书馆,1934年)、梁启勋《中国韵文概论》(商务印书馆,1938年)、吴烈《中国韵文演变史》(世界书局,1940年)等。这些著作都或多或少受到陈书的影响,亦有异同之处,现以影响最大的龙榆生《中国韵文史》为例来说明两者对韵文的不同看法。龙榆生《中国韵文史》"凡例"云:

一、本书分上下篇,以《诗经》《楚辞》、乐府诗、五七言古近体诗为一系,宋元以来词曲为一系。

一、本书以一种体制之初起与音乐发生密切关系者为主,故不歌而诵之赋,与后来之骈文,概不述及。

一、杂剧传奇,有唱有白,非全部乐歌,当别著《中国戏曲史》,兹亦从略。

一、本书注重体裁之发展与流变，于作家行谊，多所省略。

一、本书对于世行文学史，颇寓"补偏"之意，故稍详于词曲，而略于诗歌。

除了第一点龙书与陈书相近之外，其余四点皆有异于陈书。陈书虽然没有收骈文，但第四章《论汉魏六代赋》就是专论不歌而诵之赋的。陈书第九章《论金元以来南北曲》，除论散曲之外，还论及《西厢记》《倩女离魂》等杂剧。陈书虽不涉作家论，但对作家行谊，有的地方非但没有省略，所论还非常充分，如第二章《论楚辞》，对屈原的生平就有详细的考证。龙书"稍详于词曲，而略于诗歌"，陈书则相反，详于诗歌而略于词曲，全书九章，有六章是论诗歌，词曲则各为一章。不过，虽然陈书详于诗歌，但第九章《论金元以来南北曲》却是全书中最长的一章，这与作者对曲这一文体的重视有关。

三、《中国韵文通论》的内容与特色

出版于九十年前的《中国韵文通论》，成于陈钟凡先生一人之手，若非对中国古代文学史有通贯的了解与精深的研究，很难写出这部既通贯又有识力的著作。陈先生弟子吴新雷教授曾说：

中华书局在1927年2月同时出版了中凡先生的两部专著，除了作为"文学丛书"第一种的《中国文学批评史》以外，作为"文学丛书"第二种的便是《中国韵文通论》。中凡先生的这部韵文通论，相当于是一部中国诗史，内容涵盖诗、词、曲、赋四大类，分为《诗经略论》《论楚辞》《诗骚之比较》《论汉魏六代赋》《论乐府诗》《论汉魏迄隋唐古诗》《论唐人近体诗》《论唐五代及两宋词》《论金元以来南北曲》等九章，其中论散曲、剧曲包括了北曲杂剧、南曲戏文和明清传奇，于曲体粲然大备，在当时是一部具有创意的诗歌史。[1]

这段话虽然出于弟子之口，但所述还是比较客观的。随着时间的流逝，《中国韵文通论》并没有被时间淘汰，其中很多观点并没有因为时代变迁、学术风会的变化而显得落伍。这一方面是陈钟凡先生独出胸臆，精心结撰的结果，另一方面也因为陈先生的观点多得于第一手材料，平实可靠。

《中国韵文通论》凡九章，第一章《诗经略论》，讨论了中国古代关于"诗"的定义，以及诗如何产生的问题，但没有具体讲到《诗经》起源的问题。下面直接切入《诗经》的体制，介绍了赋比兴、风雅颂等概念。接着介绍了国风的背景，这一部分显出陈钟凡个人的识见，他吸收近代的文学观念，将国风中

---

[1] 吴新雷：《陈中凡先生的学术成就》，载《古典文学知识》2002年第5期。

的诗歌划分为河西文学、河东文学、中部文学、海滨文学四大板块,并从地域的角度归纳出每一板块文学的特质,如海滨文学"体尤舒缓,文益清绮"。陈先生的立论基本建立在《汉书·地理志》的基础上,有了实证的基础,不同于季札论诗时的印象式批评。下面几节也是《中国韵文通论》的特色,即从纯文学的角度来论《诗经》中的艺术、修辞及用韵,这完全是受到西方文学观念影响的结果。《诗经》在中国古代一直被尊为"经",很少有从文学角度加以分析的著作。《中国韵文通论》这部分,特别是对《诗经》用韵的分析,极其细致,今天看来都有参考价值。在本章末尾,陈钟凡又特别强调了《诗经》作为音乐文学的特质:"是风雅颂者本讽谕之声,其始莫不被之管弦,协诸音律。特古乐失传,诗遂有可歌不可歌之别(见《大戴礼·投壶篇》)。今则词句仅存,声调寖废,吾人乃舍音节而论其修词、用韵,岂足与言三百篇之精义哉!"这种看法就具有非常敏锐的近代学术眼光。

第二章《论楚辞》,先论述楚辞的背景,从楚国的地域文化出发考论其产生的原因,论列了五点,虽然没有详细展开,但可以看出其解释包含近代文化人类学的观点。如第四点说:"俗信巫而尚鬼(王逸、朱熹说),神话发达。所谓'三皇五帝之书',中原不可见者,楚史倚相得尽读之,缘是宗教思想流行。"这一观点得到了当代学者的认同,谭正璧先生在谈到楚辞是如何产生时,也引用了这一见解。[1]下文详细考证了屈原的身世生平与其创作之关联,着重从屈原作品内挖掘证据考证其行踪,从这部分可以看出陈先生的考证功力。本章又专门讨论了屈原的思想及其特性,陈先生说,屈原"思想源于道,而性质复近于儒,两者反复于其胸中而莫知所择,遂挤原于死地,合自杀无他途可出矣。吾故谓屈原混儒道为一家者此也",这种看法也是发前人所未发。下文又讨论了《楚辞》中哪些篇目是出于屈原之手,如陈先生认为,《远游》一篇"文句多摘自《离骚》《九歌》《天问》《九章》,且与严忌《哀时命》,司马相如《大人赋》,及老、庄、淮南诸书相合,颇疑其出于依托,非原作也",从而否定了《远游》是屈原所作的传统说法。最后一部分,论述了《楚辞》的写作手法与修辞。值得一提的是,陈先生将《楚辞》中表达感情的语言分为愤激语、委婉语、壮烈语、反复语、回旋语、层叠语、反语、希冀语、反诘语、呼问语、相形语、夸饰语等12种方式,也是前所未见的。

基于《诗经》《楚辞》是中国文学的源头的考量,在论述二书之后,又单列一章《诗骚之比较》讨论二者之异同,分别从渊源、背景、体制、章句、音律、思想、情感、宗教等角度进行比较,虽然比较简单,但所论之点都是非常重要的方面,后世学者可以在此基础上进一步深掘。这项比较研究是在"南北

---

[1] 谭正璧:《赋论》,彭黎明编《二十世纪中国文学史论文精粹·散文赋卷》,河北教育出版社2001年版,第290页。

文学之不同"的理论框架下进行的，[1]应该是受到刘师培《南北文学不同论》的影响。

第四章《论汉魏六代赋》，讨论了赋的定义、赋的源流、赋的修辞与写作技巧、赋的派别及其流变。这部分论述比较简略，虽然标题中有六朝赋，但所论还是以汉魏赋为主，故讨论赋之流变时，完全没有涉及六朝抒情小赋，是为遗憾。

第五章《论乐府诗》，首论乐府的源流，介绍了汉晋之间乐府的起源、变化。虽然仍是基于传统史料，但也有作者的辨析，如对《汉书·礼乐志》中"武帝乃立乐府"之说，陈先生分析后认为："乐府诗制于汉高，乐府令（官名）设于惠帝，而乐府（署名）则始置于武帝也。惠帝时虽有其官而无其署，至武帝以李延年为协律都尉，多举司马相如等数十人，造为诗赋，而后乐官乃有专署焉。"这种说法今天看来不一定正确[2]，但从中也看出陈先生努力突破旧说的勇气。接着又论列了乐府的流

---

[1] 本章的论述对后来的相关研究也产生了影响，如曹百川《文学与国民性》中所论的"我国之南北文学"袭用《中国韵文通论》颇多，参见曹百川《文学概论》，商务印书馆1931年版，第137—139页。

[2] 当代学者的研究已经证实，乐府并不立于汉武帝。"汉家的制度中一开始就具备两个并行的音乐机构，即属于外廷太常以掌宗庙典礼的太乐和属于内廷少府以掌供帝王宫廷音乐活动的乐府。"参见徐兴无《西汉武、宣两朝的国家祀典与乐府的造作》，载《文学遗产》2004年第5期。又赵敏俐先生也认为汉初乐官制度中存在太常与少府两分的情况，但他也认为："乐府作为一个从秦代就已经设立的官署，在汉初就已经建立。"参见赵敏俐《汉代乐府官署兴废考论》，载《文献》2009年第3期。

变、乐府诗的体制、乐府与古诗之差异、乐府诗的字句与命题、乐府的歌法，以及乐府诗的派别等。这些地方，比较有新见的是乐府的歌法这部分。乐府诗可歌乃众所周知的事实，但如何歌，论者较少，陈先生通过研究乐府诗本身，得出乐府歌法有散声、送声、和曲三种，这一点也得到了当代学者的赞同[1]。

第六章《论汉魏迄隋唐古诗》，分论古诗的体制、五七言古诗的起源、言诗之流变、古诗之修辞、古诗之技术。在论及古诗之技术（技巧）时，将其分为描写、记事、抒情、想象四种，突破了传统所谓"诗言志"或"诗缘情"说法的藩篱，突出了古诗的叙事性，又将记事分为悲愤派与问题派两种。讲到问题派时说："如读《庐江小吏妻诗》，则有女子问题、婚姻问题、家庭问题，读白乐天之《秦中吟》及《新乐府》，则有阶级问题、资本问题、劳动问题，为其唤起。"这种看法有明显的时代性，是受到现代思潮影响的结果。

第七章《论唐人近体诗》，分论近体诗的起源、近体诗的声律、近体诗的修辞与技术、近体诗的派别、各体的品藻、五七言近体的比较等。这一章有新意的地方在论绝句诗章法的部分，如论绝句写时间之章法，分为推进例、重题例、追忆例三种，如追忆例是"或就见时之凄凉，追忆当年之盛况；或言昔时之希望，慨今日之已非"。

---

[1] 参见张紫晨《歌谣小史》，福建人民出版社1982年版，第109页。

第八章《论唐五代及两宋词》，分论词的起源、词的体制、词的声律、词的修辞、词的艺术、词家的派别等。本章写得有意思的地方是论词之修辞技巧的部分，如论词之章法，陈先生分析出呼应法、映带法、点染法、推进法、离合法、层深法等六种，总结了词体写作中句与句之间的关系，如层深法："词中有语似浑成，而意实层层深入者，如欧阳修《蝶恋花》云，'泪眼问花花不语，乱红飞过秋千去'。"这种对章法的分析非常细致。

　　第九章《论金元以来南北曲》，分论曲的源流、曲的体制、南北曲之声律、曲的修辞、曲的艺术、南北曲之派别等。将曲纳入韵文史中，无疑是陈先生的卓见。本章论及一些曲家时亦能不以人废言，如晚明曲家阮大铖，古今皆目为奸臣，其人品实不足道，但陈先生在书中专论其曲，并云："秀逸隽永，仍存本色，斯难能可贵。固不必以其立品不端，并訾其文词也。"可谓知人论世之语。

　　陈先生友人陶然在致陈钟凡的信中曾说："近世科学，首重体系，诚要诀也。"[1] 陈钟凡对这种看法应该是认同的，《中国韵文通论》与之前的文学史论著的不同之处即在于其有一定的体系性，不但全书是用近代学术著作的章节体写成，而且各章体例比较划一，基本依所论文体的起源、流变、体制、技巧、艺术、声律、修辞、派别这一顺序进行论述，迥异于传统文学研究中的笺

---

[1] 姚柯夫:《陈中凡年谱》，第11页。

注、评点、考证之法,以及诗话、词话等印象式的批评。不过这种框架也不是固定的,个别章会增加一些内容,如乐府诗部分增加了"乐府与古诗""乐府诗的歌法"两节,是其他章所无的。

即使各章共都有的内容,因为文体的不同,论述上也会不同。如讲到诗词曲的用事时,陈先生的论述各有异同,第七章《论唐人近体诗》讲到律诗的隶事时说:"盖善使故事,必能不见痕迹,方见运用自如。若徒胪陈卷轴,如前人所讥为点鬼簿者,翻不若羌无故实之自高也。"第八章《论唐五代及两宋词》论词的"用事"时说:"按隶事贵融化无迹,僻事则熟用之,熟事则虚用之,方免晦涩、肤浅、板滞之弊。"而第九章《论金元以来南北曲》论曲的用事时说:"盖曲文与诗词不同,贵浅显不贵艰深,尚机趣不尚典雅,否则读之文人能晓,唱之妇孺不知所云,可谓之赓文典册,不得谓之杂剧传奇也。"陈先生既指出诗词用典应该浑化无迹,又指出曲之用典"与诗词不同,贵浅显"。可见,虽然《中国韵文通论》在结构上有其划一性,但在论述上并没有陷于程式化。

《中国韵文通论》在研究方法上也值得称道。美国文学批评家韦勒克、沃伦在其所著的《文学理论》中论述了所谓文学"外部研究"与"内部研究"的方法。外部研究指的是对文学进行传记学、社会学、心理分析的研究,而内部研究则指专注于文学作品文本结构的研究。《中国韵文通论》早于《文学理论》数十年出版,陈钟凡不可能受到它的影响,但《中国韵文通论》已经用到了这种研究方法。如第一章、第二章研究《诗经》与楚辞时，就专门论及"风诗背景""楚辞背景"，即属于外部研究。引人注目的是其"内部研究"的部分。从上文对该书内容的介绍可以看出，每一章对所论文体的修辞技巧、艺术特色的介绍都占较大篇幅，这不但异于当时文学史论著的写作方法，今天的文学史中论著也极少有此方面的内容，这可能与本书并不是纯粹的文学史有关。该书以"通论"命名，是对中国古代韵文的全面介绍，对论述对象的文学体性的介绍就是题中应有之义。1924年12月，陈钟凡应聘广东大学任教后所做的首次演说就是《唐诗之修辞学》，可见他一向对韵文修辞、技巧方面十分重视。这种研究方法有别于传统的经学、史学的研究方法，是以文学自身特质为依据的内部研究理路，比较符合文学本体的实际。

对同时代最新研究成果的吸收，也是《中国韵文通论》引人注目之处。陈钟凡在书中多次引用王国维的《宋元戏曲史》《人间词话》等书，该书可能是学术史上最早注意到《人间词话》学术价值并加以征引的著作。[1]除此之外，他还参考了胡小石《离骚文例》、刘师培《古历管窥》《南北文学不同论》、黄侃《文心雕龙札记》、顾震福《诗学》、黄节《诗学》、吴梅《词

---

[1]《人间词话》的俞平伯标点本在1926年2月出版，而《中国韵文通论》1927年2月出版，相隔不过一年时间。彭玉平《陈钟凡与批评史学科之创立》认为，陈钟凡"堪称是最早认识到王国维在中国文学批评史之地位的人物，尤其是陈钟凡在撰述此书时王国维尚健在的情况下，能有此认识殊属不易"。

学通论》、刘毓盘《词史》等同时代学者的著作。值得注意的是,他还参考了当时一些日本汉学家的书,如铃木虎雄的《骚赋生成论》、盐谷温的《支那文学概论》。对这些当时最新研究成果的吸收,使《中国韵文通论》一书具备了较高的学术起点。陈钟凡称其所著《中国文学批评史》是"以远西学说,持较诸夏"[1],其实《中国韵文通论》也是这样,虽然参考书目中没有一种西方的著作。从陈钟凡此前所写的相关论文中可以看出,他是比较注重对西学之吸收的,特别是《中国文学演进之趋势》一文,参考西学最为明显,如讨论艺术之起源,就引用了英国学者斯宾塞(Herbert Spencer)关于艺术发生之动机由于人类精力之过剩(Surplus of energy)的观点。《中国韵文通论》第三章"诗骚之比较"论及两者思想之比较时说:"在昔词人,固莫不凭主观之独见,歌禾稼之毕登也。若夫辞人则不然,感草木之摇落,哀蟋蟀之宵征,叹霜露之凄惨,独萎约而悲愁矣。"为了说明这一点,又引周作人《欧洲文学史》中关于欧洲悲喜剧中"迎春"与"秋赛"之不同的论述以为参照,最后说"是故春悲秋喜,古代东西文人思想莫不如是",从而使其论述具有一种比较文学的意味。

此外,《中国韵文通论》对"纯文学"观念的传播也有很大的促进作用。胡云翼曾说:"在最初的几个文学史家,他们不

---

[1] 陈钟凡:《中国文学批评史》,第5页。

幸都缺乏明确的文学观念，都误认文学的范畴可以概括一切学术，故他们竟把经学、文字学、诸子哲学、史学、理学等，都罗致在文学史里面，如谢无量、曾毅、顾实、葛遵礼、王梦曾、张之纯、汪剑如、蒋鉴璋、欧阳溥存诸人所编著的都是学术史，而不是纯文学史。"[1]1927年出版的《中国韵文通论》摒弃了经史子方面的内容，而专以诗、词、曲、赋为论述中心，可能是现代学术史上最早一部以纯文学为研究对象的专著。在陈钟凡之前的文学史书写中，除了刘毓盘的《词史》、王国维的《宋元戏曲史》，很少有人将词曲纳入文学史之中，《中国韵文通论》可能是最早的一部，这与陈钟凡以"纯文学"的韵文为研究对象有关，他曾说过：

> 在封建社会里，戏曲是被人瞧不起的，是不登大雅之堂的，直到辛亥革命以后，大学里仍旧只准讲正统文学的诗文。陈独秀到北京大学担任文科学长后，第一桩事就是改变文科，在国文系增设词、曲、小说三门新课，特聘吴梅（曲学大师）担任北京大学的词曲教习。这是我国大学里第一次有戏曲课，可以说是一次教育革命。当时也曾遇到正统派的

---

[1] 胡云翼：《新著中国文学史》"自序"，北新书局，1932年。关于20世纪二三十年代"纯文学"观念的确立，参见刘敬圻主编《20世纪中国古典文学学科通志》第一卷《"纯文学"观的树立与古典文学学科性质的转变》，山东教育出版社2012年版。

反对。1922年秋,我把吴梅先生从北大聘请到南京,在本校终身主讲词曲,培养了一批词曲专家,彻底打破了过去的词曲为小道的旧观念。[1]

可见,早在1922年,陈钟凡就意识到词曲在中国文学史上的重要性,《中国韵文通论》为词曲各设一章,亦是延续他早年的思路。在《中国韵文通论》出版之后,出版了很多以纯文学为对象的文学史,如1932年出版的刘麟生《中国文学史》说,"狭义的文学,是指有美感的重情绪的纯文学","文学史是研究什么文学呢? 当然是研究纯文学"。[2] "狭义的文学"基本就是《中国韵文通论》述及的诗、词、曲、赋诸种文体。此后,1935年又出版了刘经庵的《中国纯文学史纲》、金受申的《中国纯文学史》,基本确立了中国文学史以纯文学为研究对象的范式。

---

[1] 查锡奎:《经历三个不同历史时代的著名学者陈钟凡》,载《钟山风雨》2002年第4期。《陈中凡年谱》1922年条说:"(陈钟凡)从北大聘请吴梅前来讲授词曲,为东南大学开创了重视通俗文学的风气,培养了一批著名的从事词曲教学和研究的人才。遗风所及,中华人民共和国成立后的南京大学,仍有此传统。"(《陈中凡年谱》,第17、18页)陈先生这种观念可能受到其在北大时的老师陈独秀的影响,1917年陈独秀在《答钱玄同》中说:"国人恶习,鄙夷戏曲小说为不足齿数,是以贤者不为,其道日卑,此种风气倘不转移,文学界决无进步之可言。"(水如编:《陈独秀书信集》,新华出版社1987年版,第92页)
[2] 刘麟生:《中国文学史》,世界书局1932年版,第1、7页。

四、余论

关于《中国韵文通论》在现代学术史上还有一桩著名的公案，也有必要简单回顾一下。此公案主要是陈钟凡与章铁民、汪静之之间围绕对《诗经·卫风·伯兮》字句的理解发生的论战，战火从暨南大学所办的《暨南周报》延烧到《大江月刊》《文学周报》《语丝》等刊物，从1928年1月至1929年6月，持续一年半之久，甚至鲁迅、胡适等人都参与争论。此番论战前后共发表二十余篇文章[1]，之后仍有零星的文字回顾此

---

[1] 笔者目前收集到的有关文章有：章铁民《谈周刊发表青年文艺并论偏见》，载《暨南周刊》第3卷第1期，1928年1月；陈钟凡《陈钟凡先生来信》，载《暨南周刊》第3卷第2期，1928年2月；章铁民《答陈钟凡先生》，载《暨南周刊》第3卷第2期，1928年2月；陈钟凡、章铁民《陈钟凡先生来信与章铁民的复信》，载《暨南周刊》第3卷第3期，1928年3月；汪静之《伯兮问题我见并质陈钟凡先生》，载《暨南周刊》第3卷第3期，1928年3月；陈钟凡《答汪静之先生"讨论诗经伯兮问题"的信》，载《暨南周刊》第3卷第3期，1928年3月；章铁民《伯兮问题十讲》，载《大江月刊》第1期，1928年10月；封余（鲁迅）《关于"粗人"》，载《大江月刊》第2期，1928年11月；汉胄（刘大白）《陈钟凡先生〈中国韵文通论〉底第一个不通》，载《大江月刊》第3期，1928年12月；电光《病态的文艺批评》，《真美善》第3卷第3号，1928年；汪静之《质陈钟凡先生——粗人等于美人的怪逻辑》，载《文学周报》第7卷，1929年1月；段庵旋《关于〈中国韵文通论〉》，载《文学周报》第8卷，1929年1月；季通《容旁观者说几句公道话么》，载《文学周报》第8卷，1929年1月；汪静之《父与女序——答陈钟凡之流》，载《文学周报》第8卷，1929年1月；章铁民《读了季通先生的公道话以后》，载《文学周报》第8卷，1929年1月；汪静之《〈汪静之如是说〉的纠正》，载《语丝》第4卷第52期，1929年1月；汪静之《"陈钟凡"与"田铜盘"》，载《语丝》第5卷第1期，1929年3月；章铁民（转下页）

事，堪称现代学术史上由一部学术著作引起的一场较为激烈的论争。

1928年1月，陈钟凡转至上海暨南大学中文系任教并兼系主任。这一年的《暨南周报》第3卷第1期发表了暨南大学校刊主编章铁民的公开信，指出陈钟凡《中国韵文通论》中的一处疏误。原来此书第一章讲到《伯兮》"自伯之东，首如飞蓬。岂无膏沐，谁适为容"时，认为是在"写粗人"。陈钟凡马上回信，发表于《暨南周报》第3卷第2期，说明"'粗人'二字，原意是'粗疏的美人'，不是粗陋的意思"。《伯兮》一诗确实不是在写"粗人"，而且解释为"粗疏的美人"似乎也有点勉强，这又给章铁民等人抓住了把柄，他又给陈钟凡写了一封公开信，亦发表在《暨南周报》第3卷第2期。《暨南周报》第3卷第3期同时刊载了陈钟凡的答复和章铁民的回复，以及汪静之（时担任暨南大学高中部文选等课程）的《伯兮问题我见并质陈钟凡先生》和陈钟凡的《答汪静之先生"讨论诗经伯兮问题"的信》，至此战火全面蔓延。陈钟凡在给章铁民的回信中，进一步为自己做了辩护："我所谓'粗人'，就是把'首如飞蓬'这几句诗，写的疏略不精修饰的一个女人而已，并不是说他是鄙陋不堪的丑人。"又说："扯著仓猝付印，内中错误至多，经我校正约千

（接上页）《疯人小』和电光君》，载《语丝》第5卷第2期，1929年3月；胡适、章铁民《胡"老大哥"谈"粗人"》，载《语丝》第5卷第9期，1929年5月；章铁民《再答胡适之先生》，载《语丝》第5卷第15期，1929年6月。

余条，交该局再版时更正。"陈钟凡的老实自道，反而成为章、汪攻击的理由。在给汪静之的回复中，陈钟凡除了继续为自己辩解之外，似乎有点不耐烦章、汪两人纠缠于此事，遂说："一说'粗人'不错，再说'粗疏的美人'更加不错，不过你和章氏一不解再不解，一捣乱再捣乱而已。""捣乱"说起，彻底激怒了章、汪二人。

本来章、汪二人准备继续在《暨南周刊》上发文与陈钟凡论争，但据说这时暨南大学校长郑洪年开始介入，毕竟陈钟凡是他引进的人才。郑校长不但出面中止了论战，而且竟将章、汪二氏从暨大解聘。《暨南周刊》第3卷5期刊载了郑校长在9月18日"纪念周"上的讲话："际兹燕苏克复，河山统一，往时在北方讲学，以不堪军阀蹂躏而南来者，今又将北去矣。中南各大学又竞相延揽，即如吾校中国文学系主任陈钟凡先生，厦门大学已连聘五次，以与余性情弥合，强留而未去。吾同学果能敬师重道，以诚相挽，则良师可免另就。"这段话表达了暨大校方对陈钟凡的看重与支持。1929年，陈钟凡还被暨南大学任命为文学院院长。虽然暨南大学校方压制住了章、汪二人，但他们并不服气，开始在《大江月刊》《文学周报》《语丝》等刊物上连篇累牍地发表文章批评陈钟凡，但陈钟凡本人再也没有直接回应。章、汪二人的批评也渐从学术争论发展为人身攻击，从学术之争发展为意气之争。比如在《质陈钟凡先生——粗人等于美人的怪逻辑》中，汪静之讽刺道："和你这样没有理性的'浅人'谈《诗经》,原是和对牛弹琴一样谈不清的。"在《父与女序——答陈钟凡之流》中,汪对陈的攻击愈加升级:"正如我容情地扯下陈钟凡的虚伪的皮,不慈悲地指出陈钟凡是一个毫无学问的抄书匠。"又说陈所著的《中国韵文通论》是"东抄西袭的垃圾桶"。在《"陈钟凡"与"田铜盘"》中,汪静之对陈钟凡进一步冷嘲热讽,连陈钟凡的名字都不放过,说陈钟凡如果真正"爱古、崇古、醉古、拜古"的话,他的名字应该读作"田铜盘"云云。汪氏的批评已经超出学术批评的范畴,即使一开始有理,后来也慢慢变成无聊的人身攻击,甚至章、汪二人还对为陈钟凡说话的季通、电光二位也一起批评。

这场论战也引起了鲁迅的注意,在笔名封余的文章《关于"粗人"》中,他认为:"陈先生又改为'粗疏的美人',则期期以为不通之至,因为这位太太是并不'粗疏'的。"鲁迅的意见是支持章、汪二氏的,但完全从学术的立场出发,并没有什么意气用事的成分。汪静之、章铁民在《语丝》上的文章也引起了胡适的注意,在《语丝》第5卷第9期上胡适给汪、章二人回信里说:"达到了驳论的目的,还要喋喋不休,这便是目的不在讨论是非,而在攻击个人了。这种手段最为卑污,作者自失身份,而读者感觉厌恶,实在是不值得的。"笔者觉得,胡适显然不同意章、汪二人继续纠缠下去,应该说是比较理性的,但章、汪二人并没有听从胡适的意见,《语丝》同一期又刊载了章铁民给胡适的回信,反驳了胡适的批评。如此一来,这场论争越来越沦为无谓的口水战。

  关于事件的导火索，曾在暨南大学任教的曹聚仁认为，章、汪二人在暨大教书时，选用《西厢记》中的《哭宴》一折作为国文教材，引起了中文系主任陈钟凡的不满，他认为《西厢记》是诲淫的书，于是双方产生矛盾。[1]笔者认为这个说法可能并不准确。通观陈钟凡一生的学术思想，他不但从没有视《西厢记》为"诲淫的书"，而且在《中国韵文通论》中还多次引用《西厢记》的唱词以为范例，他本人对《西厢记》也颇有研究，撰有论文多篇，对《西厢记》的艺术有深刻的认知，不可能用"诲淫"这样褊狭的观点看待《西厢记》。这个看法可能是曹聚仁的一人之见，后来以讹传讹。实际上，曹聚仁对陈与章、汪之间的争论的回忆有不少差误之处，在《暨南的故事》中，他说："那时的暨大，也可说是新旧兼容，异端争鸣的，所以，陈钟凡、龙榆生和章铁民、汪静之，一同在那儿教课……陈钟凡更低能，也可说是老实。他当时乃是文学院院长，却为了'伯兮'诗的解释，和章铁民、汪静之吵了一大场……但陈氏以文学院院长毕竟压倒了章汪二君，迫着他们解了职，这就不够气度了……后来'伯兮'的争辩，闹到《永安月刊》上去，那就

---

[1] 曹聚仁：《诗人汪静之》，《我与我的世界：曹聚仁回忆录》，人民文学出版社1983年版。这个观点，亦见周孝中《西厢·伯兮·伧夫——词语讲解的风波》，《暨南逸史》，暨南大学出版社1996年版。

没有陈氏答辩的余地了。"[1] 其实，曹聚仁的这段回忆有误，"伯弢"事件发生时，陈钟凡只是暨南大学中文系主任，并不是文学院院长，他是在事件发生后的第二年才任文学院院长的，所以谈不上以权势"压倒章汪二君，迫着他们解了职"。章、汪离开暨大，可能与暨大的校长郑洪年有关。另外，事情并没有闹到《永安月刊》上去，而是《大江月刊》。另外，曹先生说"那时的暨南，也可说是新旧兼容"，隐含的意思是陈钟凡、龙榆生是所谓"旧派"，而章、汪二人是"新派"。虽然陈钟凡出身于旧学家庭，研究的也是传统学问，但他在思想上并不保守、守旧，他在上海学习过一年的英文，而且他的研究中明显有受到西方学术影响的痕迹。至于用"低能"来形容陈钟凡，更属无谓。

另一位学者陈梦熊也认为："这场论争，表面上看来好像是关于《诗经》解释的学术讨论，其实也是一次反对还是维护封建伦理的新旧两种思想的交锋。"[2] 将陈与章、汪分归代表"封建伦理的新旧两种思想"中的两派，也似乎暗指陈为旧派。以上两位学者动辄将不同学术观点的争论上升到新旧思想之争的高度，笔者不能认同。因为不管怎么说，也不能把陈钟凡归为"封建伦理"中的旧派。实际上，陈钟凡在思想上可能还比较趋

---

[1] 曹聚仁：《暨南的故事》，夏泉主编《凝聚暨南精神》，广东人民出版社2006年版，第206页。
[2] 陈梦熊：《鲁迅参与学术论争的一篇佚文》，原载《文汇报》1961年9月22日。

新,甚至比较早地接触了左翼思想。[1]这场论争在1929年似乎告一段落,到20世纪80年代,姚柯夫编撰《陈中凡年谱》,又一次提到此事,1928年5月条说:"由于陈著《中国韵文通论》中对《伯兮》的注释有误,而汪、章等则借题发挥,其'实质关系到旧社会教员间饭碗之争'。"[2]这种解释可能比归结为新旧思想之争更有道理。几十年后再看这场围绕《伯兮》一诗的论争,虽然双方都还在学术的层面争论,但后来权力介入,学术之争也就沦为意气之争,学术争鸣最后发展成人身攻击。其实这种学术观点的争鸣,一两篇文章就可以解决,陈钟凡也多次解释了自己的观点,至于是否被接受,交给读者自行取舍就可以了,不必强求论辩的对方同意自己的观点。不过这桩围绕《中国韵文通论》的学术公案,也让我们在文字的刀光剑影中得以窥见民国时代的学术生态,了解那个时代的学术风气,这恐怕

---

[1]《陈钟凡自传》说:"我曾约请许德珩、李达、邓初民等先生来院讲授哲学和社会学,曾受国民党教育部高教司警告,但我未予理睬。邓初民是最早介绍我读马列主义书籍的。"程俊英《"五四"时期的北京女高师》说:"戴理被轰走后,学校改请北京大学毕业的蔡元培的学生陈钟凡老师来……他思想进步……"(转引自《陈中凡年谱》,第14页)陈钟凡后来还被称为"红色教授",参见缪含《诚挚的友谊,永久的怀念——回忆陈钟凡教授与先严的交往》,载《陈中凡年谱》1949年条,第64页。

[2] 姚柯夫:《陈中凡年谱》,第25页。他还提到自己于1982年5月去杭州两次拜访汪静之先生的事,他们应该也谈到了这段公案,但并没有具体谈到汪静之晚年时的态度,只是说:"汪老时已逾八旬,精神矍铄,待人热情,回首往事,要言不烦。"姚柯夫也认为:"提倡学术上的自由讨论,可说是陈老治学的一个特点。"(《陈中凡年谱》1961年条,第75页)

是其他民国学术著作所没有的影响。

不可否认,作为一部开创性的著作,《中国韵文通论》在结构、论述以及文字方面都有一些错讹。日本汉学家青木正儿《中国文学概说》在"词曲"部分的《选读书目》中介绍了《中国韵文通论》[1],并说:"做得甚为便利,但是取舍不严,稍失芜杂。"与同一年成书的《中国文学批评史》一样,《中国韵文通论》不免也有朱光潜先生在20世纪40年代评论近三十年来的文学批评史著作时所说的毛病:"这些著述大半以时代为中心,把每时代的文艺主张和见解就散见于当时文献中的七拼八凑地集拢起来,作一个平铺的叙述。"[2]《中国韵文通论》不少地方大量堆砌前人评论或文献资料,而分析较少,不能不说是一个缺憾。另外,全书结构比较单一,一般先论某种文体的起源,再论其体制、修辞、艺术及派别,而对某种文体与时代风气之关系关注不多。这可能与此书本为讲义有关,讲义不同于专著,正如书名"通论"显示的,并不追求精深。不过作为"通论",《中国韵文通论》对中国古代诗、词、曲、赋四种韵文的文体特色及其流变所做的介绍,今天仍然值得一读。堆砌资料可能与民国时期的著述方式有很大的关系,也与该书为同类著作中的

---

[1] 原名《支那文学概说》,弘文堂书房1935年版;隋树森中译本,开明书店1938年版。本文所引为重庆出版社1982年版,第88页。
[2] 朱光潜:《朱佩弦先生的〈诗言志辨〉》,《朱光潜全集》第9卷,安徽教育出版社1993年版,第493、494页。

草创之作有关。故此书虽有小疵，并不能掩盖其不灭的学术价值。

  这里以《民国丛书》影印的1936年第4版《中国韵文通论》为底本进行整理。底本存在众多的排印错误，无法一一出校勘记，在整理的过程中，整理者对明显的错误进行了订正。又本书征引浩繁，整理者尽可能地覆核了原书引文，如有明显的错讹之处，亦据原始文献加以订正，并出校记。由于精力和时间的限制，笔者在整理过程中肯定存在诸多不足，敬请读者批评指正。

卞东波

2017年6月

目录

第一章
诗经略论 | 1

第二章
论楚辞 | 25

第三章
诗骚之比较 | 54

第四章
论汉魏六代赋 | 71

第五章
论乐府诗 | 83

第六章
论汉魏迄隋唐古诗 | 126

第七章
论唐人近体诗 | 158

第八章
论唐五代及两宋词 | 202

第九章
论金元以来南北曲 | 279

本次整理征引文献 | 366

右文论一卷，都凡九章，吾师斠玄先生著也。先生早习七经，兼综子史，文章尔疋，上规汉魏。十载以来，讲学南北，深稽博辨，名满域中。尝谓论文之业，肇自《雕龙》，端绪虽开，文体未备。其后诗有律绝，词曲代兴，诗话、词话、曲话，亦勃尔并作。顾语多破瓴，未皇董理。清世江都焦里堂治《易》之余，尝欲撰汉赋，魏晋六代五言诗，唐五七言律诗，宋词，金元戏曲，及明人八股，并为一集，事终未果；兴化刘融斋著《艺概》六卷，凡诗文词曲制义诸科，并有研讨，摭撑精审，含意未申。增益旧闻，著之条贯，责在吾徒矣。因取平日讲稿，及师友讨论之作，萃为是书，述造踰年，遂成巨制。博观约取，深根宁极，李充《翰林》之论，无此宏裁；挚虞《流别》之集，方兹蔑尚矣。权幼承函丈，饫闻绪余，爰述数言，用申疋志。中华民国十五年夏七月郝立权志。

第一章
诗经略论

一、引说

世界各国文学演进之历程，莫不始于讴谣，进为诗歌，后有散文。中国古籍所传葛天氏之八阕（《吕氏春秋·大乐篇》），伊耆氏之《蜡辞》（《礼记·郊特牲》），及古孝子《断竹之歌》（《吴越春秋》），尧时《击壤之颂》（《帝王世纪》），其名目虽存，而遗文逸句，莫能尽识；虽真伪无从臆测，要皆为尚世之讴谣，可以断言。古代诗歌之传流至今，足以供人考信者，其惟孔子所手订之三百五篇《诗经》欤？陈其体制、风格、辞藻、音律，著之于篇。

二、诗之义界

自《虞书》著"诗言志"之说，后人率以志释诗。《诗大叙》曰："诗者，志之所之也，在心为志，发言为诗。"《荀子·儒效篇》:"诗言是其志也。"《庄子·天下篇》:"诗以道志。"按许慎《说文解字》:"志者,心之所之也。"是古人言志,固赅全部心理作用而言。故《左氏春秋传》载子太叔对赵简子,以"民有好、恶、喜、怒、哀、乐"为"六志"。六者并以情感言之。《诗大叙》亦曰:"情动于中而形于言。言之不足,故嗟叹之;嗟叹之不足,故咏歌之;咏歌之不足,不知手之舞之足之蹈之也。"明情感所动,形诸吟咏,达志喻怀,固诗歌之大用也。孔颖达谓:"诗有三训:承也,志也,持也。承君政之善恶,述己志而作诗,为诗所以持人之行,使不失坠。"则后起引申之训,非诗之本义矣。

三、诗之起源

郑玄曰:"诗之兴也,谅不于上皇之世。大庭、轩辕,逮于高辛,其时有亡,载籍亦蔑云焉。《虞书》曰:'诗言志,歌永言,声依永,律和声。'然则诗之道放于此乎?有夏承之,篇章泯弃,靡有孑遗。迄及商王,不风不雅……周自后稷,播种百谷,黎民阻饥,兹时乃粒,自传于此名也。"(《诗谱叙》)按郑氏谓诗歌放于虞廷,商有颂,周备风雅,考之备矣。抑考沈约有言:"民禀天地之灵,怀五常之德,刚柔叠用,喜愠分情。夫志动于中,则歌咏外发……然则歌咏所兴,宜自生民始也。"(《宋书·谢灵运传论》)夫人情所动,感物悲愉,发为咏歌,借抒胸臆，虽在初民，不违斯旨。故婴儿孩子，则怀嬉戏忭跃之心；玄鹤苍鸾，亦合歌舞节奏之应（孔颖达说），矧在成人，理岂或异？是诗歌与言语而并生，随七情以俱发，其所从来，始自尚世，不得谓皇古无斯体制矣。特虞夏以前，遗文莫睹。诸子所载（如《庄子》载《有焱之颂》等），既属寓言；史籍所传，或由依托（如《汉志》著《黄帝铭》等）。郑氏以为事不见经，遂多存而不论耳。

四、三百篇之体制

《诗大叙》曰："诗有六义：一曰风，二曰赋，三曰比，四曰兴，五曰雅，六曰颂。"按此说本于《周官》："春官太师教六诗，曰风，曰赋，曰比，曰兴，曰雅，曰颂。"孔颖达曰："风雅颂者，诗篇之异体；赋比兴者，诗文之异辞。大小不同而得并为六义者，赋比兴是诗之所用，风雅颂是诗之成形。用彼之事，成此之事，是故同称为六义，非别有篇卷也。"（《毛诗正义》）盖风居四始之首，赋比兴为风之辞，《周官》乃叙次赋比兴于风之下，明雅颂亦别此三科。故郑玄答张逸问，谓"赋比兴，吴札观诗已不歌。孔子录诗已合风雅颂中，难复摘别"（《郑志》）。六义有体用之别、经纬之差也明矣，爰分述之。

（一）赋比兴　郑玄曰："赋之言铺，直铺陈今之政教善恶。比见今之失，不敢斥言，取比类以言之。兴见今之美，嫌于媚谀，取善事以喻劝之。"又引郑司农曰："比者，比方于物也。兴者，托事于物。"（并见《周官注》）按刘勰《文心雕龙》曰："诗文弘奥，包韫六义，毛公述传[1]，独标兴体。岂不以风通而赋同，比显而兴隐哉？故比者，附也；兴者，起也。附理者，切类以指事；起情者，依微以拟议。起情故兴体以立，附理故比例以生。"（《比兴篇》）又曰："赋者，铺也，铺采摛文，体物写志也。"（《诠赋篇》）钟嵘亦曰："文已尽而意有余，兴也。因物喻志，比也。直书其事，寓言写物，赋也。"（《诗品》）《困学纪闻》更引李仲蒙之说曰："叙物以言情谓之赋，情尽物也；索物以托情[2]谓之比，情附物也；触物以起情谓之兴，物动情也。"朱熹《诗传》则曰："兴者，先言他物以引起所咏之辞也。赋者，敷陈其事而直言之者也。比者，以彼物比此物也。"统观诸说，明赋尚敷陈，修词中之直叙法；比重取譬，修词中之象征法；兴则由彼及此，修词中之联想法也。三者同属触物以起情，特比赋易辨，兴较难知，故《毛传》于《樛木》《桃夭》独标兴体，刘氏谓其"理隐"，钟氏谓其"文已尽而意有余"也。

（二）风雅颂　言风雅颂之区别者，异说愈众，约分三类。《大叙》谓："上以风化下，下以风刺上。主文而谲谏，言之者无罪，闻之者足以戒，故曰风。是以一国之事系一人之本，谓之风。言天下之事，形四方之风，谓之雅。雅者，正也，言王

---

[1] 传　底本作"作"，据《文心雕龙·比兴》(P.601)改。
[2] 托情　底本作"记事"，据《困学纪闻》卷三(P.321)改。

政所由废兴也。颂者,美盛德之形容,以其成功告于神明者也。"则风雅颂者,体制之分,此一说也。朱熹曰:"凡诗之所谓风者,多出于里巷歌谣之作,所谓男女相与咏歌,各言其情者也……若夫雅颂之篇,则皆成周之世,朝廷郊庙乐歌之词,其语和而庄,其义宽而密,其作者往往圣人之徒,固所以为万世法程而不可易者也。"(《诗经集注叙》)则风雅颂由作者而分,此又一说也。惠士奇曰:"风雅颂以音别也。《乐记》,师乙曰:'广大而静,疏达而信者,宜歌大雅;恭俭而好礼者,宜歌小雅。'据此,则大小雅当以音乐别之。"(《诗说》)则风雅颂以音节分,此又一说也。按三说不同,可以相通。风本民俗歌谣之诗,以其广被田间,流传里巷,如气体之疏散,无所不周,故《吕览·音初》言"闻其声而知其风",高诱注训风为俗;《汉书·五行志》:"天子采风以作乐。"[1]应劭注谓风为土地风俗也。雅陈王政之得失,其诗多朝廷士大夫所为,乐尚正声,故雅之义训正,诗合雅乐,故曰雅诗也。颂美盛德之形容,奏之宗庙,昭告神明,出于当时卜祝之手为多。三者创作之人不同,体制不同,故其音律彼此悬殊也。

---

[1]《汉书·五行志》(P.1448):"泠州鸠曰,王其以心疾死乎!夫天子省风以作乐……"

五、风诗背景

风诗所列，十有五国，其周、召、王、豳，同出于周，邶、鄘并于卫，郐、魏无世家。他可考者，陈、齐、卫、唐、曹、郑、秦诸国而已。兹以黄河自朔漠南趋，阻太华而东折，画中国为东西二部。《秦风》《豳风》河西文学，《魏风》《唐风》河东文学，《陈》《郑》《卫》中部文学，《齐风》则海滨文学也。爰析论之。

（一）河西文学　班固《汉书·地理志》曰："秦地于《禹贡》时跨雍梁二州，诗风兼秦、豳两国。昔后稷封斄，公刘处豳，太王徙邠[1]，文王作酆，武王治镐。其民有先王遗风，好稼穑，务本业，故《豳诗》言农桑衣食之本甚备……天水、陇西，山多林木，民以板为室屋。及安定、北地、上郡、西河，皆迫近戎狄，修习战备，高上气力，以射猎为先，故《秦诗》曰：'在其板屋。'又曰：'王于兴师，修我甲兵，与子偕行。'及《车辚》《四载》《小戎》之篇，皆言车马田狩之事。"盖以关中地多膏腴，物产丰饶，号称陆海，兼之民俗强悍，高上气力，故其文学所表见者，务农讲武之事为多。此河西文学之特征也。

（二）河东文学　《汉志》言唐魏曰："邶鄘卫三国之诗，相与同风……其民有先王遗教，君子深思，小学[2]俭陋，故唐诗

---

[1]《汉书·地理志》（P.1642）："大王徙郔，师古曰，今岐山县是。""郔"，同"岐"。
[2] 学　《汉书·地理志》（P.1649）作"人"。

《蟋蟀》《山枢》《葛生》之篇曰,'今我不乐,日月其迈','宛其死矣,他人是媮','百岁之后,归于其居',皆思奢俭之中,念死生之虑。"盖唐魏地居河东,土瘠民贫,物产稀少,人民终岁勤劳,谋生不足。故其文学所表见者,疾痛惨怛之音多,康乐和亲之词尠。此河东文学之特征也。

（三）中部文学 《汉志》言《郑风》曰:"土陿而险,山居谷汲,男女亟聚会,故其俗淫。郑诗曰,'出其东门,有女如云',又曰,'溱与洧,方灌灌兮,士与女,方秉菅兮,恂[1]盱且乐,惟士与女,伊其相谑',此其风也。"又言《陈风》曰:"本太昊之虚……好祭祀,用史巫,故其俗巫鬼。《陈诗》曰:'坎其击鼓,宛丘之下,亡冬亡夏,值其鹭羽。'又曰:'东门之枌,宛丘之栩,子仲之子,婆娑其下。'此其风也。"又言《卫风》曰:"卫地有桑间濮上之阻,男女亦亟聚会,声色生焉,故俗称郑卫之音。"盖三国地势平衍,无高山大河之阻,物产较丰,生活优美,因之人民气质靡柔,性情活泼。故其文学所表见者,男女倡和,习为故然。此中部文学之特征也。

（四）海滨文学 《汉志》于齐地曰:"临菑名营丘,故齐诗曰:'子之营兮,遭我乎嶩之间兮。'又曰:'俟我于著乎而。'此亦其舒缓之体也。"盖其地负海舄卤,五谷少而人民寡,乃劝以女工之业,通鱼盐之利,故其俗弥侈。因之其文学之所表

---

[1] 恂 底本作"洵",据《汉书·地理志》(P.1652)改。

见者，体尤舒缓，文益清绮。此海滨文学之特征也。

统观前述，自西徂东，地域变迁，人民生活殊状，其思想情感所表见之文学，亦即因之异致。文学之关系环境，于此觇之矣。

六、三百篇之作风

十五国风缘地理异势，其思想东西殊致，既如前述，然其作风有共通之点可言，即各篇多属抒情之短什，篇分二章以至八章，章包二句以至十句也。及至大小雅则多记事之长篇，篇有扩至十六章（《正月》十三章，《抑》十二章，《桑柔》十六章），章有包含十二句者（《韩奕》六章，章十二句）。是故风诗言近旨远，寄兴深微，譬犹唐人之绝句。雅诗尽情发挥，抑扬顿挫，譬犹唐人之歌行。至颂诗则《清庙》一章八句，全篇无韵；《昊天有成命》一章七句，全篇无韵；《时迈》一章十五句，全篇无韵；《思文》一章八句，末四句无韵；《载芟》一章三十一句，末三句无韵（详见顾炎武《诗本音》）。且《周颂·清庙之什》十篇十章，《闵予小子之什》十一篇十一章，《商颂·那》《烈祖》《玄鸟》三篇三章，又不似风雅之章重节复也。近人谓风雅之用韵者其声促，颂不用韵，其声缓（王国维说）。则风雅者，繁音促节之抒情诗、叙事诗，《周颂》《商颂》者，音节舒缓之赞美诗。以其一则作于民众，成于士夫，一则出于庙堂之祝卜，其音节区以别矣。试比较三者之异同，列表如次：

1.风	民众文学	抒情诗	短什	多节	重阘	有韵	音促	犹绝句
2.雅	朝廷文学	记事兼抒情	长篇	多节	重调	有韵	音促	犹歌行
3.颂	庙堂文学	赞美诗	短篇	单节	不重调	或无韵	音缓	犹铭诔

观右表[1]知作者地位不同，作风区之迥别，文学之关系个忾又可以见矣。

七、三百篇之艺术及其修词

前言诗人修词，略分赋比兴三类。赋者，叙物以言情也，则重在描写。诗人描写之方面如下。

（一）写人

> 手如柔荑，肤如凝脂，领如蝤蛴，齿如瓠犀，螓首蛾眉，巧笑倩兮，美目盼兮。(《硕人》)

右写美人，前五句仅状其仪容，至后二句则开口欲笑，顾盼生姿，栩栩欲活矣。

> 自伯之东，首如飞蓬。岂无膏沐，谁适为容。(《伯兮》)

---

[1] 右表　即"上表"。原文为繁体竖排，故称。下文同。

右写粗人。

（二）写山水

　　蒹葭苍苍，白露为霜。所谓伊人，在水一方。溯回从之，道阻且长。溯游从之，宛在水中央。（《蒹葭》）
　　南山烈烈，飘风发发。（《蓼莪[1]》）

（三）写田园

　　伊威在室，蟏蛸在户。町疃鹿场，熠燿宵行。（《东山》）
　　鸡栖于埘，日之夕矣，羊牛下来。（《君子于役》）

（四）写风雨气候

　　曀曀其阴，虺虺其雷。（《终风》）
　　北风其喈，雨雪其霏。（《北风》）
　　昔我往矣，杨柳依依。今我来思，雨雪霏霏。（《采薇》）
（此则言春出冬归，不觉征戍已一年也，言外尤有余韵。）

---

[1] 蓼莪　底本脱，据《诗经注析》（P.628）补。

（五）写鸟兽

伐木丁丁，鸟鸣嘤嘤。出自幽谷，迁于乔木。嘤其鸣矣，求其友声。（《伐木》）

嘤鸣求友，视鸟犹人，诗人推己之情，概论一切，修词中所谓情晕也。

萧萧马鸣，悠悠旆旌。（《车攻》）

颜之推谓此诗以动表静，与"蝉噪林逾静，鸟鸣山更幽"无殊（见《家训·文章》篇）。按即杜甫"落日照大旗，马鸣风萧萧"之所本。

尔羊来思，其角濈濈。尔牛来思，其耳湿湿。或降于阿，或饮于池，或寝或讹。尔牧来思，何蓑何笠，或负其糇。（《无羊》）

按此韩愈《画记》所本。

（六）写草木

桑之未落，其叶沃若……桑之落矣，其黄而陨。

(《氓》)

　　桃之夭夭，灼灼其华……桃之夭夭，有蕡其实。
(《桃夭》)

　　上述诗人描写自然，约分六事。至其修词之法，述之如下。
(一)顺叙　穷源尽委，铺叙始终，如：

　　诞寘之隘巷，牛羊腓字之。诞寘之平林，会伐平林。诞寘之寒冰，鸟覆翼之。鸟乃去矣，后稷呱矣。(《生民》)
　　笃公刘，既溥既长。既景乃冈，相其阴阳，观其流泉。其军三单，度其隰原。彻田为粮，度其夕阳。豳居允荒。(《公刘》)

(二)对叙　将两事对照书之，例：
a. 单对

　　女曰鸡鸣，士曰昧旦。(《女曰鸡鸣》)
　　曀曀其阴，虺虺其雷。(《终风》)
　　山有扶苏，隰有荷花。(《山有扶苏》)

b. 复对

就其深矣,方之舟之。就其浅矣,泳之游之。(《谷风》)
我生之初,尚无为。我生之后,逢此百罹。(《兔爰》)

(三)叠叙
a. 叠字例,如:

河水洋洋,北流活活。施罛濊濊,鳣鲔发发。葭菼揭揭,庶姜孽孽。(《硕人》)
青青子衿,悠悠我心。(《子衿》)
是刈是濩,为絺为绤。(《葛覃》)
爰居爰处,爰笑爰语。(《斯干》)
拊我畜我,长我育我,顾我复我。(《蓼莪》)
及尔偕老,老使我怨……不思其反,反是不思。(《氓》)
文王曰咨,咨汝殷商。(《荡》)
委蛇委蛇,式微式微,简兮简兮,其雨其雨。

b. 叠句例. 如:

不我与,不我与。不我过,不我过。(《江有汜》)
嘅其叹矣,嘅其叹矣。啜其泣矣,啜其泣矣。(《中谷有蓷》)

巷无居人。岂无居人？巷无服马。岂无服马？(《叔于田》)

有女如云，虽则如云。有女如荼，虽则如荼。(《出其东门》)

c.叠调例，如：

于以采蘋？南涧之滨。于以采藻？于彼行潦。于以盛之？维筐及筥。于以湘之？维锜及釜。(《采蘋》)

蔽芾甘棠，勿剪勿伐，召伯所茇。蔽芾甘棠，勿剪勿败，召伯所憩。蔽芾甘棠，勿剪勿拜，召伯所说。(《甘棠》)

(四)铺叙　列举数事，依次叙之，如：

四月秀葽，五月鸣蜩，八月其获，十月陨萚。(《七月》)
一之日觱发，二之日栗烈，三之日于耜，四之日举趾。(同上)
五月斯螽动股，六月莎鸡振羽，七月在野，八月在宇，九月在户，十月蟋蟀入我床下。(同上)

(五)排偶　复用对叙，则成排偶，如：

东人之子,职劳不来。西人之子,粲粲衣服。舟人之子,熊罴是裘。私人之子,百僚是试。(《大东》)

或燕燕居息,或尽瘁事国;或息偃在床,或不已于行;或不知叫号,或惨惨劬劳;或栖迟偃仰,或王事鞅掌;或湛乐饮酒,或惨惨畏咎。(《北山》)

按前四排,后六排,并正反相对,见时人之贫富劳逸不均。若韩愈《南山诗》至五十余排,则学此而过之者也。

上述叙物言情之赋也。至比兴之旨,专在抒情,其修词法如下:

(六)感慨

悠悠苍天,曷其有极。(《鸨羽》)
于嗟阔兮,不我活兮。于嗟洵兮,不我信兮。(《击鼓》)

(七)想象

逝将去女,适彼乐土。乐土乐土,爱得我所。(《硕鼠》)
文王陟降,在帝左右。(《文王》)

(八)呼告

赫赫师尹，民具尔瞻。(《节南山》)
叔兮伯兮，何多日也。(《旄丘》)
叔兮伯兮，倡予和汝。(《蘀兮》)

(九)诘质

谁谓雀无角，何以穿我屋？谁谓女无家，何以速我狱？(《行露》)
不稼不穑，胡取禾三百廛兮？不狩不猎，胡瞻尔庭有悬貆兮？(《伐檀》)

(一〇)设譬

如跂斯翼，如矢斯棘，如鸟斯革，如翚斯飞。(此显比)(《斯干》)
哀今之人，胡为虺蜴？(此隐比)(《正月》)

(一一)拟人

鸱鸮鸱鸮，既取我子，毋毁我室。(《鸱鸮》)
跂彼织女，终日七襄。虽则七襄，不成报章。(《大东》)
于嗟鸠兮，无食桑葚。(《氓》)

(一二) 夸饰

一日不见，如三秋兮。(《采葛》)
周余黎民，靡有孑遗。(《云汉》)

八、用韵

三百篇之韵，有用诸句首者，有用于句中者，有用于句末者，为例至繁，兹约言之。

(一) 起韵 韵用于句首，如：

"舒"而脱脱兮，"无"感我帨兮，"无"使尨也吠。
"鴥"彼晨风，"郁"彼北林。

右连句韵例。

"父"兮母兮，畜我不卒。"胡"能有定，报我不述。
"泛"彼柏舟，在彼中河。"髧"彼两髦，实维我仪。

右间句韵例。

(二) 中韵 韵用于句中，如：

日"居"月"诸"。有"壬"有"林"。

匪"载"匪"来",忧心孔"疚"。期"逝"不至,而多为"恤"。

右同句及连句韵例。

有"弥"济"盈",有"鷕"(与弥协)雉"鸣"。
鸿"飞"遵"渚",公"归"(与飞韵)无"所"。

右隔句韵例。

(三)收韵　韵用于句末,如:

清人在"彭",驷介旁"旁"。二矛重"英",河上乎翱"翔"。

清人在"消",驷介麃"麃"。二矛重"乔",河上乎逍"遥"。

清人在"轴",驷介陶"陶"。左旋右"抽",中军作"好"。

右连句韵例。

采采卷耳,不盈顷"筐"。嗟我怀人,寘彼周"行"。
维鹊有巢,维鸠"居"之。之子于归,百两"御"之。

右隔句韵。

　　籊籊竹竿，以钓于"淇"。岂不尔"思"，远莫致"之"。
　　蔽芾甘棠，勿翦勿"伐"，召伯所"茇"。

右首句不用韵例。

　　泛彼柏"舟"，亦泛其"流"。耿耿不寐，如有隐"忧"。

右第三句不韵例。
（四）转韵

　　陟彼"岵"兮，瞻望"父"兮，父曰嗟予"子"（转韵）
行役，夙夜无"已"。上慎旃哉，犹来无"止"。
　　被之僮"僮"，夙夜在"公"。被之祁"祁"（转韵），
薄言还"归"。

右二句转韵例。

　　手如柔"荑"，肤如凝"脂"。领如蝤"蛴"，齿如瓠
"犀"。螓首蛾"眉"，巧笑"倩"（转韵）兮，美目"盼"兮。
　　瞻彼淇奥，绿竹猗"猗"。有匪君子，如切如"磋"，

如琢如"磨"。瑟兮"僩"（转韵）兮，赫兮"咺"兮。有匪君子，终不可"谖"兮。

右末二句转韵例。

君子屡"盟"，乱是用"长"。君子信"盗"（转韵），乱是用"暴"。盗言孔"甘"（转韵），乱是用"餤"。匪其止"共"（转韵），维王之"邛"。

右三次转韵例。

昔在中"叶"，有震且"业"。允矣天"子"（转韵），降予卿"士"。实维阿"衡"（转韵），实左右商"王"。

下莞上"簟"，乃安斯"寝"。乃寝乃"兴"（转韵），乃占我"梦"。吉梦维"何"（转韵），维熊维"罴"，维虺维"蛇"。

右四次转韵例。

（五）错韵

大邦有子，伣天之"妹"。文定厥"祥"（与下梁、光协），亲迎于"渭"（与上妹协）。造舟为"梁"，不显其

"光"。

右两韵互协例。

我心匪"石",不可"转"也。我心匪"席"(与石协),不可"卷"(与转协)也。威仪棣棣,不可"选"也。

右两韵隔协例。

鴥彼飞"隼",其飞戾"天"(副韵),亦集爰"止"。方叔"涖"(与隼协)止,其车三"千"(与天协)。师干之"试"(与止协),方叔率止。钲人伐"鼓"(换韵),陈师鞠"旅",显允方叔,伐鼓渊"渊"(换韵),振旅阗阗。

右三韵以上隔协例。

(六)空韵　空数句不入韵,如:

兄弟阋于墙,外御其侮。每有良"朋",烝也无"戎"。

右二句空韵例。

鸱鸮鸱鸮,既取我子,无毁我室,恩斯"勤"斯,鬻子之"闵"斯。

右三句空韵例。

（七）间韵

爰采"唐"矣，沫之"乡"矣。云谁之思，美孟"姜"矣。期我乎桑"中"（间韵），要我乎上"宫"（与中协），送我乎淇之"上"矣。

右二句间韵例。

卬盛于豆，于豆于"登"。其香始"升"，上帝居"歆"。胡臭亶"时"（间韵），后稷肇"祀"（与时协）。庶无罪"悔"（与祀协），以迄于"今"。

右三句以上间韵例。

九、余论

《大叙》曰："情发于声，声成文谓之音。治世之音安以乐，其政和；乱世之音怨以怒，其政乖；亡国之音哀以思，其民困。"古代诗歌之精旨，系诸音律，未闻取貌遗神，舍音节而徒论其形式者。昔延陵季子观乐于鲁，使工为之歌《周南》《召南》，曰："美哉，始基之矣，犹未也，然勤而不怨矣。"为之歌《邶》

《邶》《卫》，曰："美哉，渊乎，忧而不困者也。"为之歌《王》，曰："美哉，思而不惧，其周之乐[1]乎？"为之歌《郑》，曰："美哉，其细已甚。"为之歌《齐》，曰："美哉，泱泱乎大风也哉。"为之歌《豳》，曰："美哉，荡乎，乐而不淫，其周公之乐乎？"为之歌《秦》，曰："此之谓夏声。夫能夏则大，大之至也，其周之旧乎？"为之歌《魏》，曰："美哉，沨沨乎，大而婉，险而易行，以德辅此，则明主也。"为之歌《唐》，曰："思深哉，其有陶唐氏之遗民乎？"为之歌《陈》，曰："国无主，其能久乎？"自《郐》以下无讥焉。为之歌《小雅》，曰："美哉，思而不贰，怨而不言，其周德之衰乎？犹有先王之遗民焉。"为之歌《大雅》，曰："广哉，熙熙乎，曲而有直体，其文王之德乎？"为之歌《颂》，曰："至矣哉，五声和，八风平，节有度，守有序，盛德之所同也。"（《左氏·襄二十九年》春秋传）是知诗体既异，乐音亦殊，学者审其音而辨其政，故郑玄答张逸曰："国史采众诗时，明其好恶，令瞽矇歌之。"（《郑志》）是风雅颂者本讽谕之声，其妆莫不被之管弦，协诸音律。特古乐失传，诗遂有可歌不可歌之别。（见《大戴礼·投壶》篇）今则词句仅存，声调瞹废，吾人乃舍音节而论其修词、用韵，岂足与言三百篇之精义哉！

---

[1] 此"乐"字及下文"其周公之乐乎"之"乐"，《春秋左传正义·襄公二十九年》（P.1262）、《史记》（P.1452）均作"东"。

本章参考书

毛公《诗传》
郑玄《诗笺》
孔颖达《诗经正义》
朱熹《诗经集注》
马瑞辰《毛诗传笺通释》
胡承珙《毛诗后笺》
陈奂《毛诗传疏》
陈启源《毛诗稽古编》
方玉润《诗经原始》
崔述《读风偶识》
惠士奇《诗说》
梁国珍《诗之雅解》
诸桥辙次《诗经研究》
顾炎武《诗本音》
孔广森《诗声类》《诗声分例》
丁以沚《毛诗正韵》

第二章 论楚辞

一、引论

《诗经》三百篇无楚风,仲尼反鲁正乐,不论楚声,岂以其地僻在南服,輶轩采诗,曩不之及,且文词诘屈,音调恢诡,非诸夏词人所能尽憭邪?自屈原崛兴,振藻骚坛,弟子宋玉、景差、唐勒继起,述作益富。汉刘向都为一集,目为《楚辞》。黄伯思谓:"屈夬之文,皆书楚语,作楚声,纪楚地,名楚物,故谓之《楚辞》。"(《新校楚辞叙》)其说是矣。抑《楚辞》全文,包有民众歌谣,巫觋乐曲,及后人之拟作,故其风格颇露歧异,而《汉书·艺文志》统名之为"屈原赋"者,盖犹希腊荷马之史诗,成于众手,而史家率名之为"荷马诗"也。请申论之。

二、《楚辞》背景

荆楚为西南之泽国,实神州之奥区,东接庐湘,西通巫巴,南极潇湘，北带汉沔，仰眺衡岳、九疑、荆岘、大别之峻，俯窥湘沅、资澧、洞庭、彭蠡之浸，山林蓊郁，江湖浚阔，溪流湍激，崖谷嵌崎，山川之美，超乎南朔，缘此风俗人情，蒙其影响，遂以下列诸事，特著于载籍焉——

    1．民丰土闲，无土山，无浊水，人秉是气，往往清慧而文。（刘禹锡说）

    2．山川奇丽，人民俯仰其间，浣濯清远，爱美之情特著。

    3．民狃于山泽之饶，无饥寒冻馁之虑，人间实际生活非所顾虑，好骋怀闳伟窈眇之理想界焉。

    4．俗信巫而尚鬼（王逸、朱熹说），神话发达。所谓"三皇五帝之书"，中原不可见者，楚史倚相得尽读之，缘是宗教思想流行。

    5．地险流急，人民生性狭隘（郦道元《水经注》说），其爱乡爱国之念固执不化，万折必东。

    右列诸事，皆形成楚人文学之背景，言《楚辞》者所当加意者也。

三、屈原生世

《楚辞》泰半出于屈子，关于屈子生世，后人考订，颇有异同，史家于其生卒年月，亦未明著。兹略考之。

《离骚》发端即自陈其生年曰："摄提贞于孟陬兮，惟庚寅吾以降。"王逸《章句》释之曰："太岁在寅曰摄提格。孟，始也。正月为陬。庚寅，日也。言己以太岁在寅，正月始春，庚寅之日，下母体而生。"屈子盖以寅年寅月寅日降生者也（朱子辨此说，顾炎武《日知录》驳正之）。其以"摄提格"为"摄提"者，格为语尾收声，略而不言也（《史记·天官书》："摄提者，直斗杓所指，以建时节。"是两言通用之证）。江宁陈场以周历推之，谓"楚宣王二十七年戊寅，其建寅之月，朔己巳，二十二日为庚寅"（《屈子生卒年月考》）。仪征刘君更以夏历推之，"楚宣王二十七年戊寅，距入乙卯蔀四十九年，积月六百零六，闰余一。积日一万七千八百九十五，小余六百五十四，大余十五。得庚午为正月朔，庚寅为正月二十一日，屈子之生当在是年"（《古历管窥》）。特其汨罗自沉之日，不可测知（吴均《续齐谐记》云："屈子五月五日投汨罗水，楚人哀之，至此日，以竹筒贮米投水中祭之。"按吴说无根据，陈场辨之）。曹耀湘谓："屈子寿六十有一，死于楚顷襄王四年五月五日。"（《读骚论世·屈子编年》）臆断之谈，亦难取征。惟《史记》称《怀沙》为屈子绝笔，而《怀沙》言"陶陶孟夏"，则屈子当死于楚顷襄王某年之孟夏，上距楚宣王二十七年，享年约四十余龄耳（范希曾《屈子生卒年月及流放地考》说）。

屈子被放之原因，《史记》谓："怀王使屈原造为宪令。屈平属草稿未定，上官大夫见而欲夺之。屈平不与，因谗之曰，'王使屈平为令，众莫不知，每一令出，平伐其功曰以为非我莫能为也'。王怒而疏屈平。"（《屈贾列传》）《新序》谓："张仪之楚，货楚贵臣上官大夫靳尚之属，上及令尹子兰、司马子椒、夫人郑袖，共谮屈原。屈原遂放于外。"（《节士篇》）两说不同。窃按史迁所言，乃怀王时事；刘向所载，则顷襄王时事也。原前后两度被逐，中复使齐，最后乃沉汨渊。容下文详证之。

或言《史记·原传》于上官夺草争宠之下，仅言"王怒而疏屈平"，又言"屈平既绌"，"屈平既疏"，未尝言及流放，乃于"怀王客死，顷襄王立，以子兰为令尹"下，忽著"虽放流"一语，与前文绝不相蒙。顾炎武因谓："放流一节，当在顷襄王怒而迁之之下。太史公信笔书之，失其次序。"（《日知录》）梁玉绳亦谓："自'虽放流'至'岂足福哉'，似宜在顷襄王怒而迁之后。"（《史记志疑》）如此则上下文义协通，中无隔阂，史公之说，亦不致前后矛盾。是原在怀王时，实无被放之事矣。是说也，吾亦尝主之。虽然，详考《史记》及《楚辞》原文，知其误谬。盖原实第一次放于怀王之世，请列四证以明之。

1.《史记·太史公自序》言："屈原放逐，著《离骚》。"又

《报任安书》曰:"屈原放逐,乃著《离骚》。"是原曾于著《离骚》前被放,史迁于他处一再言之,独于原传不详,自是史文脱误,否则"虽放流"三字无根据矣。

2. 屈原本传虽未明著其第一次被放,而有"系心怀王,不忘欲反"及"终无可奈何,故不可以反,卒以此见怀王之终不悟也"诸语,见原在怀王时,实已放逐。若如顾、梁二家之说,移此节于"顷襄王怒而迁之"之后,不知原何以于顷襄王即位之后,仍念怀王,且谓其终不能悟邪? 二家移易史文,于此万不可通。

3.《离骚》曰:"余既不难夫离别兮,伤灵修之数化。""离别"谓其出国门而远适也,此尤足证原著《离骚》前被放,绝无可疑也。

4.《涉江》《哀郢》两篇,为原纪行之作。《哀郢篇》所纪途程,发郢都而至陵阳,乃自西徂东,《涉江》从鄂渚入于叙浦,则自东北而往西南,是前后迁所东西异地。若屈子南迁,何必纡道而东? 顷襄王迁屈子,亦应有定地,更何能容其任情漂荡? 且《哀郢》有"九年不复"之语,见其居东历时久远,与后此南徙,绝非同时,章章明矣。(或谓《哀郢》言"江与夏之不可涉",与《涉江》言"且余济乎江湘",正相吻合,不得截为两事。不知夏水、湘水,一南一北,安容牵合,而谓为一事邪?)

观右列诸证,原实两遭摈斥,已成信谳。至其中间有奉命使齐，谏怀王入秦，及劝杀张仪之事，似曾一度反国，故洪兴祖谓其复用。或谓原传明言"不忘欲反"，"然终无可奈何，不可以反"，洪氏之说，似难征信。且考原谏怀王入秦之言，《楚世家》属之昭雎，是必昭雎之辞，史迁误入之原传者。吾则谓史迁言"不忘欲反""终不可反"者，并指不能复其旧职而言。原虽曾膺重命，载贽出疆，然其足迹尚未履齐廷，怀王已翻悔前议。及再入国门，反以联齐之嫌，见排于群小，三闾大夫之职，终不可复得也。至反谏怀王，有"秦虎狼不可信"之说，与《楚世家》昭雎语雷同，子兰阻谏之语亦同，其误究在原传，抑在《楚世家》，或同时两人并谏，均不可知。即使事属子虚，而劝杀张仪，《楚世家》及《张仪列传》并载其语。是使齐归来，竭忠进谏，确无可疑。证以原自撰之辞，《惜往日》云："愿陈情以白行兮，得罪过之不意。"又"九年不复"之后，以陈辞撄怒而再谪之确据也。

总之，屈子初以上官大夫之谮，东迁陵阳。及怀王见欺于张仪，绝意拒秦，因就近命原使齐。讵未及复命，怀王竟听靳尚诡辞，释去张仪。逮原反齐进谏，已追悔无及矣。卒以是故，秦人不惜重金，厚赂楚诸亲贵以排挤之，乃有再谪溆浦之祸。此其概略也。盖原力主合从，与张仪为政敌。原不能使怀王杀仪，仪终必说顷襄王，置原于死地，使原久亡在外，终不得反。仪何嫉之深，子兰何怨之切，必再迁之而甘心邪？是洪氏复用之说不可信，使齐反谏，固确有其事矣。

《九章》哀郢、涉江及怀沙诸篇，纪其流放之经程，分东西两途。

（一）东迁 《哀郢篇》纪其东迁曰：

民离散而相失兮，方仲春而东迁。

其经程：
1. 发郢都，出国门，遵江夏东行。

去故乡而就远兮，遵江夏以流亡。出国门而轸怀兮，甲之鼂吾以行。发郢都而去闾兮，荒忽其焉故乡。

戴震《通释》曰："夏水首受江入沔，合沔以会于江，其所经之地皆在楚。纪郢以东，汉高帝置江夏郡，今湖北之汉阳、武昌、黄州及安陆、德安东南境是。"
2. 过夏首回顾龙门。

过夏首而西浮兮，顾龙门而不见。

戴曰："夏首在今江陵县东南。"又曰："龙门，楚东门也。"又曰："西浮者，既过夏而东，复溯洄以望楚都。"
3. 南上洞庭，顺江东下。

将运舟而下浮兮,上洞庭而下江。去终古之所居兮,今逍遥而来东。

戴曰:"前云过夏首西浮,故此转而下浮。洞庭当夏首之上,江之南,浮江过夏首已下,南上洞庭,东乃顺江而下也。"
4. 东至夏浦,回乡故都。

　　羌灵魂之欲归兮,何须臾而忘反。背夏浦而西思兮,哀故都之日远。

戴注:"背夏浦西思者,未至夏浦,回首乡西。犹前之过夏首而西浮,裴回故都,不忍径去也。"
5. 又东至于陵阳。

　　当陵阳之焉至兮,淼南度之焉如。

姚鼐曰:"《地理志》云,'卢江出陵阳东南,北入江'。盖彭蠡东源,出今饶州东南界者,古陵阳界及此。故屈子曰'当陵阳之焉至',言不意其忽至此也('焉'有'安'及'于是'两解。《月令》,'天子焉始乘舟',言于是乘舟也。此言'焉至'亦言于是至也,作忽解,非是)。其后陵阳南界乃益狭,乃仅有今南陵铜陵耳。"(《古文辞类纂》)戴以陵阳为陵阳侯之省文,非是。南渡指上文"上洞庭"言,或以此为即《涉江》之"旦济江湘",不知此下明言"九年不复",见留东日久,绝非同时南行,更不容强为附会也。

(二)南迁 《涉江篇》纪其南行曰:

哀南夷之莫吾知兮,旦予济乎江湘。

戴曰:"湘水自洞庭入江,故洞庭以下,则兼江湘之目矣。"其经程:

1. 由鄂渚陆行至洞庭。

乘鄂渚而反顾兮,欸秋冬之绪风。步予马兮山皋,邸予车兮方林。

戴曰:"言于鄂渚登岸,循江岸行,以至洞庭也。乘之言登也。"又曰:"鄂考在今湖北江夏县西江中黄鹄矶上三百步,汉之江夏沙羡,界楚东鄂不远矣。"

2. 自洞庭舟行,西南溯沅江。

乘舲船余上沅兮,齐吴榜以击汰。

戴曰:"自洞庭而舟行溯沅也。"又曰:"沅水注洞庭,在今湖南常德府沅江县，汉长沙益阳也。"

3. 自枉渚溯沅，得辰阳。

朝发枉渚兮，夕宿辰阳。

戴曰："枉渚在今常德府武陵县南，《水经注》曰，沅水东经临沅县南，又东历小湾，谓之'枉渚'是也。自枉渚西溯沅，得辰阳。《水经注》云，沅水东经辰阳县，东南合辰水。水出县三山谷，东南流经其县北，旧治在辰水之阳，故即名焉。"

4. 由沅入溆，至于迁地。

入溆浦余儃佪兮，迷不知吾所如。

戴曰："舟行由沅入溆，至迁所也。"又曰："辰溪口在今湖南辰州府辰溪县西南，溆浦亦在县南。"

详绎前文，屈子既遵江夏东至匡庐，复由湘沅西达辰阳。东迁南迁，异时异地，其非一事，昭然易知。至《怀沙》言："进路北次兮，日昧昧其将暮。舒忧娱哀兮，限之以大故。"方晞原曰："据《涉江篇》，由沅入溆，乃至迁所。则沉罗渊当北行，故有进路北次之语。"是原投汨罗以死，又在其入溆北行时也。

四、屈原思想及其特性

昔人之品骘屈赋者，刘安谓："《国风》好色而不淫，《小雅》怨诽而不乱，若《离骚》者，可谓兼之。"王逸谓："《离骚》之文，依经立义。"汉宣嗟叹，以为皆合经术；扬雄讽味，亦言体同风雅。(《文心雕龙·辨骚篇》)四家举屈赋以方经，固以屈子之思想渊源于儒家也。近人又谓："其瑰意奇行，超然高举，厌世之思，符于庄、列；乐天之旨，近于杨、朱。推其原流，实本于道家。"(刘君《文说·宗骚篇》)窃按屈子非儒非道，实混合儒道以自成一家者也。试观《离骚》之自陈曰："为余驾飞龙兮，杂瑶象以为车。何离心之可同兮，将远逝以自疏。"《涉江》曰："世溷浊而莫余知兮，吾方高驰而不顾。驾青虬兮骖白螭，吾与重华游兮瑶之圃。登昆仑兮食玉英，吾与天地兮同寿，与日月兮齐光。"固抱道家出世思想者也。乃《离骚》又曰："长太息以掩涕兮，哀民生之多艰。"《远游》又曰："惟天地之无穷兮，哀人生之长勤。"其悲天悯人之怀，又复近于儒家也。原既不忍离群独立，愿立志以拯救斯世斯民矣。虽然，当世之人群则又如何？"固时俗之工巧兮，偭规矩而改错。背绳墨以追曲兮，竞周容以为度。"(《离骚》)举世滔滔，又若是其险隘也。"时缤纷其变易兮，又何可以淹留。兰芷变而不芳兮，荃蕙化而为茅。何昔日之芳草兮，今直为此萧艾也？岂其有他故兮，莫好修之害也。"(同上)即有一二君子，亦如白沙在泥，与之俱黑，安足与之言适道者哉？故渔父劝其不凝滞于物，而与世推移，谓："举世皆浊，何不淈其泥而扬其波？众人皆醉，何不哺其糟而歠其醨？"即原自解，亦言："惩热羹而吹齑兮，何不变此志也？欲释阶而登天兮，犹有曩之态也。"（《惜诵》）然而民生各有所乐，原独以好修为常。《橘颂》曰："嗟尔幼志，有以异兮。独立不迁，岂不可喜兮？深固难徙，廓其无求兮。苏世独立，横而不流兮。"宁体解而不肯变其常度焉。原盖思出世而仍求用世，善救人而不能无弃人，斯儒道两家思想混融于其一心，而成此矛盾之人生观也。

　　班固谓屈原"露才扬己，忿怼沉江"。今按《离骚》言："荃不察余之中情兮，反信谗而齌怒……曰黄昏以为期兮，羌中道而改路。初既与余有成言兮，后悔遁而有他。余既不难夫离别兮，伤灵修之数化。"以言怨怼，其痛心疾首，情见乎辞矣。然惟怨之也深，其爱之也乃愈切。"余固知謇謇之为患兮，忍而不能舍也。指九天以为正兮，夫惟灵修之故也"，"岂余身之惮殃兮，恐皇舆之败绩"（《离骚》），其肫切恳至为如何，所谓"九死不悔"者非邪？女嬃申申以戒之曰："鲧婞直以亡身兮，终然殀乎羽之野。汝何博謇而好修兮，纷独有此姱节，薋菉葹以盈室兮，判独离而不服。众不可户说兮，孰云察余之中情。世并举而好朋兮，夫何茕独而不予听？"（《离骚》）原亦自谓："悔相道之不察兮，延伫乎吾将反。回朕车以复路兮，及行迷之未远。"曰："勉远逝而无狐疑兮，孰求美而释女？何所独无芳草兮，尔何怀乎故宇？"（同上）诚以彼之才，游说诸侯，何国不容，而必自令若是？然原又曰："陟升皇之赫羲兮，忽临睨夫旧乡。仆夫悲余马怀兮，蜷局顾而不行。"（同上）终不忍弃父母之邦而远适也。及至过夏首而西浮，顾龙门而不见，沿洞庭以下江，哀故都之日远，其魂魄犹一夕而九逝，冀得返其故乡。鸟恋旧林，狐正首丘之志，未尝斯须去诸怀也。怨君而不忍背君，云国而不能忘国，此又其思想之矛盾，而不知所从适者也。

夫楚立国江汉之滨，山川奇丽，生活优美，人民重精神而轻实际，故其思想源于道家者多。而屈子以宗室之亲，际阳九之运，感时抚事，怵目划心，加以廉正洁清之操，缠绵悱恻之忱，怨悱不乱，永矢弗谖，其特性之所表见，视儒者"知其不可而为"之志，又何异焉？惟其思想源于道，而性质复近于儒，两者反复于其胸中而莫知所择，遂挤原于死地，舍自杀无他途可出矣。吾故谓屈原混儒道为一家者此也。

五、《楚辞》篇目

《汉书·艺文志》著录屈原赋二十五篇。后人因谓自《离骚》以下，《九歌》《九章》及《天问》《远游》《卜居》《渔父》，并出屈原之手。今按王逸章句标《楚辞》为"经"。洪兴祖《补注》目录，"九歌'下注云："一本《九歌》以下至《九思》皆有

'传'字。"朱熹《楚辞辨证》引孔颖达曰："凡书非正经者谓之传。"又曰："按楚辞屈原《离骚》谓之经，自宋玉《九辩》以下，皆谓之传。"是文之出于屈子者为经，不出屈子者为传。洪兴祖所见古本，《九歌》以下，皆题曰传。则舍《离骚》一篇外，古人未尝以为皆屈文也。《汉志》统称"屈赋"，举其大以赅其余，亦犹管子书出六国时为管学者之手（章学诚说），《汉志》特著《管子》八十六篇也。

二十五篇之目，凡《离骚》一篇，《九歌》十一篇，《九章》九篇，《天问》《远游》《卜居》《渔父》各一篇，其数适符。林云铭据司马迁赞"读《离骚》《天问》《招魂》《哀郢》，悲其志"云云，定《招魂》为屈子之作。更谓《九歌》之《山鬼》《国殇》《礼魂》，祭非国家正神，三篇实为一篇"，以求合二十五篇之数。（《楚辞灯》）马其昶亦曰："太史公明言读《离骚》《天问》《招魂》《哀郢》，悲其志，则《招魂》为屈原作，固然无疑。王逸乃以《大招》当之，误矣。"（《屈赋微》）又曰："王船山说，'《九歌》前十篇皆有所专祝之神，至《礼魂》则送神之曲，为前十篇所通用。然则《礼魂》各附前篇之末，不自为篇数'。今定自《离骚》至《渔父》二十四篇，入《招魂》一篇，凡二十五。"按前人以二十五篇统出原手，必增损篇第，求合其数。今订《楚辞》成于楚人，当逐篇讨论，不必拘执确数，妄事分合矣。

(一)《离骚》一篇

王逸《章句》曰:"屈原之所作也……离,别也。骚,愁也。经,径也。言己放逐离别,中心愁思,犹依道径以风谏君也。"《史记》本传定屈子赋骚于见疏以后,使齐之前,则原第一次被放后之作品。其首章自叙世家,篇末略见己志,篇中示耿介,慕灵修,立身行事,反复申陈,实屈子自作之叙传也。

(二)《九歌》十一篇

《东皇太一》《云中君》《湘君》《湘夫人》《大司命》《少司命》《东君》《河伯》《山鬼》《国殇》《礼魂》

王逸曰:"屈原之所作也。昔楚国南郢之邑,沅湘之间,其俗信鬼而好祠。其祠必作歌乐鼓舞,以乐诸神。屈原放逐,窜伏其域,怀忧苦毒,愁思沸郁。出见俗人祭祀之礼,歌舞之乐,其词鄙陋。因为作《九歌》之曲。上陈事神之敬,下以见己之冤。"朱熹《集注》曰:"蛮荆陋俗,词既鄙俚……屈原既放逐,见而感之,颇为更定其词,去其泰甚。"按王说《九歌》屈原因楚乐章而作,朱说屈子重加润色,旧文出于鄙俗。今读其词,如《云中君》之森举,《湘君》之犹夷,《山鬼》之窈窕,《国殇》之雄毅,风格各殊,断非出于一手。曾经屈子订正与否不可知,谓出于民众,诚可信也。

(三)《天问》一篇

王曰:"屈原放逐,忧心愁悴,彷徨山泽,经历陵陆,嗟号旻昊,仰天叹息。见楚有先王之庙,及公卿祠堂,图画天地山川神灵，琦玮僪佹，及古贤圣怪物行事。周流罢倦，休息其下，仰见图画，因书其壁，呵而问之，以渫愤懑，舒泻愁思。楚人哀惜屈原，因共论述，故其文义不次序云尔。"则屈子题壁之词也。虽文义不次，而约略可稽。盖首问天文，则自混沌以至星辰；次问地理，则自汩洪以至物类；终问人事，则由皇古以至战国。纵横俯仰，上下古今，莫不苞举，凡百有一十六事，诚杰构也。惟祠庙非一，奇怪杂陈，见有先后，图或重复。后人纂组，不得其次，致文义错落，虽刘向、扬雄不能详悉耳。

（四）《九章》九篇

《惜诵》《思美人》《抽思》《涉江》《橘颂》《悲回风》《惜往日》《哀郢》《怀沙》

王曰："屈原放于江南之野，思君念国，忧心罔极，故复作《九章》。"洪兴祖据《史记》"上官大夫短屈原于顷襄王，王怒而迁之，乃作《怀沙》之赋"云云，断《九章》作于顷襄王时。朱熹则曰："屈原随事感触，辄形于声。后人辑之，得其九章，合为一卷。非必出于一时之言也。"林云铭乃谓："《惜诵》《思美人》《抽思》作于怀王时，《涉江》《橘颂》《悲回风》《惜往日》《哀郢》《怀沙》作于顷襄王复放江南之后。"今按《惜诵》《思美人》《抽思》三篇皆被放前作，《哀郢》《涉江》纪其东迁南迁之途程，《惜往日》《悲回风》《怀沙》则临绝之音也。其行文直致，辞极凄怆，视《离骚》尤激切云。

(五)《远游》一篇

王曰:"屈原履方直之行,不容于世……乃深惟玄一,修执恬漠。思欲济世,则意中愤然。文采铺发,遂叙妙思,托配仙人,与俱游戏,周历天地,无所不到。然犹怀念楚国,思慕旧故,思信之笃,仁义之厚也。"或谓屈子心存宏济,出世长生之念,似非所有。不知屈子求仙之想,正由时俗陷迫而生。《离骚》言"远逝自疏",《涉江》愿"高驰不顾",比物此志也。

特是篇文句,多摘自《离骚》《九歌》《天问》《九章》,且与严忌《哀时命》,司马相如《大人赋》,及《老》《庄》《淮南》诸书相合,颇疑其出于依托,非原作也。

(六)《招魂》一篇

王逸定为宋玉之作,王夫之、马其昶据《史记》归之屈原,其见然矣。林云铭且以篇首叙文言"朕",篇末乱词言"吾",谓为屈子自招之文。

(七)《卜居》一篇

王曰:"屈原忠直而身放弃,心迷意乱,不知所为,乃往至太卜之家,稽问神明,以定嫌疑,故曰卜居。"朱谓:"屈原哀世人习安邪佞,逆背正直,阳为不知二者是非可否,托于蓍龟,以警世俗。"按王主自决,朱主觉人,似后说为当。

(八)《渔父》一篇

王曰:"屈原放逐在江湘之间,忧愁叹吟,仪容变易。而渔父避世隐身,钓沍江滨,欣然自乐。时遇屈原川泽之域,怪而问之,遂相应答。楚人思念屈原,因叙其词以相传焉。"按《卜居》《渔父》非屈子自设问答之词,盖楚人追叙其词,则二文不出于原矣。

(九)《九辩》九篇

王曰:"楚大夫宋玉之所作也……宋玉者,屈原弟子也。闵惜其师忠而放逐,故作《九辩》以述其志。"

(十)《大招》一篇

王曰:"《大招》者,屈原之所作也。或曰景差,疑莫能明也。"朱熹曰:"今以宋玉大小言赋考之,则凡差语皆平淡醇古,意亦深靖闲退,不为词人墨客浮夸艳逸之态。然后可知《大招》为差作无疑也。"

王逸《章句》于《大招》后附录《惜誓》一篇,淮南小山《招隐士》一篇,东方朔《七谏》七篇,严忌《哀时命》一篇,王褒《九怀》九篇,刘向《九叹》九篇,王逸《九思》九篇。按自《离骚》至于《大招》,文出楚人,目为《楚辞》。《惜誓》以下,则汉人拟骚之作也。说者以楚辞多出于屈原,遂并《九歌》亦归之原著,拟骚多吊原之词,遂谓淮南小山文亦招原,则立说浑含,无当本旨,不可不辨。

六、《楚辞》技术及其修词

上述《楚辞》背景及作者思想、身世,大端略备于是矣。

兹更进而论《楚辞》技术,分描写、想象、抒情三者述之。

（一）描写　刘勰谓:"诗人感物,联类不穷,流连万象之际,沉吟视听之区。写气图貌,既随物以宛转;属采附声,亦与心而徘徊……及《离骚》代兴,触类而长。物貌难尽,故重沓舒状。于是嵯峨之类聚,葳蕤之群积矣。"(《文心雕龙·物色》)又曰:"论山水则循声而得貌,言节候则披文以见时,是以枚、贾追风以入丽,马、扬沿波而得奇。其衣被词人,非一代也。"(又《辩骚》)《楚辞》描写对境,诚能曲尽形容,使人瞻言而见状,即字而知时也。分述如后。

a. 状人,写神人服饰。

高余冠之岌岌兮,长余佩之陆离。(《离骚》)

余幼好此奇服兮,年既老而不衰。带长铗之陆离兮,冠切云之崔嵬。(《涉江》)

右自状。

浴兰汤兮沐芳,华采衣兮若英。灵连蜷兮既留,烂昭昭兮未央。(《云中君》)

灵偃蹇兮姣服,芳菲菲兮满堂。五音纷兮繁会,君欣欣兮乐康。(《东皇太一》)

右写灵巫。

　　帝子降兮北渚,目眇眇兮愁予。(《湘夫人》)
　　若有人兮山之阿,被薜荔兮带女萝。既含睇兮又宜笑,子慕予兮善窈窕。(《山鬼》)

右写鬼神。
b. 状物　写客观对象。

　　山峻高而蔽日兮,下幽晦以多雨。霰雪纷其无垠兮,云霏霏而承宇。(《涉江》)
　　上高岩之峭岸兮,处雌蜺之标颠。据青冥而摅虹兮,遂儵忽而扪天。(《悲回风》)

右写山。

　　朝骋骛兮江皋,夕弭节兮北渚。鸟次兮屋上,水周兮堂下。(《湘君》)
　　冯昆仑以瞰雾兮,隐岐山以清江。惮涌湍之礚礚兮,听波声之汹汹。(《悲回风》)

右写水。

　　泬寥兮天高而气清，寂寥兮收潦而水清，憯凄增欷兮薄寒之中人。(《九辩》)
　　秋既先戒以白露兮，冬又申之以严霜，收恢台之孟夏兮，然坎傺而沉藏。(同上)

右写气候。

　　嫋嫋兮秋风，洞庭波兮木叶下。(《湘夫人》)
　　雷填填兮雨冥冥，猿啾啾兮狖夜鸣。风飒飒兮木萧萧，思公子兮徒离忧。(《山鬼》)

右写风云。

　　秋兰兮麋芜，罗生兮堂下。绿叶兮素枝，芳菲菲兮袭予。(《少司命》)
　　鸟兽鸣以号群兮，草苴比而不芳。鱼葺鳞以自别兮，蛟龙隐其文章。(《悲回风》)

右写草木鸟兽。

(二)想象　诗人重客观之描写，尤重主观之想象。描写者刻画自然界之实在境，想象则表见心灵中虚构之境也。盖图状山川，影写云物，不过摹拟自然之印象。若夫触物圆览，拟容取心，则就外界印象，加以心灵之陶冶，自律之综合，然后呈见而出，使之融合成新生命、新印象。刘勰所谓"参伍以相变，因革以为功，物色尽而情有余者，晓会通也"，斯之谓矣。兹就《离骚》一文征之，其想象约别数类。

　　吾令"羲和"弭节兮，望崦嵫而勿迫。路曼曼其修远兮，吾将上下而求索。前"望舒"使先驱兮，后"飞廉"使奔属。"鸾皇"为余先戒兮，"雷师"告余以未具。
　　吾令"丰隆"乘云兮，求"宓妃"之所在。解佩纕以结言兮，吾令"蹇修"以为理。

右所想象之鬼神。

　　望瑶台之偃蹇兮，见"有娀之佚女"。
　　及少康之未家兮，留"有虞之二姚"。

右所想象之神女。

　　索藑茅以筳篿兮，命"灵氛"为余占之。
　　"巫咸"将夕降兮，怀椒糈而要之。

右所想象之灵巫。

　　驷"玉虬"以乘"鹥"兮，溘埃风余上征。
　　吾令"凤鸟"飞腾兮，又继之以日夜。飘风屯其相离兮，帅云霓而来御。
　　吾令"鸩"为媒兮，鸩告余以不好。"雄鸠"之鸣逝兮，余犹恶其佻巧。
　　恐"鹈鴂"之先鸣兮，使百草为之不芳。
　　为余驾"飞龙"兮，杂瑶象以为车。
　　扬云霓之晻霭兮，鸣"玉鸾"之啾啾。
　　麾"蛟龙"以梁津兮，诏西皇使涉余。

右所想象之鸟兽。

　　余既滋"兰"之九畹兮，又树"蕙"之百亩。畦"留夷"与"揭车"兮，杂"杜蘅"与"芳芷"。
　　朝饮"木兰"之坠露兮，夕餐"秋菊"之落英。
　　揽"木根"以结"茞"兮，贯"薜荔"之落蕊。矫"菌桂"以纫"蕙"兮，索"胡绳"之纚纚。
　　制"芰荷"以为衣兮，集"芙蓉"以为裳。
　　何昔日之"芳草"兮，今直为此"萧艾"也。
　　"椒"专佞以慢慆兮，"樧"又欲充夫佩帏。既干进而务入兮，又何芳之能祗？

右所想象之草木。

　　步余马于"兰皋"兮，驰"椒丘"且焉止息。
　　朝发轫于"苍梧"兮，夕余至乎"悬圃"。
　　饮余马于"咸池"兮，总余辔于"扶桑"。
　　朝吾将济于"白水"兮，登"阆风"而绁马。忽反顾以流涕兮，哀"高丘"之无女。
　　溘吾游此"春宫"兮，折琼枝以继佩。
　　遭吾道夫"昆仑"兮，路修远以周流。
　　朝发轫于"天津"兮，夕余至乎"西极"。
　　忽吾行此"流沙"兮，遵"赤水"而容与。
　　路"不周"以左转兮，指"西海"以为期。

右所想象之境界。

统观前例，神女可以寄情，灵氛可为占吉，凤凰蛟龙可效驰驱，兰蕙蘅芷可供服饰，加之绁马阆风，骖螭悬圃，路不周以左转，遵赤水而容与。屈子之文，可谓苞宇宙于毫端，骋玄思于无极者矣。此古代文学中之象征主义，兼富于神秘色采者也。

（三）表情　刘勰言："诗人什篇，为情而造文；辞人赋颂，为文而造情……为情者要约而写真，为文者淫丽而烦滥。"（《文心·情采》)此言宋玉以下诸家也。若夫辞采繁富而情性不失其切挚者，其惟楚人之文乎？可谓文情相生者矣。试述其例。

1.愤激语。中怀郁伊，尽情倾吐，遂有愤激语，如：

忳郁邑余侘傺兮，吾独困穷乎此时也。宁溘死而流亡兮，余不忍为此态也。(《离骚》)

宁溘死而流亡兮，恐祸殃之有再。不毕辞而赴渊兮，惜壅君之不识。(《惜往日》)

2.委婉语。含蓄蕴藉，婉而成章，诗人温柔敦厚之旨也，如：

沅有芷兮澧有兰，思公子兮未敢言。恍惚兮远望，观流水兮潺湲。(《湘夫人》)

释惠洪《冷斋夜话》引张栻曰："作诗不可直说破，须婉而成章，《楚辞》最得诗人之意，如言'沅有芷兮澧有兰，思公子兮未敢言'，思是人也而不言，则思之意深而不可以言语形容也。"[1]

---

[1] 按：此处疑有误，张栻（1133—1180）生活年代晚于释惠洪（1071—1128），今本《冷斋夜话》中亦无张栻之语。张栻语见《性理大全书》卷五六（P.234），原语谓："须如诗人婉而成章……则思之之意深而不可以言语形容也。"

刘熙载《赋概》曰:"'荒忽兮远望,观流水兮潺湲',正是写出思公子未敢言来。有目击道存,不可容声之意。"

3.壮烈语。慷慨悲歌,使人一读一击节,如:

出不入兮往不返,平原忽兮路超远。带长剑兮挟秦弓,首虽离兮心不惩。诚既勇兮又以武,终刚强兮不可凌。身既死兮神以灵,魂魄毅兮为鬼雄。(《国殇》)

4.反复语。欲趋吉而不忍,明知害而故为。反复两言,不得已之苦衷毕见。

岂余身之惮殃兮,恐皇舆之败绩。(《离骚》)
余固知謇謇之为患兮,忍而不能舍也。(同上)
余既不难夫离别兮,伤灵修之数化。(同上)

5.回旋语。蟠郁顿挫,百折千回,不觉其言词之曼衍,情致之缠绵也,如:

心郁邑余侘傺兮,又莫察予之中情。固烦言不可结诒兮,愿陈志而无路。退静默而莫余知兮,进号呼又莫余闻。申侘傺之烦惑兮,中闷瞀之忳忳。(《惜诵》)

6.层叠语。一意而作数层写之,借增人感,如:

悲哉,秋之为气也!萧瑟兮草木摇落而变衰。憭慄兮若在远行,登山临水兮送将归。泬寥兮天高而气清,寂寥兮收潦而水清。憯凄增欷兮薄寒之中人,怆怳懭悢兮去故而就新。坎壈兮贫士失职而志不平,廓落兮羁旅而无友生。惆怅兮而私自怜。(《九辩》)

"萧瑟"以下皆形容秋气,连作十层写之。

7.反语。反言若正,见事不可能,徒劳无益。

采薜荔兮水中,搴芙蓉兮木末。(《湘君》)

水中无薜荔,木末无芙蓉,喻求神之空往也。

8.希冀语。表示胸中希求,如:

不抚壮而弃秽兮,何不改乎此度也。乘骐骥以驰骋兮,来吾道夫先路。(《离骚》)

9.反诘语。又辞诘责,见言外之旨,如:

何所独无芳草兮,尔何怀乎故宇?(《离骚》)

麋何食兮庭中？蛟何为兮水裔？（《湘夫人》）

10. 呼问语。呼其人而诘问之，如：

汝何博謇而好修兮，纷独有此姱节？（《离骚》）
世并举而好朋兮，夫何茕独而不余听？（同上）
请问于鵩兮，余去何之？（贾谊《鵩鸟赋》）

11. 相形语[1]。两端较量，见无坦途可出，或哀乐以相形而益显，如：

退静默而莫予知兮，进号呼又莫予闻。（《惜诵》）
登高吾不说兮，入下吾不能。（《思美人》）
悲莫悲兮生别离，乐莫乐兮新相知。（《少司命》）

12. 夸饰语。充类至尽言之，不必符于实际也，如：

亦余心之所善兮，虽九死其犹未悔。（《离骚》）
惟郢路之辽远兮，魂一夕而九逝。（《抽思》）

---

[1] 语　底本脱，据上下文酌补。

外此，《楚辞》句法之排列，有异于恒言者，如云"吉日兮辰良"，文法错综，"高余冠之岌岌，长余佩之陆离"，状字列前（"高""长"皆状字，应置句中），者当日文句之奇侅者也。至"兮"字为语所稽（《说文》），"些"即诗中之"斯"（王引之《经传释词》），"只"即诗中之"止"（《学斋呫哔》），则又《楚辞》中之助语。盖皆所以曼引其声，便于讽吟者也。

本章参考书

王逸《楚词章句》

洪兴祖《楚词补注》

朱熹《楚词集注》

林云铭《楚词灯》

戴震《屈原赋注》《屈赋通释》

马其昶《屈赋微》

陈玚《屈子生卒年月考》

刘师培《古历管窥》（辛亥《国粹学报》中）

范希曾《屈原生卒年月及流放地考》（《国学丛刊》中）

胡光炜《离骚文例》（同前）

杨伟业《屈原事迹》（《广大文科季刊》）

第三章
诗骚之比较

一、引言

诗三百篇,雅颂起于岐丰,十五国风采自河济之间,并属北人之文。惟周、召化行南国,地在南阳、南郡之间(《韩诗说》),南人诗歌,似著端倪。然窃考《周南》之言"汉广""汝坟",《召南》之言"汝沱",犹之《大雅》之有"江汉",仍属北人主教化者之咏歌,绝非被化南人之述作,可以断言。是故三百篇者,黄河流域文学之大宗也。

自风雅寖声,奇文郁起。屈、宋振藻于郢都,唐、景蜚英于湘沅,惟楚多材,新声竞响,南人文学,斯其嚆矢。持较北人之文,其同异之迹,约别数端言之。

二、诗骚之渊源

文学之分南北,非始周代也;溯其造端,实本于前世。《吕氏春秋》曰：："禹行功，见涂山之女，禹未之遇而巡省南土。涂山氏之女乃命其妾候禹于涂山之阳，女乃作歌。歌曰，'候人兮猗'。实始作为南音……有娀氏有二佚女，为之九成之台，饮食必以鼓。帝令燕往视之，鸣若谧隘，二女爱而争搏之，覆以玉筐，少选，发而视之，燕遗二卵，北飞，遂不反。二女作歌，一终曰，'燕燕往飞'，实始作为北音。"（《音初篇》）是南音远源于夏人，北音尚承乎商世者也。斯说也，证之诗骚而益信。

《楚辞》曰："启《九辩》与《九歌》兮，夏康娱以自纵。"（《离骚》）又曰："启棘宾商，《九辩》《九歌》。"（《天问》）王逸注："《九歌》《九辩》，启作乐也。"《山海经·大荒西经》郭注引《归藏》亦有"启作《九辩》《九歌》"之说。《左氏春秋传》亦谓夏以水火金木土谷谓之六府，正德、利用、厚生谓之三事。六府三事，谓之九功。九功之德，皆可歌也（文七年传）。凡此并楚人传颂夏代文学之确证。考《史记·货殖传》，颖川、南阳，故夏人之居，其地实邻楚境，故其文流为南音也。

《国语》载闵马父言，"正考父校商之名颂十二篇于周太师，以《那》为首"。商诗掌于周官，此其明据。且考之《周礼》，太师教六诗，颂当其一。则商诗者，周人文学之教本也。故周诗体制，大端不异于商颂（说详下节），且其文辞有袭取商诗者，如《桧风·隰楚》之"阿傩"，《小雅·隰桑》之"阿难"，与《商颂》之"猗那"，皆美盛之貌。《云汉》之"昭假无赢"与《长发》之"昭假于天"，并迟久之称（马瑞辰《毛诗传笺通释》

说），至《烈祖》之"时靡有争"句，直同《江汉》，"约軝错衡"句，直同《采芑》，凡是皆北音源于殷商之明证。此南北文学渊源之不同也。

三、诗骚之背景

　　班固曰："凡民函五常之性，而其刚柔缓急，音声不同，系水土之风气，故谓之风；好恶取舍，动静亡常，随君上之情欲，故谓之俗。孔子曰，'移风易俗，莫善于乐'。"（《汉书·地理志》）是音乐之功，足以转移风俗；而音乐之成，又必因缘风俗也。故考南北文学之背景，先当就两地之风俗比较观之。

　　班书地志言春秋各国风俗与诗歌之关系綦详（说见第一章风诗之背景节）。

　　观其所述，知各地风诗，莫不随其习俗为转移。而北方各国，舍郑卫淫靡，齐诗舒缓而外，余多言农桑衣食之本，思奢俭之中，重生死之虑，是知十五国风，无不切于人事，固皆写实文学而非理想文学也。至班氏言楚人风化则曰：

　　　　楚有江汉川泽山林之饶，江南地广，或火耕水耨，民食鱼稻，以渔猎山伐为业。果蓏蠃蛤，食物常足，故呰窳偷生，而亡积聚。饮食还给，不忧冻饿，亦亡千金之家。信巫鬼，重淫祀，而汉中淫失枝柱，与巴蜀同俗。汝南之别，皆急疾有气势。江陵故郢都，西通巫巴，东有云梦之饶，亦一都会也。

因其物产饶给，思想瑰奇，故发为诗歌，神女作赋，山鬼名篇，迥异北人之文。此南北文学背景之不同也。

四、诗骚之体制

诗有六义。风雅颂者，诗之体；赋比兴者，诗之用。刘勰谓，赋者"受命于诗人，拓宇于《楚辞》……六义附庸，蔚成大国"（《文心·诠赋》），是赋原古诗之流，后乃别成异派，不足与诗并立也。班固《汉书·艺文志》著录屈原赋二十五篇、唐勒赋四篇、宋玉赋十六篇，于诗赋略谓"不歌而颂，斯谓之赋"，是赋又诗之一体，仅堪讽颂而不能入乐者也。然吾则谓贾谊、枚乘以下诸家之述造，可以谓之赋，若屈宋之作则当正名曰"辞"，而不得目之为赋也。请列三证以明之。

《史记》言："三百五篇，孔子皆弦歌之，以求合韶武雅颂之音。"（《孔子世家》）北地诗歌固皆被之管弦，协诸音律矣。而《宋书·乐志》楚辞钞，《今有人》一歌，即用《楚辞》之《山鬼》。《隋书·经籍志》亦言隋时有释道骞善读《楚辞》，能为楚声。是《楚辞》音节，晋宋人犹能识之。故诗有"下莞上簟，埙篪协奏"之文。而《楚辞》亦有"陈竽瑟兮浩唱……五音纷兮繁会",及"箫钟瑶簧,鸣[1]鼛吹竽"之句。是《楚辞》可歌,与赋之仅能讽诵者不同。此其证一。

王逸云:"《离骚》之文,依诗取兴,引类譬谕。故善鸟香草以配忠贞,恶禽臭物以比谗佞;灵修美人以媲于君,宓妃佚女以譬贤臣;虬龙鸾凤以托君子,飘风云霓以为小人。"(《章句叙》)是比兴之用,诗辞所同。《楚辞》非赋,此其证二。

昭明《文选》骚赋异部,不相杂厕,论者或诮其琐。刘氏《文心·辨骚》《诠赋》,亦各为篇,而为之说曰,《离骚》"轩翥诗人之后,奋飞辞家之前"。是知骚之体制,介乎诗赋之间;赋之发生,实在诗骚以后。赋实古诗之流,辞则与诗异境。《楚辞》非赋,此其证三。

由斯三证,知《楚辞》可歌,且符六义,实与三百篇无异。其不同者,音节章句已耳。此南北文学体制之比较也。

五、章句之比较

诗人之辞,有一言至八言成句者。《缁衣篇》"敝"字、"还"字,一言也。"鳏鳏""祈父""肇禋",二言也。三言如"振振鹭""螽斯羽"。五言如"谁谓雀无角""胡为乎泥中"。六言如"我姑酌彼金罍""嘉宾式燕以敖"。至"父曰嗟予子行役""以

---

[1] 鸣 底本作"以",据《楚辞补注》(P.75)改。

燕乐嘉宾之心",则为七言。"我不敢效我友自逸",则为八言。长短固无定制,然统观三百篇,率以四言为正体,余仅一句二句杂在四言之间(挚虞《文章流别论》说),不可多觏。若南人诗歌之可考者,一为《史记·滑稽传》所载优孟之《慨慷歌》[1],其词曰:

> 贪吏而不可为,而可为;
> 廉吏而可为,而不可为;
> 贪吏而不可为者,当时有污名;
> 　　而可为者,子孙以家成。
> 廉吏而可为者,当时有清名;
> 　　而不可为者,子孙困穷,被褐而负薪。
> 贪吏常苦富,
> 廉吏常苦贫。
> 独不见楚相孙叔敖,廉洁不受钱。

长至十四言,少亦八字,较北人诗歌不侔矣。《论语》载楚狂接舆之歌曰:

> 凤兮凤兮,何德之衰也。

---

[1]《史记·滑稽列传》(P.3201)所载为另一歌,通称"优孟歌"。《慷慨歌》收入沈德潜选编《古诗源》(P.12),题作"忧慨歌",文句无异。

> 往者不可谏兮,来者犹可追也。(此句依《史记》)
> 已而已而,今之从政者殆而。

《孟子·离娄篇》载孺子《沧浪之歌》,与《楚辞》渔父之歌不异。阎氏《四书释地》考沧浪为汉水流经之所,知是诗必楚人之文。其辞曰:

> 沧浪之水清兮,可以濯我缨;
> 沧浪之水浊兮,可以濯我足。

句并长短错综,而不限于四字。至《楚辞》屈原之《离骚》《九歌》《九章》,其句法变化益多,例如:

> 玄文处幽兮,矇瞍谓之不章;
> 离娄微睇兮,瞽以为无明。
> 变白以为黑兮,倒上以为下。
> 凤皇在笯兮,鸡鹜翔舞。
> 同糅玉石兮,一概而相量。
> 夫惟党人之鄙固兮,羌不知余所臧。(《怀沙》)

则四言、五言、六言、七言,莫不具备。宋玉之《九辩》曰:

> 悲哉，秋之为气也！
> 萧瑟兮草木摇落而变衰。
> 憭慄兮若在远行，
> 登山临水兮送将归。
> 泬寥兮天高而气清，
> 寂寥兮收潦而水清。

其变化益繁，绝非一式之所能限。故北人诗歌形式整齐，南人辞赋句读参差，此其异也。

复考三百篇之章句，若《采蘋》之诗，重章共述一事；《甘棠》之诗，一事叠为数章；《东山》之诗，初同而后异；《汉广》之诗，首异而亢同。要皆一义而更申，或章重而文变，较《楚辞》之滔滔千百言，一气贯注，不能强分章节者，又大不侔。是故北人诗歌言短而调重，南人辞赋句读之长短无恒，篇章之变化非一。此南北文学章句之不同也。

六、音律之比较

《汉书·礼乐志》谓，《房中乐》，高祖唐山夫人所作，高祖好楚声，故《房中乐》楚声也。前云楚声可歌，《楚辞》与赋，实非同物，于此益信。虽然南北诗歌同能被之管弦，其音节之高下、疾徐、飞沉、抗坠，未必符也。爰就其音律而论列之。

刘勰称："诗人综韵，率多清切；《楚辞》辞楚，故讹韵实繁。及张华论韵，谓'士衡多楚'。《文赋》亦称：'知楚不易。'可谓衔灵均之声余，失黄钟之正响也。"（《文心·声律》）此其所辨，两者音韵之异同，非音律之差别也。矧生千载之后，雅颂之音节无征，骞公之流风歇绝，而欲比较其得失，不几同于叩盘扪烛者哉？然窃按之音理，平声曼长，仄声短促，洪音激越，细音凄清，此其区别之显然易辨者也。试求之诗骚，凡《离骚》一篇用模韵者四十有八[1]：

与 [古乌声模韵（下省声韵二字）] 莽（古明模）莫（同上）度（古杜模）路（古洛模）○路（见上）步（古蒲蔓切模之入声）○武（古明乌）怒（古泥模）舍（古桑模）故（古古乎）路（见上）○予（古乌模）野（同上）○狐（古匣模）家（古见模）○辅（邦模）土（透模）○圃（滂模）莫（明模）○夜（影铎转影模）御（疑模）下（匣模）予（影模）伫（定模）妒（定铎转定模）马（明模）女（泥模）○下（见前）女（见前）○固（见模）恶（影铎转影模）寤（疑模）古（见前）慕（明模）女（见前）女（见前）宇（影模）恶（见前）○迎（疑模）故（见前）○举（见模）辅（见前）○女（见前）下（见前）○与（影模）予（见前）都（端模）居（见模）

咍韵二十有六：

能（古泥咍）佩（古蒲咍）○在（古从咍）茝（古他咍）○亩（古明咍）○芷

---

[1] 下列计四十九字，疑"慕"之后二"女"有一衍，或只按一字算。

（古德咍）○茞（见上）悔（晓咍）○时（杜咍）态（他咍）○兹（精咍）词（心咍）○悔（见前）醢（晓咍）○佩（并咍）诒（影咍）在（见前）理（来咍）○异（影咍）佩（见前）○疑（疑灰转疑咍）之（端咍）○媒（明咍）疑（见前）○待（定咍）斯（溪咍）

歌戈萧韵各十有二：

它（他戈）化（晓戈）○藻（泥歌）纚（桑歌）○离（转歌）亏（同）○差（清歌）颇（滂歌）○可（溪歌）我（疑歌）○化（晓歌）离（见前）游（影萧）求（溪萧）○好（晓萧）巧（溪萧）○遥（影萧）姚（影豪转新萧）○同（定东与萧对转为韵）调（定萧）○留（来萧）茅（明萧）○流（来萧）啾（精萧）

考歌模古隶收 o，萧韵收 oi，咍韵收 oi。是骚人之音，平声多于仄声，洪音多于细音也。更据段玉裁《六书音韵表》所载，三百篇用韵，第十五韵脂、微、齐、皆、灰为最多，第一部之咍韵次之。两部之中，灰声、入声更较平声为多。考脂韵收 ei，微收 uei，齐收 i，皆收 ai，灰收 uoi，之收 ei，咍收 oi，并属细音。据是则楚声迂徐而凄清，北音沉顿而雄浑，可以概见。昔康德涵论曲，谓"南词主清越，其变也为流丽；北曲主慷慨，其变也为朴质。惟朴质，故声有矩度而难借；惟流丽，故唱得宛转而易调"。王元美谓："北主劲切雄丽，南主清悄柔远。北气易粗，南气易弱。"若按之诗骚，则两氏之说，尤足信矣。此南北文学音律之不同也。

七、思想之比较

　　诗三百篇，大抵圣贤发愤之作。父子之恩缺，则《小弁》之刺生；君臣之礼废，则《桑扈》之讽起；夫妇之道绝，则《谷风》之篇奏；骨肉之亲离，则《角弓》之怨兴；君子之路塞，则《白驹》之诗赋（范宁《穀梁集解序》）。稽其各篇之造端，莫不因缘于世变。故其文属于主观者多，即写物附意，飏言切事，比类虽繁，必切近人事。是以诗人之词丽以则，半属主观之文。若《离骚》言求宓妃之所在，见有娀之佚女，留有虞之二姚，聊浮游而求女，命灵氛为吉占，皇剡剡其扬灵，尚不过借题托兴，抒发其惓勤恳切之怀。至瑰意奇行，超然高举，继马阆风，骖螭西极，磕埃风而上征，过江皋而延伫，顾下土而愁予，与佺期以为友，益杳冥恍忽，汪洋恣肆，逍遥涵泳于想象界而出乎人间世矣。非纯粹客观之文学欤？

　　诗人典则而言约，辞人淫丽而句繁，此刘氏之说也。顾诗词之异，不仅俾色揣称，踵事日增，绣错绮交，由疏趋密已矣。其模山范水，体物达情，亦复节奏有惨舒之别，山川有明昧之殊。此盖由南北异宜，故致悲愉改境也。若夫实际生活，彼此大端从同，思致宜无区别。然观《周颂》祭诗，春祈谷则《噫嘻》《载芟》之篇作；秋冬报社稷则《丰年》《良耜》之咏兴。在昔词人，固莫不凭主观之独见，歌禾稼之毕登也。若夫辞人则不然，感草木之摇落，哀蟋蟀之宵征，叹霜露之凄惨，独萎约而悲愁矣。周作人《欧洲文学史》言：

> 悲剧喜剧之兴，俱因生气精灵之礼拜，然同而实复殊。Dithyrambos 者，迎春之曲，自 Arion 以来，多经文人润色，言近雅驯，其时在春季，演神之奋争苦难，终之以灵见，志在用感应之术，以促春气。社祭者田夫野老之所为，其时在秋季，禾稼已登，葡萄酒熟，民生丰乐，皆由神赐，礼有报赛，罄其感荷。迎春之时，惧春之不再来，故悲哀之气寓于喜望之中，化而为剧，亦写人生之奋争苦难。秋赛之时则喜春之重来，予万物以有生之乐，故欢愉之气，寄于感激之中，叫嚣从肆，不能自禁，化而为剧，则嘻笑怒骂，亦无所变也。

是故春悲秋喜，古代东西文人思想莫不如是。悲秋之念，发自楚人。此南北文学思想之不同也。

八、情感之比较

情发于声，声成文谓之音，治世之音哀以乐，凡风雅之所载者，皆鸣盛世之和声也。至王道衰，礼义废，政教失，国异政，家殊俗，而变风变雅作，其言不免于偏荡矣。《苕之华》曰："知我如此，不如无生。"《硕鼠》曰："逝将去汝，适彼乐土。"

《北门》曰:"已焉哉!天实为之,谓之何哉。"《兔爰》曰:"我生之初尚无为,我生之后,逢此百罹。"何忧殷语迫,辞气愤慨,无复丝毫温柔敦厚之致耶?至屈原伤灵修之数化,怨灵修之浩荡,哀朕时之不当,不忍与此终古,而终睠怀故都,不忘欲返,曰:"余固知謇謇之为患兮,忍而不能舍也。指九天以为正兮,夫唯灵修之故也。"曰:"宁溘死以流亡兮,余不忍为此态也。"曰:"虽体解吾犹未变兮,岂余心之可惩。"其萦忤闷郁之怀,虽欲叩帝阍以陈词,从彭咸而沉溺,然一临睨旧乡,哀高丘之无女,其眷恋之情,迫切于真诚,反侧于梦寐,终不忍以此自疏。后人读其文词,鲜有不潸然涕泣,盖感人若是其深切也。其《九章》曰:

惜诵以致愍兮,发愤以抒情。所非忠而言之兮,指苍天以为正。令五帝以折中兮,戒六神与向服。俾山川以备御兮,命咎繇使听直。竭忠诚以事君兮,反离群而赘肬。忘儇媚以背众兮,待明君其知之。言与行其可迹兮,情与貌其不变。故相臣莫若君兮,所以证之不远。吾谊先君而后身兮,羌众人之所仇也。专惟君而无他兮,又众兆之所雠也。壹心而不豫兮,羌不可保也。疾亲君而无他兮,有招祸之道也。思君其莫我忠兮,忽忘身之贱贫。事君而不贰兮,迷不知宠之门。忠何罪以遇罚兮,亦非余之所志也。行不群以巅越兮,又众兆之所咍也。纷逢尤以离谤兮,謇不可释也。情沉抑而不达兮，又蔽而莫之白也。心郁邑余侘傺兮，又莫察余之中情。固烦言不可结诒兮，愿陈志而无路。退静默而莫余知兮，进号呼又莫余闻。申侘傺之烦惑兮，中闷瞀之忳忳。

一篇之中，三复致意，大抵不外乎存君兴国之怀。至《离骚》言："长太息以掩涕兮，哀人生之多艰。"《远游》曰："惟天地之无穷兮，哀人生之长勤。"则其悲愍恻怛之诚，横贯乎人群，竖穷乎来劫，视三百篇诗人以幽思愤闷，而遽思栖迟于衡泌，聊且喜乐，以消此永日者，其度量之相越，何可以道里计哉？是故北人多慷慨激昂之怀，南人多悱恻缠绵之致，则其情感之不同也。

九、宗教之比较

宗教崇拜，诗人最盛。惟北人之言上帝神祇也，仅属抽象之表见，未尝为具体的描写也。观《小雅》之诗曰：

> 有皇上帝，伊谁云憎？（《正月》）
> 日月告凶，不用其行。（《十月之交》）
> 浩浩昊天，不骏其德。（《雨无正》）
> 昊天疾威，敷于下土。（《小旻》）

天步艰难，之子不犹。(《白华》)

至《皇矣》之诗曰：

　　皇矣上帝，临下有赫。监观四方，求民之瘼。
　　帝谓文王，予怀明德。不大声以色，不长夏以革。不识不知，顺帝之则。

此诗所言之天帝，不独有意志之表见，且有视听言动之可验矣。然而天帝之见象若何，终未尝有具体之说明也。至辞人言神灵之服饰曰：

　　灵衣兮被被，玉佩兮陆离。(《大司命》)
　　若有人兮山之阿，被薜荔兮带女萝。(《山鬼》)

言神之容止曰：

　　帝子降兮北渚，目眇眇兮愁予。(《湘夫人》)
　　灵皇皇兮既降，猋远举兮云中。览冀州兮有余，横四海兮焉穷。(《云中君》)
　　君回翔兮以下，踰空桑兮从女。纷总总兮九州，何寿夭兮在予。高飞兮安翔，乘清气兮御阴阳。吾与君兮齐速，

导帝之兮九坑。(《大司命》)

盖北人处境艰屯,恒觉天威之可畏,其于鬼神也,每惮而畏之,故仅能为抽象的描写。南中山川明媚,花鸟宜人,咸感自然之可爱,其于神也,多狎而玩之,故能为具体之表示。此南北文学中所言宗教之不同也。

十、结论

由前述各端言之,南北文学,其形式有整齐参差之异,音节有径直迂曲之殊,物色之质素优美不同,思想之征实凭虚各异。推之情感之表示,宗教之信仰,彼此咸乖异而互违。对境而观,知文学固阐发性灵之工具,其关系于时间、空间,亦昭昭不可忽也。

本章参考书

《吕氏春秋·音初篇》
《汉书·地理志》《艺文志》
《隋书·经籍志》
刘师培《南北文学不同论》(《国粹学报》中)
铃木虎雄《骚赋生成论》(《支那文学研究》中)

第四章 论汉魏六代赋

一、赋之义界

《周官》,太师教六诗,赋居其一;《毛诗·关雎叙》,诗有六义,其二曰赋。赋者,古诗之一体,原包涵于诗中,非离诗而独立也。考其意义,郑玄《周官注》曰:"赋之言铺,直铺陈今之政教善恶。"(孔颖达诗疏同)刘勰《文心雕龙》:"赋,铺也。铺采摛文,体物写志也。"钟嵘《诗品》:"直陈其事,寓言写物,赋也。"按赋之本义,原训班、敛,凡言以物班布与人或敛诸人者,并得言赋。其称文体,字当作敷,或作敷,通作铺,义训为布,谓敷布闻见,托物以谕志也。故刘熙《释名》曰:"赋,敷也,敷布其义谓之赋。"皇甫谧曰:"赋也者,所以因物造端,敷宏体理。"(《三都赋叙》)陆机亦云:"赋体物而浏亮。"(《文赋》)盖赋尚直陈,无取比兴,故能与诗画界,而终有别于诗也。且夫诗贵吟咏,声必协乐,而赋则仅堪讽诵,不必被之管弦。故班固《汉志》引传曰:"不歌而诵谓之赋。"(皇甫谧

《三都赋叙》亦曰:"古人称不歌而诵谓之赋。")考《周官》,大司乐"以乐语教国子,兴道、讽诵、言语",郑注:"倍文曰讽,以声节之曰诵。"夫歌必永言,诵则以声节之。不歌而诵者,赋虽不必歌咏,而读之须音节谐适,比于徒歌,为乐语之一种。此其所以为古诗之流,终以附庸蔚成大国也。

二、赋之源流

《国语》载召公言:"公卿献诗,师箴瞍赋。"《毛诗·定之方中传》言:"登高能赋,可以为大夫。"班固曰:"古者诸侯卿大夫交接邻国,以微言相感,当揖让之时,必称诗以谕其志。"凡此皆言赋诗。故孔子曰:"诵诗三百,使于四方,不能专对,虽多奚为?"又曰"不学诗,无以言"也。若夫后世之赋,则起于贤人失志之作。班固曰:"春秋之后,周道寖坏,聘问歌咏不行于列国,学诗之士逸在布衣,而贤人失志之赋作矣。大儒孙卿及楚臣屈原离谗忧国,皆作赋以讽,咸有恻隐古诗之义。其后宋玉、唐勒,汉兴,枚乘、司马相如,下及扬子云,竞为侈丽闳衍之词,没其风谕之义。"其意以为孙卿、屈原之赋犹近古诗,扬子云所谓"诗人之赋"也。若夫侈丽闳衍之词,则起于宋玉、唐勒以后,故挚虞《文章流别论》言:"孙卿、屈原尚有古诗之义,至宋玉则多浮淫之病。"《文章缘起》乃谓:"赋,楚大夫宋玉所作。"今言汉赋则自宋玉、唐勒、景差始。

《汉志》依《七略》，次赋为四类：一曰屈原以下二十家赋，二曰陆贾以下二十一家赋，三曰孙卿以下二十五家赋，四曰杂赋十二家。章炳麟曰："屈原言情，孙卿效物。陆赋不可见，其属有朱建、严助、朱买臣诸家，盖从横之变也。"（《国故论衡·辨诗》）是刘略所次，一为抒情之赋，二为纵横之赋，三为体物之赋，四为总集之杂赋。纵横赋求之两京，几不可见；孙卿效物之词，传者亦鲜，蔡邕之赋短人，庶几近似。外此，徐幹有《玄猿》《漏卮》《团扇》《橘赋》四篇，今并不存，其体盖曰就式微矣。两京之作，并与屈原同流，宜尽入抒情一类。然纵观汉人述作，惟贾生《惜誓》上法《楚辞》，《鵩鸟》则效《卜居》。其他诸家，大抵骋赡丽之词，绣错绮交，铺张扬厉，求其缘情发义，邈不可得，则扬雄所称为"词人之赋"者也。词人专取诗中赋之一义以为赋，又取骚中赡丽之词以为词，若情若理，有不暇及（陈懋仁《文章缘起注》）。虽受命于诗人，拓宇于《楚辞》，而终与风骚分疆划境，盖则之与淫，区以别矣。

三、赋之修辞及其技术

　　昔汉宣帝谓："辞赋大者与古诗同义，小者辩丽可喜，譬如女工有绮縠，音乐有郑卫。"（《汉书·王褒传》）司马相如论赋曰："合纂组以成文，列锦绣以为质。"（《西京杂记》）刘勰亦称其"丽辞雅义，符采相胜，如组织之品朱紫，画绘之著玄黄。文虽新而有质，色虽糅而有本"。总三家之说，是辞藻绮靡，文采炜烨，藻饰之盛，未有如赋者也。然今观司马相如《子虚》《上林》以下，班固之赋《两都》，张衡之赋《两京》，左思之赋《三都》，其文有定式，词多堆砌，有未足尚者，试分述之。

（一）描写　张衡《南都赋》叙述山川城郭草木鸟兽，其词特详，如曰：

尔其地势，则武阙关其西，桐柏揭其东。流沧浪而为隍，廓方城而为墉。汤谷涌其后，泲水荡其胸，推淮引湍，三方是通。

其宝利珍怪，则金采玉璞，隋珠夜光。铜锡铅锴，赭垩流黄。绿碧紫英，青雘丹粟。太一余粮，中黄瑴玉。松子神陂，赤灵解角。耕父扬光于清泠之渊，游女弄珠于汉皋之曲。

其山则崆峣嶱嵑，嶒崚嶚剌，岜峇巁嵬，崟巇屹嶨。幽谷嶜岑，夏含霜雪。或嵺嶙而缠联，或豁尔而中绝。鞠巍巍其隐天，俯而观乎云霓。

其木则柽松楔椶，櫁柏杻橿，枫柙枦枥，帝女之桑。楈枒栟榈，柍柘檍檀。结根竦本，垂条婵媛。布绿叶之萋萋，敷华蕊之蓑蓑。玄云合而重阴，谷风起而增哀。攒立丛骈，青冥旰瞑。杳蔼蓊郁于谷底，森罇罇而刺天。虎豹黄熊游其下，縠玃猱狖戏其巅。鸾鹭鹔鹲翔其上，腾猿飞鼺栖其间。

其竹则钟笼䈽篾，筱簳箛箠，缘延岻阪，澶漫陆离，阿那蓊茸，风靡云披。

尔其川渎，则滢澧藻汻，发源岩穴。潜庐洞出，没滑㵧漓，布濩漫汗，潒沆洋溢。总括趍歙，箭驰风疾。流湍投濊，砏汃輣轧，长输远逝，潎洌浅泪。

其水虫则有蠾龟鸣蛇，潜龙伏螭，鳀鳣鳡鳙，鼋鼍鲛鰽，巨蚌函珠，骏虾委蛇。

于其陂泽，则有钳卢玉池，赭阳东陂。贮水渟洿，亘望无涯。

其草则有蒚苣蘋茏，蒋蒲兼葭。藻茆菱芡，芙蓉含华。从风发荣，斐披芬葩。

其鸟则有鸳鸯鹄鹥，鸿鸧鴽鹅，鹈鹇鹠鹕，鹙鹅鹝鸤，嘤嘤和鸣，瞻淡随波。

其水则开窦洒流，浸彼稻田。沟浍脉连，堤塍相辀，朝云不兴，而潢潦独臻。决溁则暵，为溉为陆。冬稌夏穜，随时代熟。

其原野则有桑漆麻苎，菽麦稷黍。百谷蕃庑，翼翼与与。

虽卢陈万有，包涵宏富，穷天地之奇观，列雕绘之满目，然左思有言："相如赋《上林》，而引卢橘夏熟；扬雄赋《甘泉》，而陈玉树青葱；班固赋《西都》，而叹以出比目；张衡赋《西京》，而述以游海若。假称珍怪，以为润色，若斯之类，匪啻于兹。考之果木，则生非其壤；校之神物，则出非其所。于词则易为藻饰，于义则虚而无征。"（《三都赋序》）是皆靡而非典，丽而不经者矣。即使山川城邑咸稽之地图，鸟兽草木悉验之方志，而比物丑类，夸奢斗靡，拘挛补衲，蠹文已甚，亦何足取？刘熙载曰："赋与谱录不同，谱录惟取志物，而无情可言，无采可发，则如他家之宝，无关己事。以赋体视之，孰为亲切且尊异耶？"若前述诸赋，离词连类，敷演无方，吾不知其与谱录曾何以异。至孙绰《游天台山》云："赤城霞起而建标，瀑布飞流以界道。"语较清丽。鲍照《芜城》云："孤蓬自振，惊沙坐飞。"词亦壮伟。盖图写山川之文，晋宋人为胜也。摹拟物色，若谢惠连之赋雪，谢庄之赋月，并秀逸清新，无重浊之气。至嵇康叙琴，向秀感笛，往复唱叹，尤有深致。刘熙载曰："在外者物色，在我生意，二者相摩相荡而赋出焉。若与自家生意无相入处，则物色只成闲事，志士遑问及乎？"窃谓赋至魏晋以后，庶几可以语此。若纷绂繁密而生意索然，何足贵哉？

刘勰论《物色》曰："诗人感物，联类不穷。流连万象之际，沉吟视听之区。写气图貌，既随物以宛转；属采附声，亦与心而徘徊。故灼灼状桃花之鲜，依依尽杨柳之貌，杲杲为日出之容,瀌瀌拟雨雪之状,喈喈逐黄鸟之声,喓喓学草虫之韵。皎日嘒星,一言穷理;参差沃若,两字穷形。并以少总多,情貌无遗矣。及《离骚》代兴,触类而长,物貌难尽,故重沓舒状,于是嵯峨之类聚,葳蕤之群集矣。及长卿之徒,诡势瑰声,模山范水,字必鱼贯。所谓诗人丽则而约言,辞人丽淫而繁句也。"盖诗人状物,多用叠字,骚人进而用骈字,至汉人则双声叠韵,纷至沓来;僻字骈辞,璧联珠贯。襞积细微,肆为繁富,徒令人昏睡耳目,安足摇荡性灵哉?

(二)抒情 李仲蒙曰:"叙物以言情谓之赋,情尽物也。"是赋与比兴虽异,抒情则同。至挚虞则曰:"古诗之赋以情义为主,以事类为佐;今之赋以事形为主,以义正为助。情义为主,则言省而文有例矣;事形为本,则言当而事无常矣。文之烦省,辞之险易,盖由于此矣。"(《文章流别论》)此言汉赋之失也。刘勰曰:"昔诗人什篇,为情而造文;辞人赋颂,为文而造情。何以明其然?盖风雅之兴,志思蓄愤,而吟咏情性,以讽其上,此为情而造文也;诸子之徒,心非郁陶,苟驰夸饰,鬻声钓世,此为文而造情也。故为情者要约而写真,为文者淫丽而烦滥。而后之作者,采滥忽真,远弃风雅,近师辞赋。故体情之制日疏,逐文之篇愈盛。故有志深轩冕而泛咏皋壤,心缠几务而虚述人外,真宰弗存,翩其反矣。"(《文心·情采》)此言魏晋后赋家之失也。汉赋如《两京》《三都》,大抵以事形为主,无情义之可言。魏晋以后,赋多述情。然如安仁当晋武四年,方辟公府,久不迁官,遂赋《秋兴》,聊以江湖山薮之思,寄其愤郁不平之志。他若谢灵运作《山居赋》,石崇作《思归引》,俱未能忘情爵秩,而虚慕林泉,皆刘氏所谓"真宰弗存,翩其反矣"者也。

（三）想象　史尚征验,文贵诡奇,两者虚实异途,势难合辙。自荆楚之俗,敬天明鬼,故"神女"作赋,"山鬼"名篇,仰古贤于彭咸,吊灵踪于河伯。若此之类,或属寓言,或陈谲说,或即小以寓大,或事隐而言文。及辞人作赋,踵事增华,莫不设为荒诞之谈,助其谲诳之说,是固不能以史籍实录之例,病文人虚构之词矣。然挚虞谓:"假象过大,则与类相远。"刘勰言:"自宋玉、景差,夸饰始盛,相如凭风,诡滥愈甚。故《上林》之馆,奔星与宛虹入轩;从禽之盛,飞廉与鷞鸠俱获。及扬雄《甘泉》,酌其余波,语瑰奇则假珍于玉树,言峻极则颠坠于鬼神。至东都之比目,西京之海若,验理则理无可验,穷饰则饰有未穷矣。又子云《羽猎》,鞭宓妃以饷屈原,张衡《羽猎》,困玄[1]冥于朔野。奕彼洛神,既非罔两;惟此水师,亦非魑魅。而虚用滥形,不其疏乎?此欲夸其威而饰其事,义睽剌也。至如气貌山海,体势宫殿,嵯峨揭业,熠耀焜煌之状,光采炜炜而欲然,声貌岌岌其将动矣。莫不因夸以成状,沿饰以得奇也。"两家并以夸饰过情为辞人诟病,吾则谓假象无判于

---

[1] 玄　底本作"元",据《文心雕龙注》(P.609)改。

大小，设词何分乎奇正，果使词由己出，则文并足珍。否则转相摹拟，斯万淡乎寡味。如《高唐》《神女》，见宋玉之奇思。尔后相如之赋《美人》，张衡之赋《定情》，蔡邕之赋《静情》，曹植之赋《洛神》，互相则效，写放宋生。虽英词日出而新意无闻，沿袭因仍，何足劭乎？

四、赋之派别及其流变

张惠言选《七十家赋钞》，而叙其端，谓屈原之赋与风雅为节，荀卿之赋原出《礼经》。兹录其言屈原赋之源流，见汉魏赋家之派别焉。

谲而不觚，尽而不縠，肆而不行，比物而不丑。其志洁，其物芳，其道杳冥而有常，此屈平之为也。及其徒宋玉、景差为之，其质也华，然其文也，纵而后反。

其趣不两，其于物无强，若枝叶之附其根本，则贾谊之为也，其原出于屈平。

循有枢，执有庐，頡滑而不可居，开决宣突而与万物都。其终也芴莫而神明为之橐，则司马相如之为也，其原出于宋玉。

扬雄恢之，胁入窍出，缘督以及节，其超轶绝尘而莫之控也，其浬骇石骞而没乎其无垠也。

张衡盱盱，块若有余，上与造物为友，而下不遗埃壒。虽然，其神也充，其精也荼，及王延寿、张融为之，杰格拮撖，钩子菣牾，而傲佹可睹，其于宗也无蜕也。

平敞通洞，博厚而中，大而无瓠，孙而无弧。指事类情，必偶其徒，则班固之为也，其原出于相如，而要之使夷，昌之使明。

及左思为之，博而不沉，赡而不华，连犿焉而不可止。

涂泽律切，荂藪纷悦，则曹植之为也，其端自宋玉。

不撙于同，不独于异，其来也首首，其往也曳曳，动静与适而不为固植，则陆机、潘岳之为也。其原出于张衡、曹植，矫矫乎振时之儁也。

以情为里，以物为襮，镌雕云风，琢削支鄂，其怀永而不可忘也。垒乎其气，煊乎其华，则谢庄、鲍照之为也。江淹为最贤，其原出于屈平《九歌》。

逐物而不反，驰荡而驳舛，俗者之圉而古是抗，其言滑滑而不背于途奥，则庾信之为也。其规步蹀躞，则扬雄、班固之所引衔而控辔。[1]

其说至当，试表之如左：

---

[1] 此段引文以《七十家赋钞》（P.12—13）对勘，底本之误不一一出校。

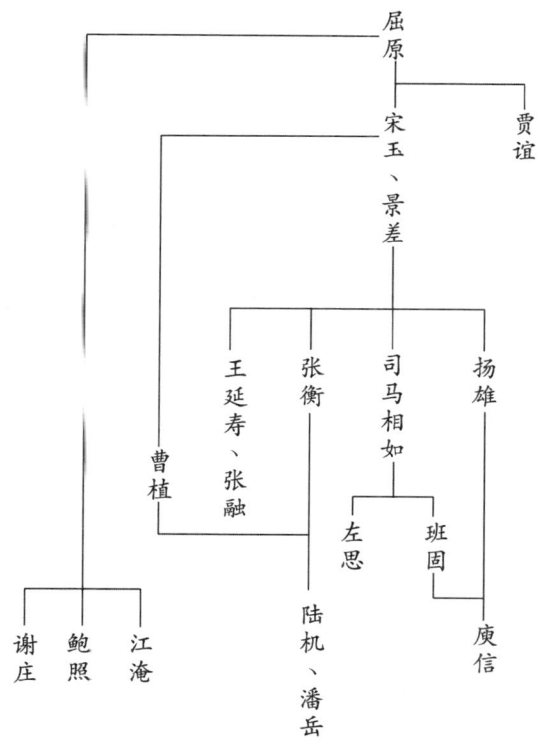

上述两汉六代古赋之派别，其源流略可识矣。至左、陆以下，渐趋整炼；江、鲍、徐、庾，益事研华，固已不似古音，尚未至如律体也.是之谓骈赋。自唐讫宋，以赋造士，创为律赋，用便程序。靳巧以制题，险难以立韵，课以四声之切，幅以八韵之凡。起谓之破题，承谓之颔接，送迎互换其声，进退递新其格。又有文赋,古文之有韵者是矣,欧、苏多有之(孙梅《四六丛话》说)。论者谓律赋尚辞而失于情,故读之者无兴起之妙趣,不可以言则;文赋尚理而失于辞,故读之者无咏歌之遗音,不可以言丽。至律赋则但以音律谐协、对偶精切为工,而情与词皆置勿论也。余谓赋之词义相宣,情韵不匮者,前有屈、宋,后有贾、马。仲宣、伟长,时逢壮采;嗣宗、叔夜,每著逸趣。其他膏腴之词,繁密之制,虽尊之为古,吾不知其尚于骈律者果何如乎?

本章参考书

陈元龙《历代赋汇》

萧统《文选》(赋类)

祝尧《古赋辨体》

张惠言《七十家赋钞》

李兆洛《骈体文钞》

刘勰《文心雕龙·诠赋》《物色》《丽辞》《夸饰》

刘熙载《赋概》

李调元《赋话》

孙梅《四六丛话》

第五章 论乐府诗

一、引言

尚世诗辞，肇始讴谣。讴谣为体，歌舞繁会。文辞与音乐为缘，其来旧矣。故《乐记》曰："诗言其志也，歌咏其声也，舞动其容也。三者本于心，然后乐气从之。"班固谓："诵其言谓之诗，咏其声谓之歌。"(《汉书·艺文志》)沈约谓："歌者乐之始，舞又歌之次，咏歌舞蹈，所以宣其喜心。喜而无节则流淫莫反，故圣人以五声和其性，以八音节其流而谓之乐。"(《宋书·乐志》)是知诗尚讽吟，声必协乐，古代诗辞鲜有不入乐者。及刘氏品文，诗与歌别(《文心雕龙》说)，而后文士之作，不尽被之管弦，因别具乐篇，以标区界，"乐府"之目，于以立焉。

二、乐府源流

推考乐府之源流者,莫详于刘勰,《文心雕龙·乐府篇》曰:

> 涂山歌于《候人》,始为南音;有娀谣乎《飞燕》,始为北声;夏甲叹于东阳,东音以发;殷整思于西河,西音以兴。音声推移,亦不一概矣。

此用《吕览·音初篇》说,追溯乐府之远源也,其下又曰:

> 自雅声浸微,溺音腾沸,秦燔乐经,汉初绍复。制氏纪其铿锵,叔孙定其容与,于是武德兴乎高祖,四时广于孝文。虽摹韶夏,而颇袭秦旧,中和之响,阒其不还。暨武帝崇礼,始立乐府,总赵代之音,撮齐楚之气,延年以曼声协律,朱马以骚体制歌。桂华杂曲,丽而不经;《赤雁》群篇,靡而非典。河间荐雅而罕御,故汲黯致讥于《天马》也。

此本《汉书·礼乐志》,以乐府始立于汉武也。郭茂倩则云:"孝惠时,夏侯宽为乐令,始以名官。至武帝乃立乐府。"(《乐府诗集》)吴讷辨之曰:"汉兴,高帝自制《三侯之章》,而房中之乐,则令唐山夫人造为歌词。《史记》云,'高祖过沛,诗《三侯之章》,令小儿歌之。高祖崩,令沛得以四时歌舞宗庙。孝惠、文景无所增更,于乐府习常肆旧而已'。至《汉书》则曰,'汉兴,乐家有制氏,但能纪其铿锵,而不能言其义。高祖时,叔孙通制宗庙乐,徒有其名,而无其词,所载不过武帝《郊祀》十九章而已'。后儒遂以乐府之名起于武帝,不知孝惠二年已令夏侯宽为乐府令。岂武帝始为新声,不用旧词也?"(《文章辨体》)案《汉书·礼乐志》载:"高祖唐山夫人所作《房中乐》,孝惠二年,乐府令夏侯宽更名《安世乐》。"其下又云:"武帝定郊祀之礼,乃立乐府。"颜师古注:"始置之也。乐府之名,盖起于此。"则乐府诗制于汉高,乐府令(官名)设于惠帝,而乐府(署名)则始置于武帝也。惠帝时虽有其官而无其署,至武帝以李延年为协律都尉,多举司马相如等数十人,造为诗赋。而后乐官乃有专署焉。"朱马"盖"司马"之误。《桂华》杂曲指安世《房中歌》第七言,《赤雁》群篇指《郊祀歌·象载瑜》言。河间献王献所集雅乐,武帝下太乐官,常存肆之。武帝制《天马来》歌,汲黯谓:"先帝百姓不能知其音。"并详于《史记·乐书》及《汉书·乐志》焉。

至宣帝雅颂,诗效《鹿鸣》。迄及元、成,稍广淫乐。正言乖俗,其难也如此。

此言汉书[1]乐府之兴衰也。《汉书·王褒传》:"宣帝时,天下殷富,数有嘉应,上颇作歌诗,欲兴协律之事。于是益州刺史王襄欲宣风化于众庶,闻王褒有俊才,使作中和乐职,宣布诗。选好事者,令依《鹿鸣》之声,习而歌之。"乐府于此稍盛。成帝时,郑声尤甚,黄门名倡丙彊、景武之属,富显于世。贵戚五侯,定陵、富平外戚之家,淫侈过度,至与人主争女乐(《汉志》),乐府由是式微矣。

暨后郊庙,惟杂雅章。辞虽典文,而律非夔、旷。

此言后汉之乐府也。《后汉书·曹褒传》:"显宗即位,曹充上言请制礼乐,帝善之。诏曰,今且改太乐官曰太予(子)乐。歌诗曲操,以俟君子。"知后汉虽具其官,未尝有所兴作也。考《宋书·乐志》,后汉乐词,舍东平宪王《舞歌》一章,章帝《食举诗》四首,余无所闻矣。

至于魏之三祖,气爽才丽,宰割辞调,音靡节平。观其《北上》众引,《秋风》列篇,或述酣宴,或伤羁戍,志不出于淫荡,辞不离于哀思。虽三调之正声,实韶夏之郑曲也。

---

[1] 汉书 疑为"西汉"或"前汉"之误。

此言魏代之乐府也。考《宋书·乐志》，魏武帝、文帝、明帝所制乐词独富，特志存淫荡，辞多哀思，不为刘氏所重耳。三调详黄注。《隋志》："清乐，其始即清商三调是也，并汉来旧曲。乐器形制，并歌章古词，与魏三祖所作者，皆被于史籍，平陈后获之。高祖（隋）听之，善其节奏，曰，'此华夏正声也'。"三调至隋世尚有识其为正声者矣。

逮于晋世，则傅玄晓音，创定雅歌，以咏祖宗；张华新篇，亦充庭万。然杜夔调律，音奏舒雅；荀勖改悬，声节哀急。故阮咸讥其离声，后人验其铜尺。和乐精妙，固表里而相资矣。

此言晋世之乐府也。考《晋书·乐志》，"武帝泰始二年，诏郊祀明堂礼乐权用魏仪，但改乐章，使傅玄为之词"。时乐词出于玄者，凡《四厢乐歌》三首，《晋鼓吹曲》二十二首，《舞歌》二首，《宣武舞歌》四首，《宣文》二首，《鼙舞》五首。出于张华者，凡《四厢乐歌》十六首，《晋凯歌》二首。非独为《正德》《大豫》二舞歌已也。《魏志·杜夔传》："太祖以夔为军谋祭酒，参太乐事，因令创制雅乐。夔善钟律，聪思过人……时散郎邓静、尹齐善咏雅乐，歌师尹胡能歌宗庙郊祀之曲，舞师冯肃、服养晓知先代诸舞。夔总统研精，远考诸经，近采故事，教习讲肄，备作乐器。绍复先代古乐，皆自夔始也。"又《晋书·律历志》云:"泰始九年,中书监荀勖校太乐八音不和,始知后汉至魏,尺长于古四分有余。勖乃部著作郎刘恭依周礼制尺,所谓古尺也。依古尺更铸铜律吕以调声韵,以尺量古器,与本铭尺寸无差。又汲郡盗发六国时魏襄王冢,得古周时玉律及钟磬,与新律声韵暗同。于时郡国或得汉时故钟,吹律命之,皆应勖铭……时人称其精密,惟散骑侍郎陈留阮咸讥其高。声高则悲,非兴国之音,亡国之音哀以思,其人困。今声不合雅,惧非德正至和之音,必古今尺有长短所致也。会咸病卒,武帝以勖律与周汉器合,故施用之。后始平掘地,得古铜尺,岁久欲腐,不知所出何代,果长勖尺四分。时人服咸之妙,而莫能厝意焉。史臣案勖于千载之外,推百代之法,度数既宜,声韵又契,可谓切密,信而有征也。而时人寡识,据无闻之一尺,忽周汉之两器,雷同臧否,何其谬哉。"按刘氏信阮抑荀,亦《晋书》所谓雷同臧否之见耳。

以上述两汉魏晋乐府之源流,大端略具。至隋唐以来,则胡乐东传,新声代起,非刘氏所及知者,更析论之。

三、乐府之流变

胡应麟曰:"乐府之体,古今凡三变:汉魏古词,一变也;唐人绝句,一变也;宋元词曲,一变也。六朝声偶,变唐之渐乎?五季诗余,变宋之渐乎?"(《诗薮》)按刘勰云:"子建、士衡，咸有佳篇，并无诏伶人，故事谢丝管，俗称乖调。"盖诗名乐府，音必协律；至魏武借乐府以写时事，子建、士衡之作，乃题依旧制，声谢管弦，仍其名而违其实，则胡氏所谓乐府之一变也。张骞通西域，传胡角于中土，为横吹双角之所本，李延年因造新声二十八解，以为武乐，后汉以给边将。魏晋后，二十八解不复具存，惟《黄鹄》《陇头》《出关》《入关》《出塞》《入塞》《折杨枝》《黄覃子》《赤之扬》《望行人》十曲流行于世，谓之边声。西凉、龟兹诸曲起于十六国之际，北齐后主惟赏胡戎乐，伶人有封王开府者，后主亦自度《无愁曲》，使胡儿阉官之辈齐倡和之。隋大业中，炀帝定、清曲、西凉、龟兹、天竺、康国、琉勒、安国、高丽、礼毕，以为九部。其中除清乐本于清商三调，为华夏之正声，及"礼毕"出自晋太尉庾亮，余七者皆夷乐也。唐初因隋旧制，用九部乐。太宗增高昌乐，又造燕乐，而去《礼毕曲》。其著令者十部，而总谓之燕乐。凡燕乐诸曲，始于武德、贞观，盛于开元、天宝。其著者十四调，二百二十二曲，大抵即当时文人所作之五七言绝句也（详见《乐府诗集·近代曲词》）。故胡仔曰："唐初歌曲，多是五七言诗。以《小秦王》为最早，即七言绝句也。"（《苕溪渔隐丛话》）是知唐人新乐，多歌绝句，则胡应麟所谓乐府之又一变也。小词之起，出于隋世。唐玄宗精音律，所制尤多。李白和之，有《清平调》《菩萨蛮》《忆秦娥》《桂殿秋》等调，其后感发而兴起者顾不乏人。逮温庭筠出，著有《握兰》《金荃》集，卓然自成一家。五代诗务萎靡，独小词精巧绮丽，备见于《花间》《尊前》两集。至宋人一衍而有近词，再次而有慢词。徽宗崇宁四年，改定新乐，立大晟乐府，命周邦彦等讨论古音，审定旧曲，复增衍、慢、曲、引、近，移宫换羽，为三犯、四犯之曲（见张炎《词源》）。词至是益繁，去诗益远，遂不得不别启疆宇，则胡应麟所谓乐府之第三变也。

综上三变，或由于古音失调，新声代起；或源于夷乐输入，夏声沦亡。其因多端，未遑博考。至元曲突兴，词之宫谱又日就澌灭。唐人燕乐三十八调，南宋末但行七宫十二调，凡十九调而已。元明之际，仅存九宫。今世则词久不歌，虽有作者，但按谱填字，徒存形式。盖曲既盛行，词乃避席。此则乐府最后之变化，胡氏所未及论者也。

四、乐府诗之体制

汉代乐府，明帝时凡分四品：（一）《太子（予）乐》，典郊庙上陵之乐；（二）《雅颂乐》，辟雍飨射之所用；（三）《黄门鼓吹乐》，天子宴群臣时之所用；（四）《短箫铙歌乐》，军中之所用。魏晋隋唐，代有因革，吴讷《文章辨体》统括大归，分为九类：（一）祭祀，用之郊庙；（二）王礼，用之朝会；（三）鼓吹，用之宫中宴会及军旅；（四）乐歌，舞用之；（五）琴曲，琴用之；（六）相和，用之相和歌，民间俚谣居多；（七）清商，一名清乐，九代之遗声,为江南吴歌、荆楚西曲之属;(八)杂曲,古歌谣之类;(九)新曲,唐人之新作也。至郭茂倩《乐府诗集》更分十有二类,每类皆有解题叙述源流,极为赅备,兹节录如下。[1]

1. 郊庙歌辞

自黄帝已后,至于三代,千有余年,而其礼乐之备,可以考而知者,唯周而已……两汉已后,世有制作。武帝时,诏司马相如等造《郊祀歌》诗十九章,五郊互奏之。又作《安世歌》诗十七章,荐之宗庙。至明帝乃分乐为四品:一曰《太予乐曲》,郊庙上陵之乐。二曰《雅颂乐》,典六宗社稷之乐……永平三年,东平王苍造《光武庙登歌》一章,称述功德,而郊祀同用汉歌。魏歌辞不见,疑亦用汉辞也。武帝始命杜夔创定雅乐,时有邓静、尹商善训雅歌,歌师尹胡能习宗庙郊祀之曲,舞师冯肃、服养晓知先代诸舞,夔总领之。魏复先代古乐,自夔始也。晋武受命,百度草创。泰始二年,诏郊庙明堂礼乐权用魏仪,遵周室肇称殷礼之义,但使傅玄改其乐章而已。永嘉之乱,旧典不存,贺循为太常,始有登歌之乐。明帝太宁末,又诏阮孚增益之。至孝武太元之世,郊祀遂不设乐。宋文帝元嘉中,南郊始设登歌,庙舞犹阙,乃诏颜延之造《天地》《郊庙》《登歌》三篇,大抵依仿晋曲,是则宋初又仍晋也。南齐、梁、陈,初皆沿袭,后更创制,以为一代之典。元魏、宇文,继有

---

[1] 此下节录之十二解题,以中华书局点校本《乐府诗集》对勘,底本讹误之处,均据《乐府诗集》改正,不一一出校记。

朔漠，宣武以后，雅好胡曲，郊庙之乐，徒有其名。隋文平陈，始获江左旧乐，乃调五音为《五夏》《二舞》《登歌》《房中》等十四调，宾祭用之。唐高祖受禅，未遑改造乐府，尚用前世旧文。武德九年，乃命祖孝孙修定雅乐，而梁陈尽吴楚之音，周齐杂胡戎之伎，于是斟酌南北，考以古音，作为唐乐，贞观二年奏之。安史作乱，咸镐为墟，五代相承，享国不永，制作之事，盖所未暇。朝廷宗庙，典章文物，但按故常，以为程式云。

2. 燕射歌辞

《仪礼·燕礼》曰："工歌《鹿鸣》《四牡》《皇皇者华》。笙入，奏《南陔》《白华》《华黍》。乃间歌《鱼丽》，笙《由庚》；歌《南有嘉鱼》，笙《崇丘》；歌《南山有台》，笙《由仪》。遂歌乡乐，《周南·关雎》《葛覃》《卷耳》，《召南·鹊巢》《采蘩》《采蘋》。"此燕飨之有乐也。《大司乐》曰："大射，王出入，奏《王夏》。及射，令奏《驺虞》，诏诸侯以弓矢舞，乐师燕射，帅射夫以弓矢舞。太师大射，帅瞽而歌射节。"此大射之有乐也。《王制》曰："天子食，举以乐。"《大司乐》："王大食，三宥，皆令奏钟鼓。"汉鲍业曰："古者天子饮食，必顺四时五味，故有食举之乐，所以顺天地、养神明、求福应也。"此食举之有乐也。《隋书·乐志》曰："汉明帝时，乐有四品……三曰黄门鼓吹，天子宴群臣之所用也，则《诗》所谓'坎坎鼓我，蹲蹲舞我'者也。"汉有殿中御饭食举七曲，大乐食举十三曲，魏有雅乐四曲，皆取周诗《鹿鸣》。晋荀勖以《鹿鸣》燕嘉宾，无取于朝；乃除《鹿鸣》旧歌，更作行礼诗四篇，先陈三朝朝宗之义，又为王公上寿，酒食举乐歌诗十二篇。司律陈顾以为三元肇发，群后奉璧，趋步拜起，莫非行礼，岂容别设一乐，谓之行礼？荀讥《鹿鸣》之失，似悟昔谬，还制四篇，复袭前轨，亦未为得也。终宋齐以来，相承用之。梁陈三朝，乐有四十九等，其曲有相和、五引及俊雅等七曲，后魏道武初，正月上日飨群臣，备列宫悬正乐，奏燕赵秦吴之音，五方殊俗之曲，四时飨会亦用之。隋炀帝初诏秘书省学士，定殿前乐工歌十四曲，终大业之世，每举用焉。其后又因高祖七部乐，乃定以为九部。唐武德初，燕享承筩旧制，用九部乐。贞观中，张文收造燕乐，于是分为十部。后更分燕乐为立坐二部。天宝以后，燕乐西凉、龟兹部著录者二百余曲，而清乐、天竺诸部不在焉。

3. 鼓吹歌辞

鼓吹曲一曰短箫铙歌，刘瓛定军礼云："鼓吹，未知其始也。汉班壹雄朔野而有之矣。鸣笳以和箫声，非八音也。骚人曰'鸣籁吹竽'是也。"蔡邕《礼乐志》曰："汉乐四品，其四曰短箫铙歌，军乐也，黄帝岐伯所作，以建威扬德，风敌劝士也。"《周礼·大司乐》曰："王师大献，则令奏恺乐。"《大司马》曰："师有功，则恺乐献于社。"郑康成曰："兵乐曰恺，献功之乐也。"《春秋》曰："晋文公败楚于城濮。"《左传》曰："振旅恺以入。"《司马法》曰："得意则恺乐恺歌以示喜也。"《宋书·乐志》曰："雍门周说孟尝君，鼓吹于不测之渊，说者云，鼓自一物,吹自竽籁之属,非箫鼓合奏,别为一乐之名也。然则短箫铙歌,此时未名鼓吹矣。应劭《汉卤簿图》,唯有骑执箛。箛即笳,不云鼓吹。而汉世有黄门鼓吹,汉享宴食举乐十三曲,与魏世鼓吹长箫同。长箫短箫,《伎录》并云,丝竹合作,执节者歌。又《建初录》云,《务成》《黄爵》《玄云》《远期》,皆骑吹曲,非鼓吹曲。此则列于殿庭者名鼓吹,今之从行鼓吹为骑吹,二曲异也。又孙权观魏武军作鼓吹而还,此应是今之鼓吹。魏晋世又假诸将帅及牙门曲盖鼓吹,斯则其时方谓之鼓吹矣。"按《西京杂记》,汉大驾祠甘泉、汾阴,备千乘万骑,有黄门前后部鼓吹,则不独列于殿庭名鼓吹也。汉《远如期》曲辞,有"雅乐陈"及"增寿万年"等语,马上奏乐之意,则《远期》又非骑吹曲也。《晋中兴书》曰:"汉武帝时,南越加置交趾、九真、日南、合浦、南海、郁林、苍梧七郡,皆假鼓吹。"《东观汉记》曰:"建初中,班超拜长史,假鼓吹、麾幢。"则短箫铙歌,汉时已名鼓吹,不自魏晋始也。崔豹《古今注》曰:"汉乐有黄门鼓吹,天子所以宴乐群臣也。短箫铙歌,鼓吹之一章尔,亦以赐有功诸侯。"然则黄门鼓吹、短箫铙歌与横吹曲得通名鼓吹,但所用异尔。汉有朱鹭等二十二曲,列于鼓吹,谓之铙歌。及魏受命,使缪袭改其十二曲,而《君马黄》《雉子班》《圣人出》《临高台》《远如期》《石留》《务成》《玄云》《黄爵》《钓竿》十曲,并仍旧名。是时吴亦使韦昭改制十二曲,其十曲亦因之。而魏吴歌辞存者唯十二曲,余皆不传。晋武帝受禅,命傅玄制二十二曲，而《玄云》《钓竿》之名，不改旧汉。宋齐并用汉曲。又《冘庭》十六曲，梁高祖乃去其四，留其十二，更制新歌，合四时也。北齐二十曲皆改古名，其《黄爵》《钓竿》，略而不用。后周宣帝革前代鼓吹，制为十五曲，并述功德受命以相代，大抵多言战阵之事。隋制列鼓吹为四部，唐则又增为五部，部各有曲，唯羽葆诸曲备叙功业，如前代之制。齐武帝时，寿昌殿南阁置《白鹭鼓吹》二曲，以为宴乐。陈后主常遣宫女习北方箫鼓，谓之代北，酒酣则奏之，此又施于燕私矣。

4. 横吹歌辞

横吹曲其始亦谓之鼓吹，马上奏之，盖行军之乐也。北狄诸国皆马上作乐，故自汉以来，北狄乐总归鼓吹署。其后分为二部：有箫笳者为鼓吹，用之朝会道路，亦以给赐，汉武帝时南越七部皆给鼓吹是也；有鼓角者为鼓吹，用之军中，马上所奏是也。按《周礼》曰："以鼖鼓鼓军事。"旧说云蚩尤氏师魑魅与黄帝战于涿鹿，帝乃始命吹角为龙鸣以御之。其后魏武帝征乌丸，越沙漠，而军士思归，于是减为半鸣，尤更悲矣。横吹有双角曲，即胡乐也。汉博望侯张骞入西域，传其法于西京，唯得《摩诃兜勒》一曲。李延年因胡曲更造新声二十八解，乘舆以为武乐，后汉以给边将，和帝时，万人将军得用之。魏晋以来，二十八解不复具存，而世所用者有《黄鹄》等十曲，其辞后亡。又有《关山月》等八曲，后世之所加也。后魏之世有《簸逻回歌》，其曲多可汗之辞，皆燕魏之际鲜卑歌歌辞，虏音不可晓解，盖大角曲也。又《古今乐录》有梁鼓角横吹曲，多叙慕容垂及姚泓时战阵之事，其曲有《企喻》等歌三十六曲，乐府胡吹旧曲又有《隔谷》等歌三十曲。总六十六曲，未详时用何篇也。自隋以后，始以横吹用之卤簿，与鼓吹列为四部，总谓之鼓吹。一曰棡鼓部，二曰铙鼓部，三曰大横吹部，四曰小横吹部。唐制太常鼓吹令掌鼓吹，施用调习之节，以备卤簿之仪，而分五部：一曰鼓吹部，二曰羽葆部，三曰铙吹部，四曰大横吹部，五曰小横吹部。

5. 相和歌辞

《宋书·乐志》曰："相和，汉旧曲也，丝竹更相和，执节者歌。"本一部，魏明帝分为二。《更递》《夜宿》本十七曲，朱生、宋识、列和等复合之为十三曲。其后晋荀勖又采旧辞，施用于世，谓之清商三调歌诗，即沈约所谓"因弦管金石造歌以被之"者也。《唐书·乐志》曰："平调、清调、瑟调皆周《房中曲》之遗声，汉时谓之三调。又有楚调、侧调。楚调者，汉房中乐也。高帝乐楚声，故房中乐皆楚声也。侧调者，生于楚调，与前三调总谓之相和。"《晋书·乐志》曰："凡乐章古辞之存者，并汉世街陌讴谣，《江南可采莲》《乌生十五子》《白头吟》之属，其后渐被于弦管，即相和诸曲是也。魏晋之世，相承用之。永嘉之乱，五都沦覆，中朝旧音，散落江左。后魏孝文、宣武，用师淮汉，收其所获南音，谓之清商乐，相和诸曲亦皆在焉。所谓清商正声相和五调伎也。凡诸调歌辞，并以一章为一解。"《古今乐录》曰:"伧歌以一句为一解,中国以一章为一解。"王僧虔曰:"古曰章,今曰解,解有多少。当时先诗而后声,诗叙事,声成文,必使志尽于诗,音尽于曲,是以作诗有丰约,制解有多少。犹诗《君子阳阳》两解,《南山有台》五解之类也。"又诸调曲皆有辞有声,而大曲又有艳、有趋、有乱。辞者,其歌诗也;声者,若"羊吾夷""伊那何"之类也。艳在曲之前,趋与乱在曲之后,亦犹吴声西曲前有和后有送也。又大曲十五曲,沈约并列于瑟调,今依张永《元嘉正声技录》分于诸调,又别叙大曲于其后。唯《满歌行》一曲诸调不载,故附见于大曲之后,其曲调先后亦准技录为次云。

6. 清商曲辞

清商乐一曰清乐。清乐者,九代之遗声,其始即相和三调是也。并汉魏以来旧曲,其辞皆古调,及魏三祖所作。自晋朝播迁,其音分散,苻坚灭凉得之,传于前后二秦。及宋武帝定关中,因而入南,不复存于内地。自时已后,南朝文武,号为最盛,民谣国俗,亦世有新声。故王僧虔论三调歌曰:"今之清商,实由铜雀,魏氏三祖,风流可怀。京洛相高,江左弥重。而情变听改,稍复零落,十数年间,亡者将半。所以追余操而长怀,抚遗器而太息者矣。"后魏孝文讨淮汉,宣武定寿春,收其声伎,得江左所传中原旧曲,《明君》《圣主》《公莫》《白鸠》之属,及江南吴歌,荆楚西声,总谓之清商乐。至于殿庭飨宴,则兼奏之。遭梁陈亡乱,存者益寡。及隋平陈得之,文帝善其节奏，曰："此华夏正声也。"乃微更损益，去其哀怨，考而补之，以新定律吕，更造乐器。因于太常置清商署以管之，谓之清乐。开皇初始制七部乐，清商伎其一也。大业中，炀帝乃定清乐西凉等为九部，而清乐歌曲有《杨伴》，舞曲有《明君》《并契》，乐器有钟、磬、琴、瑟、击琴、琵琶、箜篌、筑、筝、节鼓、笙、笛、箫、篪、埙等十五种，为一部。唐又增吹叶而无埙。隋室丧乱，日益沦缺。唐贞观中用十部乐，清乐亦在焉。至武后时，犹有六十三曲，其后四十四曲存焉。长安以后，朝廷不重古曲，工伎寖缺，能合于管弦者，惟《明君》《杨伴》《骁壶》《春歌》《秋歌》《白雪》《堂堂》《春江花月夜》等八曲。自是乐章讹失，与吴音转远。开元中，刘贶以为宜取吴人，使之传习，以问歌工李郎子。郎子北人，学于江都人俞才生。时声调已失，唯雅歌曲辞，辞典而音雅。后郎子亡去，清乐之歌遂阙。自周隋以来，管弦雅歌将数百曲，多用西凉乐，鼓舞曲多用龟兹乐。唯琴工犹传楚汉旧声及清调，蔡邕五弄，楚调四弄，谓之九弄，雅声独存。

7. 舞曲歌辞

《通典》曰："乐之在耳者曰声，在目者曰容。声应乎耳，可以听知；容藏于心，难以貌观。故圣人假干戚羽旄以表其容，发扬蹈厉以见其意。声容选和，而后大乐备矣。"《诗序》曰："咏歌之不足，不知手之舞之，足之蹈之。"言乐心内发，感物而动，不觉手之自运，欢之至也。此舞之所由起也。舞亦谓之万。《礼记外传》曰:"武王以万人同灭商,故谓舞为万。"《商颂》曰,"万舞有奕",则殷已谓之万矣。《鲁颂》曰,"万舞洋洋",《卫诗》曰,"公庭万舞",然则万亦舞之名也。《春秋·鲁隐公五年》:"考仲子之宫将万焉,因问羽数于众仲。众仲对曰,'天子用八,诸侯六,大夫四,士二。舞所以节八音而行八风,故自八而下'。于是初献六羽,始用六佾也。"杜预以为六六三十六人,而沈约非之曰:"八音克谐,然后成乐,故必以八人为列。自天子至士,降杀以两,两者减其二列尔。预以为一列又减二人,至士止余四人,岂复成乐?服虔谓天子八八,诸侯六八,大夫四八,士二八,于义为允也。"周有六舞,一曰帗舞,二曰羽舞,三曰皇舞,四曰旄舞,五曰干舞,六曰人舞。帗舞者,祈五彩缯,若汉灵星舞子祈持是也。羽舞者,析羽也。皇舞者,杂五彩羽如凤凰色,持之以舞也。旄舞者,氂牛之尾也。干舞者兵舞,持盾而舞也。人舞者无所执,以手袖为威仪也……自汉以后,乐舞寖盛,故有雅舞,有杂舞,雅舞用之郊庙朝飨,杂舞用之宴会。晋傅玄又有十余小曲,名为舞曲,故《南齐书》载其辞云:"获罪于天,北徙朔方。坟墓谁扫,超若流光。"疑非宴乐之辞,未详其所用也。前世乐饮酒酣,必自起舞,诗云"屡舞仙仙"是也。故知宴乐必舞,但不宜屡尔。讥在屡舞,不讥舞也。汉武帝乐饮,长沙定王起舞是也。自是以后,尤重以舞相属,所属者代起舞,犹世饮酒以杯相属也。灌夫起舞以属田蚡,晋谢安舞以属桓嗣是也。近世以来，此风绝矣。

8. 琴曲歌辞

琴者，先王所以修身理性，禁邪防淫者也，是故君子无故不去其身。《唐书·乐志》曰："琴，禁也。夏至之音，阴气初动，禁物之淫心也。"《世本》曰："琴神农所造。"《广雅》曰："伏羲造琴，长七尺二寸而有五弦。"扬雄《琴清英》曰："舜弹五弦之琴而天下化。"《琴操》曰："琴长三尺六寸六分，象三百六十日。广六寸，象六合也。文上曰池，池，水也，言其平；下曰滨，滨，宾也，言其服也。前广后狭，尊卑象也；上圆下方，法天地也。五弦象五行也，文王、武王加二弦以合君臣之恩。"《古今乐录》曰："今称二弦为文武弦是也。"应劭《风俗通》曰："七弦，法七星也。"《三礼图》曰："琴第一弦为宫，次弦为商，次为角，次为羽，次为徵，次为少宫，次为少商。"桓谭《新论》曰："今琴四尺五寸，法四时五行也。"崔豹《古今注》曰："蔡邕益琴为九弦，二弦大，次三弦小，次四弦尤小。"梁元帝《纂要》曰："古琴名有清角，黄帝之琴也。鸣鹿、循况、滥胁、号钟，自鸣空中，皆齐桓公琴也。绕梁，楚庄王琴也。绿绮，司马相如琴也。焦尾，蔡邕琴也。凤凰，赵飞燕琴也。自伏羲制作之后，有瓠巴、师文、师襄、成连、伯牙、方子春、钟子期，皆善鼓琴。而其曲有畅有操，有引有弄。"《琴论》曰："和乐而作，命之曰畅，言达则并济天下而美畅其道也；忧愁而作，命之曰操，言穷则独善其身而不失其操也。引者，进德修业，申达之名也；弄者，情性和畅，宽泰之名也。"其后西汉时有庆安世者，为成帝侍郎，善为《双凤离鸾》之曲。齐人刘道疆，能作《单凫寡鹤》之弄，赵飞燕亦善为《归风送远》之操，皆妙绝当时，见称后世。若夫心意感发，声调谐应，大弦宽和而温，小弦清廉而不乱，攫之深，醳之愉，斯为尽善矣。古琴曲有五曲、九引、十二操。五曲：一曰《鹿鸣》，二曰《伐檀》，三曰《驺虞》，四曰《鹊巢》，五曰《白驹》。九引：一曰《烈女引》，二曰《伯妃引》，三曰《贞女引》，四曰《思归引》，五曰《霹雳引》，六曰《走马引》，七曰《箜篌引》，八曰《琴引》，九曰《楚引》。十二操：一曰《将归操》，二曰《猗兰操》，三曰《龟山操》，四曰《越裳操》，五曰《拘幽操》，六曰《岐山操》，七曰《履霜操》，八曰《雉飞操》，九曰《别鹤操》，十曰《残形操》，十一曰《水仙操》，十二曰《襄陵操》。自是以后，作者相继，而其义与其所起略可考而知，故不复备论。《乐府解题》曰："琴操纪事，好与本传相违，存之者以广异闻也。"

9. 杂曲歌辞

《宋书·乐志》曰："古者天子听政，使公卿大夫献诗，耆艾修之，而后三斟酌焉。"然后被于声，于是有采诗之官。周室下衰，官失其职，汉魏之世，歌咏杂兴，而诗之流乃有八名，曰行曰引，曰歌曰谣，曰吟曰咏，曰怨曰叹，皆诗人六义之余也。至其协声律，播金石，而总谓之曲。若夫韵奏之高下，音节之缓急，文辞之多少，则系乎作者才思之浅深，与其风俗之薄厚。当是时，如司马相如、曹植之徒，所为文章，深厚尔雅，犹有古之遗风焉。自晋迁江左，下逮隋唐，德泽寖微，风化不竞，去圣逾远，繁音日滋，艳曲兴于南朝，胡音生于北俗，哀淫靡曼之辞叠作并起，流而忘返，以至陵夷。原其所由，盖不能制雅乐以相变，大抵多溺于郑卫，由是新音炽而雅音废矣。昔晋平公说新声，而师旷知公室之将卑。李延年善为新声变曲，而闻者莫不感动。其后元帝自度曲，被声歌，而汉业遂衰。曹妙达等改易新声，而隋文不能救。呜呼！新声之感人如此，是以为世所贵。虽沿情之作，或出一时，而声辞浅迫，少复近古。故陈之将亡也，有《玉树后庭花》；隋之将亡也，有《泛龙舟》。所谓烦手淫声，争新怨衰，此又新声之弊也。杂曲者历代有之，或心志之所存，或情思之所感，或宴游欢乐之所发，或忧愁愤怨之所兴，或叙离别悲伤之怀，或言征战行役之苦，或缘于佛老，或出自夷虏，兼收备载，故总谓之杂曲。自秦汉以来，数千百岁，文人才士，作者非一。干戈之后，丧乱之余，亡失既多，声辞不具，故有名存义亡，不见所起。而有古辞可考者，则若《伤歌行》《生别离》《长相思》《枣下何纂纂》之类是也。复有不见古辞，而后人继有拟述，可以概见其义者，则若《出自蓟北门》《结客少年场》《秦王卷衣》《半渡溪》《空城雀》《齐讴》《吴趋》《会吟》《悲哉》之类是也。又如汉阮瑀之《驾出北郭门》；曹植之《惟汉》《苦思》《欲游南山》《事君》《车已驾》《桂之树》等行，《磐石》《驱车》《浮萍》《种葛》《吁嗟》《鰕䱇》等篇；

傅玄之《云中白子高》《前有一樽酒》《鸿雁生塞北行》《昔君》《飞尘》《车遥遥》篇，陆机之《置酒》，谢惠连之《晨风》，鲍照之《鸿雁》。如此之类，其名甚多，或因意命题，或学古叙事，其辞具在，故不复备论。

10. 近代曲辞

荀子曰："久则论略，近则论详。"言世近而易知也。两汉声诗，著于史者，唯《祀郊》《安世之歌》而已。班固以巡狩福应之事，不序郊庙，故余皆弗论。由是汉之杂曲所见者少，而相和、铙歌，或至不可晓解。非无传也，久故也。魏晋已后，讫于梁陈，虽略可考，犹不若隋唐之为详。非独传者加多也，近故也。近代曲者，亦杂曲也，以其出于隋唐之世，故曰近代曲也。隋自开皇初，文帝置七部乐，一曰西凉伎，二曰清商伎，三曰高丽伎，四曰天竺伎，五曰安国伎，六曰龟兹伎，七曰文康伎。至大业中，炀帝乃立清乐、西凉、龟兹、天竺、康国、疏勒、安国、高丽、礼毕，以为九部。乐器工衣，于是大备。唐武德初，因隋旧制，用九部乐。太宗增高昌乐，又造燕乐，而去礼毕曲，其著令者十部，一曰燕乐，二曰清商，三曰西凉，四曰天竺，五曰高丽，六曰龟兹，七曰安国，八曰疏勒，九曰高昌，十曰康国，而总谓之燕乐，声辞繁杂，不可胜纪。凡燕乐诸曲，始于武德、贞观，盛于开元、天宝，其著录者十四调二百二十二曲。又有梨园别教院法歌乐十一曲，云韶乐二十曲。肃代以降，亦有因造；僖昭之乱，曲章亡缺。其所存者，概可见矣。

11. 杂歌谣辞

言者，心之声也；歌者，声之文也。情动于中而形于言，言之不足，故嗟叹之；嗟叹之不足，故永歌之。歌之为言也，长言之也。夫欲上如抗，下如坠，曲如折，止如槁木，倨中矩，句中钩，累累乎端如贯珠，此歌之善也。《宋书·乐志》曰："黄帝、帝尧之世，王化下洽，民乐无事，故因击壤之欢，庆云之瑞，民因以作歌。其后风衰雅缺，而妖淫靡曼之声起。周衰，有秦青者善讴，而薛谈学讴于秦青，未穷青之伎而辞归，青饯之于郊，乃抚节悲歌，声震林木，响遏行云。薛谈遂留不去，以卒其业。又有韩娥者，东之齐，至雍门，匮粮，乃鬻歌假食，既去而余响绕梁，三日不绝，左右谓其人不去也。过逆旅，逆旅人辱之，韩娥因曼声哀哭，一里老幼，悲愁垂涕，相对三日不食。遽追之，韩娥还，复为曼声长歌，一里老幼，喜跃抃舞，不能自禁，忘向之悲也，乃厚赂遣之。故雍门之人善歌哭，效韩娥之遗声。卫人王豹处淇川，善讴，河西之民皆化之；齐人绵驹处高唐，善歌，齐之右地亦传其业。前汉有鲁人虞公者善歌，能令梁上尘起。若斯之类，并徒歌也。"《尔雅》曰："徒歌谓之谣。"《广雅》曰："声比于琴瑟曰歌。"《韩诗章句》曰："有章典曰歌，无章典曰谣。"梁元章（一作帝）《纂要》曰："齐歌曰讴，吴歌曰歈，楚歌曰艳，浮歌曰哇。振旅而歌曰凯歌，堂上奏乐而歌曰登歌，亦曰升歌。故歌曲有《阳陵》《白露》《朝日》《鱼丽》《白水》《白雪》《江南》《阳春》《淮南》《驾辩》《渌水》《阳阿》《采菱》《下里巴人》。又有长歌、短歌、雅歌、缓歌、浩歌、放歌、怨歌、劳歌等行。汉世有相和歌，本出于街衢讴谣，而吴歌杂曲，始亦徒歌。复有但歌四曲，亦出自汉世，无弦节作伎，最先一人唱，三人和，魏武尤好之。时有宋容华者，清彻好声，善唱此曲，当时特妙。自晋以后不复传，遂绝。凡歌有因地而作者，京兆邯郸歌之类是也；有因人而作者，《孺人》《才人歌》之类是也；有伤时而作者，微子《麦秀歌》之类是也；有寓意而作者，张衡《同声歌》之类是也。宁戚以困而作歌，项籍以穷而作歌，屈原以愁而歌，卞和以怨而歌，虽所遇或殊，发乎其情则一也。"历世以来，歌讴杂出，今并采录，且以谣谶系其末云。

2. 新乐府辞

乐府之名，起于汉魏。自孝惠帝时夏侯宽为乐府令，始以名官。至武帝乃立乐府，采诗夜诵，有赵代秦楚之讴。则采歌谣，被声乐，其来盖亦远矣。凡乐府歌辞，有因声而作歌者，若魏之三调歌诗，因弦管金石造歌以被之是也。有因歌而造声者，若清商、吴声诸曲，始皆徒歌，既而被之弦管是也。有有声有辞者，若郊祀、相和、铙歌、横吹等曲是也。有有辞无声者，若后人之所述作，未必尽被于金石是也。新乐府者，皆唐世之新歌也，以其辞实乐府，而未尝被于声，故曰新乐府也。元微之病后人沿袭古题，唱和重复，谓不如寓意古题，刺美见事，犹有诗人引古以讽之义。近代唯杜甫《悲陈陶》《哀江头》

《兵车》《丽人》等歌行，率皆即事名篇，无复依傍，乃与白乐天、李公垂辈谓是为当，遂不复更拟古题。因刘猛、李余赋乐府诗，咸有新意，乃作《出门》等行十余篇。其有虽用古题，全无古义，则《出门行》不言离别，《将进酒》特书列女。其或颇同古义，全创新词，则《田家》止述军输捉捕，请先蝼蚁。如此之类，皆名乐府。由是观之，自风雅之作，以至于今，莫非讽兴当时之事，以贻后世之审音者。倪采歌谣以被声乐，则新乐府其庶几焉。

统观郭氏所述，上起陶唐，下讫五季，总括历代歌辞，凡别十有二类。今更考其性质，可类别之如次——

甲　乐府

1. 乐府本曲（郭氏所谓"有声有辞者，若郊庙、相和、铙歌、横吹等曲是也"）；

2. 依乐府制诗（郭氏所谓"因声而作歌者，若魏之三调歌诗是也"）；

3. 拟乐府诗（郭氏所谓"有辞无声者，若后人之所述作，未必尽被于金石是也"）；

4. 自制新曲（此亦有声有辞之歌，若隋唐以来之乐曲，声杂夷俗，未必合古音者也）。

乙　新乐府（郭氏曰："唐世新歌，辞实乐府，而未尝被于声，故曰新乐府也。"）

冯定远曰："制诗以协于乐，一也；采诗入乐，二也；古有此曲，倚其声为诗，三也；自制新曲，四也；拟古，五也；咏古题，六也；并杜陵之新题乐府，七也。古乐府无出此七者矣。"(《钝吟杂录》)按此所分，一二两者并乐府本曲，第三依旧题新制之诗，四为后起之乐府，五六两者拟乐府诗，第七新乐府也。黄侃更以音乐关系，分乐府为四种："一、乐府所用本曲，若汉相和歌辞'江南''东光乎'之类是也。二、依乐府本曲以制辞，而其声亦被弦管者，若魏武依《苦寒行》以制《北上》，魏文依《燕歌行》以制《秋风》是也。三、依乐府题以制辞，而其声不被弦管者，若子建、士衡所作是也。四、不依乐府旧题，自创新题以制辞，其声亦不被弦管者，若杜子美《悲陈陶》诸篇，白乐天《新乐府》是也。从诗歌分途之说，则惟前二者得称乐府，后二者惟名乐府，与雅俗之诗无殊。从诗乐同类之说，则前二者为有辞有声之乐府，后二者为有辞无声之乐府，如此复与雅俗之诗无殊。要之乐府四类，惟前二类名实相应，其后二类有乐府之名，无被管弦之实，亦视之为雅俗之诗而已。"(《文心雕龙札记》)所论至为昭晰，特遗自制新曲不论，未若冯说之详备耳。是故古代诗歌不别，凡诗皆可目为乐府；后代诗乐分途，乐府不尽可歌，乃有实同于古诗者。若夫宋词、元曲，则又近代之乐府也。彼不解词曲音律，徒因仍成式，按调制文者，虽致意于清浊，断断于平仄，实与前人之拟乐府无别，正名核实，特长短句之诗耳。

总之，可歌之诗，入乐之词，并属乐府范围；诗不能歌，词不入乐，则与古今体诗同列。如此则囿别区分，界画昭然矣。

五、乐府与古词

前言乐府、古诗，其区别最显，在于音乐。自古乐失传，诗歌难辨，伪任昉《文章缘起》[1]乃有"乐府，古诗也"之说。郎廷槐《师友诗传录》，问："乐府五七言与五七言，古何以分别？"阮亭答："古乐府五言如《孔雀东南飞》《皑如山上雪》之属，七言如《大风》《垓下》《饮马长城窟》《河中之水歌》之属，与五七言古音情迥别。"历友答："乐府主纪功，古诗主言情，亦微有别。且乐府间杂以三言、四言以至九言，不专五七言。"萧亭答："乐府之异于诗者，往往叙事，诗贵温裕纯雅，乐府贵遒深劲绝，又其不同也。至唐人多与诗无别，惟张籍、王建犹能近古。"按郎氏所举诸说，合之前例，明乐府、古诗，其区别约分四事：

1. 乐府可歌，古诗不能歌；
2. 乐府多长短句，古诗多五七言；
3. 乐府主纪功述事，古诗主言情；
4. 乐府诗贵遒劲，古诗尚温雅。

由第一说言之，冯定远曰："古诗皆乐也。文士为之辞曰

---

[1] 起 底本作"始"，兹正之。

诗，乐工协之钟吕为乐。自后世文士，不娴乐律，言志之文，乃有不得施之于乐者，故诗与乐画境……文人乐府，亦有不谐钟吕，直自为诗者矣。"(《钝吟杂录》)其言甚明，无待评[1]释。由第二说言之，乐府播之管弦，故篇分数解以为节奏，长短其句，求合律吕；诗但用之讽吟，篇有定句，句有定字，所以便记忆，利口吻也。试举例观之，《古诗十九首》之十五云：

生年不满百，常怀千岁忧。昼短苦夜长，何不秉烛游。为乐当及时，何能待来兹。愚者爱惜费，但为后世嗤。仙人王子乔，难可与等期。

乐府《西门行》云：

出西门，步念之，今日不作乐，当待何时？（一解）
夫为乐，为乐当及时。何能坐愁怫郁，复当待来兹？（二解）
饮醇酒，炙肥牛，请呼心所欢，可用解愁忧。（三解）
人生不满百，常怀千岁忧。昼短苦夜长，何不秉烛游。（四解）
自非仙人王子乔，计会寿命难与期。自非仙人王子乔，

---

[1] 评 底本作"平"，据文意酌改。下文径改，不再出校记。

计会寿命难与期。（五解）

　　人寿非金石，年命安可期。贪财爱惜费，但为后世嗤。（六解）

由前例言之，两者命意措词大致无殊，而在诗则寡其辞句，句度整齐；在乐府则篇分六解，长短错综。盖一便于口吻讽吟，一协于弦管演奏，故彼此体制悬殊也。由第三说言之，汉乐四品，《太子乐》用诸郊庙上陵，《雅颂乐》用诸辟雍飨射，《黄门鼓吹》用诸天子群臣宴饮，短箫铙歌用诸行军，无一非宗庙朝廷之乐歌，故多纪功颂德之述作，与古诗之多属于逐臣弃妻，朋友阔绝，游子他乡，死生新故之感者，自有不同。此特就大体论之耳，若细按之，汉铙歌中之《上邪》云：

　　上邪，我欲与君相知，长命无绝衰。山无陵，江水为竭。冬雷震震夏雨雪，天地合，乃敢与君绝。

又《有所思》云：

　　有所思，乃在大海南。何用问遗君，双珠玳瑁簪，用玉绍缭之。闻君有他心，拉杂摧烧之。摧烧之，当风扬其灰。从今已往，勿复相思，相思与君绝。鸡鸣狗吠，兄嫂当知之。妃呼狶，秋风肃肃晨风飔，东方须臾高知之。

何尝不抒情述志？至《蒿里曲》《薤露歌》等篇，词旨尤为凄厉。特乐府以皦迳扬厉为工，与古诗之委婉流畅者不同，则第匹说之所由来也。

六、乐府诗之字句及命题

乐府诗之字句，有定言与杂言之异。定言诗有三言、四言、五言、六言、七言等体，杂言句度长短参差。若《大风歌》及《垓下曲》中间用兮字，则为楚调，非纯粹之乐府也。胡氏《诗薮》曰：

> 余历考汉魏六朝唐人诗，有三言、四言、五言、六言、七言、杂言，近体、排律、绝句，乐府皆备有之。《练时日》《雷震震》等篇，三言也；《箜篌引》《善哉行》等篇，四言也；《鸡鸣》《陇西》等篇，五言也；《乌生》《雁门》等篇，杂言也；《妾薄命》等篇，六言也；《燕歌行》等篇，七言也；《紫骝》《枯鱼》等篇，五言绝也。皆汉魏作也。《挟瑟歌》等篇，七言绝也，《折杨柳》《梅花落》等篇，五言律也，皆齐梁人作也。虞世南《从军行》、耿沣《出塞曲》，五言排律也，沈佺期《卢家少妇》、王摩诘《居延城外》，七言律也，皆唐人作也。五言长篇则《孔雀东南飞》，七言长篇则《木兰歌》。是乐府于诸体无不备有也。

是三言、四言、五言、六言、七言、杂言、五绝起于汉魏，五律起于齐梁，五排、七律至唐发生，其说可信。若详征之，两汉乐府三言、四言居多，魏晋而后，始开唐诗宋词各体。如魏武之《东西门行》为五古，魏文之《燕歌行》为七古，曹植之《妾薄命》为六言诗，左延年《秦女休行》为杂言诗，谢尚《大道曲》为五绝，萧子显《乌栖曲》为七绝，范云《巫山高》为五律，庾信《乌夜啼》为七律，梁武《江南弄》、沈约《六忆诗》为小词。是乐府者，唐宋诗之渊源也。

乐府命题，名称不一，吴讷《文章明辨》所举凡十有二类，兹列举之：

1. 歌——放情长言，杂而无方者曰歌，如《挟瑟歌》《襄阳歌》是；

2. 行——步骤驰骋，疏而不滞者曰行，如《君子行》《兵车行》是；

3. 歌行——兼之曰歌行，如《短歌行》《燕歌行》是；

4. 引——述事本末，先后有序，以抽其臆者曰引，如《箜篌引》《丹青引》是；

5. 曲——高下长短，委曲尽情，以道其微者曰曲，如《乌栖曲》《明妃曲》是；

6. 吟——呼嗟慨歌，悲忧深思，以呻其郁者曰吟，如《梁父吟》《古长城吟》是；

7. 辞——因其立辞之意曰辞，如《明君辞》《白纻辞》是；

8. 篇 —— 本其命篇之义曰篇，如《白马篇》《美女篇》是；
9. 唱 —— 发歌曰唱，如《气出唱》是；
10. 调 —— 条理曰调，如《清平调》是；
11. 怨 —— 愤而不怒曰怨，如《长门怨》《玉阶怨》是；
12. 叹 —— 感而发言曰叹，如《明君叹》《楚妃叹》是。

一二类之外，又有以诗名者，以弄名者，以章名者，以度名者，以乐名者，以思名者，以愁名者，皆乐府之流也。

七、乐府之歌法

汉武立乐府，命李延年略论律吕，以合八音之调。讫于曹魏，子建已叹"汉曲讹不可辨"。下逮六朝，夷乐日繁，古音日益微茫矣。唐人二十八调，宋末但行十二调，至元曲代兴，亦久置不歌。居今日而稽诗词音律，已无解人；进而论汉魏乐府，并律谱不可复得，尚何歌调之足言哉？虽然，玩其词而识其理，其歌法约略可知者，有三事焉。即乐府诗中有散声、送声、和由三者是也。

（一）散声 汉铙歌《临高台》曰：

临高台以轩，下有清水清且寒。江有香草目以兰，黄鹄高飞离哉翻。关弓射鹄，令吾主寿万年。收中吾。

按"收中吾"三字毫无意义,实为余声。犹铙歌《有所思》中之"妃呼狶",《五噫诗》中之"噫",《乌忽诗》中之"乌忽乎",同为歌时之散声也。

(二)和曲　汉相和曲中之《江南》云:

江南可采莲,莲叶何田田,鱼戏莲叶间。
鱼戏莲叶东,鱼戏莲叶西,鱼戏莲叶南,鱼戏莲叶北。

按此诗前三句一人独唱,后四句众人之和曲也。试观梁武帝之《采莲曲》,可以知之矣。

游戏五湖采莲归,发花田叶芳袭衣,为君侬歌世所希。
世所希,有如玉;江南弄,采莲曲。

《古今乐录》曰:"《采莲曲》和云,'采蓬渚,窈窕舞佳人'。"
又萧统《采莲曲》曰:

桂楫兰桡浮碧水,江花玉面两相似,莲疏藕折香风起。
香风起,白日低;采莲曲,使君迷。
和云:采莲归,渌中好沾衣。

其和声显然易见，前例下四句之为和曲，可以推知。

（三）送声　子夜体之诗《杨叛儿》云：

欢欲见莲时，移湖安屋里。芙蓉绕床生，眠卧抱莲子。

《古今乐录》曰："《杨叛儿》送声云，叛儿，教侬不复相思。"此送声之列也。

以上古乐府歌法之约略可考者也。至唐人乐章，多为绝句，一时名流诗句，无不入歌曲者（王灼《碧鸡漫志》说）。王士禛曰："开元天宝以来，宫掖所传，梨园弟子所歌，旗亭所唱，边将所进，率当时名士所为绝句尔。故王之涣'黄河远上'，王昌龄'昭阳日影'之句，至今艳称之。而右丞'渭城朝雨'，流传尤众，好事者至谱为《阳关三叠》。他如刘禹锡、张祜诸篇，尤难指数。由是言之，唐三百年以绝句擅场，即唐三百年之乐府也。"（《万首绝句选叙》）盖以近体诗有平仄押韵等规则，音律谐协，语句简短，单歌联唱，无不适宜，故一时梨园所奏之大曲，宴饮所用之小令，无非绝句歌辞。高适、王昌龄、王之涣之隽句，既传遍旗亭（《碧鸡漫志》），白乐天之诗篇，亦流行都下（白氏《与元九书》）。至李白之《清平调》，亦绝句也。相传玄宗与贵妃赏木芍药于沉香亭畔，诏白进《清平乐》词，命梨园子弟抚丝竹，遂促李龟年按谱引歌，上自调玉笛以倚曲，每曲遍将换，则迟其声以媚之（《太真外传》）。曲调妍美，可以想见。故绝句实唐代唯一之乐章也。试略征其歌法，著之如下。

胡仔《苕溪渔隐丛话》引《蔡宽夫诗话》曰：

> 大抵唐人歌曲，本不随声为长短句，多是五言或七言诗，歌者取其辞，与和声相叠成音耳。予家[1]有《古凉州》《伊州》辞，与今遍数悉同，而皆绝句也。岂非当时人之辞为一时所称者，皆[2]为歌人窃取，播之曲调乎？

夫绝句果如何歌法，今乐谱失传，未由确知。按蔡氏之言，或某句复诵，或某处偷一字，或于句中句末出入和声、散声，借以调节歌调，可以测知。所谓和声者，乐中引长之于声[3]；散声者，曲谱以外之音也。试以例征之。

王维《阳关曲》云：

> 渭城朝雨浥轻尘，客舍青青柳色新。劝君更尽一杯酒，西出阳关无故人。

此唐代有名之送别歌也。俗谓"三叠"者，三唱其结句，

---

[1] 家 底本无，据《苕溪渔隐丛话》（P.140）补。
[2] 皆 《苕溪渔隐丛话》（P.140）作"昔"。
[3] 于声 底本作"於声"，疑有误，或当作"余声"。

考之《渔隐诗话》载苏轼说，则第一句单诵，第二句以下每句皆复诵也。其后元曲中有题"阳关三叠"者，属大石调，其歌法愈为繁复，由此可以想见古调之形式也。

《阳关三叠》（北曲大石调）：

渭城朝雨浥轻"尘"。
　更洒遍客舍青青，弄柔凝千缕；
　更洒遍客舍青青，弄柔凝翠色；
　更洒遍客舍青青，弄柔凝柳色"新"。
休烦恼，劝君更尽一杯酒，
　人生会少，富贵功名有定分。
休烦恼，劝君更尽一杯酒，
　旧游如梦，只恐怕西出阳关，眼前无故"人"。
休烦恼，劝君更尽一杯酒，
　只恐怕西出阳关，眼前无故"人"。
（旧曲辞以○规识之，用韵处以""识之。）

观此歌曲法，非特叠唱，且增多余字。此种歌调是否出于旧曲虽不能必，要据是推知旧调非仅叠唱，且必有和声、散声，可断言也。

又万红友《词律》载《竹枝》《采莲子》两词，歌法如次。

后唐皇甫松《竹枝》

门前流水（竹枝）白蘋花（女儿），岸上无人（竹枝）小艇斜（女儿）。商女经过（竹枝）江欲暮（女儿），散抛残食饲神鸦（女儿）。

皇甫松《采莲子》

菡萏香连十顷陂（举棹），小姑贪戏采莲迟（年少）。晚来弄水船头湿（举棹），更脱红裙裹鸭儿（年少）。

按《竹枝》本巴渝[1]儿歌，吹短笛，击鼓以赴节，歌者扬袂睢舞。其音协黄钟羽，末如吴声，含思宛转，有淇濮之艳焉。《采莲子》则吴歌也，吴本水乡，水多产莲，儿女采莲为戏，因歌是诗。考王昌龄、刘禹锡、白居易诸家诗集，每有《竹枝》《杨柳枝》等题，但仅载诗句，歌法不详。《词律》所注之竹枝、举棹，或歌时取以按拍之标识，女儿、年少则群相随和之散声也。凡此并新乐府歌法之可征者也。

八、乐府诗之派别

沈德潜论乐府诗曰："《安世房中歌》系唐山夫人所制，而清调、平调、瑟调皆其遗音，此南与风之变也。朝会道路所用，

---

[1] 渝　底本作"歈"，据文意酌改。

谓之鼓吹曲，军中马上所用，谓之横吹曲，此雅之变也。武帝以李延年为协律都尉，与司马相如诸人略定律吕，作十九章之歌，以正月上辛用事，此颂之变也。"（《说诗晬语》）按以风雅颂三者分乐府，其郊祀歌用诸庙堂，诚有类于颂；鼓吹、横吹用诸朝会、军旅，有类于雅；相和歌、清商曲辞为吴楚各地民歌，有类于风。然此所论，犹未足以尽乐府之全也，兹更就其风格略言之。

（一）典正派　费锡璜曰："房中、郊祀，典雅宏奥，中学难窥，为最上品。"（《汉诗总说》）今举一首以示例。

唐山夫人《安世房中乐》（录其六）

大孝备矣，休德昭清。高张四县，乐充宫廷。芬树羽林，云景杳冥。金支秀华，庶旄翠旌。

王侯秉德，其邻翼翼，显明昭式。清明鬯矣，皇帝孝德。竟全大功，抚安四极。

大海荡荡水所归，高贤愉愉民所怀。太山崔，百卉殖。民何贵，贵有德。

丰草葽，女罗施。善何如，谁能回。大莫大，成教德。长莫长，被无极。

冯冯翼翼，承天之则。吾易久远，烛明四极。慈惠所爱，美若休德。杳杳冥冥，克绰永福。

嘉荐芳矣，告灵飨矣。告灵既飨，德音孔臧。惟德之臧，建侯之常。承保天休，令问不忘。

（二）绮丽派　费氏又曰："《陌上桑》《董娇娆》，即张、王、李、韩轻艳之祖也。"今举其文以见例。

古辞《陌上桑》

日出东南隅，照我秦氏楼。秦氏有好女，自名为罗敷。罗敷喜蚕桑，采桑城南隅。青丝为笼系，桂枝为笼钩。头上倭堕髻，耳中明月珠。缃绮为下裙，紫绮为上襦。行者见罗敷，下担捋髭须。少年见罗敷，脱帽着帩头。耕者忘其犁，锄者忘其锄。来归相怨怒，但坐观罗敷。（一解）

使君从南来，五马立踟蹰。使君遣吏往，问是谁家姝。秦氏有好女，自名为罗敷。罗敷年几何，二十尚不足，十五颇有余。使君谢罗敷，宁可共载不？罗敷前致辞，使君一何愚，使君自有妇，罗敷自有夫。（二解）

东方千余骑，夫婿居上头。何用识夫婿，白马从骊驹。青丝系马尾，黄金络马头。腰中鹿卢剑，可直千万余。十五府小吏，二十朝大夫，三十侍中郎，四十专城居。为人洁白皙，鬑鬑颇有须。盈盈公府步，冉冉府中趋。坐中数千人，皆言夫婿殊。（三解）

宋子侯《董娇娆》

洛阳城东路，桃李生路傍。花花自相对，叶叶自相当。春风东北起，花叶正低昂。不知谁家子，提笼行采桑。纤手折其枝，花落何飘飏。请谢彼姝子，何为见损伤。高秋八九月，白露变为霜。终年会飘堕，安得久馨香。秋时自零落，春月复芬芳。何时盛年去，欢爱永相忘。吾欲竟此曲，此曲愁人肠。归来酌美酒，挟瑟上高堂。

会如《羽林郎》《东门行》《西门行》等诗，有情有致，乐府中不可悉数。

（三）悲慨派　费氏又曰："'红尘蔽天地''十五从军征'，李杜悲壮之祖也。"按"红尘蔽天地，白日何冥冥"，《古文苑》止载此二句，下阙。李善《文选·西都赋注》亦载二句，"蔽"字作"塞"。已下"微阴盛杀气"十二句，《升庵诗话》曰："出《修文御览》。此书久佚，真伪不可知。"今不录，录《十五从军征》：

十五从军征，八十始得归。道逢乡里人，家中有阿谁？遥望是君家，松柏冢累累。兔从狗窦入，雉从梁上飞。中庭生旅谷，井上生旅葵。烹谷持作饭，采葵持作羹。羹饭一时熟，不知贻阿谁。出门东向望，泪落沾我衣。

吴兢曰:"此诗晋宋入乐奏之,首增四句,名《紫骝马》。'十五从军征'以下,古诗也。"按《乐府诗集·梁鼓角横吹曲》载《紫骝马歌辞》曰:

烧火烧野田,野鸭飞上天。童男娶寡妇,壮女笑杀人。高高山头树,风吹叶落去。一去数千里,何当还故处。十五从军征(下同前)

《古今乐录》曰:"'十五从军征'以下是古诗。"此盖采诗入乐之曲,故增多原句以协乐章也。

(四)劲健派　乐府中《出关》《入关》诸词,《出塞》《入塞》之曲,多苍凉凄楚之音,间有壮烈慷慨者,举以示例。

杨素《出塞曲》

漠南胡未空,汉将复临戎。飞狐出塞北,碣石指辽东。冠军临瀚海,长平翼大风。云横虎落阵,气抱龙城虹。横行万里外,胡运百年穷。兵寝星芒落,战解月轮空。严鐎息夜斗,骍角罢鸣弓。北风嘶朔马,胡霜切塞鸿。休明大道暨,幽荒日用同。方就长安邸,来谒建章宫。

(五)奥涩派　费曰:"颜谢好蹇涩雅丽,昌黎好捃摭奇字险韵为诗,然汉郊祀铙歌,奥衍宏博,已开其先。司马子长所谓'今上即位作十九章,通一经之士不能说其词,皆会五经家,乃能讲习,读之多《尔雅》之文'是也。"按郊祀铙歌深晦险怪,颜、谢、昌黎不过学其用字、用韵,卢仝、刘叉且取其意境以入诗矣。举例如左。

汉郊祀歌十九首(录其一)·天马

太一况,天马下,沾赤汗,沫流赭。志俶傥,精权奇。籋浮云,晻上驰。体容与,迣万里。今安匹,龙为友。

天马徕,从西极。涉流沙,九夷服。

天马徕,出泉水。虎脊两,化若鬼。

天马徕,历无草。径千里,循东道。

天马徕,执徐时。将摇举,谁与期?

天马徕,开远门。竦予身,逝昆仑。

天马徕,龙之媒。游阊阖,观玉台。

汉铙歌十八曲(录其一)·战城南

战城南,死郭北,野死不葬乌可食。为我谓乌,且为客豪,野死谅不葬,腐肉安能去子逃?水深激激,蒲苇冥冥,枭骑战斗死,驽马裴回鸣。梁筑室,何以南,何以北?禾黍不获君何食,愿为忠臣安可得?思子良臣,良臣诚可思,朝行出攻,暮不夜归。

(六)俚质派 费曰:"谣谚等作,词气虽古,未免俚质,为第三派。"今举数则以示例。

箜篌引

公无渡河，公竟渡河。堕河而死，当奈公何？

崔豹《古今注》曰："《箜篌引》，朝鲜津卒霍里子高妻丽玉所作也。子高晨起刺船，有一白首狂夫，披发提壶，乱流而渡。其妻随而止之，不及，遂堕河而死。于是援箜篌而鼓之，作《公无渡河》之曲，声甚凄怆。曲终，亦投河而死。子高还，以其声语其妻丽玉，丽玉伤之，乃作箜篌而写其声，名曰《箜篌引》。"按此诗词句简质，而歌哭如闻，招魂欲起，故虽寥寥四语，而意自怆人也。

九、余论

刘熙载曰："乐府声律居最要，而意境次之。尤须意境与声律相称，乃为当行。"（《诗概》）故今论乐府，详征其歌法及其派别焉。沈德潜曰："乐府之妙，全在繁音促节，其来于于，其去徐徐，往往于回翔屈折处感人，是即依永和声之遗意也。"（《说诗晬语》）惜乐律失传，当日之急管繁弦，清音丽曲，不可复闻，后人仅于其字里行间，识其回翔屈折而已。此中国音乐之所以无进步，亦言古代文艺者之大不幸也。

本章参考书

刘勰《文心雕龙·乐府篇》
《宋书·乐志》
《隋书·乐志》
《唐书·乐志》
吴兢《乐府古题要解》
郭茂倩《乐府诗集》
王灼《碧鸡漫志》
吴讷《文章明辨》
胡仔《苕溪渔隐丛话》
费锡璜《汉诗总说》
黄侃《文心雕龙札记》
盐谷温《支那文学概论》

第六章
论汉魏迄隋唐古诗

一、引言

中国文学自汉魏以降,迄于隋唐,千余年来,以诗歌为特著。稽厥体制,约别二类。其篇有定句,句有定字,字调平仄者谓之近体(王闿运《八代诗选》称为新体诗),反是者为古体。古体出入于乐府,名号繁多,近体复分律、绝。兹篇先陈古体,近体于下篇详之。

二、古诗体制

挚虞《文章流别论》曰:"古之诗有三言、四言、五言、六言、七言、九言。古诗率以四言为体,而时有一句二句杂在四言之间。后间演之,遂以为篇。"是三百篇中之诗,四言居其泰半,余均杂言诗也。两汉之际,其五七言诗句中夹"兮"字者,沿用楚调;余如刘邦之《鸿鹄歌》,唐山夫人之《安世房中歌》，韦孟《讽谏诗》，东方朔《戒子诗》，皆属四言，乐府诗率为杂言，庶者并雅颂之遗音也。其有于诗骚以外，别创新体，则为五言七言两者是矣。今列表明之——

汉魏以来诗分三类：

a. 楚辞体

1. 五言句中夹兮字；
2. 七言句中夹兮字；
3. 杂言句中夹兮字。

b. 前期古体诗（出于三百篇）

1. 四言；
2. 杂言（乐府诗）。

c. 后期古体诗（汉魏新制）

1. 五言古诗；
2. 七言古诗。

观前表所列，知一二两项，时人规抚旧制之篇什，其第三者则汉以后人特创之新制也。夫诗文之道，敝极而变，新体代兴，旧调未有不式微者。观韦孟《讽谏》《在邹》之作，肃肃穆穆，未离雅正。刘琨《答卢谌》篇，拙重之中，感激豪荡，准之变雅，似离而合。逮张华、二陆、潘岳辈，恹恹欲息矣（沈德潜《说诗晬语》）。岂不以上二下二之四言句度局促，音节板滞，不如上二下三之五言及上四下三之七言足以委婉达意，其音节又较流畅哉？虽李白有"五言不如四言，七言益靡"之说，然观白诗,实以七言为最美,五言次之,四言最下。知其言特尊古之谬见,非平情之通论也。善乎刘勰之说曰:"四言正体,则雅润为本;五言流调,则清丽居宗。华实异用,唯才所安。"钟嵘亦言:"四言文约义广,取效风雅,每苦文繁而意少,故世罕习焉。"王闿运更畅论之曰:"四言如琴,五言如笙箫,歌行七言如羌笛琵琶,繁弦杂管,故太白以为靡。然人不能无哀乐,哀乐不能无偏激感宕,故自五言兴而即有七言,而乐府琴曲希以赠答。至唐而大盛,凡四言五言所施,皆有以七言代之者。"(《王志》)诚以人情喜新厌故,旧调已滥,难得新声,故不得不别辟蹊径,以阐发其性灵也。兹故置四言不论,析论五七言诗之流变焉。

三、五古起源

《文心雕龙》论五言之起源曰:"《召南·行露》,始肇半章;孺子《沧浪》,亦有全曲;暇豫《优歌》,远见《春秋》;《邪径》童谣,近在成世。阅时取证,五言久矣。"(《明诗篇》)《诗品》则曰:"夏歌曰,'郁陶乎予心',楚谣曰,'名余曰正则',虽诗体未全,然是五言之滥觞也。"按两家所举,或属伪古文《尚书》,或属讴谣、格言,或为楚调,即有一二句杂在篇中,如《小戴记·郊特牲》载伊耆氏《蜡辞》"草木归其泽"之句,尤在前世,然此仅五言之句,非全体五言诗也。钟嵘谓:"逮汉李陵始著五言之目。"后之论者，遂谓苏李赠答诗实五言之鼻祖。刘勰则曰："成帝品录，三百余篇，朝章国典，亦云周备，而辞人遗翰，莫见五言，所以李陵、班婕妤见疑于后代也。"厥后苏轼《答刘沔书》、章樵《古文苑注》、朱彝尊《书玉台新咏后》，并有驳论。以苏李赠别长安，诗有"俯观江汉流"，及"山海隔中州"等句，两人离别，何由到此？至陵诗于当日情事，尤多不切，如云："嘉会难再遇，三载为千秋。"按苏李留匈奴，皆在天汉初年，其别则在始元五年，两人同居匈奴凡十余年，何得仅言三载？其语意乖违，灼然易见，况苏四诗之全不与李相涉者乎？（梁章钜《文选旁证》引翁氏说）今观《汉书·李陵传》载陵赠苏武诗"径万里兮度沙漠"一首五句[1]，犹是楚声，而非五言，则苏李诗出于后人拟作，五言诗不起于苏李明矣。《文心雕龙》又云："古诗佳丽，或称枚叔，其《孤竹》一篇，则傅毅之辞。比采而推，两汉之作乎？"徐陵《玉台新咏》亦著枚乘诗八首，如"青青河畔草""西北有高楼""涉江采芙蓉""庭中有奇树""迢迢牵牛星""东城高且长""明月何皎皎""行行重行行"等篇，皆在十九首中。又有"兰若生春阳"一首，亦云乘作。李善《文选注》则云："古诗盖不知作者，或云枚乘，疑不能明也。诗云'趋车上东门'，又云'游戏宛与洛'，此则辞兼东都，非尽是乘明矣。"按十九首涵义繁复，自非一人之辞，

---

[1] 此诗载《汉书·苏武传》（P.2466）中。"漠"，《汉书》作"幕"。

一时之作（沈德潜说），刘勰据"或说"，归之枚乘，疑不能明。昭明以失其姓氏，故编在李陵之上，诚慎之也。至徐氏撰诗，直断十九首中之九首出于乘手，说无根据，将焉取征？或验其时序，《明月皎夜光》诗云："玉衡指孟冬。"李注："北斗七星，第五曰玉衡。《淮南子》曰，'孟秋之月，招摇指申'。然上云促织，下云秋蝉，明是汉之孟冬，非夏之孟冬矣。《汉书》曰，'高祖十月至灞上，故以十月为岁首。汉之孟冬，今之七月矣'。"则此首必武帝未改用夏时前，汉初之作矣。然吾观其第十七首又云："孟冬寒气至，北风何惨栗。"此诗孟冬，明合夏时，与前迥别。故于光华《评注》引方氏《集成》说，疑"玉衡指孟冬"句，"冬"是"秋"字之误。若是则前后时序一致，其非西京之作，可以断言。故前汉篇什，不见五言。世所传之苏李及班婕妤而外，若虞美人《答项王歌》、卓文君《白头吟》，并不足信，益不待论矣（《古诗纪》详辨之）。盖五言古诗肇始于东都民间之风谣（十九首），腾踊于建安初文人之倡和，其起源固在炎汉之叔季，非盛世诸辞人所能制作者矣。

四、七古起源

沈德潜曰："《大风》《柏梁》，七言权舆也。"（《说诗晬语》）今按《大风》用楚调，《柏梁》为伪作，两者并非七言诗之所托始也。若论楚词，则燕人易水之歌，项籍垓下之曲，同一句度，而孔子《临河歌》更在春秋之际矣。至《柏梁》之不可信，顾炎武详辨之曰："汉武《柏梁台诗》本出《三秦记》，云是元封三年作，而考之于史，则多不符。按《史记》及《汉书·孝景纪》，中六年夏四月，梁王薨。《诸侯王表》，梁孝王武立，三十五年薨；孝景后元年，共王买嗣，七年薨；建元五年，平王襄嗣，四十年薨。《文三王传》同。又按《孝武纪》，元鼎二年春，起柏梁台，是为梁平王之二十二年，而孝王之薨，至此已二十九年，又七年始为元封三年。又按平王襄元朔中以与太母争樽，公卿请废为庶人。天子曰，梁王襄无良师傅，故陷不义。乃削梁八城，梁余尚有十城。又按平王襄之十年为元朔二年，来朝，其三十六年为太初四年，来朝，皆不当元封时。又按《百官公卿表》，郎中令，武帝太初元年更名光禄勋；典客，景帝中六年更名大行令，武帝太初元年更名大鸿胪；治粟内史，景帝后元年更名大农令，武帝太初元年更名大司农；中尉，武帝太初元年更名执金吾；内史，景帝二年分置左内史、右内史，武帝太初元年更名京兆尹，左内史更名左冯翊；主爵中尉，景帝中六年更名都尉，武帝太初元年更名右扶风。凡此六官，皆太初以后之名，不应预书于元封之时。又按《孝武纪》，太初元年冬十一月乙酉，柏梁台灾。夏五月正历，以正月为岁首。定官名则是柏梁既灾之后，又半岁而始改官名。而大司马、大将军青则薨于元封之五年，距此已二年矣。反复考证，无一合者。盖是后人拟作，剽取武帝以来官名及《梁孝王世家》乘舆驷马之事以合之，而不悟时代之乖舛也。"（《日知录》二十一）考其时代，核其官名，均不符合，其为后人拟作，昭然易知，安得谓七言诗权舆于此？逮建安之际，曹丕作《燕歌行》"秋风萧瑟天气凉"一首，通篇七古，乃为七古诗之所托始。然则五七言古体并东汉末叶、建安初期新发生之创作，建安一代，实中古文学上一大嬗变时期也。

五、古诗之流变

由上所述，五七言古体，胚胎于汉末，流传于魏晋，历六代以迄隋唐，其间变革，可得而言。十九首大率逐臣弃妇，朋友阔绝，游子他乡，死生新故之感，家国乱离之痛。至建安以还，二王陈思，纵辔以骋节；王徐应刘，望路而争驱。并怜风月，狎池苑，述恩乐，叙酣宴，篇题虽杂，要不外抒情之什而已。此外则蔡琰《悲愤诗》，历叙流离，文朴质而意沉痛，开唐人杜甫一派；《庐江小吏妻》诗，凡千七百四十五言，杂述十数人口吻，声情毕肖，开唐人白居易一派。两者为述事之诗。此其初期之篇什也。正始中，王弼、何晏好庄老玄胜之谈，而俗遂贵焉。至过江，佛理尤盛，故郭璞五言，始会合道家之说而韵之。许询及太原孙绰转相祖尚，自是学者悉体之（《文选注》引檀道鸾《续晋阳秋》说），则一变而为说理。此钟嵘所谓"永嘉贵黄老，稍尚虚谈，于时篇什，理过其辞，淡乎寡味。爰及江表，微波尚传，孙绰、许询、桓、庾诸公，诗皆平典，似道德论"者也。下逮宋初，风致又改，刘勰谓："庄老告退，而山水方滋，俪采百字之偶，争价一句之奇。情必极貌以写物，辞必穷力而追新。'则更变而为写景，及梁简文辞藻艳发，体穷淫靡，哀思之音，遂移风俗，徐摛、庾肩吾尤以侧艳著称。摛子陵及肩吾子信，承其遗绪，其体特为南北所崇。则三变而为宫体，开律诗之先声。此古诗内容之因革也。若言诗式，则五言极盛于建安，余波及于晋宋，颓靡于齐、梁、陈、隋，淫艳佻巧之辞剧，而诗之敝极矣（姜宸英《古今诗选叙》）。梁代北音竞奏，钲铙铿𬭚，《企喻歌》《折杨柳歌词》《木兰诗》及北齐《敕勒歌》等，伉爽直率，又不免失之粗犷。唐人承之，运刚贞之词，洗绮靡之习，起衰中立，淳风于以再造。特伯玉、云卿诸公，意不加新而词稍直率耳。开元、大历诸家，七言始盛。王、李、高、岑，膏什尤多。太白驰骋笔力，自成一家。嘉州之奇峭，供奉之豪放，更为创获。工部集古今之大成，七言大篇，尤为前所未有，后所莫及，自钱、刘、元、白以来，无能步趋者（王士禛《古今诗选叙例》）。凡此情变之数，铺观列代，迹象昭然，若进而求其嬗变之原因，则章炳麟论列校详，其《国故论衡·辨[1]诗篇》曰：

---

[1] 辨　底本作"明'，据《国故论衡疏证》（P.411 改。

语曰："在心为志，发言为诗。"此则咏情性，古今所同，而声律调度异焉。魏文侯听今乐则不知倦，古乐则卧，故知数极而迁，虽才士弗能以为美。

　　三百篇者，四言之至[1]也。在汉独有韦孟，已稍淡泊。下逮魏晋，作者抗志，欲反古初，其辞安雅，而情弛无节者众。若束晳之《补亡诗》，视韦孟犹登天。嵇、应、潘、陆，亦以梏窳，"悠悠太上，民之厥初""於皇时晋，受命既固"，盖庸[2]下无足观。非其材劣，固四言之势尽矣。

　　汉世郊祀、房中之乐，有三言、七言者，其辞闳丽诀荡，不本雅颂，而声气若与之呼召，其风独五言为善。古者学诗，有大司乐、瞽宗之化。在汉则主情性，往者《大风》之歌，《拔山》之曲，高祖、项王未尝习文艺也，然其言为文儒所不能举。苏、李之徒，结发为诸吏骑士，未更[3]讽诵，诗亦为天下宗。及陆机、鲍照、江淹之伦，拟以为式，终莫能至。由是言之，情性之用长，而问学之助薄也。风与雅颂赋所以异者，三义皆因缘经术，旁涉典记。故相如、子云，小学之宗，以其余绪为赋。郊祀歌者，颂之流也，通一经之士不能独知其辞，皆集会五经家相与共

---

[1] 之至　底本脱，据《国故论衡疏证》（P. 421）补。
[2] 庸　底本作"佣"，据《国故论衡疏证》（P. 422）改。
[3] 更　底本作"便"，据《国故论衡疏证》（P. 422）改。

讲习之。《安世房中歌》[1]作于唐山夫人，而其辞亦尔雅。独风有异，愤懑而不得舒，其辞从之，无取一通之书，数言之训。及其流风所扇，极乎王粲、曹植、阮籍、左思、刘琨、郭璞诸家，其气可以抗浮云，其诚可以比金石。终之上念国政，下悲小己，与十五国风同流，其时未有雅也。谢瞻承其末流，《张子房诗》本之，《王风》哀思，周道无章，浸淫及[2]于大小雅矣。世言江左遗彦，好语玄虚，孙、许诸篇，传者已寡。陶潜皇皇，欲变其奏，其风力终不逮。玄言之杀，语及田舍；田舍之隆，旁及山川云物，则谢灵运为之主。然则风雅道变，而诗又几为赋。颜延之与谢灵运深浅有异，其归一也。自是至于沈约、丘迟，景物复穷。自梁简文吾初为新体，床第之言，扬于大庭，讫陈、隋为俗。陈子昂、张九龄、李白之伦，又稍稍以建安为本。白亦下取谢氏，然终弗能远至，是时五言之势又尽。杜甫以下，辟旋以入七言。

七言在周世，《大招》为其萌芽，汉则《柏梁》。刘向亦时为之，然短促未能成体。唐世张之，以为新曲，自是五言遂无可观[3]者。然七言在陈、隋，气亦宣朗，不杂传记名物之言。唐世漫变旧贯，其势则不可久。哀思主文者，

---

[1] 歌　底本作"辞'，据《国故论衡疏证》(P.423)改。
[2] 及　底本原脱，据《国故论衡疏证》(P.424)补。
[3] 可观　底本"可"下衍"以"字，据《国故论衡疏证》(P.426)删。

独杜甫为可与。韩愈、孟郊,则《急就章》之变也;元稹、白居易,则日者瞽师之诵也。自尔千年[1],七言之数以万,其可讽诵者几何? 重以近体昌狂,篇句填委,凌杂史传,不本情性。盖诗与议奏异状,无取数典之言,钟嵘所以起例,虽杜甫犹有愧。讫于宋世,小说、杂传、禅家、方技之言,莫不征引。昔孙、许高言庄氏,杂以三世之辞,犹云[2]风骚体尽,况乎辞无[3]友纪,弥以加厉者哉?

宋世诗势已尽,故其吟咏情性,多在燕乐。今词又失其声律,而诗尨奇愈甚。考证[4]之士,睹一器,说一事,则纪之五言,陈数首尾,比于马医歌括。及曾国藩自以为功,诵法江西诸家,矜其奇诡。天下鹜逐,古诗多诘诎不可诵,近体乃与杯珓谶辞相等。江湖之士,艳而称之,以为至美。盖自《商颂》以来,歌诗失纪,未有如今日者也。

要之,本情性,限辞语则诗盛;远情性,喜杂书则诗衰。

诚以诗贵缘情,不尚数典。故各体之初生也,常人称情而言,不失风人之致。及至词客胠陈卷轴,规模陈篇,甚至故寻僻奥,自文浅陋,务为诘屈,炫惑俗眼,则性情汩没,风雅之

---

[1] 年　底本作"言",据《国故论衡疏证》(P. 427)改。
[2] 云　底本脱,据《国故论衡疏证》(P. 428)补。
[3] 无　底本作"言",据《国故论衡疏证》(P. 428)改。
[4] 证　底本作"微",据《国故论衡疏证》(P. 427)改。

道尽矣。古今升降得失之数，并系于此，至其句度之改变，字数之递增，则循文学进化自然之途辙，固不必抑扬于其间也。

六、古诗之修词

费锡璜曰："诗至宋齐，渐以句求，唐贤乃明下字之法。汉人高古天成，意旨方且难窥，何况字句。"按诗至宋齐而清词丽句，络绎奔会。汉魏诗虽不可以字句论，然其修词亦有可观，兹畧述之。

（一）起句　曹植、谢朓工于发端，然皆出于汉人（费锡璜说）。举例如左：

> 北方有佳人，绝世而独立。（《李延年歌》）
> 天上何所有，历历种白榆。（《陇西行》）
> 西北有高楼，上与浮云齐。（《古诗十九首》）
> 红尘蔽天地，白日何冥冥。（《拟苏李诗》）
> 惊风飘白日，忽然归西山。（曹植《赠徐幹》）
> 高台多悲风，朝日照北林。（又《杂诗》）
> 明月照高楼，流光正徘徊。（又《七哀诗》）
> 朔风吹飞雨，萧条江上来。（谢朓《观朝雨》）
> 大江流日夜，客心悲未央。（又《夜发新林至京邑赠西府同僚》）

（二）偶句　汉魏诗中亦时有偶句，特不如晋宋人之镂金错采，穷力追新耳，兹并征之：

> 胡马依北风，越鸟朝南枝。(《古诗十九首》)
> 鸡鸣高树巅，狗吠深巷中。(《鸡鸣》)
> 皑如山上雪，皎若云间月。(《艳歌行》)
> 临源挹清波，陵冈掇丹荑。(郭璞《游仙》)
> 晓霜枫叶丹，夕曛岚气阴。(谢灵运《晚出西射堂》)
> 鱼戏新荷动，鸟散余花落。(谢朓《游东田》)
> 水光悬荡壁，山翠下添流。(庾肩吾《奉和春夜应令》)
> 莺随入户树，花逐下山风。(阴铿《开善寺》)
> 鸟击初移树，鱼寒欲隐苔。(隋炀帝《悲秋》)

（三）对照句　正负两言，反复照应，句虽不对，意实偶也，此类在诗中尤多。

> 去者日以疏，来者日以亲。(《古诗十九首》)
> 生年不满百，常怀千岁忧。(同右)
> 上山采蘼芜，下山逢故夫。(古诗)
> 贵者虽自贵，视之若埃尘。贱者虽自贱，重之若千钧。(左思《咏史》)
> 新妇初来时，小姑始扶床。今日被驱遣，小姑如我长。

(《古诗为焦仲卿妻作》)

　　不怨秋夜长，恒苦夏日短。(谢灵运《道路忆山中》)
　　宁知安歌日，非君撤瑟晨。(任昉《哭范仆射》)

（四）排句　复用对照，连成数排，如：

　　清音可娱耳，滋味可适口。罗纨可饰躯，华冠可耀首。(杨苕华《赠蜀僧度》)
　　暮止不安寝，晨止不能起。(陶潜《止酒》)
　　西川有杜鹃，东川无杜鹃。涪万无杜鹃，云安有杜鹃。(杜甫《杜鹃》)
　　旧犬喜我归，低徊入衣裾。邻里喜我归，沽酒携胡芦。大官喜我来，遣骑问所须。城郭喜我来，宾客临村墟。(又《草堂》)
　　或连若相从，或蹙若相斗。或妥若弭伏，或竦若惊雊……或前横若剥，或后断若姤。(韩愈《南山诗》)

按古诗中用排笔，无过二排、四排，惟小雅《北山之什》多至十二排，然用反对，不觉过繁。若韩愈《南山诗》连用五十余排，皆属正对，斯失之粗犷矣。

（五）反复句　费锡璜云："'行行重行行'，下云'与君生别离'，又云'相去万余里''各在天一涯'，又云'道路阻且长',又云'相去日以远',在今人必讶其重复。'昭昭素明月,光辉烛我床',曰'昭昭',又曰'素',又曰'明',又曰'光辉'。《满歌行》亦重叠言之,他诗不可枚举,汉人皆不以为病。"按古诗有用复句以增其妩媚者,举例如左:

君当作盘石,妾当作蒲苇。蒲苇纫如丝,盘石无转移……盘石方且厚,且以卒千年。蒲苇一时纫,便作旦夕间。(《古诗为焦仲卿妻作》)

(六)叠句 叠句有仅叠句中数字,有一字叠用者,分述之如左:

羁心积秋晨,晨积展游眺。(谢灵运《七里濑》)
杪秋寻远山,山远行不近。……汀曲舟已隐。隐汀绝望舟……忆尔共淹留。淹留昔时欢……凄凄久念攒。攒念攻别心……(谢灵运《登临海峤》)(前有曹植《赠白马王彪诗》)
伤禽恶弦惊,倦客恶离声。离声断客情,宾御皆涕零。涕零心断绝,将去复还诀。(鲍照《代东门行》)
云来聚云色,风度杂风音。(隋炀帝《古松树》)

右句中叠字例。

居止次城邑，逍遥自闲止。坐止高荫下，步止荜门里。好味止园葵，大欢止稚子。平生不止酒，止酒情无喜。（陶潜《止酒》）

去年落一牙，今年落一齿。俄然落六七，落势殊未已。余存皆动摇，尽落应始止。忆初落一时，但念豁可耻。及至落二三，始忧衰即死。（韩愈《落齿》）

右一字叠用例。

（七）练字　诗自晋宋以后，不独名章迥句，处处间起，且缀字属篇，必须练择矣。字有表实、表德、表业三者之殊。表实之名字，不外沿袭，非诗人所能独创也（如谢朓云："金波丽鳷鹊，玉绳低建章。""金波"见《汉书》，"玉绳"见《春秋元命苞》，均沿用旧名也）。诗人所研练者，则为表德之状字及表业之动字耳，如：

神渊"写"时雨，晨色"奏"景风。（陶潜《和戴主簿》）
微雨"洗"高林，清飙"矫"云翮。（又《使都经钱溪》）
原隰"荑"绿柳，墟囿"散"红桃。（谢灵运《从游京口北固应诏》）
日华川上"动"，风光草际"浮"。（谢朓《和徐都曹出新亭渚》）
窗中"列"远岫，庭际"俯"乔木。（又《郡内高斋

闲望》)

随风"飘"岸叶，行雨"暗"江流。(何逊《送司马□入五城联》)

露"浸"山扉月，霜"开"石路烟。(江总《赠袁朗别》)

右练动字例。

琼树落晨"红"，瑶塘水初"渌"。(王融《渌水曲》)

怃然坐相思，秋风下庭"绿"。(又《巫山高》)

送君如昨日，檐前露已"团"。不惜蕙草"晚"，所悲道里"寒"。(江淹《古离别》)

卷帘天自"高"，海水摇空"绿"。(梁武帝《西洲曲》)

棠枯绛叶"尽"，芦凉白花"轻"。(阴铿《和傅郎岁暮还湘州》)

右练状字例。

七、古诗之技术

古诗之修词略如上述，兹再论描写、记事、抒情、想象数者，见古诗之价值焉。

（甲）描写

1. 写人

美女妖且闲，采桑歧路间……攘袖见素手，皓腕约金环。头上金爵钗，腰佩翠琅玕。明珠交玉体，珊瑚间木难。罗衣何飘飖，轻车随风还。顾盼遗光彩，长啸气若兰。（曹植《美女篇》）

右写美人。

吾家有娇女，皎皎颇白皙。小字为纨素，口齿自清历。鬓发覆广额，双耳似连璧。明朝弄梳台，黛眉类扫迹。浓朱衍丹唇，黄吻澜漫赤。娇语若连琐，忿速乃明懂。握笔利彤管，篆刻未期益。执书爱绨素，诵习矜所获。其姊字惠芳，面目粲如画。轻妆喜楼边，临镜忘纺绩。举觯拟京兆，立的成复易。玩弄眉颊间，剧兼机杼役。从容好赵舞，延袖像飞翮。……驰骛翔园林，果下皆生摘。红葩掇紫蒂，萍实骤抵掷。……止为茶荈据，吹嘘对鼎䥶。脂腻漫白袖，烟熏染阿锡。衣被皆重池，难与沵永碧。任其孺子意，羞受长者责。瞥闻当与杖，掩泪俱向壁。（左思《娇女诗》）

右写儿女。

2. 写景

方宅十余亩,草屋八九间。榆柳荫后园,桃李罗堂前。暧暧远人村,依依墟里烟。狗吠深巷中,鸡鸣桑树颠。(陶潜《归园田居》)

右写田园。

气和天惟澄,班坐依远流。弱湍驰文鲂,闲谷矫鸣鸥。迥泽散游目,缅然睇曾丘。虽微九重秀,顾瞻无匹俦。(又《游斜川》)

石浅水潺湲,日落山照曜。荒林纷沃若,哀禽相叫啸。(谢灵运《七里濑》)

右写山水。

叩栧新秋月,临流别友生。凉风起将夕,夜景湛虚明。(陶潜《夜行途中》)

明月照积雪,朔风劲且哀。(谢灵运《岁暮》)

右写夜景。

密林含余清,远峰隐半规。(又《游南亭》)

云端楚山见,林表吴岫微。(谢朓《还丹阳道中》)

江路西南永,归流东北骛。天际识归舟,云中辨江树。

（又《出新林浦向板桥》）

江干远树浮，天末孤烟起。江天自如合，烟树还相似。（范云《次新亭》）

右写远景。

3. 状物

云日相辉映，空水共澄鲜。（谢灵运《登江中孤屿》）
猿鸣诚知曙，谷幽光未显。岩下云方合，花上露犹泫。（又《从斤竹涧越岭溪行》）
林壑敛暝色，云霞收夕霏。（又《石壁还湖中》）
余霞散成绮，澄江静如练。（谢朓《晚登三山》）
晓星正寥落，晨光复漾瀁。犹沾余露团，稍见朝霞上。（又《京路夜发》）

右写云霞。

芳菊开林耀，青松冠岩列。怀此贞秀姿，卓为霜下杰。（陶潜《和郭主簿》）
白云抱幽石，绿筱媚清涟。（谢灵运《过始宁墅》）
池塘生春草，园柳变鸣禽。（又《登池上楼》）
远树暧阡阡，生烟纷漠漠。鱼戏新荷动，鸟散余花落。

（谢朓《游东田》）

　　　日出众鸟散，山暝孤猿吟。（又《郡内高斋闲望》）
　　　红药当阶翻，苍苔依砌上。（又《直中书省》）

　　右写草木鸟兽。
　　（乙）记事
　　古诗中记述事实者约别两派：一为蔡琰之《悲愤诗》，感时伤事，语质实而意沉痛，开唐人杜甫之先声，是为悲愤派；一若《孔雀东南飞》，记述一事，委婉往复，令人发生疑问，为唐人白居易之所祖，是曰问题派。兹先述其源流，而后论其技术焉。
　　1.悲愤派
　　蔡琰《悲愤诗》
　　《刺巴郡守诗》
　　王粲《七哀诗》
　　庾信《咏怀》二十七首
　　杜甫《北征》《奉先咏怀》《新安吏》《潼关吏》《石壕吏》《新婚别》《垂老别》《无家别》
　　2.问题派
　　《古诗为焦仲卿妻作》
　　白居易《秦中吟》(《议婚》《重赋》《伤宅》《轻肥》《歌舞》《买花》)、新乐府(《新丰折臂翁》《道州民》《红线毯》《缭绫》

《卖炭翁》《盐商妇》《井底引银瓶》)

后世如金和之《痛定篇》《初五日即事》，出于杜甫；王冕之《鹳鹆谣》《猕猴舞》《伤亭户》《江南妇》《陌上桑》《江南民》《花驴儿》，上于白居易。他若文天祥之《乱离歌》，伯颜子中之《七哀诗》，李梦阳之《甲子初度诗》，则出于杜之《同谷七歌》。吴伟业之《永和宫词》、王闿运之《圆明园词》，则出于白氏之《长恨歌》者也（胡光炜说）。兹更述其艺术上之价值而论列之。

1. 长篇。悭情感之变化也速，故抒情诗尟长至千字以上者。五七绝节短音长，用之抒情，尤擅胜场，盖以其含蓄不尽，有弦外之音也。至纪事诗则《孔雀东南飞》凡千七百余字，李觏《赠祖秘丞》凡千六百余字，其他如杜氏、白氏之作，往往有数百字上者，以事实变化繁多，非反复曲折，不能尽情发挥也。

2. 以一节代表一时。纪事诗以批评人生为其正鹄，人生随时代改观，欲将一代社会之优劣完全表见于尺幅之间，殊非易事。诗人以最经济的手腕，节取片断言之，足以代表一代风气矣。如杜甫"三吏篇"仅写三事，见当时兵力缺乏，乃征力役，少年不足，及于老人；男子不足，继及女子。"三别篇"写家室流离，尤极惨酷之至。

3. 质朴而沉痛。纪事诗有直述所见所闻，不加丝毫修饰，而辞语凄楚，令人不忍卒读者，如蔡琰《悲愤诗》写胡人虏妇女西行之状曰：

马边悬男头，马后载妇女。长驱西入关，迥路险且阻。还顾邈冥冥，肝脾为烂腐。所略有万计，不得令屯聚。或有骨肉俱，欲言不敢语。失意机微间，辄言毙降虏。要当以亭刃，我曹不活汝。岂复惜性命，不堪其詈骂。或便加棰杖，毒痛参并下。旦则号泣行，夜则悲吟坐。欲死不能得，欲生无一可。

王粲《七哀诗》写母子不相顾曰：

路有饥妇人，抱子弃草间。顾闻号泣声，挥涕独不还。未知身死处，何能两相完。驱马弃之去，不忍听此言。

杜甫《石壕吏》写老妇对吏语曰：

听妇前致辞，三男邺城戍。一男附书至，二男新战死。存者且偷生，死者长已矣。室中更无人，惟有乳下孙。有孙母未去，出入无完裙。老妪力虽衰，请从吏夜归。急应河阳役，犹得备晨炊。

惟其质木，故字字真切，令人读之如闻其声，为之凄绝，此其所以感人深而收效宏也。

4. 繁复而清晰。纪事诗有内容头绪极繁，而条理清晰，丝毫不乱者。观《庐江小吏诗》，杂述十数人言语、性情，如焦母之横虐，仲卿之懦弱，兰芝之贞毅，小姑之幼稚，女母之愚闇，女兄之粗鲁，媒人之狡狯，府君之昏庸，其声音、颜色、性情，无不一一毕肖。故其文虽长，而秩序井然，令人不觉其冗散也。

5．变化。纪事诗以事实为主，若平铺直叙，即了无意味，故修词上必有种种变化，方足动人观念。例如杜甫《北征》云：

> 顾惭恩私被，诏许归蓬荜。拜辞诣阙下，怵惕久未出。

已辞君还里矣，下忽云：

> 挥涕恋行在，道途犹恍惚。

又流连而不忍去，下又云：

> 回首凤翔县，旌旗晚明灭。

既去而又回顾，此其感情之变化一也。又叙其途中所见云：

> 靡靡逾阡陌，人烟眇萧瑟。所遇多被伤，呻吟更流血。

既觉满目凄凉，下忽云：

> 青云动高兴，幽事亦可悦。山果多琐细，罗生杂橡栗。或红如丹砂，或黑如点漆。雨露之所濡，甘苦齐结实。

则兴会淋漓，此其感情之又一变也。及到家见其子女，又曰：

> 平生所娇儿，颜色白胜雪。见耶背面啼，垢腻脚不袜。床前两小女，补绽才过膝。海图坼波涛，旧绣移曲折。天吴及紫凤，颠倒在裋褐。老夫情怀恶，呕泄卧数日。那无囊中帛，救汝寒凛栗。

此其所言，何等伤惨，而中间"海图波涛"四语，又极其绮丽。下又云：

> 粉黛亦解包，衾裯稍罗列。瘦妻面复光，痴女头自栉。学母无不为，晓妆随手抹。移时施朱铅，狼藉画眉阔。生还对童稚，似欲忘饥渴。问事竞挽须，谁能即嗔喝。翻思在贼愁，甘受杂乱聒。

写小儿女情态，又至堪发噱。总之，此诗每至一地，感想一变，能于极惨痛时见兴致，极高兴中见悲凉，故令人读之不觉悲喜之交集也。

6. 问题。读第二类纪事诗，每令人发生种种疑问。如读《庐江小吏妻诗》，则有女子问题、婚姻问题、家庭问题，读白乐天之《秦中吟》及《新乐府》，则有阶级问题、资本问题、劳动问题为其唤起。故号之曰问题派纪事诗也。

7. 史学化。读纪事诗又可以见当时社会情况、政治情况，故杜甫有"诗史"之目。白居易《与元微之书》曰："自登朝来，年齿渐长，阅事渐多，每与人言，多询时务；每读书史，多求理道。始知文章合为时而著，歌诗合为事而作。"故其诗可名之为史学化的诗也。

8. 散文化。纪事诗中夹有议论，又似散文。其议论多委婉曲折，不失温柔敦厚之旨，如杜《北征》云：

忆昨狼狈初，事与古先别。奸臣竟菹醢，同恶随荡析。不闻夏殷衰，中自诛褒妲。周汉获再兴，宣光果明哲。

其对于本朝愈回护，愈见责备，至《新安吏》云：

况乃王师顺，抚养甚分明。送行勿泣血，仆射如父兄。

则讽刺尤深，故可目之为散文化的诗也。

（丙）抒情

诗歌以抒情为本旨，写景述事，特借之以表情耳。故情即寓于景中，传于事内，无劳复述。兹更于前两例外，界述其表情之词句焉。

1. 哀伤。萧《选》于哀伤诗中，著嵇康、曹植、王粲、张载、潘岳、谢灵运、颜延之、谢朓、任昉九家之作，兹举潘氏《悼亡》一则为例。

荏苒冬春谢，寒暑忽流易。之子归重泉，重壤永幽隔。私怀谁克从，淹留亦何益。黾勉恭朝命，回心反初役。望庐思其人，入室想所历。帷屏无髣髴，翰墨有余迹。流芳未及歇，遗挂犹在壁。怅怳如或存，周惶忡惊惕。如彼翰飞鸟，双栖一朝隔。如彼游川鱼，比目中路折。春风缘隙来，晨霤承檐滴。寝息何时忘，沉忧日盈积。庶几有时衰，庄缶犹可击。

2. 愁怨。哀伤者，痛丧乱之已逝；愁怨者，惧祸患之方来。其情绪近似，而为用各殊，兹举阮籍《咏怀诗》一则，以例其余。

夜中不能寐，起坐弹鸣琴。薄帷鉴明月，清风吹我衿。孤鸿号外野，朔鸟鸣北林。徘徊将何见，忧思独伤心。

3. 惭感。贫士失意，冻馁谁怜？一饭之恩，衔戢无既。

不觉惭感交并，见诸咏歌者，如陶潜《乞食》诗云：

> 饥来驱我去，不知竟何之。行行至斯里，叩门拙言词。主人解余意，遗赠副虚期。谈话终日夕，觞至辄倾卮。情欣新知欢，言咏遂赋诗。感子漂母惠，愧我非韩才。衔戢知何谢，冥报以相贻。

4. 愤激。不平之气，流露行间；愤激之词，缘是以著。如陶潜《责子》诗曰：

> 白发被两鬓，肌肤不复实。虽有五男儿，总不好纸笔。阿舒已二八，懒惰故无匹。阿宣行志学，而不爱文术。雍端年十三，不识六与七。通子垂九龄，但觅梨与栗。天运苟如此，且进杯中物。

5. 壮烈。金石之声，风云之色，高气盖世，激烈逼人，魏武、陈思而后，当推公幹[1]、太冲。兹举太冲《咏史》一则以见例。

> 皓天舒白日，灵景耀神州。列宅紫宫里，飞宇若云浮。

---

[1] 公幹　底本作"内幹"。此指刘桢，字公幹。据改。

峨峨高门内，蔼蔼皆王侯。自非攀龙客，何为欻来游。被褐出阊阖，高步追许由。振衣千仞冈，濯足万里流。

6.委婉。温厚和平，怨而不怒，如《古诗十九首》之《行行重行行》云：

行行重行行，与君生别离。相去万余里，各在天一涯。道路阻且长，会面安可知？胡马依北风，越鸟巢南枝。相去日以远，衣带日以缓。浮云蔽白日，游子不顾返。思君令人老，岁月忽已晚。弃捐勿复道，努力加餐饭。

7.希冀。所求莫遂，饥渴情殷，如《古诗》云：

锦衾遗洛浦，同袍与我违。独宿累长夜，梦想见容辉。良人惟古欢，枉驾惠前绥。愿得常巧笑，携手同车归。

(丁)想象

诗人想象之词，无家蔑有，如陶渊明之《桃花源[1]》，李太白之《梦游天姥》，其尤著者也。兹举郭景纯《游仙诗》为例：

---

[1] 桃花源　底本作"桃花园"，下文径改，不再出校记。

青溪千余仞，中有一道士。云生梁栋间，风出窗户里。借问此何谁，云是鬼谷子。翘迹企颍阳，临河思洗耳。阊阖西南来，潜波涣鳞起。灵妃顾我笑，粲然启玉齿。蹇修时不存，要之将谁使？

翡翠戏兰苕，容色更相鲜。绿萝结高林，蒙笼盖一山。中有冥寂士，静啸抚清弦。放情凌霄外，嚼蕊挹飞泉。赤松临上游，驾鸿乘紫烟。左挹浮丘袖，右拍洪崖肩。借问蜉蝣辈，宁知龟鹤年。

此其所表之境，所写之人，并属创造的想象及联想的想象也。若蔡琰《悲愤诗》言："马为立踯躅，车为不转辙。"杜甫《北征》言："恸哭松声回，悲泉共幽咽。"则悲伤之极，天地为之兴哀，风云为之变色。此修词学上所谓"情晕"，则又可谓为解释的想象焉。

本章参考书

冯惟讷《诗纪》

冯舒《诗纪匡谬》

丁福保《两汉三国晋南北朝诗》

　　以上总集

徐陵《玉台新咏》

纪容舒《玉台新咏考异》
王士禛《古今诗选》
沈德潜《古诗源》
曾国藩《十八家诗钞》
又《三十家诗钞》（王定安增辑）
王闿运《八代诗选》
陈沆《诗比兴笺》
　　以上选本
刘勰《文心雕龙·明诗篇》
钟嵘《诗品》
释皎然《诗式》
姜夔《白石道人诗说》
严羽《沧浪诗话》
徐祯卿《谈艺录》
王世懋《艺圃撷余》
王世贞《艺苑卮言》
陆时雍《诗镜总论》
王士禛《师友诗传录》又《续录》
费锡璜《汉诗总说》
　　以上诗评
赵执信《声调谱》
翟翚《声调谱拾遗》

王文简《古诗平仄论》(翁方纲《小石帆亭著录》)

《赵秋谷所传声调谱》(同前)

翁方纲《五言诗平仄举隅》

又《七言诗平仄举隅》

又《七言诗三昧举隅》

以上诗律

第七章
论唐人近体诗

一、近体诗之起源

诗贵咏歌,本宜谐协,然晋宋以前,声病之说未明,偶俪之法未工,其时诗仅有韵而已,无所谓律也。自士衡尚绮靡之旨,休文倡声律之论,由是偶俪精切,声调妍美,历六代以迄初唐,乃有律诗之目,论者以其别于古诗也,因以"近体"称之。兹溯其源流,分律诗、绝句两者述之。

(一)五七律 马位《秋窗随笔》曰:"声律虽起于沈约,而以前粗已见之。陆云相谑之词,所谓'日下荀鸣鹤,云间陆士龙',是五言律联。江淹《别赋》'春宫闷此青苔色,秋帐含兹明月光',是七言律联。此近体之发端。"钱木庵《唐音审体》曰:"律诗始于初唐,至沈宋而其格始备。律者,六律也,谓其声之协律也。如用兵之纪律,用刑之法律,严不可犯也。齐梁体二句一联,四句一绝,律诗因之。加以平仄相俪,用韵必双,不用单韵。"按近体之制,权舆于梁、陈,谐协于初唐,精切于沈、宋（陈懋仁《续文章缘起》说）。两家一溯其原，一推其变，合而观之，其说始备。至偶词俪句，导源益远，《诗薮》曰："晋、宋之交，古今诗道之大限乎？魏承汉后，虽浸尚华靡，而淳朴余风，隐约尚在……士衡、安仁一变而排偶开矣，灵运、延年再变而排偶盛矣，玄晖三变而排偶愈工，淳朴愈散，汉道尽矣。"则谓其发端于晋宋之际焉。近人黄节又自换韵观之，递数其变迁之迹曰："五言古诗既兴，于是有五言诗之变体，其源则始自六朝。如梁沈约《拟青青河畔草》诗，则五言两句换韵，变古诗之体而为之者也。又如柳恽《南曲》，则五言四句换韵，变古诗之体而为之者也。顾由五言两句换韵，再变而为八句同韵，如同时范云《巫山高》，中四句相对，一如柳恽《南曲》，则已为五律之滥觞矣……七言诗既兴，于是有七言诗之变体，其源流亦始自六朝。如晋谢道韫《咏雪诗》，则七言三句同韵，变古诗之体而为之者也。又如萧子显《乌栖曲》，则七言两句换韵，变古诗之体而为之者也。顾由七言三句同韵，一变而为两句换韵，再变而为四句三同韵，如梁简文《春别诗》，亦变古诗之体而为之者也，然已为七绝之滥觞矣。简文既开兹体，又为《春情曲》，盖本《春别诗》之体而少变之，已骎骎乎具七律之形矣。至庾信《乌夜啼》，则已为七律之滥觞矣。"（《诗学》）统观诸说，自声律、对偶、用韵三者言之，律诗之递次嬗变，其迹象固易明也。

（二）五七绝　论绝句之起源者，古有二说。一谓律先于绝，绝句犹言截句，盖截律诗之半而成。五言绝句截五言律诗之半也，有截前四句者，如"移舟泊烟渚"云云是也；有截后四句者，如"功盖三分国"云云是也；有截中四句者，如"白日依山尽"云云是也；有截前后四句者，如"山中相送罢"云云是也。七绝亦然（《岘佣说诗》）。一谓绝先于律，五言绝句自五言古诗来，七言绝句自歌行来。此二体本在律诗之前，律诗从此出，演令充畅耳（《姜斋诗话》）。今按第一说王士禛讥其迂拘（《师友诗传续录》），《四库提要》"诗文评类"亦谓汉人已有绝句，起于律诗之前，非先有律诗，截为绝句，则第二说较为近理。试观古诗之"采葵莫伤根"，古歌之"高田种小麦"，并肇五绝之端，且"藁砧今何在"四语，则径称"古绝句"。《南史》称："宋晋熙王昶奔魏，在道慷慨为断句诗。"则又绝句之名之见诸宋代者也。他如晋孙绰《碧玉歌》、王献之《桃叶歌》，《子夜四时歌》，皆在律诗之前。至齐谢朓《玉阶怨》、梁简文《杂咏》、范云《别诗》、何逊《相送》，格调与唐人益近。至高棅《唐诗品汇》谓："《挟瑟歌》《乌栖曲》《怨歌行》为绝句之祖。"《诗薮》则谓："《乌栖曲》四篇，篇用二韵，正项王《垓下》格，唐人亦多学此。江总《怨诗》卒章，俱作对结，非绝句正体。"今按魏收《挟瑟歌》，平仄谐适。梁简文《乌栖曲》，汤惠休《歌思引》，萧子显《春别》，均七言四句，三句用韵，并七绝之先声。逮隋人无名氏之"杨柳青青著地垂"，则绝类唐诗，特七绝较五绝差后耳。总之，绝句滥觞于汉魏，历六代至隋唐而大成。

其语简节促而意味深长，非律诗所可比拟，亦绝非截律诗而为之也。

（三）排律 《唐音审体》云："自高棅《唐诗品汇》出，创排律之名。古人所谓'排比声律'者，排偶栉比，声和律整也。乃于四字中摭取二字，呼为排律，于又何居？古人初无此名，今人竟以此为定格。"按陈懋仁《续文章缘起》谓："排律因于颜延之、谢瞻诸人，唐兴始为专体。"王阮亭《答古夫于亭诗问》则谓："唐人省试，皆用排律，本只六韵而止，至杜始为长律，中唐元、白，又蔓延至百韵，非古也，其法则'首尾开阖，波澜顿挫'八字约略尽之。七言排律，唐人作者亦少，近唯见彭羡门赋至百韵。"按五言排律富于杜集，后人多用之称述公卿，褒功颂德，则文艺之末流，不足与之言诗道矣。

二、近体诗之声律

近体诗之形成，基于声病之说。《蔡宽夫诗话》："声韵之兴，自谢庄、沈约以来，其变日多，四声中又别其清浊，以为双声，一韵者以为叠韵，盖以轻重为清浊耳。所谓前有浮声，后须切响也。"魏庆之《诗人玉屑》载沈约八病之说："一曰平头，第一第二字不得与第六第七字同声，如'今日良宴会，欢乐难具陈'，今、欢皆平声，日、乐皆入声；二曰上尾，第五字不得与第十字同声，如'青青河畔草，郁郁园中柳'，草、柳皆上声；三曰蜂腰，第二字不得与第五字同声，如'闻君爱我甘，窃欲自修饰'，君、甘皆平声，欲、饰皆入声；四曰鹤膝，第五字不得与第十五字同声，如'客从远方来，遗我一书札。上言长相思，下言久离别'，来、思皆平声；五曰大韵，如声、鸣为韵，上九字不得用惊、倾、平、荣字；六曰小韵，除第十一字外，九字中不得有两字同韵，如遥、条不同；七曰旁纽，八曰正纽，十字内两字叠韵为正纽，若不共一纽而有双声为旁纽，如流、久为正纽，流、柳为旁纽。八种惟上尾、鹤膝最忌，余病亦皆通。"王世贞《艺苑卮言》曰："休文所载八病，以上尾、鹤膝为最忌。休文之拘滞，正与古体相反，惟与近体差有关耳，然亦不免商君之酷。平头为第一字不得与第六字同平声，律诗如'风劲角弓鸣，将军猎渭城'，风之类将，何损其美？上尾谓第五字不得与第十字同声，如古诗'西北有高楼，上与浮云齐'，虽隔韵何害？律固无是，使同韵如前诗，鸣之与城，又何妨也？ 蜂腰谓第二字与第五字同上去入韵，如老杜'望尽似犹见'，江淹'远与君别者'之类，近体宜少避之，亦无妨。鹤膝谓第五字不得与第十五字同，如老杜'水色含群动，朝光接太虚，年来频怅望'之类，八句俱如是则不宜，一字犯亦无妨。五大韵，谓重叠相犯，如'胡姬年十五，春日独当炉[1]'，又'端坐苦愁思，揽衣起西游'，胡与炉、愁与游犯。六小韵，十字

---

[1] 炉 《乐府诗集》卷六十三作（P.909）"垆"。

中自有韵，如'薄帷鉴明月，清风吹我襟'，明与清犯。七旁纽，十字中已有田字，不得著寅、延字。八正纽，十字中已有壬字，不得著衽、任字。后四病尤无谓，不足道也。"按自八病之说兴，作诗者乃贵平仄整齐。徐陵、庾信体制日工，实近体之前驱。至唐人声律对偶之法益严，沈佺期、宋之问力求研练精切，声婪稳顺，遂定五七言八句之程序，号为律诗，世因以沈宋为律诗之祖焉。兹揭五言诗式如次：

1. 正格（仄起）

仄仄平平仄
平平仄仄平（韵）
平平平仄仄
仄仄仄平平（韵）
仄仄平平仄
平平仄仄平（韵）
平平平仄仄
仄仄仄平平（韵）

2. 偏格（平起）

平平平仄仄
仄仄仄平平（韵）
仄仄平平仄
平平仄仄平（韵）
平平平仄仄

仄仄仄平平（韵）
仄仄平平仄
平平仄仄平（韵）

右式中第一句第二字用仄声则以仄起，用平声则以平起。五言以仄起为正格，平起为偏格。七言反是，则以平起为正格，仄起为偏格也。更著七言诗式如次：

1. 正格（平起）
平平仄仄仄平平（韵）
仄仄平平仄仄平（韵）
仄仄平平平仄仄
平平仄仄仄平平（韵）
平平仄仄平平仄
仄仄平平仄仄平（韵）
仄仄平平平仄仄
平平仄仄仄平平（韵）

2. 偏格（仄起）
仄仄平平仄仄平（韵）
平平仄仄仄平平（韵）
平平仄仄平平仄
仄仄平平仄仄平（韵）
仄仄平平平仄仄
平平仄仄仄平平（韵）

平平仄仄平平仄

仄仄平平仄仄平（韵）

七律押韵与五律异，概以第一句押韵为通则，落韵为变调也。论其规律，何世璂、王夫之并注意一三五平仄之辨焉。何氏《然灯纪闻》曰："律句只要辨一三五。俗云一三五不论，怪诞之极，决其终身必无通理。"王氏《姜斋诗话》亦曰："一三五不论，二四六分明，不可恃为典要。'昔闻洞庭语'，闻、庭二字俱平，正尔振起。若'今上岳阳楼'，易第三字为平声，云'今上巴陵楼'，则语实而戾于听矣。'八月湖水平'，月、水二字皆仄自可。若'涵虚混太清'，易作'混虚涵太清'，泥磬土鼓而已。又如'太清上初日'，音律自可。若云'太清初上日'，以是合于黏，则情文索然，不能复成佳句。又如杨用修佳句云，'谁起东山谢安石，为君谈笑净烽烟'，若谓安之失黏，更云'谁起东山谢太傅'，拖沓便不成响。足见凡言法者，皆非法也。"盖律诗规则虽严，亦有变格，所谓"折腰体""拗体"是也，述之如次。

1. 折腰体。《沧浪诗话》："有绝句折腰者，有八句折腰者，谓中失黏而意不断。"盖谓绝诗之第三句，律诗之第三句、第七句失黏也。如孟浩然绝句："山头禅室挂僧衣，窗外无人溪鸟飞。黄昏半在下山路，却听泉声恋翠微。"第三句失黏。又王维律诗："桃源一向绝风尘，柳市南头访隐沦。到门不敢题凡鸟，看竹何须问主人。城上青山如屋里，东家流水入西邻。闭户著书多岁月，种松皆作老龙鳞。"第三句、第七句失黏，若二三联对调则顺矣。

2．拗体。有一联拗者，如"孤鸟背林色，远帆开浦烟""残星几点雁横塞，长笛一声人倚楼"是。拗体只一句失一字，如前联之背、开二字，后联之雁、人二字，与折腰之全句失黏者不同。有全首拗者，如王维《酌酒与裴迪》诗，则全不合黏格也。

律诗之格律略如上述，兹更举绝句之声律言之：

1．五绝

甲、平起顺黏格

平平仄仄平，仄仄仄平平。仄仄平平仄，平平仄仄平。

乙、仄起顺黏格

仄仄仄平平，平平仄仄平。平平平仄仄，仄仄仄平平。

丙、平起偏格

平平平仄仄，仄仄仄平平。仄仄平平仄，平平仄仄平。

丁、仄起偏格

仄仄平平仄，平平仄仄平。平平平仄仄，仄仄仄平平。

2．七绝

甲、平起顺黏格

平平仄仄仄平平，仄仄平平仄仄平。仄仄平平平仄仄，平平仄仄仄平平。

乙、仄起顺黏格

仄仄平平仄仄平,平平仄仄仄平平。平平仄仄平平仄,仄仄平平仄仄平。

丙、平起偏格

平平仄仄平平仄,仄仄平平仄仄平。仄仄平平平仄仄,平平仄仄仄平平。

丁、仄起偏格

仄仄平平平仄仄,平平仄仄仄平平。平平仄仄平平仄,仄仄平平仄仄平。

王维《阳关三叠》为绝句中之折腰体,李白《山中问答》为拗体。至杜甫《江畔独步寻花》七绝句,拗体尤多,黄鲁直最喜学之,则绝句之变体也。

三、近体诗之修词及其技术

律绝诗文词简约,寄兴深微,非精于修词者不易为功。兹分论其字法、句法、章法及隶事数者,见近体诗技术之工妙焉。

(一)字法　洪迈《容斋续笔》云:"一首五律诗,如四十位贤人,著一屠沽儿不得。"言近体诗节短音长,一字失当,足累通篇,故研练所最尚焉。薛雪《一瓢诗话》:"篇中炼句,句中炼字,炼得篇中之意工到,则气韵清高深渺,格律雅健雄豪,无所不有,能事毕矣。"今征古人炼字之例,以供参稽。《陵阳室中语》:"赋诗十首,不如改诗一首。少陵有'新诗改罢自长吟'之句，虽少陵之才，亦须改定。"《漫叟诗话》："桃花细逐杨花落，黄鸟时兼白鸟飞。李商老云，尝见徐师川说，一士大夫家有老杜墨迹，其初云'桃花欲共杨花语'，自以淡墨改三字，乃知古人字不厌改也。"《容斋续笔》又云："王荆公绝句'春风又绿江南岸'，原稿'绿'作'到'，圈去，注曰'不好'。改'过'字，复圈去，改为'入'，旋改'满'。凡如是十许字，始定为'绿'。黄鲁直诗'高蝉正用一枝鸣'，'用'字初作'抱'，又改曰'占'，曰'在'，曰'带'，曰'要'，至'用'字始定。"盖作诗不能便好，善改则瑕可为瑜，瓦砾可为珠玉，昔人谓"作诗如食胡桃、宣栗，剥三层皮，方有佳味"，作而不改，是食有刺栗与青皮胡桃也（李沂《秋星阁诗话》语）。是以张咏有一字之师，贾岛作推敲之势，皆求点石成金，不惜呕心刻肝也。

夫词性分歧，近世凡分八品，古人略别虚实两类，诗人炼字，两者皆所加意者也。《岘佣说诗》云："五律须讲字法，荆公所谓'诗眼'也。'泉声咽危石，日色冷青松''远水兼天净，孤城隐雾深'，此炼实字；'古墙犹竹色，虚阁自松声''蚁浮仍腊味，鸥泛已春声''江山有巴蜀，栋宇自齐梁''入天犹石色，穿水忽云根'，此炼虚字。炼实字有力易，炼虚字有力难。七律下字炼句，须解高亮二字，不高不亮，诗虽好，亦减色。讲求高亮，尤须辨虚响实响。凡声有余意不足，或意虽足气不沉，光太露者，皆谓之虚响。"以上所言单词也，试更言联词。

《石林诗话》："诗下双字极难，须使七言、五言之间，除去五字、三字外，精神兴致，全见于两言，方为工妙。唐人记，'水田飞白鹭，夏木啭黄鹂'为李嘉祐诗，摩诘窃取之，非也。此两句好处，正在添'漠漠''阴阴'四字。此乃摩诘为嘉祐点化，以自见其妙，如李光弼将郭子仪军，一号令之，精彩数倍。不然，嘉祐本句但是咏景耳，人皆可到。要之，当令如老杜'无边落木萧萧下，不尽长江滚滚来'与'江天漠漠鸟双去，风雨时时龙一吟'，近世王荆公'新霜浦溆绵绵白，薄晚林峦往往青'与苏子瞻'沉沉炉香初泛夜，离离花影欲摇春'，此可以追配前作。"更有一句中炼二字者，如"石出倒听枫叶下，橹摇背指菊花开"。炼字不如炼意者（《师友诗传续录》载王士禛说，以安顿章法、惨淡经营为炼意），若夫太白之"牛渚西江夜""蜀僧抱绿绮"，襄阳之"挂席几千里"，摩诘之"中岁颇好道"，论者谓之"羚羊挂角，无迹可求"，斯一气清空，不可以炼句、炼字推求者也（《岘佣说诗》）。

（二）句法　律诗句法，莫要于对偶。《文心·丽词》有言对、事对、正对、反对四者之说，非为诗言，诗中对偶，固莫能外此也。至唐上官仪则立六对、八对之别。六对者：一曰正名对，天地对日月是也；二曰同类对，花叶对草芽是也；三曰连珠对，萧萧、赫赫是也；四曰双声对，黄槐、绿柳是也；五曰叠韵对，彷徨、放旷是也；六曰双拟对，春树、秋池是也。八对者：一曰的名对，"送酒东南去，迎琴西北来"是也；二曰异类对，"风织池边树，虫穿草上文"是也；三曰双声对，"秋露香佳菊，春风馥丽兰"是也；四曰叠韵对，"放荡千般意，迁延一介心"是也；五曰联绵对，"残河若带，秋月如兰"是也；六曰双拟对，"议月眉欺月，论花颊胜花"是也；七曰回文对，"情新因意得，意得逐情新"是也；八曰隔句对，"相思复相忆，夜夜泪沾衣。空叹复空泣，朝朝君未归"是也（《诗苑类格》）。严羽于隔句对（扇对）外，又立"就句对"之目，如少陵"小院回廊春寂寂，浴凫飞鹭晚悠悠"，李嘉祐"孤云独鸟川光暮，万景千山海气秋"是也（《沧浪诗话》）。严氏又谓："律诗有彻首尾对者，少陵多此体，不可概举。有彻首尾不对者，如孟浩然'挂席东南望，青山水国遥。舳舻争利涉，来往接风潮。问我今何适，天台访石桥。坐看霞色晚，疑是赤城标'，李太白'牛渚西江夜'之篇，文从字顺，音韵铿锵，八句皆无对偶。"《岘佣说诗》："五言律有中二语不对者，如'倚杖柴门外，临风听暮蝉'是也；有全首不对者，如'挂席几千里''牛渚西江夜'是也。须一气挥洒，妙极自然。"《说诗晬语》："温、李擅长，固在属对精工，然或工而无意，譬之翦采为花，全无生韵，弗尚也。义山'此日六军同驻马，当时七夕笑牵牛'，飞卿'回日楼台非甲帐，去时冠剑是丁年'。对句用逆挽法，诗中得此一联，便化板为活。"《说诗菅蒯》："诗之属对，固在工确，然间有自然成对处，虽字句稍借，正不害其为佳。试观老杜句，如'晚凉看洗马，森木乱鸣蝉''且食双鱼美，谁看异味重''惯看宾客儿童喜，得食除鸟雀驯''老去诗篇浑漫与，春来花鸟莫深愁'，以今人论之，必以为欠工确矣。"按诗中对偶，不工则失之粗，过工又或失之俗，江西诗社乃避而不用，则属一偏之见。要在板中求活，重自然而不拘于迹象耳。

（三）隶事　昔钟嵘《诗品》深以用事为病，然诗由古体降至近体，有不能不以隶事为修词之一助者。观王世懋《艺圃撷余》曰："今人作诗，必入故事。有持清虚之说者，谓盛唐诗即景造意，何尝有此？是则然矣，然未尽古人之变也。两汉以来，曹子建出，而始为宏肆，多主情态，此一变也，自此作者多入史语。谢灵运出，而《易》辞《庄》语无所不为用矣，又一变也。杜子美出，而百家稗官，都作雅言，马勃牛溲，咸成郁致，于是诗之变极矣。子美而后，而欲令人毁靓妆、张空拳，以当市肆万人之观，必不能也。然则古诗虽白描，自六朝间已多用典实，至唐而用事之风尤盛。居今日而言诗，专主清空一派，太羹玄酒，鲜不厌其寡味矣。"李沂《秋星阁诗话》亦曰："读书非为诗也，而学诗不可不读书。诗须识高，非读书则识不高；诗须力厚，非读书则力不厚；诗须学富，非读书则学不富。昔人谓子美诗无一字无来处，由读书多也。苟以精神用之于读书，则识见日益高，力量日益厚，学问日益富，诗之神理乃日益出，诗之精采乃日益焕，何患不能树帜于骚坛，蜚声于后世乎？"

二家论用事之道甚备。然有故寻僻奥，自炫淹博者[1]，则黄子云《野鸿诗的》病之曰："自汉以迄中唐，诗家引用典故，多本之于经传史汉，事事灼然易晓。下逮温、李，力不能运清真之气，又度无以取胜，专搜汉魏诸秘书，括其事之冷寂而罕见者，不论其义之当与否，擒剥填缀于诗中，以夸耀己之学问渊博。俗眼被其炫惑，皆为之卷舌申眉，呭呭嗟赏，师承惟恐或后。二人志虑若此，又安用考厥平生，而后知其邪僻哉？"盖善使故事，必能不见痕迹，方见运用自如。若徒胪陈卷轴，如前人所讥为点鬼簿者，翻不若羌无故实之自高也。

（四）章法　严羽《沧浪诗话》："有颔联，有颈联，有发端，有落句（即结句）。"此言律诗之章法也。元杨载《诗法家数》易发端为破题，又分为起承转合。后人有恪守此说者，徐增《而庵诗话》曰："解数及起承转合，今人看得甚易，似不足学，若欲精于此法，则累十年不能尽。诗法虽多，而总归于解数及起承转合。正法眼藏，毕竟在此。"有主变通之说者，王士禛答刘大勤曰："起承转合，章法皆如此，不必拘定第几联、第几句也。"王夫之起而驳正之，其《姜斋诗话》曰："起承转收之法，试取初盛唐律之，谁必株守此法者？法莫要于成章，立此四法，则不成章矣。且道'卢家少妇'一诗作何解，是何章法？又如'火树银花合'，浑然一气；'亦知戍不返'，曲折无端。其他或

---

[1] 淹博　底本作"醜博"，兹改之。

平铺六句，以二语括之，或六七句意已无余，末句用飞白法飏开，义趣超远。起不必起，收不必收，乃使生气灵通，成章而达。至若'故国平居有所思'，'有所'二字，虚笼喝起，以下曲江、蓬莱、昆明、紫阁，皆所思者，此自《大雅》来，谢客五言长篇，用为章法。杜更藏锋不露，转合无垠，何起何收，何承何转？陋人之法，乌足展骐骥之足哉？"至沈德潜则主折衷之说。《说诗晬语》曰："诗贵性情，亦须论法。乱杂无章，非诗也。然所谓法者，行所不得不行，止所不得不止，而起伏照应，承接转换，自神明变化于其中。若泥定此处应如何，彼处应如何，不以意运法，转以意从法，则死法矣。试看天地间水流云在，月到风来，何处著得死法？然则诗之章法，初学不可不知，然亦不得固执不化，所谓神而明之，存乎其人也。"其说较为圆通。羌起承转结之说，以八比文作法论诗，仅可以悟初学，绝不足语宏达也。

（五）绝句诗之章法　绝句诗言简意长，其词句表见之方式至为繁复，兹分数类言之。

a. 关于设譬者

1. 直喻例。借物喻人，用"胜"或"不及"字，以相比较，如——

皇甫曾《送王司直》："西塞云山远，东风道路长。人心胜潮水，相送过浔阳。"

王昌龄《长信怨》:"奉帚平明金殿开,且将团扇共徘徊。玉颜不及寒鸦色,犹带昭阳日影来。"

李白《赠汪伦》:"李白乘舟将欲行,忽闻岸上踏歌声。桃花潭水深千尺,不及汪伦送我情。"

2. 隐喻例。即事写景,自寓深意,如王昌龄《殿前曲》言无宠者独寒,韩翃《寒食》言君恩不及他处(《王志》说)。温柔敦厚,婉而多讽,非得其弦外之音者不知其微旨也。兹录数首以见例——

王昌龄《殿前曲》:"昨夜风开露井桃,未央前殿月轮高。平阳歌舞新承宠,帘外春寒赐锦袍。"

韩翃《寒食》:"春城无处不飞花,寒食东风御柳斜。日暮汉宫传蜡烛,轻烟散入五侯家。"

b. 关于空间者
1. 遥忆例。用"遥"字或"应"字,推想远地情况,如——

岑参《九日思长安故园》:"强欲登高去,无人送酒来。遥怜故园菊,应傍战场开。"

韦应物《秋夜寄丘员外》:"怀君属秋夜,散步咏凉天。山空松子落,幽人应未眠。"

王维《九日》:"独在异乡为异客,每逢佳节倍思亲。遥知兄弟登高处,遍插茱萸少一人。"

王昌龄《送别魏二》:"醉别江楼橘柚香,江风引雨入船凉。忆君遥在湘山月,愁听清猿梦里长。"

2.特著例。以"独"字、"惟"字、"只"字特著一事,使感情集中,如——

李白《敬亭山》:"众鸟高飞尽,孤云独去闲。相看两不厌,只有敬亭山。"

施肩吾《湘竹词》:"万古湘江竹,无穷奈怨何。年年长春笋,只是泪痕多。"

朱放《乱后经淮阴》:"荒村古岸谁家在,野水浮云处处愁。惟有河边衰柳树,蝉声相送到扬州。"

c.关于时间者

1.推进例。以"更"字进一层写,使两事比较,益增人感,如——

韦应物《送王校书》:"同宿高斋换时节,共看移石复栽杉。送君江浦已惆怅,更上高楼看远帆。"

陈羽《窎题山居》:"虽有柴门长不关,片云高木共身闲。犹嫌住久人知处，见欲移居更上山。"

2.重题例。用"又"字，重提旧事，如——

　　张祜《江南逢故人》："河洛多尘事，江南半旧游。春风故人夜，又醉白蘋洲。"
　　杜甫《江南逢李龟年》："岐王宅里寻常见，崔九堂前几度闻。正是江南好风景，落花时节又逢君。"

3.追忆例。此例或就见时之凄凉，追忆当年之盛况；或言昔时之希望，慨今日之已非，如——

　　李白《越中怀古》："越王勾践破吴归，战士还家尽锦衣。宫女如花满春殿，只今惟有鹧鸪飞。"
　　陈陶《陇西行》："誓扫匈奴不顾身，五千貂锦丧胡尘。可怜无定河边骨，犹是春闺梦里人。"

d.对照
1.时间对照例。以春秋或新旧对照言之，如——

　　崔国辅《怨辞》："妾有罗衣裳，秦王在时作。为舞春风多，秋来不堪著。"

王昌龄《从军行》:"琵琶起舞换新声,总是关山旧别情。撩乱边愁听不得,高高秋月照长城。"

2. 空间对照例。以东西或南北对照言之,如——

韦承庆《南行别弟》:"万里人南去,三春雁北飞。未知何岁月,得与尔同归。"

刘方平《代春怨》:"朝日残莺伴妾啼,开帘只见草萋萋。庭前似有东风入,杨柳千条尽向西。"

e. 问答

二、唤起例。此例或以第三句作唤起势,第四句叙原因,以见勾勒,如王翰"葡萄美酒"、王之涣《凉州词》是也。或第三句先作假设,第四句作唤起势,以见婉转,如戎昱《途中寄李三》、张仲素《塞下曲》是也,录以见例。

王翰《凉州曲》:"葡萄美酒夜光杯,欲饮琵琶马上催。醉卧沙场君莫笑,古来征战几人回。"

王之涣《凉州词》:"黄河远上白云间,一片孤城万仞山。羌笛何须怨杨柳,春风不度玉门关。"

戎昱《途中寄李三》:"杨柳烟含灞岸春,年年攀折为行人。好风若借低枝便,莫遣青丝扫路尘。"

张仲素《塞下曲》:"三戍渔阳再度辽,驿弓在臂剑横腰。匈奴似欲知名姓,休傍阴山更射雕。"

2. 余韵例。结句用"何处""不知""几"等字,作疑问式,而不解答,以见余韵。唯五言多在末句,而七言则或在末句,或在第三句也,如——

王维《山中送别》:"山中相送罢,日暮掩柴扉。春草明年绿,王孙归不归?"

李益《鹧鸪词》:"湘江斑竹怨,锦翅鹧鸪飞。处处湘云合,郎从何处归?"

李益《受降城闻笛》:"回乐峰前沙似雪,受降城外月如霜。不知何处吹芦管,一夜征人尽望乡。"

王建《十五夜望月》:"中庭地白树栖鸦,冷露无声湿桂花。今夜月明人尽望,不知秋思在谁家。"

3. 答问例

李商隐《漫成》:"雾夕咏芙蕖,何郎得意初。此时谁最赏? 沈范两尚书。"

贺知章《绿柳》:"碧玉妆成一树高,万条垂下绿丝绦。不知细叶谁裁出? 二月春风似剪刀。"

f. 句调。绝诗中有对结格，有叠字格，有兼此两格者，如——

李白《宣城见杜鹃花》："蜀国曾闻子规鸟，宣城还见杜鹃花。一叫一回肠一断，三春三月忆三巴。"

1. 对结例。绝诗末二句对结本非正格，惟流水对则仍可法，如——

杜审言《赠苏书记》："知君书记本翩翩，为许从戎赴朔边。红粉楼中应计日，燕支山下莫经年。"

张敬忠《边词》："五原春色旧来迟，二月垂杨未挂丝。即今河畔冰开日，正是长安花落时。"

2. 叠字例

许浑《寄湘江隐者》："潮去潮来洲渚春，山花如绣草如茵。严陵台下湘江水，解钓鲈鱼有几人。"（第一句叠）

赵嘏《江楼怀旧》："独上江楼思渺然，月光如水水如天。同来望月人何处？风景依稀似去年。"（第二句叠）

李商隐《杜司勋》："高楼风雨感斯文，短翼差池不及群。刻意伤春复伤别，人间惟有杜司勋。"（第三句叠）

裴交泰《长门怨》:"自闭长门经几秋,罗衣湿尽泪还流。一种蛾眉明月夜,南宫歌管北宫愁。"(第四句叠)

(六)描写　魏庆之论唐人写景状物之句,分典重、清新、奇伟、绮丽、刻琢、自然、豪壮诸端,兹摘其要者以示例。

气蒸云梦泽,波撼岳阳城。(孟浩然《洞庭》)
天势围平野,河流入断山。(畅当《登鹳雀楼》)

右典重句。

小桃初谢后,双燕恰来时。(郑谷《杏花》)
野色寒来浅,人家乱后稀。(罗隐《秋浦》)

右清新句。

壁垒依寒草,旌旗动夕阳。(郎士元《早春登城》)
残星数点雁横塞,长笛一声人倚楼。(赵嘏句)

右奇伟句。

风暖鸟声碎,日高花景重。(杜荀鹤《春宫怨》)

柳塘春水慢，花坞夕阳迟。（严维句）

右绮丽句。

　　云迎出塞马，风卷渡河旗。（沈佺期《送人北征》）
　　雀声花外暝，客思柳边春。（温庭筠《江岸》）

右刻琢句。

　　飞来南浦水，半是华山云。（于武陵《赠王隐人》）
　　却从城里携琴去，许到山中寄药来。（贾岛《送胡道士》）

右自然句。

　　暮随江鸟宿，寒共岭猿愁。（许浑《送客归南溪》）
　　冰横晓渡胡兵合，雪满穷沙汉骑迷。（赵嘏《平戎》）

右寒苦句。

吴楚东南坼[1],乾坤日夜浮。(杜甫《洞庭湖》)
帆飞楚国风涛阔,马渡蓝关雨雪多。(杜荀鹤《辞郑员外入关赴举》)

右豪壮句。

木落山城出,潮生海棹归。(喻坦之《晚泊富春》)
古树老连石,急泉清露沙。(温庭筠《处士卢岵山居》)

右工巧句。

雪侵帆景落,风逼雁行斜。(赵嘏《江行》)
杨柳风多潮未落,蒹葭霜冷雁初飞。(赵嘏《长安与友生话旧》)

右精绝句。

闲花半落犹邀蝶,白鸟双飞不避人。(方干《题睦州环溪亭》)
苍苔浊酒林中静,碧水春风野外昏。(杜甫《漫兴》)

---

[1] 坼 底本作"拆",据《杜甫全集校注》(P.5673)改。

右闲逸句。

> 雁断知风急,湖平得月多。(白居易《松江亭》)
> 树隔朝云合,猿窥晓月啼。(李嘉祐《送人》)

石警策句。

(七)想象 律绝诗每依情托事,创为幻境,以抒其襟抱者,约分数例。

甲、拟人例。诗人视一切无识之品,同具感情,如——

> 王缙《别辋川》诗:"山月晓仍在,林风凉不绝。殷勤如有情,惆怅令人别。"
> 杨巨源《折杨枝》:"水边杨柳麴尘丝,立马烦君折一枝。惟有东风最相惜,殷勤更向手中吹。"

乙、设想例,如——

> 王昌龄《出塞》云:"秦时明月汉时关,万里长征人未还。但使龙城飞将在,不教胡马度阴山"。
> 来鹄《鹭鸶》云:"袅丝翘足傍澄澜,消尽年光伫思间。若使见鱼无羡意,向人姿态更应闲。"

丙、想象例,如——

王翰《春日思归》:"杨柳青青杏花发,年光误客转思家。不知湖上菱歌女,几个春舟在若耶。"

权德舆《清明日次弋阳》:"自叹清明在远乡,桐花覆水葛溪长。家人定是将新火,点作孤灯照洞房。"

四、近体诗之派别

自严羽以禅论诗,有初唐、盛唐、大历、元和及晚唐之别,后之品藻唐诗者,莫不以初、盛、中、晚概论一代诗人也,明高棅曰:

> 有唐三百年诗,众体备矣,故有往体、近体、长短篇、五七言律句绝句等制,莫不兴于始,成于中,流于变,而陊之于终。至于声律、兴象、文词、理致,各有品格高下之不同。略而言之,则有初唐、盛唐、中唐、晚唐之不同。详而分之,贞观、永徽之时,虞、魏诸公,稍离旧习;王、杨、卢、骆,因加美丽。刘希夷有闺帏之作,上官仪有婉媚之体。此初唐之始制也。神龙以还,洎开元初,陈子昂古风雅正,李巨山文章宿老,沈、宋之新声,苏、张之大手笔,此初唐之渐盛也。开元、天宝间,则有李翰林之飘

逸，杜工部之沉郁，孟襄阳之清雅，王右丞之精致，储光羲之真率，王昌龄之声俊，高适、岑参之悲壮，李颀、常建之超凡，此盛唐之盛者也。大历、贞元中，则有韦苏州之雅澹，刘随州之闲旷，钱、郎之清赡，皇甫之冲秀，秦公绪之山林，李从一之台阁，此中唐之再盛也。下暨元和之际，则有柳愚溪之超然复古，韩昌黎之博大其词；张、王乐府，得其故实；元、白叙事，务在分明。与夫李贺、卢仝之鬼怪，孟郊、贾岛之饥寒，此晚唐之变也。降而开咸以后，则有杜牧之之豪纵，温飞卿之绮靡，李义山之隐僻，许用晦之偶对。他若刘沧、马戴、李频、李群玉辈，尚能黾勉气格，将迈时流。此晚唐变态之极，而遗风余韵犹有存者焉。

兹征列唐世诗人，分述各家评语于其下，以见当世派别之繁盛焉。

a.初唐派。由高祖武德初，至玄宗开元初，凡一百年。王勃、杨炯、卢照邻、骆宾王，时称四杰；苏味道、李峤、崔融、杜审言，时称四友。张九龄、陈子昂、沈佺期、宋之问诸家并属此。兹择其著者，表而出之。

1.四杰——王、杨、卢、骆。杜甫《戏为六绝句》云："王杨卢骆当时体，轻薄为文哂未休。尔曹身与名俱灭，不废江河万古流。"又云："从使卢王操翰墨，劣于汉魏近风骚。龙文虎脊皆君驭，历块过都见尔曹。"钱谦益笺："轻薄为文，指当时之人也。卢、王之文即劣于汉魏，而能江河万古者，以其近于风骚也。况其上薄风骚，而又不劣于汉魏者乎？"《岘佣说诗》："王杨卢骆四家体，词意婉丽，音节铿锵，犹绍六朝遗派，苍深浑厚之气，固未有也。"按近体自四家而成立，故首列之。

2. 沈佺期、宋之问。尤袤《全唐诗话》云："建安后，迄江左，诗律屡变。至沈约、庾信以音韵相婉附，属对精密。及宋之问、沈佺期又加靡丽，回忌声病，约句准篇，如锦绣成文，学者宗之，号为沈宋，语曰，'苏李居前，沈宋比肩'。谓苏武、李陵也。"按近体至两氏而愈工，故次及之。

3. 陈子昂、张九龄。《岘佣说诗》："唐宋五言古，犹绍六朝绮丽之习，惟陈子昂、张九龄直接汉魏，骨峻神竦，思深力遒，复古之功大矣。"沈德潜《说诗晬语》："射洪、曲江，起衰中立，此为胜广。"刘熙载《艺概》："唐初四子绍陈隋之旧，故虽才力迥绝，不免致人异议。陈射洪、张曲江独能超出一格，为李杜开先。人文所肇，岂天运使然邪？"又曰："曲江之《感遇》出于骚，射洪之《感遇》出于庄。缠绵超旷，各有独至。"按二家为近体之反动派。

b. 盛唐派。由开元间至代宗大历初，凡五十余年。李白、杜甫齐名，王维、李颀、高适、岑参时称四子，又崔颢、王湾、常建、贾至、储光羲、孟浩然、王之涣、王昌龄诸人并属之，兹表其著者。

1. 杜甫。赵翼《瓯北诗话》："少陵真本领，仍在少陵诗中'语不惊人死不休'一语，盖其笔力豪劲，足以副其才思之所至，故深人无浅语。微之谓其'薄风雅，该沈宋，夺苏李，吞曹刘，掩颜谢，综徐庾'，则似专以学力集大成，此耳食之论也。"王士禛《古诗选叙录》："诗至工部，集古今之大成，三代而下，无异词者。七言大篇，尤为前此所未有，后此莫及。盖天地元气之奥，至杜而始发之。"按工部材力僄举，各体并工，歌行尤造极诣，惟七绝求避旧式，故以变调著称焉。

2. 李白。《瓯北诗话》："青莲集中古诗多，律诗少，盖才气豪迈，全以神运，自不屑束缚于格律对偶，与雕绘者争长。然有对偶处，仍自工丽，如'洗兵条支海上波，放马天山雪中草'（《战城南》），'边月随弓影，胡霜拂剑花'（《塞下曲》），何尝不研炼，何尝不精采邪？"王世贞曰："七言绝句，少伯与太白争胜毫厘，俱是神品。"按太白五七言古最称闳肆，七绝亦妙绝当时，七言律则鲜为之矣。

附李杜优劣论——宋魏泰《临汉隐居诗话》："元稹作《李杜优劣论》，先杜而后李。韩退之不以为然，诗曰，'李杜文章在，光焰万丈长。不知群儿愚，那用故谤伤。蚍蜉撼大树，可笑不自量'，为微之发也。"《瓯北诗话》："韩昌黎《调张籍》云，'李杜文章在'，《石鼓歌》云，'少陵无人谪仙死'，《醉留东野》云，'昔年曾读杜甫李白诗，尝恨二人不相从'，是于二公固未尝有轩轾。至元、白渐申杜抑李，北宋诸公皆奉杜为正宗，而杜之名遂独有千古，然李之名终不因此稍减。"黄子云《野鸿诗的》："太白以天资胜，下笔敏速，时有神来之句，而粗劣浅率处亦在此。少陵以学力胜，下笔精详，无非情挚之词，晦翁称其诗圣亦在此。学少陵而不成者，不失为伯高之谨饬；学太白而不成者，不免为季良之画虎。当时称誉，李加乎上者，太白天潢贵胄，加之先达；子美杜陵布衣，矧夫后起。若究二公优劣，李不逮多矣。然其歌行乐府俊逸绝群，未肯向少陵北面。"按太白诗以韵胜，少陵以意胜。太白主张复古，少陵词贵独创。两人之天才学力，各不相谋，似未可强分优劣。严羽云："子美不能为太白之飘逸，太白不能为子美之沉郁。"信乎各有趣尚，未容高下于其间也。

3. 王、李、高、岑四子。叶燮《原诗》："盛唐大家称高、岑、王、孟。高、岑相似，而高为稍优，孟则大不如王矣。高七古为胜，时见沉雄，时见冲澹，不一色，其沉雄直不减杜甫。王维五律最出色，七古最无味。孟浩然诸体似乎澹远，然无缥渺幽深思致，如画家写意，墨气都无。"《说诗晬语》："高、岑、王、李四家，每段顿挫处，略作对偶，于局势散漫中求整饬也。"《诗概》曰："王摩诘诗好处在无世俗之病。世俗之病，如恃才骋学，做身分，好攀引皆是。高适诗，两《唐书》本传并称其'以气质自高'，今即以七古论之，体或近似唐初，而魄力雄毅，自不可及。高常侍、岑嘉州两家诗皆可亚匹杜陵，至岑超高实，则趣尚各有近焉。"按王、李、高、岑，并称四子，而孟浩然与王齐名，或称王孟，诸人各自名家，为近体律绝之正宗。

c. 中唐派。由大历初至文宗太和九年，凡七十余岁。若卢纶、吉中孚、韩翃、钱起、司空曙、苗发、崔峒、耿湋、夏侯审、李端，时称十子。又韦应物、刘长卿、柳宗元、韩愈、李如珪、孟郊、贾岛、刘叉、卢仝、皇甫冉、戴叔伦、李益、刘禹锡、元稹、白居易、张籍、王建诸家并属之。

1. 大历十子。《诗概》云："王、孟及大历十子诗皆尚清雅，惟格止于此而不能变，故犹未足笼罩一切。"

2. 韩愈。《瓯北诗话》："昌黎本色，仍在文从字顺中，自然雄厚博大，不可捉摸，不专以奇险见长。"《岘佣说诗》："退之五古，横空硬语，妥帖排奡，开张处过于少陵，而变化不及。中唐以后渐近薄弱，得退之而中兴。"按刘熙载谓"昌黎诗颇以雄怪自喜"，"昌黎诗往往以丑为美"，两言最为精到。韩当时颇心折孟郊，时又并称韩孟云。

3. 韦应物、柳宗元。《岘佣说诗》："韦公古澹，胜于右丞，故与陶为独近，如'贵贱虽异等，出门皆有营''微雨夜来过，不知春草生''宁知风雨夜，复对此床眠''不觉朝已晏，起来望青天'，如出五柳先生口也。柳子厚幽怨，有得骚旨，而不甚似陶公。盖怡旷气少，沉挚语多也。"按韦学渊明，柳近康乐，唐之称韦柳，犹晋宋之称陶谢也。

4. 储光羲。《岘佣说诗》："储光羲《田家》诸作，真朴处胜于摩诘。"陈兆奎曰："储独得陶诗之骨，柳袭陶之丰姿，宋苏子瞻和陶，乃得其皮肤耳。惟白香亭晚年学陶，颇见精采，而以今事拟古题，动辄掣肘，尚非大雅。"（见《王志注》）按唐人学陶，储氏得其神似，非韦、柳所能抗手。沈德潜谓："王右丞得其清腴，孟山人得其闲远，储太祝得其真朴，韦苏州得其冲和，柳柳州得其峻洁。"犹皮相之谈也。

5.孟郊、贾岛。《岘佣说诗》："孟郊、贾岛并称，谓之郊寒岛瘦，然贾万不及孟。孟坚贾脆，孟深贾浅也。"按东野、阆仙才识虽偏，而刻意孤吟，其苦涩之趣，有相同焉。

6.元稹、白居易。《瓯北诗话》："中唐诗以韩、孟、元、白为最。韩、孟尚奇警，元、白尚坦易。诗以性情为主，奇警者第在字句间争难斗险，而意味或少；坦易者多触景生情，因事起意，眼前景，口头语，自能沁人心脾，耐人咀嚼。此元、白较胜于韩、孟，世徒以轻俗訾之，此不知诗者也。元、白二人才力本相敌，然香山自归洛后，益觉老干无枝，称心而出，视少年时与微之各以才情工力竞胜者更进一筹，故白自成大家，而元稍次。"叶燮《原诗》："白居易诗传为老妪可晓，此言亦未尽然。今观其集，矢口而出者固多，然如《重赋》《致仕》《伤友》《伤宅》等篇，言浅而深，意微而显，此风人之能事也。至五言排律，属对精紧，使事严切，章法变化中条理井然，读之使人惟恐其竟。人每易视白，则失之矣。元稹作意胜于白，不及白舂容暇豫。白俚俗处而雅亦在其中，终非庸近可拟。二人同时得盛名，必有其实，未可轻议。"按微之、香山并以常语真情，为斯世斯民呻吟疾苦，直如痀瘝之在厥躬，实《小雅》之哀音也。惟词旨浅易，气弱音微，风骨不劲耳。

7. 李贺。杜牧之叙贺文，谓其"为骚之苗裔，理虽不及，词或过之"，其词意瑰诡，世目之为鬼才云。陈兆奎曰："昌谷五言不如七言，义山七言不如五言。一以涩炼为奇，一以纤绮为巧，均思自树一帜，然皆原宫体。宫体倡于《艳歌》《陇西》诸篇，子建、繁钦大其波澜，梁代父子始成格律。相沿弥永，久而愈新，以其寄意闺阃，感发易明，故独优于诸格。后之学者已莫揣其本矣。"（《王志注》）以长吉与商隐并称，谓其同源宫体，说虽新而甚确。

8. 卢仝、刘叉。卢仝为《月蚀诗》，以讥切元和逆党。诗豪怪奇挺，退之深所叹服，作诗和之。刘叉为《冰柱诗》，亦有名。两家诗格奇恣，皆不类于时人云。陈兆奎曰："卢仝《月蚀》、刘叉《冰柱》，皆滥觞乐府，运以时事，自成格调。参衡李、杜，俛视韩、张矣。"谓其豪放险怪之习，出于汉谣也。

9. 张籍、王建。白乐天《读籍诗》云："张君何为者，业文三十春。尤工乐府诗，举代少其伦。"姚合《读籍诗》云："妙绝江南曲，凄凉怨女诗。古风无敌手，新语是人知。"王建所作宫词委折深婉，曲道人情，天下传诵，与籍并以乐府得名云。

d. 晚唐派。文宗开成初至昭宗天祐三年，凡八十余年。若李商隐、温庭筠、韩偓、杜牧、罗隐、许浑、马戴、李频、赵嘏、朱庆余、司空图、方干、皮日休、陆龟蒙诸人并属之。

三十六体。段成式、李商隐、温庭筠皆行十六，合称三十六体。兹取诸家对于义山、飞卿之论述之。《岘佣说诗》："义山七律得于少陵者深，故秾丽之中，时常沉郁。如《重有感》《筹笔驿》等篇，气足神定，直登其堂，入其室矣。飞卿华而不实，牧之俊而不雄，皆非此公敌手。"《野鸿诗的》："飞卿古诗与义山近体相埒，题既无味，诗亦荒谬，若不论义理而仅取姿态，则可矣。"按诗至晚唐，非无佳什，特情尽句中，神韵索然，不足以言风致，惟玉谿生得少陵之遗韵耳。

　　e.结论。严氏三唐、高氏四唐之说，钱谦益尝驳之曰："燕公、曲江亦初亦盛，孟浩然亦盛亦初，钱起、皇甫冉亦中亦盛，夫诗不可以若是论也。"盖细核当时作诗之岁月，则初盛中晚实不易截尽划分也。即严羽亦云："盛唐人诗亦有一二滥觞晚唐者，晚唐人诗亦有一二可入盛唐者。"王世懋曰："唐律由初而盛，由盛而中，由中而晚，时代声调，故自必不可同。然亦有初而逗盛，盛而逗中，中而逗晚者。何则？逗者变之渐也，非逗故无由变。唐律之由盛而中，极是盛衰之介。然王维、钱起，实相唱酬，子美全集，半是大历而后，其间逗漏，亦有可言。如王右丞'明到衡山'篇、嘉州'函谷磻溪'句，隐隐钱、刘、卢、李间矣。至于大历十才子，其间岂无盛唐之句？盖声气犹未相隔也。学者固当严于格调，然必谓盛唐人无一语落中，中唐人无一语入盛，则亦固哉其言诗矣。"则三唐、四唐之说，特就大体论之耳。叶燮曰："盛唐之诗，春花也。桃李之秾华，牡丹芍药之妍艳，其品华美贵重，略无寒瘦贱薄之态，固足美也。晚唐之诗，秋花也。江上之芙蓉，篱边之丛菊，极幽艳晚香之韵，可不为美乎？"亦可见各期气象，实有不同，非诸家强为辞说也。

五、各体之品藻

品藻艺文，人持异说，盖主观异趣，势难强同。然诸家品骘唐人各体，所见不甚径庭。兹录王闿运《论唐诗》之言以示例：

  三唐风尚，人工篇什，各思自见，故不复摹古。陈隋靡习，太宗已以清丽振之矣。陈子昂、张九龄以公幹之体，自抒怀抱。李白所宗也。元结、苏涣加以排宕，斯五言之善者乎？刘希夷学梁简文，而超艳绝伦，居然青出。王维继之以烟霞，唐诗之逸，遂成芳秀。张若虚《春江花月》用《西洲》格调，孤篇横绝，竟为大家。李贺、商隐挹其鲜润，宋词、元曲尽其支流，宫体之巨澜也。杜甫歌行，自称鲍、庾，加以时事，大作波澜，咫尺万里，非虚夸矣。五言唯《北征》学蔡女，足称雄杰，他盖平平，无异时贤。韩愈并推李、杜，而实专于杜，但袭粗迹，故成枯犷。卢仝、刘叉得汉谣之恢奇。孟郊瘦刻，赵壹、程晓之支派。白居易歌行，纯似弹词，《焦仲卿妻诗》所滥觞也；五言纯用白描，近于高彪、应璩，多令人厌，无文故也。储光羲学陶，屈侠气于田间，后人妄以柳、韦配之，殊非其类。应物《郡斋忆山中诗》，淡远浅妙，亦从陶出，他不称是，非名家也。读唐诗宜博以充其气，唯五言不须用功，泛览而已。歌行、律体，是其擅长。虽各有本原，当观其变化尔。

按王氏之说，至为宏通。今更析论各体，历征诸家之说而榷论之。

（一）五律　宋荦《漫堂说诗》："律诗盛于唐，而五言律尤盛。神龙以后，陈、杜、沈、宋开其先，高、岑、王、孟诸家继起，卓然名家。子美变化尤高，在牝牡骊黄之外，降而钱、刘、韦、柳，清辞妙句，令人一唱一叹。即晚唐刻画景物之作，亦足怡闲情而发幽思。始信十子为唐人绝调。"沈德潜《唐诗别裁集》"凡例"："五言律阴铿、何逊、庾信、徐陵已开其体，唐初人研揣声音，稳顺体势，其制大备。神龙之世，陈、杜、沈、宋如浑金璞玉，不须追琢，自饶名贵。开、宝以来，李太白之秾丽，王摩诘、孟浩然之自得，分道扬镳，并推极胜。杜少陵独开生面，寓纵横颠倒于整密中，故应超然拔萃。终唐之世，变态虽多，无有越诸家之范围者矣。"姚鼐《今体诗钞叙》曰："陈拾遗、杜修文、沈、宋、曲江，此为开元以前之杰。盛唐人诗固无体不妙，而尤以五言律为最。此体中又当以王、孟为最，以禅家妙悟论诗者正在此耳。盛唐人禅也，太白则仙也，于律体中以飞动禀姚之势，运旷远奇逸之思，此独成一境者。杜公今体四十字中，包函万象，不可谓少；数十韵百韵中，运掉变化，如龙蛇穿贯，往复如一线，不觉其多。读五言至此，始无余憾。中唐大历诸贤，尤刻意于五律，其体实宗王、孟，气则弱矣，而韵犹存。贞元以下，又失其韵，其有警拔，盖亦希矣。晚唐之才固愈衰，然五律有望见前人妙境者，转贤于长庆诸公，此不可以时代限也。元微之首推子美长律，然与香山皆以多为贵，精警缺焉，余尽不取，惟玉溪生乃略有杜公遗响耳。"综观诸说，并以陈、杜、沈、宋启初唐之新声，太白、少陵集诸家之大成，王、孟、高、岑各自名家，钱、刘、韦、柳工力悉敌，义山独步晚世，工部遗风犹有存焉者矣。

（二）七律　沈德潜曰："七言律平叙易于径直，雕镂失之佻巧，比五言更难。初唐英华乍启，门户未开，不用意而自胜。后此，摩诘、东川春容大雅。时崔司勋、高散骑、岑补阙诸公，实为同调，而大历十才子及刘宾客、柳柳州其绍述也。少陵胸次闳阔，议论三辟，一时盖掩诸家，而义山咏史其余响也。外是，曲径旁门，雅非正轨。"姚鼐曰："初唐诸君正以能变六朝为佳，至'卢家少妇'一章，高振唐音，远包古韵，此是神到之作，赠送诸篇，当取冠一朝矣。右丞七律能备三十二相，而意兴超远，有虽对荣观，燕处超然之意，宜独冠盛唐诸子。于鳞以东川配之，此一人私好，非公论也。杜公七律含天地之元气，包古今之正变，不可以律缚，不可以盛唐限者。大历十才子以随州为最，其余诸贤，亦各有风调。至于长庆、香山以流易之体，极富赡之思，非独俗士夺魄，亦使胜流倾心。然滑俗之病，遂至滥恶，后皆以太傅为藉口矣，非慎取之，何以维雅正哉？玉溪生虽晚出，而才力实为卓绝，七律佳者几欲远追拾遗，其次者犹足近掩刘、白。第以矫弊滑易，用思太过，而僻晦之弊又生，要不可不谓之诗中豪杰士矣。唐末诗人才力既异于前，而习俗所移，又难振拔，故杰出益少，然亦未尝无佳句也。"两家并以工部浑成挥霍，冠绝一时。其余王维、李颀、崔曙、张渭、高适、岑参诸人，品高韵远，各有雅致。大历十才子后，梦得、随州骨干开张，韵致较逊。香山用常得奇，柳州哀怨有节，樊南深情绵邈，其绮密瑰妍，非晚唐雕绘者所可比拟。明嘉靖诸子推崇东川，不减少陵，姚氏辟之，皆一家之偏见也。

（三）五言长律　沈德潜曰："五言长律贵严整，贵匀称，贵属对工切，贵血脉动荡。唐初应制、赠送诸篇，王、杨、卢、骆、陈、杜、沈、宋、燕许、曲江，并皆佳妙。少陵出而瑰奇宏丽，变动开合，后此无能为役。元、白长律，滔滔百韵，使事亦复工稳，但流易有余，变化不足，故宁舍旃。"所见视五律无殊。

（四）七言歌行　王闿运曰："自五言兴而即有七言，而乐府琴曲希以赠答，至唐而大盛。凡四言五言所施，皆有以七言代之者，而体制殊焉。初唐犹沿六朝，多宫观闺情之作，未久而用以赠答、送别、分题，或拈一物一事为兴，篇末乃致其意，高、岑、王维诸篇其式也。李白始为叙情长篇,杜甫亟称之,而更扩之,然犹不入议论。韩愈入议论矣,苦无才思,不足运动,又往往凑韵,取妍钓奇,其品益卑,骎骎乎苏、黄矣。元、白歌行,全是弹词,微之颇能开合,乐天不如也。今有一壮夫击缶喧呼,口言忠孝;有一盲女调弦曼声,搬演传奇。人将喜喧叫而屏弦索耶,抑姑退壮夫而引盲女也?韩、白之分,亦犹此矣。张籍、王建因元白讽谏之意而述民风,卢仝、李贺去韩之粗犷而加恢诡,郑嵎、陆龟蒙等为之而木讷纤俗,李商隐之流又嫌晦涩,其中如叙事抒情诸篇,不免辞费,犹不及元、白自然也。李东川诗歌十数篇,实兼诸家之长而无其短,参之以高、岑、王、李之泽,运之以杜、元之意,则几之矣。元次山又自一派,亦小而雅。"(《王志》)盖以歌行一体,或破空而起,或层叠以进,其结局或戛然而止,或悠然不尽,中间要必离合断续,曲折洄漩,于苍莽雄直之中,不失其严整警饬之致,斯尽长篇之能事。李、杜才高气盛,于此各造其极;元、白趋于浅易,卢、李力求恢奇,并称作者。至谓"昌黎粗犷,义山晦涩,东川兼诸氏之长",则王氏洞微之言,信乎其不可易也。

(五)五绝七绝 沈德潜曰:"五言绝句,右丞之自然,太白之高妙,苏州之古澹,并入化机。而三家中太白近乐府,右丞、苏州近古诗,又各擅胜场也。他如崔颢《长干曲》、金昌绪《春怨》、王建《新嫁娘》、张祜《宫词》等篇,虽非专家,亦称绝调。七言绝句以语近情遥,含吐不露为主,只眼前景,口头语，而有弦外音，味外味，使人神远，太白有焉。王龙标绝句深情幽思，意旨微茫。"（《说诗晬语》）王士禛曰："五言：初唐王勃独为擅场，盛唐王、裴辋川唱和，工力悉敌，刘须溪有意抑裴，谬论也。李白气体高妙，崔国辅原本齐梁，韦应物本出右丞，加以古澹。七言：初唐风调未谐，开元、天宝诸名家无美不备，李白、王昌龄尤为擅场。"两家并以右丞、太白、苏州最工五绝，太白、龙标工于七绝。盖以太白写景入神，龙标言情造极。李之览胜纪行，王不能尚；王之宫词乐府，李不能加。此王李之别也。右丞五言，澹而能浓；龙标七言，似浓实淡。则又二王之别也。至求"压卷之作"，亦以好尚不同，各持殊说。李攀龙推王昌龄"秦时明月"，王世贞推王翰"葡萄美酒"，则主乎气；王士禛推王维之"渭城"，李白之"白帝"，王昌龄之"奉帚平明"，王之涣之"黄河远上"，则主乎神；沈德潜推李益之"回乐峰前"，柳宗元之"破额山前"，刘禹锡之"山围故国"，杜牧之之"烟笼寒水"，郑谷之"扬子江头"，则以兴为主矣（《说诗晬语》）。

六、五七言之比较

刘熙载《艺概》曰："五言上二字、下三字，足当四言两句，如'终日不成章'之于'终日七襄，不成报章'是也。七言上四字、下三字，足当五言两句，如'明月皎皎照我床'之于'明月何皎皎，照我罗床帏'是也。是则五言乃四言之约，七言乃五言之约矣。太白尝有'寄兴深微，五言不如四言，七言又其靡也'之说，此特意在尊古耳，岂可不达其意，而忘增闲字以为五七哉？"按五言雍容，较四言之浑朴为优，七言委婉，又较五言之平澹者为进，故四言终于晋代之嵇康（王闿运说），七言盛于三唐以后。惟五言一体，钟嵘谓为居文词之要，故至今仍与七言并存而不废也。盖以言情境，则平澹天真，宜于五言；豪荡感激，宜于七言。五言尚安恬，七言尚挥霍。以言难易，则五言无闲字易，有余味难；七言有余味易，无闲字难（并刘氏《艺概》说）。既各有难易，又各有所宜，故当相提并论，无庸妄分优劣，强作解人也。

本章参考书

《全唐诗》
徐焯《全唐诗录》
席启寓《唐诗百名家全集》
  以上总集
洪迈《唐人万首绝句选》 王士禛《唐人万首绝句选》
元好问《唐诗鼓吹》
高棅《唐诗品汇》

王士禛《唐贤三昧集》

沈德潜《唐诗别裁集》

姚鼐《五七言今体诗钞》

  以上选本

孟启[1]《本事诗》

计有功《唐诗纪事》

严羽《沧浪诗话》

张戒《岁寒堂诗话》

杨慎《升庵诗话》

王世贞《艺苑卮言》

李东阳《怀麓堂诗话》

王夫之《姜斋诗话》

王士禛《师友诗传录》 又《续录》 又《渔洋诗话》

宋荦《漫堂说诗》

徐增《而庵诗说》

沈德潜《说诗晬语》

叶燮《原诗》

钱木庵《唐音审体》

马位《秋窗随笔》

黄子云《野鸿诗的》

---

[1] 启　底本原作"棨"，据陈尚君教授《〈本事诗〉作者孟棨家世生平考》(《新国学》第六辑，巴蜀书社，2006年)的研究，当以"启"为是，兹从之改。

李沂《秋星阁诗话》
李重华《贞一斋诗话》
施补华[1]《岘佣说诗》
赵翼《瓯北诗话》
陈兆奎《王志》（论诗）
顾震福《诗学》
黄节《诗学》
　　以上诗评

---

[1] 施补华　底本无，据本书体例补。

第八章
论唐五代及两宋词

一、词之起源

词之为训,意内言外(《说文解字》),本属表意之言词。后人以调有定格,句有定言,韵有定声之文,谓之为词。盖引申借用,以示区别于古今体诗也。溯词之起源,为说不一,约分两派——

(一)诗余说 《文体明辨》曰:"诗余谓之填词。"此所谓诗,又有异说。

A. 三百篇之余。徐釚《词苑丛谈》引《药园闲话》曰:

> 词者,诗之余也。然则词果有合于诗乎?曰:按其调而知之也。《殷雷》之诗曰:"殷其雷,在南山之阳。"此三五言调也。《鱼丽》之诗曰:"鱼丽于罶,鲿鲨。"此二四言调也。《还》之诗曰:"遭我乎峱之间兮。并驱从两肩兮。"此六七言调也。《江汜》之诗曰:"不我以,不我以。"此叠

句调也。《东山》之诗曰："我来自东，零雨其濛。鹳鸣于垤，妇叹于室。"此换韵调也。《行露》之诗曰："厌浥行露。"其二章曰："谁谓雀无角？"此换头调也，凡此烦促相宣，短长互用，以启后人协律之原，岂非三百篇实祖祢哉？

B. 乐府之余。《困学纪闻》曰：

　　古乐府者，诗之旁行也；词曲者，古乐府之末造也。

又汪森《词综叙》曰：

　　自古诗变而为近体，而五七言绝句，传于伶官。乐部长短句无所依，不得不变为词。

C. 绝句之余。方成培《香研居词麈》曰：

　　自五言变为近体，乐府之学几绝。唐人所歌多五七言绝句，必泰以散声，然后可被之管弦。如《阳关》必至三叠而后成音，此自然之理也。后来遂谱其散声，以字句实之，而长短句兴焉。故词者所以济近体之穷，而上承乐府之变也。

（二）新声说　成肇麐《唐五代词选叙》曰：

十五国风息而乐府兴，乐府微而歌词作。其始也，皆非有一成之律以为范也。抑扬抗坠之音，短修之节，运转于不自已，以蕲适歌者之吻，而终乃上跻于雅颂，下衍为文章之流别。诗余名词，盖非其朔也。唐人之诗未能胥被弦管，而词无不可歌者。

按前举两说，似彼此相反而实无违牾。盖词之初生，有增改旧调以填新词，有沿用旧调填词，亦有特创新调以制词者。前两者并诗余说所持之理论，后者则新声说之根据也。至谓词源于三百篇或古乐府，则时代相去太远，实难傅会。三百篇中虽多一二言至八九言之长短句，究于词中长短句之平仄有定格者不同，固不得以其叠句、换韵、换头等式偶尔同符，遂谓彼此相禽应也。若夫词皆可歌，诚乐府之流别。然一代有一代之乐，唐宋乐府与汉魏乐府不相沿袭，词与乐府诗更不容混为一谈也。今定词由唐诗嬗变及当代特制新声两类，试详考之。

（三）由五七言绝诗变为词者　《朱子语类》言其嬗变之理，由于泛声，其说曰：

古乐府只是诗中泛声，后人怕失却那泛声，逐一添个实字，遂成长短句，今曲子便是。

此其所谓"泛声",沈括谓之"和声",《梦溪笔谈》曰:

> 诗之外又有和声,则所谓曲也。古乐府皆有声有词,连属书之,如曰"贺贺贺""何何何"之类,皆和声也。今管弦之中,缠声亦其遗法也。唐人乃以词填入曲中,不复用和声。

与《朱子语类》说相符。《全唐诗附录》亦曰:

> 唐人乐府原用律绝等诗杂和声歌之,其并和声歌作实字,长短其句以就曲拍者为填词。

上举三说,明诗流为词,由于填实泛声,遂变五七言为长短句,其理昭著。故胡仔《苕溪渔隐丛话》谓:"唐初歌词,多是五七言诗,初无长短句,自中叶以后至五代,渐变成长短句,及本朝则尽为此体。今所存者止《瑞鹧鸪》《小秦王》二阕,并七言绝句而已。《瑞鹧鸪》犹依字可歌,《小秦王》必须杂以虚声,乃可歌耳。"王灼《碧鸡漫志》亦曰:"唐时古意,亦未全丧,《竹枝》《浪淘沙》《抛球乐》《杨柳枝》,乃诗中绝句,而定为歌曲。故李太白《清平调词》三章皆绝句。"是《瑞鹧鸪》《小秦王》《竹枝》《浪淘沙》等调,后世为词,唐人径歌绝句诗,中加泛声而已。试更征其嬗变之迹,著之于篇。

A. 词式之同于五言诗者。李端《拜新月》词曰：

开帘见新月，便即下阶拜。细语人不闻，北风吹裙带。

杜文澜《词律补遗》曰："此即唐仄韵五言绝句，而语气微拗。填此者平仄当从之，调见《词谱》。"他若《纥那曲》《罗贡曲》《一片子》《何满子》《三台令》《杨柳枝》《醉公子》《长命女》《长相思》等，皆同于五绝诗也。又无名氏《醉公子》词曰：

门外猧儿吠，知是萧郎至。划袜下香阶，冤家今夜醉。
扶得入罗帏，不肯解罗衣。醉则从他醉，还胜独睡时。

《怀古录》谓此为唐人词，其前半协仄韵，后半协平韵，与《怨回纥》《生查子》《四换头》同为五言八句之律诗，而韵调不同。

B. 词式之同于七言诗者。王丽真《字字双》词曰：

床头锦衾斑复斑，架上朱衣殷复殷。空庭明月闲复闲，夜长路远山复山。

按此七言绝诗也，特每句协韵耳。又徐昌图《木兰花》词曰：

> 沉檀烟起盘红雾,一箭霜风吹绣户。汉宫花面学梅妆,谢女雪诗裁柳絮。　　长垂夹幕孤鸾舞,旋炙银笙双凤语。红窗酒病嚼寒冰,冰损相思无梦处。

则形式同于七言律诗,而变其韵律耳。
C. 离合五七言诗而为词者。冯延巳《抛球乐》曰:

> 逐胜归来雨未晴,楼前风重草烟轻。谷莺语软花边过,水调声长醉里听。款举金觥劝,谁是当筵最有情?

此词由七言五句,与五言一句相合,即离合五七言而成之词也。又白居易《忆江南》词曰:

> 江南忆,最忆是杭州。山寺月中寻桂子,郡亭枕上看潮头。何日更重游?

此词第一句为独立之三言,余则为五七言诗句。
D. 增减五七言诗而为词者。张志和《渔歌子》曰:

> 西塞山前白鹭飞,桃花流水鳜鱼肥。青箬笠,绿蓑衣,斜风细雨不须归。

此词本七绝诗,每句成于上四下三之句调,惟第三句减一字而为上三下三两句。其嬗变之迹,仍易见也。又韩翃《章台柳》词曰:

章台柳,章台柳,昔日青青今在否? 从使长条如旧垂,也应攀折他人手。

此词变七言之第一句,余同绝诗。又白居易《花非花》词曰:

花非花,雾非雾。夜半来,天明去。来如春梦不多时,去似朝云无觅处。

此变七言之第二句者。又郑符《闲中好》词曰:

闲中好,尽日松为侣。此趣人不知,轻风度僧语。

此减五绝中之首句为三言也。

E. 填泛声、和声于五七言诗而为词者。唐玄宗《好时光》词曰:

宝髻"偏"宜宫样,"莲"脸嫩,体红香。眉黛不须"张敞"画,天教入鬓长。　　莫倚倾国貌,嫁取"个",有情郎。彼此当年少,莫负好时光。

此词本五言八句之诗,中间"偏""莲""张敞""个"等字,刘毓盘疑其"本属和声,后人改作实字"者,可信也。又顾敻《杨柳枝》词曰:

秋夜香闺思寂寥,"漏迢迢"。鸳帏罗幌麝烟消,"烛光摇"。
正忆玉郎游荡去,"无寻处"。更闻帘外雨潇潇,"滴芭蕉"。

此词本七言四句诗,中插三言四句,皆属和声,犹竹枝词中之"竹枝""女儿",采莲子中之"举棹""年少"等插句也。又白居易《长相思》词曰:

深画眉,"浅画眉"。蝉鬓鬅鬙云满衣,阳台行雨回。
巫山高,"巫山低"。暮雨潇潇郎不归,空房独守时。

此词第一句三言,第二句七言,第三句五言。其"浅画眉"及"巫山低"两句则并插入之和声也。
F.由六言诗嬗变之词。无名氏《塞姑》词曰:

昨日卢梅塞口，整见诸人镇守。都护三年不归，折尽江边杨柳。

此词成于六言诗。又王建《调笑》词曰：

"团扇团扇"，美人病来遮面。玉颜憔悴三年，谁复商量管弦？"弦管弦管"，春草昭阳路断。

此亦六言四句诗，中插"团扇团扇""弦管弦管"两句和声。又白居易《宴桃源》词曰：

前度小花静院，不比寻常时见。见了又还休，愁却等闲分散。肠断，肠断，记取钗横鬓乱。

此六言四句诗中，插"见了又还休"五言一句及"肠断肠断"四字泛声也。

（四）由新声谱词者　前述由诗嬗变诸词外，亦有当代新声，与五七言诗绝不相蒙者。此其原因，一由音乐关系。隋唐以降所传燕乐，惟清商一部犹是华夏正声，余则西凉、天竺、高丽、龟兹等域外之音，流传中土〔详见前《评乐府诗》第四节引《乐府诗集》（10）近代曲词中〕。虽唐人悉用律诗绝句谱入乐章，然其短长曲折，未必尽符。于是或增加泛声，或延长音读，牵强傅会，补苴弥缝，终不如顺其自然，案谱填字。由是诗变为词，此其原因一也。二由文学趋势。自东汉以降，五七言依次发生，律绝体浸以形成，格律既定，变化无闻，举凡乐工所歌，诗人所咏，莫能自制异曲，别谱新词。积久弊生，穷则反始，后由定言之五七言诗，变为不定言之长短句，此文学自然之趋势，嬗变之原因又其一也。原是两因，中唐之词与律绝诗形式大抵近似。至晚唐人词，则长言短韵，仪态万方，与律绝诗形式相去日远，乃独立而成一新文体矣。试取温庭筠诸作证之，《河传》词曰：

  江畔，相唤，晓妆鲜，仙景个女采莲。请君莫向那岸边。少年，好花新满船。　红袖摇曳逐风软，垂玉腕，肠向柳丝断。浦南归，浦北归。莫知，晚来人已稀。

此词二言、三言、五言、六言、七言俱备，与律绝诗有别。又其《蕃女怨》曰：

  万枝香雪开已遍，细雨双燕。钿蝉筝，金雀扇，画梁相见。雁门消息不归来，又飞回。

亦备具三言、四言、七言，与近体诗迥不侔也。
  总上所述，知词由诗余及新声两部成立，故两说似相矛盾而实无违牾,固不必如徐釚上溯源于梁武帝《江南弄》、沈约《六忆诗》,而后知词之由来也。

二、词之体制

自《草堂诗余》有小令、中调、长调之别,后人因之。毛先舒《填词名解》遂谓:"五十八字以内为小令,自五十九字始至九十字止为中调,九十一字以外者俱长调。此古人定例也。"万树驳之曰:"此就《草堂》所分而拘执之。所谓定例,有何所据?若以少一字为短,多一字为长,必无是理。如《七娘子》有五十八字者,有六十字者,将名之曰小令乎?抑中调乎?如《雪狮儿》有八十九字者,有九十二字者,将名之曰中调乎?抑长调乎?"按乐家名令、引、近、慢,曰小令、中调、长调,仅浑括之辞,取便流俗,初非定论,不足以概论一切词体也。言词之体制者,以张炎之论为较详,《词源》曰:

自隋唐以来,声诗间为长短句,至唐人则有《尊前》《花间集》。迨于崇宁,立大晟府,命周美成诸人讨论古音,审定古调。沦落之后,少得存者,由是八十四调之声稍传。而美成诸人又复增演慢曲、引、近,或移宫换羽,为三犯、四犯之曲,按月律为之,其曲遂繁。

此言词之起初有小令，其后引长小令，谓之引词，又曰近词，更引而愈长则为慢词。慢者，曼也，谓曼声而歌者也。唐五代作家，无以慢词著者（《草堂》录陈后主《秋霁》词，凡一百四十字，《词律》辨为伪托）。慢词盖兴于宋世，至大晟府中乃益增盛。此其繁衍之次第也。《词源》又论音谱曰：

  有法曲，有五十四大曲，有慢曲。若曰法曲，则以倍四头管品之（即筚篥也），其声清越；大曲则以倍六头管品之，其声流美，即歌者所谓曲破。如《望瀛》、如《献仙音》，乃法曲，其源自唐来；如《六么》、如《降黄龙》，乃大曲，唐时鲜有闻。

则于令、引、近、慢之外，又有法曲、大曲两者，兹列举而详释之。

（一）令　宋翔凤《乐府余论》曰："诗之余先有小令。"又曰："词自南唐以后，但有小令。"

（二）引、近　《乐府余论》曰："以小令微引而长之，于是有《阳关引》《千秋岁引》《江城梅花引》之类。又谓之近，如《诉衷情近》《祝英台近》之类，以音调相近，从而引之也。"

（三）慢曲　《乐府余论》曰："引而愈长者则为慢。慢与曼通，曼之训引也、长也，如《木兰花慢》《长亭怨慢》《拜新月慢》之类，其始皆令也。亦有以小令曲变无存，遂去慢字，亦有别制名目者。"又曰:"慢词盖起宋仁宗朝。中原息兵,汴京繁庶,歌台舞席,竞赌新声。耆卿失意无俚,流连坊曲,遂尽收俚俗语言,编入词中,以便使人传习。一时动听,散播四方。其后东坡、少游、山谷辈,相继有作,慢词遂盛。"按《碧鸡漫志》云:"今大石调《念奴娇》,世以为天宝间所制曲,予固疑之,然唐中叶渐有今体曲子。"是中唐已有慢词,至宋世乃益盛耳。

(四)犯调 《词源》曰:"或移宫换羽,为三犯、四犯者。"则言慢曲成因之一种,由于八十四调中移此换彼,使之变化也。姜夔曰:"凡曲言犯者,谓以宫犯商、商犯宫之类。如道宫上字住,双调亦上字住,所住字同,故道曲中犯双调,或双调曲中犯道调。其他准此。"又曰:"十二宫所住之字各不同,不容相犯。"按三犯、四犯者,谓一曲中犯他曲之腔,至于三种、四种也。凡曲必须住字相同(一宫调中各曲发收之声为住字),方能相犯,否则不容紊乱也。(详说见后)

(五)法曲 郭茂倩《乐府诗集》曰:"法曲起于唐,谓之法部。其曲之妙者,有《破阵乐》《一戎大定乐》《长生乐》《赤白桃李花》;余曲有《堂堂》《望瀛》《霓裳羽衣》《献仙音》《献天花》之类,总名法曲。"按《唐书·礼乐志》云:"初,隋有法曲,其音清而近雅。"则法曲起源隋世,故其音近古也。

(六)大曲 《碧鸡漫志》曰:"凡大曲有散序、靸、排遍、攧、正攧、入破、虚催、实催、衮遍、歇拍、杀衮,始成一曲,此谓大遍。而《凉州排遍》余曾见一本,有二十四段。后世就大曲制词者，类从简省，而管弦家又不肯从首至尾吹弹，甚者学不能尽。"按大曲排遍至多，谓之大遍。后世所传大曲，有不及十遍者，则以词家、乐家率从简省耳。又《蔡宽夫诗话》曰："近时乐家，多为新声，其音谱暂移，类以新奇相胜，故古曲多不存。顷见一教坊老工言，惟大曲不敢增损，往往犹是唐本，而弦索家守之尤严。"洪迈《容斋随笔》亦曰："今世所传大曲，皆出于唐。"则大曲亦起于唐世，不得谓为无闻也。

（七）曲破　王国维曰："宋时舞曲尚有曲破。《宋史·乐志》，'太宗洞晓音律，制曲破二十九'。此在唐五代已有之，至宋时又藉以演故事，史浩《鄮峰真隐漫录》之剑舞即是也……其乐有声无词，且于舞蹈之中，寓以故事，颇与唐之歌舞戏相似。而其曲中有破、有彻，盖截大曲入破以后用之也。"（《宋元戏曲史》）

（八）传踏　王氏又曰："其歌舞相兼者，则谓之传踏（曾慥《乐府雅词》上），亦谓之转踏（王灼《碧鸡漫志》三），亦谓之缠达（《梦粱录》二十）。北宋之转踏，恒以一曲连续歌之。每一首咏一事者，共若干首，则咏若干事。然亦有合若干首而咏一事者，《碧鸡漫志》谓'石曼卿作《拂霓裳转踏》，述开元天宝遗事'是也。其曲调惟调笑一调用之最多。"

（九）鼓吹曲　王氏又曰："传踏仅以一曲反复歌之。曲破与大曲则曲之遍数虽多，然仍限于一曲。至合数曲而成一乐者，惟宋鼓吹曲中有之。宋大驾鼓吹，恒用《导引》《六州》《十二时》三曲，梓宫发引则加《祔陵歌》，虞主回京则加《虞主歌》，名为四曲。南渡后郊祀，则于《导引》《六州》《十二时》三曲外，又加《奉禋歌》《降仙台》二曲，共为五曲。合曲之体例，始于鼓吹见之。"

（一〇）诸宫调　王氏又曰："求之通常乐曲中，合诸曲以成全体者，则自诸宫调始。诸宫调者，小说之支流，而被之以乐曲者也。《碧鸡漫志》，'熙宁、元丰间，泽州孔三传始创诸宫调古传，士大夫皆能诵之'。《梦粱录》云，'说唱诸宫调，昨汴京有孔三传，编成传奇灵怪，入曲说唱'。《东京梦华录》纪崇、观以来瓦舍伎艺，有孔三传《耍秀才》诸宫调。《武林旧事》所载诸色伎艺人，诸宫调传奇有高郎妇等四人。则南北宋均有之。今其词尚存者，惟金董解元之《西厢》耳。"又曰："董解元《西厢》，沈德符《野获编》妄以为金大院本，以余考之，确为诸宫调无疑……其所以名诸宫调者，则由宋人所用大曲、传踏，不过一曲，其在同一宫调中甚明。惟此编每宫调中多或十余曲，少或一二曲，即易他宫调。合若干宫调以咏一事，故谓之诸宫调也。"

（一一）赚词　王氏又曰："赚词者，取一宫调之曲若干，合之以成一全体，此体久为世人所不知。案《梦粱录》，'绍兴年间，有张五牛大夫，因听动鼓板中有《太平令》或赚鼓板，即今拍板大节抑扬处是也。遂撰为赚。赚者，误赚之之义，正堪美听中，不觉已至尾声，是不宜为片序也。又有覆赚，其中变花前月下之情,及铁骑之类'云云。是唱赚之中,亦有敷演故事者,今已不传。其常用赚词,余始于《事林广记》中发见之。"

(一二)杂剧词　王氏又曰:"《武林旧事》所载官本杂剧段数,多至二百八十本。就此精密考之,则其用大曲者一百有三,用法曲者四,用诸宫调者二,用普通调者三十有五。"

上举十二体,由令、引、近以至各种曲词,其由简趋繁,嬗变之迹,可以概见。亦有从各类曲词中摘取其一段而填词者,则为摘遍。

(一三)摘遍　任讷曰:"词中摘遍一体,乃宋人从大曲或法曲内摘取其一遍,单谱而单唱之,遂离原来之大遍,而为寻常之散词矣。此种较其他散词之来源,固然不同,即与大曲就本宫调所制之引、慢、近、令,亦略有异。盖摘遍乃摘取大曲中之一原遍,句法不更,如赵以夫《虚斋乐府》中之《薄媚》摘遍,乃摘取《薄媚》大曲中入破第一之一遍,句法全与入破第一相合。若就大曲本宫调所制之引、慢、令、近,则所以制者,或仅取大曲中某遍为本,从而增损变化之,所有句法,不必即同原遍也。"(《词曲研究法》)更有所谓序子者,世多未明。

(一四)序子　《词源》下曰:"外有序子,与法曲散序中序不同。法曲之序一片,正合均拍,俗传序子四片,其拍颇碎,故缠令多用之。绳以慢曲八均之拍不可,又非慢二急三拍,与《三台》相类也。"任讷曰:"此乃慢词中最长之一体,实与普通之慢曲、长调不同,张氏明白言之,而自来词家,鲜注意者,其例则今日尚有《莺啼序》一词可验也。"(《词源斠法》)更就词之组织观之,有叠韵、联章诸歌法,试依次述之。

(一五)叠韵词 任讷曰:"叠韵一体,乃将寻常双调之体,用原韵再叠一倍,成为四叠也。例如晁无咎《琴趣外篇》卷一有《梁州令叠韵》四叠,一百字。叠韵句法与令之句法大同小异,分明是叠《梁州令》而成《梁州令叠韵》也。此种组织与他种散词情形不同,与不换头之双调方法颇类。"(《词曲研究法》)

(一六)联章词 任讷曰:"多词咏一题者,如《乐府雅词》卷上之《九张机》,九首相联,而只咏一题。分题联章,指用一调而咏四时、八景,或作十二月鼓子词等,各首分题,而又以系统相联者。其演故事者,如宋人之八首、十二首调笑转踏,每首演一美人事迹,是为每词演一事者。如宋赵令畤之十首《蝶恋花》,仅演一崔张故事,是为多词演一事者。"按此即前述之传踏也。任氏又作词体表,录之如次:

1. 散词

(1)令,引,近,慢,犯调,摘遍,序子

(2)单调,双调,三叠,四叠,叠韵

(3)不换头,换头,双拽头

2. 联章词

(1)一题联章,分题联章

（2）演故事者——每词演一事者，多词演一事者（传踏）

3. 大遍——法曲，大曲，曲破

4. 成套词——鼓吹词，诸宫调，赚词

5. 杂剧词——用寻常词调者，用法曲者，用大曲者，用诸宫调者

三、词之声律

《词源》下云："词以协音为先。音者何？谱是也。古人妥律制谱，以词定声，此正声依永，律和声之遗意。"按前人制词，先随宫以造谱，后遵调以填词。故必先知音律，次明词谱，次辨字音。兹分述之。

（一）音律 《词麈》云："腔出于律，律不调者，其腔不能工。然必熟于音理，然后能制新腔。"按古人言音律之书，莫详于《词源》。其上卷凡十四章，一曰"五音相生"，二曰"阳律阴吕合声图"，三曰"律吕隔八相生图"，四曰"律吕隔八相生"，五曰"律生八十四调"，六曰"古今谱字"，七曰"四宫清声"，八曰"五音宫调配属图"，九曰"十二律吕"，十曰"管色应指字谱"，十一曰"宫调应指谱"，十二曰"律吕四犯"，十三曰"结声正讹"，十四曰"讴曲指要"。郑文焯《词源斠律》举其说校而正之，于音律原理，思过半矣。特自宋讫今，旧谱零落，词遂不复可歌。求如杨缵论词，首严协律者，竟不可得

耳。爰就宫调、犯调言之。

A. 宫调。毛奇龄《西河词话》:"古者以宫、商、角、徵、羽、变宫、变徵之七声乘十二律,得八十四调。后人以宫、商、羽、角之四声乘十二律,得四十八调,去徵声与二变不用。四十八调,宋人词犹分隶之。其调不拘长短,有属黄钟宫者,有属黄钟商者,皆不相出入。"按古法宫调凡八十有四,盖以七音乘十二律而得之数也。后之乐工舍繁趋简,于七音之中,去其徵声及变宫、变徵,仅存四音。以四音乘十二律,则得四十八调也(八十四调之目详于《词源》,兹不备列)。其组织法,以调之首尾二音为"主调音"。如用黄钟宫,以宫主调者,谓之黄钟宫;以商主调者,谓之黄钟商。推之黄钟角、黄钟变(即清角)、黄钟徵、黄钟羽、黄钟闰(即变宫),其调凡七,推之用大吕、太簇、夹钟、姑洗、仲吕、蕤宾、林钟、夷则、南吕、无射、应钟诸宫,各得七调,都凡八十四调。雅俗常用者仅七宫十二调而已。七宫之目为:

黄钟宫 ⏀　　仙吕宫 ⏁　　正宫 △　　高宫 ⏂

南吕宫 ⋏　　中吕宫 ⊖　　道宫 ⇘

十二调为:

大石调 ⋀　　小石调 ⋀　　般涉调 ⏋　　歇指调 ⏋

越 调 ⋌⋋　　仙吕调 ⇘　　中吕调 △　　正平调 ∇

高平调 ━　　双 调 ⇘　　黄钟羽 ⋏　　商 调 ⏀

(据《斠律》是正)

B. 犯调。《词源》引姜白石云："凡曲言犯者，谓以宫犯商，商犯宫之类。如道调宫上字住，双调亦上字住，所住字同，故道调曲中犯双调，或双调曲中犯道调，其他准此。唐人乐书云犯有正、旁、偏、侧，宫犯宫为正宫，犯商为旁宫，犯角为偏宫，犯羽为侧宫，此说非也。十二宫所住之字各不同，不容相犯。十二宫特可以犯商角羽耳。"张氏又曰："以宫犯宫为正犯，以宫犯商为侧犯，以宫犯羽为偏犯，以宫犯角为旁犯，以角犯宫为归宫，周而复始。"按乐府诸曲，自昔不用犯声。自宋以来，有正犯、侧犯、偏犯、旁犯诸名，周邦彦之《三犯渡江云》、史达祖之《玲珑四犯》当即出此。若仇远之《八犯玉交枝》，则不知何义也。

（二）词谱　杜文澜《词律校勘记叙》曰："词学始于唐，盛于宋，有一定不移之律，亦有通行共习之书。南宋时修内司所刊《乐府混成集》巨帙百余，周草窗《齐东野语》称其'古今歌词之谱靡不备具，而有谱无词者实居其半'。故当日填词家虽自制之腔，亦能协律，由于宫调之备也。元明以来，宫谱失传，作者腔每自度，音不求谐。于是词之体渐卑，词之学渐废，而词之律则更鲜有言之者……万氏书为卷二十，为调六百四十，为体一千一百八十有奇。凡格调之分合，句逗之长短，四声之参差，一字之同异，莫不援名家之传作，据以论定是非，俾学者按律谐声，不背古人之成法，其有功于词学也大矣。"按词谱之作，张綖《诗余图谱》载调太略，且以黑白及半白半黑圈分别平仄，亦多讹失。程明善《啸余谱》舛误尤甚，赖以邠《填词图谱》亦复罅漏百出。诸书之谬，万氏并加驳正。即《钦定词谱》所列，凡八百二十六调，二千三百六体，较万书增体一倍，然校定为谱者仅居其半，余皆列以备体而已。万氏诚有功于词学，杜氏《校勘记》又为万之功臣，特其书应名之曰"谱"，不当名"律"。且知声而不知音（江顺诒说），为其一弊。然后之言词者，舍此别无可遵之谱矣。

填词者就古人已传之腔，辨其平上去入之韵，审其喉牙舌齿唇之声，依仿旧谱，字字恪遵，致谨于煞尾两字，即无不合律。若求自度新腔，则必深明音律，应于下列三事加之意焉。

A.制腔。《词麈》云："制腔之法，必吹竹以定之，或管、或笛、或箫皆可。惟吾意而吹焉，即以笔试其工尺于纸，然后酌其句读，划定版眼，而后吹之，听其腔调不美，音律不调之处，再三增改，务必使其抗坠抑扬、圆美如贯[1]珠而后已。再看其起韵之处，前后两节是何字眼，而知其为某宫某调也（如是六字起调，六为黄钟清。而第一拍转至起韵，用高五字为太簇，黄钟均以太簇为商，则此属太簇清商也。在燕乐为大石调。余仿此。若两结不用高五字，则为出调，凌犯他宫，非复大石调矣）。"按杨诚斋论《作词五要》（或谓系杨守斋缵语），第一要择腔，腔不韵则不美，故必先以管色定其音节。次审起毕，

---

[1] 贯　底本原脱，据《词话丛编》（P. 3241）江顺诒《词学集成》补。按：此段记载见于《词学集成》卷三，而非《词麈》。

定其宫调，方能命名以实之。若后人不解音律，动造新曲，曰自度腔。试问其所度者，曲隶何律，律隶何声，声隶何宫何调？则毛奇龄所斥为捫然妄作者也。

B.结声。戈顺卿云："词之为道，最忌落腔，即所谓落韵也。姜白石云十二宫住字不同，不容相犯。沈存中《补笔谈》载燕乐二十八调杀声。张玉田《词源》论结声正讹，不可转入别腔。住字、杀声、结声，名异而实同，全赖乎韵以归之。然此第言收韵也，而用韵之吃紧处，则在乎起调毕曲。盖一调有一调之起，有一调之毕，某调当用何字起、何字毕，起是始韵，毕是末韵，有一定不易之则，而住字、杀声、结声即是以别焉。词之谐不谐，视乎韵之合不合，有其类亦各有其音，用之不紊，始能融入本音耳。"按《词源》各宫调下所列符号，谓之住调。每词以何字起音，即谓何调。如白石自度《暗香》《疏影》二词，皆用⊙字起音，即入仙吕宫（即夷则宫）也。毕韵仍用始起之音，其调始协，如用他音，则为过腔矣。

C.过腔。《词麈》云："姜尧章《湘月》词自注，'即《念奴娇》鬲指声，于双调中吹之。鬲指亦谓过腔，见晁无咎集。凡能吹竹者便能过腔也'。后人多不解鬲指过腔之义，培思索久之而悟其说。盖《念奴娇》本大石调，即太簇商，双调为仲吕双，律虽异而同是商音，故其腔可过。太簇当用四字，仲吕当用上字。今姜词不用四字住，而用上字住，箫管四上字中间只鬲一孔，笛四上字两孔相联，只在鬲指之间。又此两调，毕曲当用一字、尺字，亦咼指之间，故曰咼指声也。吹竹便能过腔，正此之谓。"按《念奴娇》与《湘月》字句悉同，特住字变易，舍太簇之四字，而用仲吕之上字，即不得并为一曲。此过腔之说也。

（三）填词　杨诚斋《作词五要》："第三要填词按谱，自古作词能依句者少，依谱用字，百无一二。若歌韵不协，奚取哉？或谓善歌者能融化其字则无疵，殊不知制作转折，或不当则失律。正、旁、偏、侧，凌犯他宫，非复本调矣。"按古代乐府先有文字，从而宛转其声，以调就词者也（吴颖芳说）。后人则先制谱而后填词，辨其宫商，准音填字，谓之填词。宋代作者、述者莫不知音，故其度曲制词，不必依照前调，或易变前词之平仄，或增损字句之多寡，要于音律无碍，自能协于歌喉，故不必尽依旧谱。若夫今日歌法久已失传，音律之源莫识，变易增损，势不可能。惟有遵前人词调之字格、平仄、阴阳，逐字恪遵，尺寸不易而已。故于下列数事，必当加意及之。

A.平仄四声。《艺概》曰："词中平仄，体有一定。古人或有平作仄、仄作平者，必合句上句下句内之字，权其律之所宜，互为更换斯得，如铜山灵钟，东西相应。故效古者当专效一体，不可挹彼注兹，致讥声病。"按填词宜辨平仄，而仄声中又分上去入三者，又未容混视也。沈义父云："上声字最不可用去声字替。"盖以去声当高唱，上声当低唱（沈璟词隐说），声响迥殊也。次言去声。沈氏《指迷》又云："句中用去声字最为紧要。"万树《词律》云："名词转折跌荡处，多用去声。"盖三仄之中，入可作平，上界平仄之间，去则独异，其声由低而高，最宜缓唱，凡牌名中应用高音者皆宜用此。如尧章《扬州慢》"过春风十里……自胡马窥江去后……渐黄昏清角吹寒"，凡协韵后转折处皆用去声也（吴梅《词学通论》说）。次言入声。上入可以代平，《词源》言之。然周济言："其作上者可以代平，作去者断不可以代平。平去是两端，上由平而之去，入由去而之平。"（《四家词选叙》论）今按用入声协韵，其分隶三声，《中原音韵》及《隶斐轩词林韵释》二书已有定例。若用诸句中，协作三声，实无定法，既可作平，亦可上去，但须辨其阴阳而已（吴梅说）。然有必须用入声处，不可代以上去者，说自郑文焯发之，如《高阳台》《扫花游》之类，入声尚少；《秋思耗》《浪淘沙慢》等词，入声尤多，并不得通融。盖其声重浊而断，与他音绝异也。

B. 阴阳。《艺概》云："词家既审平仄，当辨声之阴阳，又当辨收音之口法，取声取音，以能协为尚。玉田称《惜花词》'锁窗深'，而'深'字不协，改'幽'字，又不协，改'明'字。此非审音阴阳者乎？又'深'为闭口音，'幽'为敛唇音，'明'为穿鼻音，消息亦别。"按字音有收喉、收鼻之异，其收喉之音，谓之阴声，收鼻之音，谓之阳声。阳声中之收 Ng 者，谓之穿鼻音；收 N 者，谓之敛唇音；收 M 者，谓之闭口音。周济谓："阳声字多则沉顿，阴声字多则激昂。重阳间一阴，则柔而不靡；重阴间一阳，则高而不危。"吴梅谓："协律之法，先分工尺之高下，然后配合字声之阴阳。以工字为界，工以上，如凡六五凡之类为高部；工以下，如尺上一四之类为低部。阴声之字，宜用高部；阳声之字，宜用低部。先阴后阳者，调宜下行；先阳后阴者，调宜上行。千变万化，不外乎此。再审其词意之哀乐，以定节奏之缓急，而协律之能事毕矣。"足与周说相参证云。

C. 韵。戈载云："词始于唐，别无词韵之书。宋朱希真拟应制词韵十六条，外列入声韵四部。其后张辑释之，冯取洽增之，元陶宗仪讥其混淆，欲为改定。今其书久佚，目亦无考矣。厉鹗诗云，'欲呼南渡诸公起，韵本重雕菉斐轩'。注云，'曾见绍兴二年刊《菉斐轩词韵》一册，分东、红、邦、阳十九韵，亦有上去入三声作平声者'。于是人皆知有《菉斐轩词韵》，而又未之见。近秦敦夫取阮氏家藏《词林韵释》，一名'词林要韵'，重为开雕，题曰'宋菉斐轩刊本'，而跋中疑为元明之季谬托此书，为北曲而设，诚哉是言也。观其所分十九韵，且无入声，则断为曲韵，樊榭偶未深究耳。是欲辑词韵，前无可考，而此书又不可据以为本。沈谦著《词韵略》一编，舛错之讥，实所难免。同时有赵钥、曹亮武均撰词韵，与去矜大同小异。若李渔之《词韵》妄自分析，尤为不经，胡文焕之《文会堂词韵》痴人说梦，不足道。今填词家所奉为圭臬者，则莫如吴烺、程名世之《学宋斋词韵》。其书以学宋为名，乃所学者皆宋人误处。复有郑春波《绿漪亭词韵》以附会之、羽翼之，而词韵遂因之大紊矣。……因作《词林正韵》一书,列平上去为十四部,入声为五部,共十九部,皆取古人之名词,参酌而审定之,尽去诸弊。"按词韵之今存者,以菉斐轩为最古,以其不列入声,故人疑为曲韵。嗣是沈、赵、李、胡诸作,悉难依据。自戈氏书出,学者奉为准绳。其韵目分合虽有小疵,而论列古今源流得失,至详且确,足供寻研。夫词韵上去虽可通用,而平声、入声必当独押,不能与他声混淆,此词律之所以异于曲韵者也。

夫词严声律,本以求协歌喉。然沈义父云:"前辈好词甚多,往往不协律腔,所以无人歌。"是宋世名词,已多背律。矧去古益远,今按前人陈式,分寸推求,通体恪遵,一音不易,焉有不失其矩矱者哉?然束缚文思,亦已太甚,由是言词,不亦苦乎?

四、词之修词

《词苑丛谈》引袁箨庵曰:"词有三法:章法、句法、字法。有此三者,方可称词。"今言修词,即分此三字论之。

(一)字法 《词源》曰:"句法中有字面,盖词中一个生硬字用不得,须是深加锻炼,字字敲打得响,歌诵妥溜,方为本色。如贺方回、吴梦窗皆善于炼字面,多于温庭筠、李长吉诗中来。字面亦词中之起眼处,不可不留意也。"按沈义父《乐府指迷》亦言:'下字欲其雅,不雅则近乎缠令之体。用字不可太露，露则直突而无深长之味。"又曰："要求字面，当看温飞卿、李长吉、李商隐及唐人诸家诗句中字面，好而不俗者，采摘用之。如《花间集》之小词，亦多好句。"两氏并谓词中用字，宜取材于唐诗。郑文焯《与人论词书》亦谓："观美成、白石诸家，嘉藻纷纶，靡不取材于飞卿、玉溪，而于长爪郎奇隽语，尤多裁制。尝究心于此，觉玉田言不我欺。因暇熟读长吉诗，刺其文字之惊采绝艳，一一汇录，择之务精。或为妃俪，顿获巧对。温八叉本工倚声，其诗中典要，与玉溪獭祭稍别，亦自可绰以藻咏，助我辞华。必不可臆造纤靡之词，自落轻俗之习，务使无一字无来历，熟读诸家名制，思过半矣。"按填词之道，既限之长短，拘以声律，复忌自铸新词，务择唐人绮语，其为后之作者所留余地尚有几何，束缚不已甚乎？三家之说，虽雷同相从，未免持之过当，试就文字之词性析论之。

A. 名字。《乐府指迷》论词中用名字云："炼字下语，最是紧要，如说桃不可直说破桃，须用红雨、刘郎等字。如咏柳不可直说破柳，须用章台、灞岸等字。又用事如曰银钩空满，便是书字了，不必更说书字。玉筯双垂，便是泪了，不必更说泪。如绿云缭绕，隐然鬓发；困便湘竹，分明是簟。正不必分晓，如教初学小儿，说破这是甚物事，方见妙处。往往浅学流俗，多不晓此妙用，指为不分晓，乃欲直拔说破，却是赚人与耍曲矣。"按沈氏主词中悉用代字，不说本名，信尔则捃摭类书,何取属词?此《四库提要》所以斥其"欲避鄙俗,转成涂饰"也,昔少游之"小楼连苑,绣毂雕鞍",见讥于东坡。美成《解语花》之"桂华流瓦",境界极妙,人亦惜其以"桂华"二字代月。梦窗以下,用代字愈多,张炎所以称其"如七宝楼台,炫人眼目,拆碎下来,不成片段"也。

B.动字。词句警策,有系乎动字者,如云:

云破月来花弄影。(张先《天仙子》)
红杏枝头春意闹。(宋祁《玉楼春》)

《七颂堂词绎》云:"一'闹'字卓绝千古。"今按张词"弄"字,尤生动有致。

高树鹊衔巢,斜月明寒草。(冯延巳《醉花间》)

王国维《人间词话》云:"韦苏州之'流萤渡高阁',孟襄阳之'疏雨滴梧桐',不能过此。"

柳外秋千出画墙。(冯延巳《上行杯》)
绿阳楼外出秋千。(欧阳修《浣溪沙》)

晁补之云:"只一'出'字,自是后人道不到处。"徐釚云:

"王摩诘诗'秋千竞出垂杨里',欧阳公词意本此。"然欧词较两家特工也。

此外如姜夔《暗香》"千树压,西湖寒碧"之"压"字,《扬州慢》"波心荡,冷月无声"之"荡"字,秦观《踏莎行》"雾失楼台[1],月迷津渡"之"失"字、"迷"字,《满庭芳》"山抹微云,天黏衰草"之"抹"字、"黏"字,非"燕娇莺姹,翠频红妩"诸句,所可比拟也。

C. 状字。王士禛《花草蒙拾》曰:"前辈谓史梅溪之句法,吴梦窗之字面,固是确论,尤须雕组而不失天然。如'绿肥红瘦','宠柳娇花',人工天巧,可称绝唱;若'柳腴花瘦','蝶凄蜂惨',即工亦巧匠琢山骨矣。"按词人所用状字,必须雕组不失自然,方称精艳。否则以涂饰为工,不足珍也。

愁无际,武陵凝睇,人远波空翠。(韩琦《点绛唇》)
平林漠漠烟如织,寒山一带伤心碧。(李白《菩萨蛮》)
波底夕阳红湿。(赵彦端《谒金门》)
惊起半屏幽梦,小窗淡月啼鸦。(刘小山《清平乐》)
今宵酒醒何处?杨柳岸,晓风残月。(柳永《雨霖铃》)
莫道不消魂,帘卷西风,人比黄花瘦。(李清照《醉花阴》)

---

[1] 台 底本作"头",据《淮海居士长短句》(P.69)改。

《词苑丛谈》引王士禛云:"康与之'人瘦也,比梅花、瘦几分',又'天还知道,和天也瘦',又'帘卷西风,人比黄花瘦',又'应是绿肥红瘦',又'人共博山炧瘦','瘦'字俱妙。"按"人比黄花瘦"句,李清照《醉花阴》词,"应是绿肥红瘦"句,李《如梦令》词,皆非康词也。

D.叠字。刘熙载云:"词中用双声、叠韵之字,自两字外,不可多用。"文词中偶句有双声字,对以叠韵字者,其例间有。若夫连用双叠,如《梦窗甲稿·探芳新》云:"叹年端连环转,烂漫游人如绣。""叹"至"漫"八字连叠,则为创见。叠字声韵并同,然在词中有不妨连用至两字以上者,举例如次:

庭院深深深几许?杨柳堆烟,帘幕无重数。(欧阳修《蝶恋花》)
一怀愁绪,几年离索,错错错!(陆游《钗头凤》)
山盟虽在,锦书难托,莫莫莫!(同右)

杨慎云:"一句中连用三字者,如'夜夜夜深闻子规',又'日日日斜空醉归',又'更更更漏月明中',又'树树树梢啼晓莺',皆善用叠字也。"

到如今,始惜月满,花满,酒满。(宋祁《浪淘沙》)
倚兰桡,望水远,天远,人远。(同上)

一室秋灯,一庭秋雨,更一声秋雁。(王沂孙《醉蓬莱》)

E. 虚字。《词源》曰:"词与诗不同。词之句语,有二字、三字、四字至六字、七八字者,若堆叠实字,读且不通,况付之雪儿乎? 合用虚字呼唤。单字如正、但、甚、任之类,两字如莫是、还又、那堪之类,三字如更能消、最无端、又却是之类。此类虚字却要用之得其所,若能尽用虚字,句语自活,必不质实。"刘熙载释之曰:"玉田谓词与诗不同,合用虚字呼唤。余谓用虚字正乐家歌诗之法也。朱子云,'古乐府只是诗中间却添出许多泛声,后人怕失了那泛声,逐一声添个实字,遂成长短句,今曲子便是'。案朱子所谓实字,谓实有个字,虽虚字亦有用也。"按词中有衬字,犹乐府诗中之泛声也。衬字多属虚字,而虚字未必皆衬字也。盖句中用字,必虚实衬贴,乃见迂徐委婉。然亦应加斟酌,不宜多用。故沈义父云:"腔子多有句上合用虚字,如嗟字、奈字、况字、更字、又字、料字、想字、正字、甚字,用之不妨。如一词两三用之,便不好,谓之空头字。不若径用一静字顶上道下来,句法又健,然不可多用。"以填叠实字,则音调崛强;多用虚字,则文句靡弱。必以虚缀实,乃宛转有致也。

F. 衬字。赖以邠《填词图谱》"凡例"云:"词有衬字者,因此句限于字数,不能达意,偶增一字,后人竟可不用。如《系裙腰》末句'问'字之类。"徐氏《丛谈》亦曰:"词有定名,即有定格，其字数多寡，平仄韵脚较然，中有参差不同者，一曰衬字。文义偶不联畅，用一二字衬之，密按其音节虚实正文自在，如南北剧这字、那字、正字、个字、却字之类。从来词本，即无分别。"按两氏言词有衬字，与曲无殊，其说可信。万树《词律》力攻《图谱》，竟谓："不可立衬字一说，以混词格。"（《词律·唐多令注》）偶见词之调同，而字数有增减者，则列为数体，或断为衍文。不知《词麈》论繁声曰："黄钟《醉花阴》本正句，并换头只五十二字，又加衬八十余字，繁声太多，音节太密，去古益远矣。盖始作此曲者，或四言，或五言，必有衬字以赞助之，通为五十二字。后人撰词，并其衬字亦以词填实，工师不知于定腔五十二字之外，又加衬八十余字之多，皆淫哇之声也，必删去，始为近古。按繁声，唐宋人谓之缠声，《太真传》，'明皇吹玉笛，迟其声以媚之'，即缠声多也。今人谱工尺，多用赠板，音方旖旎悦耳，即淫哇之谓，古靡靡之音也。"江顺诒曰："在音则为衬声、缠声，在乐则为散声、赠板，在谱曲则为加衬字，为旁行增字。曲之增字，写于旁行，故易知；词之增字，则知之者鲜矣。凡词之调一而体二三至十余者，皆增字之旁行并入正行也。故一调而同时之人共填，体各小异，实衬字任人增减，无戾于音，又何损于词？"（《词学集成》）盖歌有缠声，曲有增字。词本可歌，体无异曲，故凡调同而字句多寡殊者，皆衬字也。举其例证，赖氏引梦窗《唐多令》之"纵芭蕉不雨也飕飕"句，应上三下四，"也"字当为衬字，江氏谓"纵"字为衬字。外此则例证甚少，故后人于此多昧昧也。

（二）句法 《词源》云："词中句法，要平妥精粹。一曲之中，安能句句高妙，只要拍搭衬副得去，于好发挥笔力处极要用工，不可轻易放过，读之使人击节可也。"今就各类句法析论之。

A. 起句。陆辅《词旨》云："对句好可得，起句好难得，收拾全藉出场。"此最重起句也。刘熙载曰："大抵起句非渐引即顿入，其妙在笔未到而气已吞。"盖谓起句宜照管全篇，不可空泛无当。故沈义父谓："大抵起句便见所咏之意，不可泛入闲事，方入主意。咏物尤不可泛。"按前人词起句，写景句最多，如：

> 一叶落，褰珠箔，此时景物正萧索。（李存勖《一叶落》）
> 菡萏香销翠叶残，西风愁起绿波间。（李璟《山花子》）
> 帘外雨潺潺，春意阑珊。（李煜《浪淘沙》）
> 碧云天，红叶地，秋色连波，波上寒烟翠。（范仲淹《苏幕遮》）
> 柳外轻雷池上雨，雨声滴碎荷声。（欧阳修《临江仙》）
> 山抹微云，天黏衰草，画角声断谯门。（秦观《满庭芳》）

起句言情者次之，如：

> 春花秋月何时了，往事知多少。（李煜《虞美人》）
> 如何？遣情情更多。（孙光宪《思帝乡》）

以叙事起者最少，如：

> 四月七日，正是去年今日，别君时。（韦庄《女冠子》）

盖叙事每苦于生涩，言情又流于宽易，均不若写景之易工也。至其句法，则于叙述句外，有疑问式及感叹式二者，如：

> 大江东去，浪淘尽，千古风流人物。（苏轼《念奴娇》）
> 明月几时有？把酒问青天。（苏轼《水调歌头》）
> 更能消几番风雨？匆匆春又归去。（辛弃疾《摸鱼儿》）

较常语尤觉警策也。

B. 结句。沈氏《指迷》曰："结句须要放开，含有余不尽之意，以景结情最好，如清真之'断肠院落，一帘风絮'，又'掩重关，遍城钟鼓'之类是也。或以情结尾亦好，往往清而露，如清真之'天便教人，霎时厮见何妨'，又云'梦魂凝想鸳侣'之类，更无意思。亦是词家病，却不可学也。"刘体仁《词绎》曰："词起结最难，而结尤难于起，盖不欲转入别调也。'呼翠袖为君舞'，'倩盈盈翠袖，揾英雄泪'，正是一法。然又须结得有'不愁明月尽,自有夜珠来'之妙乃得。"按沈说主放,刘说主束,至《艺概》则曰:"收句非绕回即宕开,其妙在言虽止而意无尽。"实能综合两说。夫放开如流泉归海,要收得尽;结束如奔马收缰,须勒得住。若夫如住而未住,尽而不尽,尤称隽永。沈谦曰:"填词结句,或以动荡见奇,或以迷离称隽,著一实语,败矣。康伯可'正是消魂时候也,撩乱花飞',晏叔原'紫骝认得旧游踪,嘶过画桥东畔路',秦少游'落花无语对斜晖,此恨谁知',深得此法。"则尤结句之有深致者也。

C. 转换句。刘氏《词绎》曰:"中调、长调转换处,不欲全脱,不欲明粘,如画家开合之法,须一气呵成,则神味自足。以意求之,不得也。"周济曰:"古人名换头为过变,或藕断丝连,或异军特起,皆须令读者耳目振动,方成佳制。"(《宋四家词选叙》)《艺概》曰:"词中承接转换,大抵不外纡徐、斗健,交相为用。所贵融会章法,按脉理节拍而出之。"又曰:"词有过变,隐本于诗。《宋书·谢灵运传论》云,'前有浮声,则后须切响',盖言诗当前后变化也,而双调、换头之消息,即此已寓。"按《词绎》及《词选叙》并就意言,《艺概》专就笔言。前后虽有变化,而意必不粘不脱,笔则或健或徐,乃见抑扬开合之势焉。

D. 对句。《词绎》云:"词中对句,正是难处,莫认作衬句。至五言对句、七言对句,使观者不作对句,尤妙。"《艺概》曰:"对句非四字、六字,即五字、七字,其妙在不类于赋与诗。"按词中四字对句最要凝炼,如史达祖《绮罗香》云:"做冷欺花,将烟困柳。"只八字已将春雨画出。七字对贵流走,如吴文英《卷寻芳》云:"珠珞香销空念往,纱窗人老羞相见。"令人读之,忘其为对,乃称妙词。(孙麟趾《词径》讥)若李煜之《三台令》云:"月寒秋竹冷 风切夜窗声。"无名氏之《长命女》云:"孤灯然客梦,寒杵捣乡愁。"滕潜之《凤归云》云:"金井阑边见羽仪,梧桐枝上宿寒枝。"同属五七言对句,终不能以诗句而乱词调也。又沈雄《柳塘词话》云:"对句易于言景,难于言情,且放开则中多迂滥,收擎则结无意绪。对句要非死句也。牛峤之《望江南》'不是鸟中偏爱尔,为缘交颈睡南塘',其下可直接'全胜薄情郎',此即救尾对也。"盖对句刻画则流于板滞,流利又恐其浮滑,必求超脱而有蕴藉,乃臻上乘,信乎其未易言也。

E. 叠句。《柳塘词话》又曰:"两句一样为叠句,一促拍,一曼声。《潇湘神》《法驾导引》,一气浣注,促拍也。《东坡引》'雄心消一半,雄心消一半',不为申眠上意而两意全该者,曼声也,体如是也。若吕居仁之'恨君不如江楼月,南北东西。南北东西,只有相随无别离',是承上娈下,偶然戏为之耳。"按沈氏论叠句关系音调,言至精核。然叠句不必两句全同也,今举其式,凡别数类,如:

　　　　吴山青,越山青,两岸青山相送迎。(林和靖《长相思》)
　　　　晴则个,阴则个,饣丁得天气有许多般。(王通叟《春游》)

　　　　落日解鞍芳草岸，花无人戴，酒无人劝，醉也无人管。（无名字《青玉案》）

　　　　去年元夜时，花市灯如昼。……今年元夜时，月与灯依旧。（朱淑真《生查子》）

右四则并叠句之变式也。

F. 衍词。《柳塘词话》曰："衍词有三种。贺方回衍'秋尽江南叶木凋'，陈子高衍'李夫人病已经秋'，全用旧诗而为添声者也。《花非花》，张子野衍之为《御街行》，《水鼓子》，范希文衍之为《渔家傲》，此以短句而衍为长言也。至温飞卿诗云，'合欢桃核真堪恨，里许原来别有人'，山谷衍为词云，'似合欢桃核，真堪人恨，心儿里有两个人人'，古诗云，'夜阑更秉烛，相对如梦寐'，叔原衍为词云，'今宵剩把银釭照，犹恐相逢是梦中'，以此见为诗之余也。"按词人每翻诗意入词，或竟用陈句，益见工致者，如：

　　　　无端嫁得金龟婿，辜负香衾事早朝。（李商隐诗）
　　　　不待宿醒消，马嘶催早朝。（贺铸词）

此翻诗意入词者。

　　　　曲终人不见，江上数峰青。（钱起诗）

独倚栏槛情悄悄,遥闻妃瑟泠泠。新声含尽古今情。曲终人不见,江上数峰青。(秦观《临江仙》)

此径用诗句者。

断送一生惟有酒,破除万事无过酒。(韩愈诗)
断送一生惟有,破除万事无过。(黄鲁直《西江月》)

此仅去其一字者。

无凭谙鹊语,犹得暂心宽。(韩偓诗)
终日望君君不至,举头闻鹊喜。(冯延巳《谒金门》)

此衍其意而语加蕴藉者。

换我心,为你心,始知相忆深。(顾敻《诉衷情》)
妾心移得在君心,方知人恨深。(徐山民《阮郎归》)

此翻词句入词者。他如俞仲茅小词云:"轮到相思没处辞,眉间露一丝。"语本李易安之"才下眉头,却上心头",其前更有范希文"都来此事,眉间心上,无计相回避"数语,李句特工耳(王士祯说)。

G. 用事。彭孙遹《金粟词话》曰："作词必先选料，大约用古人之事，则取其新颖而去其陈因；用古人之语，则取其清隽而去其平实；用古人之字，则取其鲜丽而去其浅俗。不可不知也。"用字、用语既论之于前矣，兹就用事一例言之。

《词源》云："词[1]中用事最难，要体认著题，融化不涩。如东坡《永遇乐》云，'燕子楼空，佳人何在？空锁楼中燕'，用张建封事；白石《疏影》云，'犹记深宫旧事，那人正睡里，飞近蛾绿'，用寿阳事，又云，'昭君不惯胡沙远，但暗忆江南江北，想珮环[2]月下归来，化作此花幽独'，用少陵诗。此皆用事不为所使。"按隶事贵融化无迹，僻事则熟用之，熟事则虚用之，方免晦涩、肤浅、板滞之弊。邹祗谟云："《词品》曰，填词于文为末，而非自选诗、乐府诗来，不能入妙。李易安词'清露晨流，新桐初引'，乃全用《世说》语。愚按词至稼轩，经子百家，行间笔下，驱策如意，近则娄东善用《南北史》。江左风流，惟有安石，词家妙境，重见桃源矣。"（引见《词苑丛谈》）按稼轩作《永遇乐》词序北府事，时人即谓其用事太多，惟前后二警语，差相似新作。[3]至其《踏莎行》云："长沮桀溺耦而耕，丘何为是栖栖者。"龙洲《西江月》云："天时地利与人和，燕可

---

[1] 词　底本作"调"，据《词话丛编》（P.261）改。
[2] 珮环　底本作"环佩"，据《词话丛编》（P.261）张炎《词源》改。
[3] 此节文字错乱，底本如此，仍之不改。"前后二警语差相似"，指《贺新郎》之"我见青山多妩媚"云云，"新作"指《永遇乐·京口北固亭怀古》。

伐与曰可。"直用经语，未免浅露。后叶《清平乐》云："除是无身方了，有身长有闲愁。"用《楞严》"因我有身，所以有患"句。均未足以言第一义也。

H.拗句。《频伽词话》云："有拗调，有拗句。须浑然脱口，若不可不用此平仄者，方为作手。如未能极工，无难，取成语之合者以副之，斯不觉其聱牙耳。"按拗句必须纯熟，方不病其聱牙，故张砥中云："调中通首皆拗者，遇顺句必须精警；通首皆顺者，遇拗句必须纯熟。此为句法之要。"盖拗句贵乎圆熟，方不致蹇涩而滞音；顺句贵能振动，斯不至浮滑而伤格。此言句法者之所不可不辨者也。试观周邦彦之《忆旧游》云："东风竟日吹露桃。"《花犯》云："今年对花太匆匆。"吴文英之《西子妆》云："一箭流光，又趁寒食去。"姜夔之《满江红》云："正一望千顷翠澜。"并属拗调，而其词意何尝不顺适也。

（三）章法 《艺概》曰："'词眼'二字，见陆辅之《词旨》。其实辅之所谓眼者，仍不过某字工、某句警耳。余谓眼乃神光所聚，故有通体之眼，有数句之眼。前前后后，无不待眼光照映。若舍章法而专求字句，纵争奇竞巧，岂能开阖变化，一动万随耶？"按词之好处，有系于片言只字，有系于上下文者，故言炼字、造句后，必知词之章法。兹略举数例言之。

A.呼应法。词句有用疑问式，下作解释以见宛转者，如李煜《虞美人》云：

问君能有几多愁？恰似一江春水向东流。

又贺铸《青玉案》云：

　　试问闲愁都几许？一川烟草，满城风絮，梅子黄时雨。

《艺概》云："其末句好处，全在'试问'句呼起，及与上'一川'二句并用耳。或以方回有'贺梅子'之称，专赏此句，误矣。且此句原本寇莱公'梅子黄时雨如雾'诗句，然则何不目莱公为'寇梅子'邪？"

　　B. 映带法。词句有须上下文映带，其声情乃见者，如文天祥《满江红》和王夫人云：

　　世态便如翻覆雨，妾身原是分明月。

又《酹江月·和友人驿中言别》云：

　　镜里朱颜都变尽，只有丹心难灭。

《艺概》云："每二句若非上句，则下句之声不出矣。"
更有以前后际映带者，陈去非《临江仙》云：

杏花疏影里，吹笛到天明。

　　《艺概》云："此因仰承'忆昔'俯注一梦，故此二句不觉豪酣，转成怅恺。所谓好在句外者也。倘谓见在如此，则骇甚矣。"
　　C. 点染法。词句有点明境界，更加以渲染者，如柳永《雨霖铃》云：

　　多情自古伤离别，更那堪冷落清秋节。今宵酒醒何处？杨柳岸，晓风残月。

　　《艺概》云："上二句点出离别冷落，'今宵'二句乃就上二句意染之。点染之间，不得有他句相隔，隔则警句亦成死灰矣。"
　　D. 推进法。句中有用推进一层说，以见极致者，如：

　　离恨恰如春草，更行更远还生。（李煜《清平乐》）
　　楼高莫近危栏倚，平芜尽处是春山，行人更在春山外。（欧阳修《踏莎行》）

更有翻旧句而推进一层言之者，例如：

　　梦里不知身是客，一晌贪欢。（李煜《浪淘沙》）

无据，和梦也有时不做。（宋徽宗《燕山亭》）

此推旧意而情更惨者。贺裳云："周清真《满路花》后半云，'愁如春后絮，来相接，知他那里，争信人心切。除共天公说，不成也还，似伊无个分别'，酷尽无聊赖之致。至陆放翁《一丛花》则云，'从今判了，十分憔悴，图要个人知'，其情加切矣。至孙夫人《风中柳》则更云，'别离情绪，待归来都告，怕伤郎又还休道'，则又进一层。然总此一意也，正如剥蕉者转入转深耳。"（《皱水轩词筌》）

E. 离合法。词句有以离合见致者，如：

只有梦魂能再遇，堪嗟梦不由人做。（陆游《蝶恋花》）
春未透，花枝瘦，正是愁时候。（黄鲁直《蓦山溪》）
拼一醉留春，留春不住，醉里春归。（梁贡父词）

上下两句互为开合，以见动荡之致。

F. 层深法。词中有语似浑成，而意实层层深入者，如欧阳修《蝶恋花》云："泪眼问花花不语，乱红飞过秋千去。"

毛先舒云："此可谓层深而浑成。何也？因花而有泪，此一层意也。因泪而问花，此一层意也。不但不语，且又乱落飞过秋千，此一层意也。人愈伤心，花愈恼人，语愈浅而意愈入，又绝无刻画费力之迹，谓非层深而浑成邪？"

《艺概》曰："词之章法，不外相摩相荡，如奇正、空实、抑扬、开合、工易、宽紧之类是矣。"以上略述其章法之梗概。兹更论其艺术，分描写、抒情、想象三者言之。

五、词之艺术

（一）描写

A. 写人。贺裳云："词家须使读者如身履其地，亲见其人，方为蓬山顶上。如和鲁公'几度试香纤手暖，一回尝酒绛唇光'，贺方回'略约整鬟钗影动，迟回顾步珮声微'，欧阳公'弄笔偎人久，描花试手初'，无名氏'照人无奈月华明，潜身却恨花阴浅'，孙光宪'翠袂半将遮粉臆，宝钗长欲坠香肩'，晏几道'溅酒滴残歌扇字，弄花熏得舞衣香'，真觉俨然如在目前，疑于化工之笔。"按《词筌》所列诸词，舍形态而举神情，固觉生动多姿。更有绘声法，如周邦彦《少年游》云：

低声问：向谁行宿，城上已三更。马滑霜浓，不如休去，直是少人行。

此词前阕"吴盐""新橙""锦幄""兽香"数语并属写境，惟"纤手破橙"及"对坐调笙"写其动作，后阕仅以"低声问"三字贯彻到底，蕴藉婀娜，无限情景，都自破橙人口中说出，更不别著一语，纯用写声法也。

此外又有象征法，如黄鲁直《浣溪沙》云：

新妇矶头眉黛愁，女儿浦口眼波秋，惊鱼错认月沉钩。青箬笠前无限事，绿蓑衣底一时休，斜风细雨转船头。

苏轼云："此词清丽新婉，其最得意处，以山光水色赞花貌，真得渔父家风。"

B. 咏物。彭孙遹曰："咏物词极不易工，要须字字刻画，字字天然，方为上乘。"(《金粟词话》)邹祗谟曰："咏物固不可不似，尤忌刻意太似。取形不如取神，用事不若用意。"(《远志斋词衷》)王士禛曰："张玉田谓咏物最难，体认稍真，则拘而不畅；摹拟差远，则晦而不明，而以史梅溪之咏春雪、咏燕，姜白石之咏促织为绝唱。"(《花草蒙拾》)按史达祖咏燕词云：

差池欲住，试人旧巢相并。还相雕梁藻井，又软语商量不定。

此词妙极形容，神情毕肖。姜尧章不称其"软语商量"，而赏其"柳昏花暝"，岂真能见其妙？欧阳修爱王君玉燕词云："烟径掠花飞远远，晓窗惊梦语匆匆。"梅圣俞则以为不若李尧夫燕诗云"花前语涩春犹冷，江上飞高雨乍晴"也。又姜氏《蟋蟀》词云：

露湿铜铺，苔侵石井，都是曾听伊处。哀音似诉，正思妇无眠，起寻机杼。

又云：

西窗又吹暗雨，为谁频断续，相和砧杵。

贺裳谓："蟋蟀无可言，而言听蟋蟀者，正姚铉所谓赋水不当仅言水，而言水之前后左右也。然尚不如张功甫'月洗高梧，露溥幽草，宝钗楼外秋深。土花沿翠，萤火坠墙阴。静听寒声断续，微韵转，凄咽悲沉。争求侣、殷勤劝织，促破晓机心。

儿时，曾记得，呼灯灌穴，敛步随音。任满身花影，犹自追寻。携向华堂戏斗，亭台小、笼巧妆金。今休说，从渠床下，凉夜听孤吟'，不惟曼声胜其高调，兼形容处心细如丝发，皆姜词之所未发。"此咏虫鸟者也。其咏花木者，如林和靖之《点绛唇》、梅圣俞之《苏幕遮》、欧阳永叔之《少年游》，并为咏春草之绝调。而冯正中之"细雨湿流光"五字，尤能摄春草之魂也。

周济曰："咏物最争托意，隶事处以意贯串，浑化无痕，碧山胜场也。"又曰："词非寄托不入，专托不出，一事一物，引而申之，触类多通。"（《四家词选叙》）又曰："白石《暗香》《疏影》二词，寄意题外，包蕴无穷，可与稼轩伯仲。"（《介存斋论词》）按碧山《齐天乐》词虽通首咏蝉，而指陈时事，寄慨遥深。如此立意，词境方高。白石之《暗香》《疏影》二首，词旨较晦，至稼轩"斜阳烟柳"之句，痛心君国，情见乎辞，尤足动人观听。词必有所寄托，方能触类旁通，言近旨远，不拘执于一物一事也。

C.写景。王国维曰："词以境界为最上，有境界则自成高格，自有名句，北宋之词所以独绝者在此。有造境，有写境，此理想与写实二派之所由分。……有有我之境，有无我之境。'泪眼问花花不语，乱红飞过秋千去'，有我之境也；'寒波澹澹起，白鸟悠悠下'，无我之境也。"（《人间词话》）按王氏以摹拟景色，不杂主观情感者为写实派之词，假设境界，借抒胸臆者为理想派之词。然吾观五代北宋词人，多感物造端，托物寓志，故其所写实境中，即寓其心境，两者实不易辨也。试观南唐中主李璟之《山花子》云：

菡萏香销翠叶残，西风愁起绿波间。

王氏亦谓其"有众芳芜秽，美人迟暮之感"，将属之何派乎？至晏殊《蝶恋花》词云：

昨夜西风凋碧树，独上高楼，望尽天涯路。

则与"念瞻四方，蹙蹙靡所骋"二语同其悲壮。又冯正中《蝶恋花》云：

百草千花寒食路，香车系在谁家树？

视"终日驰车走，不见所问津"之句，同其忧愤也。又秦观《踏莎行》云：

可堪孤馆闭春寒，杜鹃声里斜阳暮。

词旨尤觉凄厉，视"风雨如晦，鸡鸣不已"，气象无殊也。至白石写景之作，如：

二十四桥仍在，波心荡，冷月无声。（《扬州慢》）
数峰清苦，商略黄昏雨。（《点绛唇》）
高树晚蝉，说西风消息。（《惜红衣》）

格韵虽高，然如雾里看花，终隔一层。梅溪、梦窗诸家写景之病，皆在一隔字。北宋风流，渡江遂绝矣（用王氏说）。

（二）抒情　词人触景生情，融情入景，多凄凉幽怨之言，于前节述其概略矣。亦有辞旨高澹,转见情深,气象恢宏,不同婉约者,述之如次。

A. 高澹语。词贵精艳,亦有语淡而意长者,如:

想[1]斜阳影里,寒烟明处,双桨去悠悠。(查荎《透碧宵》)
两桨不知消息,远汀时起鸂鶒。(孙光宪《河渎神》)
醉中扶上木兰舟,醒来忘却桃源路。(洪叔玙《踏莎行》)

贺裳谓查词"令人不能为怀,然尚不如孙、洪两君专以澹语入情也"。

B. 壮烈语。词多委婉,亦有以气象胜者,如:

西风残照,汉家陵阙。(李白《忆秦娥》)

寥寥八字,气象雄阔。后惟范希文之《渔家傲》、夏英公之《喜迁莺》,差足继武。又赵秉文和东坡赤壁词,亦雄壮震动,有渴骥怒猊之势。视"大江东去"在伯仲之间也。

C. 迷离语。某氏《玉楼春》云:

---

[1] 想 底本脱,据《全宋词》(P.1189)查荎《透碧宵》补。

小窗斜日到芭蕉,半床斜月疏钟后。

贺氏谓其"写迷离之况,止须述景,不言愁而愁自见。因思韩致光'空楼雁一声,远屏灯半灭',已足悲凉,何必又赘'眉山正愁绝'耶"?

D. 决绝语。小词以含蓄为佳,亦有作决绝语者,如:

谁家年少足风流?妾拟将身嫁与,一生休。纵被无情弃,不能羞。(韦庄《思帝乡》)
衣带渐宽终不悔,为伊消得人憔悴。(柳永词)

E. 险丽语。词贵险丽,须泯其镂划之痕,如王通叟《春游》云:

晴则个,阴则个,饾饤得天气,有许多般。须教撩花拨柳,争要先看。不道吴绫绣袜,香泥斜沁几行斑。东风巧,尽收翠绿[1],吹在眉山。

贺氏谓其"痕迹都无,真犹石尉香尘,汉皇掌上也"。
F 本色语。词以险丽为工,实不及本色语之妙,如:

---

[1] 尽收翠绿 底本作"尽绿",据《全宋词》(P.338)王观《庆清朝慢·踏青》补。

> 眼波才动被人猜。(李清照词)
> 去也不教知,怕人留恋伊。(萧淑兰词)
> 留不得,留得也应无益。(孙光宪词)

(三)想象

A. 拟人例。词中多以草木鸟兽拟人者,如:

> 把酒祝东风,且莫恁匆匆去。(王安石《伤春怨》)
> 持杯邀劝天边月,愿月圆无缺。(苏轼《虞美人》)
> 不如桃杏,犹解嫁东风。(张先《一丛花》)

B. 设譬例。用直喻者,如:

> 垆边人似月,皓腕凝霜雪。(韦端己《菩萨蛮》)
> 帘卷西风,人比黄花瘦。(李清照《醉花阴》)

右单句喻法。

> 问君能有几多愁,恰似一江春水向东流。(李煜《虞美人》)

右复句喻法。

春慵恰似春塘水,一片縠纹愁。溶溶泄泄,东风无力,欲皱还休。(范成大《眼儿媚》)

右全章喻法。
用隐喻者,如:

水晶帘下敛"羞蛾"。(孙光宪《思帝乡》)
愁匀红粉泪,眉剪"春山"翠。(牛峤《菩萨蛮》)

右名词隐喻。

凌波不过横塘路,但目送"芳"尘去。(贺铸《青玉案》)

右状词隐喻。

黄昏独倚朱阑,西南新月"眉"弯。(冯正中《清平乐》)

右名词用如状词。

一样绿阴庭院"锁"斜晖。(田不伐《南柯子》)
笼街细柳"娇"无力。(陈克《菩萨蛮》)

右动词喻。

用提喻或转喻者,如:

> 骑马倚斜桥,满楼"红袖"招。(韦庄《菩萨蛮》)

以红袖代美人[1],是部分代全体。

> "玉勒雕鞍"游冶处,楼高不见章台路。(欧阳修《蝶恋花》)

以鞍勒代马,例同前。

> 啼到春归无啼处,苦恨"芳菲"都歇。(辛弃疾《贺新郎》)

右以玄名代察名。

> 芳草"王孙"知何处?(李玉《贺新郎》)

右以专名代公名。

---

[1] 以红袖代美人　底本作"以代红袖美人",兹乙之。

C. 联想例

遗踪何在，一池萍碎。春色三分，二分尘土，一分流水。细看来，不是杨花，点点是离人泪。（苏轼《水龙吟》）
明月楼高休独倚，酒入愁肠，化作相思泪。（范仲淹《苏幕遮》）

D. 想象例

明月几时有？把酒问青天。不知天上宫阙，今夕是何年。我欲乘风归去，又恐琼楼玉宇，高处不胜寒。（苏轼《水调歌头》）

六、词家之派别

词家者流，滥觞于齐梁，成立于隋世，至五季而体制日盛，温润绮丽，后鲜其伦；至两宋而派别分歧，或以气盛，或以情盛，或以格胜，要皆异曲同工，各臻极诣。张惠言尝从论古今词人曰："自唐之词人，李白为首。其后韦应物、王建、韩翃、白居易、刘禹锡、皇甫松、司空图、韩偓，并有述造，而温庭筠最高，其言深美闳约。五代之际，孟氏、李氏，君臣为谑，竞作新调。词之杂流，由此起矣。至其工者，往往绝伦，亦如齐梁五言，依托魏晋，近古然也。宋之词家，号为极盛。然张先、苏轼、秦观、周邦彦、辛弃疾、姜夔、王沂孙、张炎，渊渊乎文有其质焉。其荡而不反，傲而不理，枝而不物，柳永、黄庭坚、刘过、吴文英之伦，亦各引一端，以取重于当世。而前数子者，又不免有一时放浪通脱之言出于其间。后进弥以驰逐，不务原其指意，破析乖剌，坏乱而不可纪。故自宋之亡而正声绝，元之末而规矩隳，以至于今，四百余年，作者十数，谅其所是，互有繁变，皆可谓安蔽乖方，迷不知门户者也。"（《词选叙》）按张氏论词，首举太白，以隋世所传诸词，真赝无从究诘（详见后），初唐诸家述造，出入五七言诗，至太白而词式始定也。兹广征众说，见各派之正变得失焉。

a.隋唐。韩偓《海山记》曰："隋炀帝起西苑，凿五湖，作湖上八曲曰《望江南》，令宫中美人歌之。"段安节《乐府杂录》辨炀帝词为伪托，《望江南》实李德裕作。然朱弁《曲洧旧闻》又载炀帝有《夜饮》《朝眠》二曲。韩偓《迷楼记》又载侯夫人有《看梅》二曲。杜佑《通典》载炀帝将征辽，乐人王令言闻琵琶新翻《安公子》曲，调在太簇角。是词中小令，确起源于隋世，至唐人《一点春》《回纥曲》而后，其制益繁。特与五七言诗相出入，究未能特创一体也。逮李白出而诗词之界划始明，温庭筠始有专集，故今言词人派别，自太白、飞卿始。

1.李白。黄昇《花庵词选》谓："李氏《菩萨蛮》《忆秦娥》二词，为百代词曲之祖。"刘熙载曰："太白《菩萨蛮》《忆秦娥》

两阕,足抵少陵《秋兴》八首,想其情境,殆作于明皇西幸后乎?"按世传白词,后人每多致疑。《清平乐》令,黄昇以其"无清逸气韵,疑非太白所作"。王世贞谓"《清平调》本三绝句,不应复有词"(《四部稿》)。《桂殿秋》,《许彦周诗话》谓是李卫公作,《连理枝》则疑宋人《小桃红》之半。即《菩萨蛮》《忆秦娥》二首,《庄岳委谈》亦断其伪托。然吾观《菩萨蛮》词之繁情促节,《忆秦娥》词之远慕长吟,要属大家之词,而"西风残照,汉家陵阙"之句,气象闳阔,迥在范仲淹《渔家傲》、夏英公《喜莺迁》之上,尤非太白不克有此吐属也。

2. 温庭筠。《北梦琐言》谓:"飞卿才思艳丽。"张惠言云:"飞卿之词,深美闳约。"周济极然其言,且谓:"飞卿酝酿最深,故其言不怒不慑,备刚柔之气。针缕之密,南宋人始露痕迹,《花间》极有浑厚气象。如飞卿则神理超越,不复可以迹象求矣。然细绎之,正字字有脉络。"(《介存斋论词》)刘熙载曰:"温飞卿词精妙绝人,然类不出乎绮怨。"王国维则谓:"'深美闳约'四字,惟冯正中足以当之。刘融斋谓飞卿精艳绝人,差近之耳。"(《人间词话》)按赵崇祚《花间集》录温词六十六首,以《菩萨蛮》弁冕全集。张氏谓为感士不遇之作,篇法与《长门赋》仿佛。胡仔尤推《更漏子》,意与《菩萨蛮》近似。信乎旨存哀怨,寄托遥深,非后人纂组所能几及。故张炎《词源》曰:"词之难于令曲,如诗之难于绝句,不过十数句,一字一句闲不得。末句最当留意,有有余不尽之意始佳。温氏得之矣。"其推崇之者甚至。令曲中之有温、韦，逮犹绝句之称龙标、供奉乎？

b. 五代。陆游曰："诗至晚唐五季，气格卑陋，千人一律，而长短句独精巧高丽，后世莫及。"（《花间集跋》）王士禛亦曰："五季文运萎敝，他无可称，独所作小词浓艳稳秀，蹙金结绣而无痕迹。"盖其时君臣为谑，务裁绮语，竞作新声，遂以小词著于一代。其见于《花间集》者，有韦庄、薛昭蕴、牛峤、毛文锡、牛希济、欧阳炯、顾敻、魏承班、鹿虔扆、阎选、尹鹗、毛熙震、李珣诸家，多西蜀人。晋汉之间则有和凝，南平有孙光宪。南唐诸词，著于《尊前集》者都凡八家，兹择其尤著者榷而论之。

1. 韦庄。《古今词话》："韦庄作《荷叶杯》《小重山》调，情意凄怨，人相传播，盛行于世。"按张炎《词源》谓令曲"当以唐《花间集》中韦庄、温飞卿为则"。刘熙载谓："飞卿词精妙绝人，韦端己、冯正中词留连光景，惆怅自怜，盖亦易飘飏于风雨者。"以韦词清丽，与飞卿之秾艳者不同，故周济曰："端己词清艳绝伦，初日芙蓉春月柳，使人想见风度。"（《介存斋论词》）王国维曰："'画屏金鹧鸪'，飞卿语也，其词品似之；'弦上黄莺语'，端己语也，其词品亦似之。"（《人间词话》）盖以韦之弁冕五季，亦如温之崛起晚唐，故虽风格悬殊，世每相提并论也。

2. 冯延巳。陈世修曰："冯公乐府思深词丽，韵律调新，真清奇飘逸之才。"（《阳春集序》）张惠言曰："延巳为人专蔽固嫉，而其言忠爱缠绵，此其君所以深信而不疑也。"（《介存斋论词》

引《词选注》)冯煦曰:"公俯仰身世,所怀万端,缪悠其辞,若显若晦,揆之六义,比兴为多。若《三台令》《归国谣》《蝶恋花》诸作,其旨隐,其辞微,类劳人、思妇、羁臣、屏子郁伊怆怳之所为。"(《阳春集序》)按世修为延巳外甥,煦系出文昌左相,故于延巳多恕词。要其辞典雅丰容,视五季诸家堂庑特大,启北宋一代风气之先,故能于《花间》范围以外,独树一帜也。

3. 南唐二主。中主李璟有《山花子》《浣溪沙》等词,王安石赏其"细雨梦回鸡塞远,小楼吹彻玉笙[1]寒"一联,不知其起句"菡萏香销翠叶残,西风愁起绿波间"二语,不胜"众芳芜秽,美人迟暮"之感。其下复言"不堪看""何限恨",尤觉顿挫有致,令人凄然欲绝,与后主之凄凉怨慕,真亡国之音者,亦复不同。盖后主身为囚虏,日夕只以泪洗面,怆怀故国,情难自已,故其遇愈惨,其情愈悲,而其词调愈凄惋也。周济曰:"李后主词如生马驹,不受控捉。"又曰:"毛嫱、西施,天下美妇人也,严妆佳,淡妆亦佳,粗服乱头,不掩国色。飞卿,严妆也;端己,淡妆也。后主则粗服乱头矣。"王国维曰:"温飞卿之词,句秀也;韦端己之词,骨秀也;李重光之词,神秀也。"盖词至后主而语俊情真,气象一变。观其吐属遣词,一字一滴泪,令人一读一怆神。"自是人生长恨水长东""流水落花春去也,天上人间",世间习见语,一经道出,便有无限感慨,奔

---

[1] 笙 底本作"声",据《南唐二主词校订》(P.8)改。

赴笔端，故非温韦诸家所能几及。

　　c. 两宋。周济曰："两宋词各有盛衰，北宋盛于文士而衰于乐工，南宋盛于乐工而衰于文士。"又曰："北宋主乐章，故情景但取当前，无穷高极深之趣；南宋则文人弄笔，彼此争名，故变化益多，取材益富。然南宋有门径，有门径故似深而转浅；北宋无门径，无门径故似易而实难。"按词至北宋而体制日盛，至南宋而流变益繁。北宋词人世际清明，故雍容揄扬，词旨和宛；南宋时逢扰攘，故语多寄托，感慨遥深。以处境不同，致粗细、精浑、疏密、隐显，各有风格。斯宜分别立论，诚难强为轩轾也。若言其嬗变之势，则宋初诸家，大抵祖述二主，宪章正中。晏殊去五代未远，馨烈所扇，得之最先，为北宋倚声家之初祖（冯煦《六十一家词选例言》说）。先后感发而兴起者，有欧阳修、黄庭坚、王安石诸家，并以小令擅声词坛（欧有《摸鱼儿》慢词，词旨浅近，《西清诗话》辨为刘辉伪托）。慢词起于宋仁宗朝，柳永开其先声，词境至是而一变。苏轼继是有作，吐属豪放，健笔凌云，遂开南宋辛氏一流，实为词中别派，词境至是而再变。逮徽宗崇宁四年置大晟乐府[1]，以周邦彦为乐正，乃与制撰官晁端礼等审定旧词，增演新调，词境至是三变。南渡而后，作者益繁，辛弃疾、姜夔、陆游、史达祖、吴文英、周密、王沂孙辈，格调各殊，句法挺异，并能特立清

---

[1] 大晟乐府　底本作"大成府"，兹径改。

新之意,删削靡曼之词。盖倚声之道,至是始极其工,足以矜式来兹矣。至各派中之得失,容分论之。

1. 晏殊及子几道。刘攽《中山诗话》:"元献喜冯延巳歌词,其所自作,亦不减延巳。"黄庭坚曰:"叔原乐府,寓以诗人句法,精壮顿挫,自能动摇人心。上者《高唐》《洛神》之流,下者亦不减桃叶、团扇。"按晏氏父子祖述南唐,以二主一冯为法,小晏精力尤胜,故毛晋以之追配二主,信无愧也。

2. 欧阳修。冯煦曰:"宋初大臣之为词者,寇莱公、晏元献、宋景文、范蜀公与欧阳公,并有声艺林。然数公或一时兴到之作,未为专诣,独文忠与元献学之既至,为之亦勤,翔双鹄于交衢,驭二龙于天路。且文忠家庐陵,而元献家临川,词家遂有西江一派。其词与元献同出南唐,而深致则过之。宋至文忠,文始复古,天下翕然师尊之,风尚为之一变,即以词言,亦疏隽开子瞻,深婉开少游。本传云,'超然独骛,众莫能及',独其文乎哉?"(《六十一家词选叙》)按欧词经刘煇窜乱(见《西清诗话》及《名臣录》),故瑕瑜互见。即李清照所称"深得叠字法"之《蝶恋花》词亦实出于正中,误入欧集。要其秀逸委婉,可于《临江仙》《踏莎行》诸词验之。

3. 柳永。周济曰:"耆卿为世訾謷久矣,然其铺叙委婉,言近意远,森秀幽淡之趣在骨。"又曰:"耆卿乐府多,故恶滥可笑者多。使能珍重下笔,则北宋高手也。"刘熙载曰:"耆卿词细密而妥溜,明白而家常,善于叙事,有过前人。惟绮罗香泽之态所在多有，故觉风期未上耳。"冯煦曰："耆卿词曲处能直，密处能疏，鬃处能平，状难状之景，达难达之情，而出之以自然，自是北宋巨手。然好为俳体，词多媟黩，有不仅如《提要》所云'以俗为病'者。《避暑录话》谓：'凡有井水饮处，即能歌柳词。'三变之为世诟病，亦未尝不由于此。盖与其千夫竞声，毋宁《白雪》之和寡也。"按永以失意无聊，流连坊曲，乃尽取俚俗语言，编次入词，以便伎人传习（《乐府余论》说），故词格不高，语多俚俗。独善于叙事，且能融[1]情入景，词旨远淡。故言北宋之慢词者，必于耆卿首屈一指焉。

4. 张先。先与柳永齐名，享年较久，故歌词闻于天下。以"云破月来花弄影""娇柔懒起，帘压卷花影""柳径无人，堕絮飞无影"三句，生平得意，自号"张三影"云。晁无咎谓："子野与耆卿齐名，而时以子野不及耆卿，然子野韵高，是耆卿所乏处。"盖其清出处、生脆处味极隽永，非若耆卿之仅工铺叙也。

5. 苏轼。陈师道曰："东坡以诗为词，如教坊雷大使之舞，虽极天下之工，要非本色。"胡寅曰："东坡一洗绮罗香泽之态，摆脱绸缪宛转之度，使人登高望远，举首高歌，逸怀浩气，超乎尘埃之外。于是《花间》为皂隶，柳氏为舆台矣。"按前说病其粗豪，后说称其旷放，以东坡词横溢杰出，不屑裁剪以就声律，不能不谓之别格。然东坡非纯然雄杰而不能婉约者，周济

---

[1] 融　底本作"溶"，下文径改，不再出校记。

曰:"人赏东坡粗豪,吾赏东坡韶秀,韶秀是其佳处,粗豪则病也。"观其"大江东去"及"把酒问青天"诸作,诚如天风海水之逼人。若"乳燕飞华屋""缺月挂疏桐",及"彩索身轻长趁燕,红窗睡重不闻莺"诸句,清绮何减周、秦?后人无其才情而徒袭其面目,粗犷之讥,诚所难免,则不善学者之弊也。刘熙载曰:"东坡词颇似老杜诗,以其无意不可入,无事不可言也。若其豪放之致,则时与太白为近。"又曰:"东坡《定风波》云,'尚余孤瘦雪霜姿',《荷花媚》云,'天然地,别是风流标格'。雪霜姿,风流标格,学东坡者,便可从此领取。"洞微之言也。

评苏、柳之得失者,徐釚云:"东坡'大江东去',有铜将军铁绰板之讥。柳七'晓风残月',谓可令十七八女郎,按红牙檀板歌之。此袁绹语也,后人遂奉为美谈。然仆谓东坡词自有横槊气概,固是英雄本色,柳纤艳处亦丽以淫耳。"按宛转绵丽,纵横豪爽,虽非一派,原可并行,特婉约而不流于柔曼,豪放而不入于粗疏,斯不失倚声之正轨也。

6. 贺铸。张文潜曰:"方回乐府,妙绝一世,盛丽如游金、张之堂,妖冶如揽嫱、施之袪,幽索如屈、宋,悲壮如苏、李。"以其造语秾丽而笔力遒劲,两者兼而有之也。《词源》谓其善于炼字,多于李长吉、温庭筠诗中来。考其《柳色黄》词"芭蕉不展丁香结"句,本玉溪代赠诗。《雁后归》词"人归落雁后,思发在花前"句,本隋薛道衡《聘陈为人日诗》。即《青玉案》词"梅子黄时雨"句,亦用寇莱公诗。特其全章及《踏莎行》《望湘人》

《下水船》诸阕,沉着痛快,非仅以融景入情,造微入妙称也。

7. 秦观、黄庭坚。陈师道曰:"今代词手,惟秦七、黄九耳,余人不逮也。"按淮海、山谷齐名,而论者多乙黄而甲秦。如彭孙遹云:"词家每以秦七、黄九并称,其实黄不及秦甚远,犹高之视史,刘之视辛,虽齐名一时,而优劣自不可掩。"以山谷时出浅俚亵诨之辞,不免伧父之讥也。晁补之云:"鲁直小词固高妙,然不是当行家,乃著腔子唱好诗也。"则尤非少游乐府之语工而协律者比矣(叶少蕴语)。亦有以子瞻、耆卿况少游者,张绖云:"少游多婉约,子瞻多豪放,当以婉约为主。"蔡伯世云:"子瞻辞胜乎情,耆卿情胜乎辞,辞情相称者,惟少游而已。"以少游实兼两家之长,故晁氏又谓:"近来作者,皆不及少游,如'斜阳外,寒鸦数点,流水绕孤村',虽不识字人,亦知是天生好言语也。"冯煦曰:"淮海、小山,古之伤心人也。其淡语皆有味,浅语皆有致。"王国维谓:"此惟淮海足以当之。小山矜贵有余,但可方驾子野,未足抗衡淮海也。"盖淮海与小山同其妍丽,而幽秀则过之,故东坡叹为词手,山谷倾倒其《千秋岁》词也。

8. 周邦彦。宋人论美成者,沈义父曰:"凡作词,当以清真为主。盖清真最为知音,且无一点市井气,下字、运气,皆有法度。"张炎[1]曰:"美成负一代词名,所作之词浑厚和雅,善于融化诗句。"按常州派尊美成而薄姜、张,以其词沉郁顿挫,

---

[1] 炎　底本作"原",兹径改。

有转无竭，全用缩笔，包举时事也。周济曰："清真浑厚，正于钩勒处见。他人一钩勒便刻创，清真愈钩勒愈浑厚。"又曰："清真沉痛至极，乃能含蓄。"又曰："美成集大成者也。"其推尊之者至矣。而刘克庄乃以"颇偷古句"少之，周密亦曰："美成长短句，纯用唐人诗句，如'低鬟蝉影动，私语口脂香'，此乃元白全句。"（《浩然斋雅谈》）然能檃括入律，混然天成，不足为病（陈振孙说）。若夫玉田谓其软媚不宜学，彭孙遹辨之曰："美成词如十三女子，玉艳珠鲜，政未可以其软媚而少之也。"不知《词源·杂论》明云："美成词只当看他浑成处，于软媚中有气魄，采唐诗融化如自己者，乃其所长。惜乎意趣却不高远，所以出奇之语，以白石骚雅句法润色之，真天机云锦也。"是玉田之意，谓无气魄而学美成，则必失之软媚，未尝以软媚病美成也。冯煦曰："张纲孙言，'结构大成，而中有艳语、隽语、奇语、豪语、苦语、痴语、没要紧语，如巧匠运斤，豪无痕迹'。毛先舒言，'北宋词之盛也，其妙处不在豪快而在高健，不在艳冶而在幽咽。豪快可以气取，艳冶可以言工，高健、幽咽则关乎神理骨性，难可强也'。又曰，'言欲层深，语欲浑成'。诸家所论，未尝专属一人，而求之两宋，惟片玉、梅溪足以备之。周之胜史，则又在'浑'之一字，词至于浑而无可复进矣。"戈载亦称："其意淡远，其气浑厚，其音节又复清妍和雅，为词家之正宗。"以美成倚声，流美而复精审，沉着而尤空灵，故能集各派之大成，为万世所宗仰也。

右述北宋诸作者，择其尤著者耳。他如王安石、张耒、陈师道之伦，各有名篇，流传人口，要非卓然大家，故并略而不述。述南渡词坛诸领袖，作者计七人焉。

9. 辛弃疾。黎庄曰："稼轩当弱宋末造，负管、乐之才，不能尽展其用，一腔忠愤，无处发泄，故悲歌慷慨，抑郁无聊之气，一寄之于词。"盖辛氏负抑塞磊落之才，值铜驼荆棘之会，吊古伤今，长歌当哭，斯凌厉风发，前无古人。刘潜夫论其词云："公所作大声镗鞳，小声铿鍧，横绝六合，扫空万古。"毛晋云："词家争斗秾纤，而稼轩率多抚时感事之作，磊砢英多，绝不作妮子态。"彭孙遹曰："稼轩词胸有万卷，笔无点尘，激昂排宕，不可一世。"可以识其梗概矣。陈廷焯独赏其《贺新郎》（别茂嘉弟）一篇，谓"沉郁苍凉，跳跃动荡，古今无此笔力"（《白雨斋词话》）。徐釚则谓："此词集许多怨事，与李白《拟恨赋》相似。"《古今词话》亦载："稼轩守南徐日，每开宴，必令侍姬歌所作《贺新郎》（独坐停云），自诵其中警句，'我见青山多妩媚，料青山见我应如是'与'不恨古人吾不见，恨古人不见吾狂耳'，顾问座客何如。既而作《永遇乐》'千古江山，英雄无觅，孙仲谋处'，特置酒招客，使妓按歌，自击节，遍问客，必使摘其疵。客多逊谢，相台岳珂[1]时年最少，曰，'前篇豪视一世，独前后二警句差相似，新作微觉用事太多耳'。稼轩大喜，酌

---

[1] 珂　底本作"柯"，兹径改。

酒谓座中曰，'大夫也，实中予瘤'。乃改其语，日数十易，累月未竟。其刻意如此。"用事太多，诚辛词之一病，然稼轩笔力峭拔，故能驱使庄骚经史，无一点斧凿痕。如《水调歌头》云："凡我同盟鸥鹭，今日既盟之后，来往莫相猜。"虽用经语，而新奇特甚，改非读书多、气魄大者，不敢步趋。且稼轩非仅以激扬奋厉为工也。至其"宝钗分，桃叶渡"一曲，昵狎温柔，魂销意尽。才人伎俩，真不可测（沈谦说）。故刘潜夫谓："其秾丽绵密者，亦不在小晏、秦郎之下。"信不诬也。后人无其雄才浩气，徒事叫嚣，仿其豪纵，则东施之效捧心，益可怪耳。

世以苏、辛并称，刘熙载谓："两家皆至情至性人，故其词潇洒卓荦，悉出于温柔敦厚。"周济则谓："东坡天趣独到处，殆成绝诣。而苦不经意，完璧甚少。稼轩则沉着痛快，有辙可循，南宋诸公无不传其衣裳，固未可同年而语。"又谓："苏之自在处，辛偶能到之；辛之当行处，苏必不能到。"按两家词并称豪放，而东坡胸襟旷远，出语清超；稼轩意气纵横，下笔沉着。两者轻重殊途，仙侠异趣。故宋人以东坡为词诗，稼轩为词论。信的评也。

10. 姜夔。《吴兴掌故集》："尧章长于音律，尝著《大乐议》，欲正庙乐。庆元三年，诏付奉常有司收掌，令太常寺与议太乐。时嫉其能，是以不获尽其所议，人大惜之。"白石盖善于度曲，故率意为长短句，无不协律。宋词曲谱，后世无传，惟白石自度腔十七支，宫词乐谱，并在人间，信定珍矣。张炎论其词品:"如野云孤飞,去留无迹。"毛晋云:"范石湖评尧章诗,'有裁云缝月之妙手,敲金戛玉之奇声',予于其词亦云。"刘熙载曰:"白石词幽韵冷香,令人挹之无尽。拟诸形容,在乐则琴,在花则梅也。"冯煦曰:"白石为南渡一人,千秋论定,无俟扬搉。《乐府指迷》独称其《暗香》《疏影》《扬州慢》《一萼红》《琵琶仙》《探春慢》《淡黄柳》等曲。《词品》则以咏蟋蟀《齐天乐》一阕为最胜,其实石帚所作,超脱蹊径,天籁人力,两臻绝顶,笔之所至,神韵俱到,非如乐笑、二窗辈,可以奇对警句,相与标目,又何事于诸调中强分轩轾也。野云孤飞,去留无迹,彼读姜词者,必欲求下手处,则先自俗处能雅,滑处能涩始。"按自叔夏论词,但主清空,过尊白石,南渡一人,遂成定论。至常州派尊美成而薄张、姜,竟一反其说。周济乃曰:"白石号为宗工,然亦有俗滥处(《扬州慢》'淮左名都,竹西佳处'),寒酸处(《法曲献仙音》'象笔鸾笺,甚而今,不道秀句'),补凑处(《齐天乐》'豳诗漫与,笑篱落呼灯,世间儿女'),敷衍处(《凄凉犯》'追念西湖'上半阕),支处(《湘月》'旧家乐事谁省'),复处(《一萼红》'翠藤共闲穿径竹,记曾共西楼雅集'),不可不知。"立论未免太苛。昔沈义父亦尝谓其有生硬处。然词中之有白石,犹诗中之有昌黎。世固有以昌黎为穿凿生割者,则以白石为生硬也亦宜(《词林纪事》引师说)。若夫刘氏《艺概》谓:"玉田盛称白石而不甚许稼轩,耳食者遂于两家有轩轾意。不知稼轩之体,白石尝效之矣。集中如《永遇乐》《汉宫春》诸阕，均次稼轩韵。其吐属气味，皆若秘响相通，何后人过分门户邪？"周济亦谓："白石脱胎稼轩，变雄健为清刚，变驰骋为流宕。"其说并可信也。

11. 史达祖。张镃曰："史生之作，辞情俱到，织绡泉底，去尘眼中，妥帖轻圆，特其余事。至于夺苕艳于春景，起悲音于商素，有瑰奇警迈，清新闲婉之长，而无弛荡污淫之失，端可以分镳清真，平睨方回。"姜尧章云："邦卿词奇秀清逸，盖能融情景于一家，会句意于两得。"按梅溪《绮罗香》词"临断岸"以下数语，及《双双燕》词"柳昏花暝"之句，并为尧章称赞。世因以白石、梅溪并称。然许蒿庐云："骤阅之，史似胜姜，其实则史少减尧章。昔钝翁尝问渔洋曰：'王、孟齐名，何以孟不及王'？王渔洋曰：'孟诗味之未能免俗耳'。吾于姜史亦云。"以梅溪用笔多涉纤巧，终非大家。周济谓："其词中喜用偷字，品格便不高。"加以依附权相，至被弹章，史臣至不屑道其姓字，尤足惜也。

12. 吴文英。词人途径，清空、质实，各有家数。张叔夏云："梦窗如七宝楼台，眩人眼目，拆碎下来，不成片段。"沈伯时云："其失在用事、下语太晦处，人不可晓。"则主清空者也。尹唯晓云："求词于宋，前有清真，后有梦窗。"沈伯时亦许其深得清真之神。周济云："梦窗奇思壮采，腾天潜渊，返南宋之清泚，为北宋之秾挚。"则大反前说。惟《提要》云："天分不及周邦彦，而研炼之功则过之。词家之有文英，如诗家之有李商隐。"较为平允。盖梦窗词雕琢字句，非无晦涩处。要其至者，神韵流美，如天光云影，摇荡绿波，仍是一片灵机。矧其词旨绵邈，意态幽逸，有非骤观所能测者。戈载曰："梦窗从吴履斋诸公游，晚年好填词，以绵丽为尚，运意深远，用笔幽邃，炼字炼句，迥不犹人。貌观之雕缋满眼，而实有灵气行乎其间。细心吟绎，觉味美于回，引人入胜，既不病其晦涩，亦不见其堆垛。此与清真、梅溪、白石，并为词学正宗，一脉真传，特稍变其面目耳。犹之玉溪生之诗，藻采组织，而神韵流转，旨趣永长，未可讥其獭祭也。"冯煦曰："梦窗之词丽而则，幽邃而绵密，脉络井井，而卒焉不能得其端倪。"可谓知梦窗矣。周济谓："皋文不取梦窗，是为碧山门径所限耳。梦窗立意高，取径远，皆非余子所及。惟过嗜饾饤，以此被议。若其虚实并到之作，虽清真不过也。"褒贬亦得其平，非如尹氏、戈氏之推崇过当也。

13. 周密。公谨号草窗，与吴文英之作，合称为"二窗词"。以其与梦窗交谊至笃，且精究声律，风格清标，无一不似梦窗也。戈载曰："草窗词尽洗靡曼，独标清丽，有韶秀之色，有绵渺之思，与梦窗旨趣相侔。二窗并称，允矣无忝。其于律亦极严谨，盖交游甚广，深得切劘之益。"周济曰："公谨敲金戛玉，嚼雪盥花，新妙无与为匹。公谨只是词人，颇有名心，未能自克，故虽才情诣力，色色绝人，终不能超然遐举。"又曰："草窗镂冰刻楮，精妙绝伦，但立意不高，取韵不远，当与玉田抗行，未可方驾王、吴也。"今按草窗词之精粹者，如《一萼红》

之登蓬莱阁词，情词俱胜，虽王、吴何以过之？

14. 张炎　楼敬思曰："南宋词人，姜白石外，惟张玉田能以翻笔侧笔取胜。其章法、字法俱超，清虚骚雅，可谓脱尽蹊径，自应一家。迄今读集中诸阕，一气卷舒，不可方物，信乎其为'山中白云'也。"按南渡词人，好纤秾者不出乎秦、柳，矫糜曼者自比于苏、辛，求其折衷至当，厥长补短，尧章、叔夏实为正宗，叔夏信足与白石老仙相颉颃也。戈载曰："玉田之词，郑所南称其'飘飘征情，节节弄拍'，仇山村称其'意度超玄，律吕协洽'，是真词家之正宗。填词者必由此入手，方为雅音。玉田云，'词欲雅而正'，雅正二字，亦后人之津梁，即写自家之面目……玉田易学而难学。玉田以空灵为主，但学其空灵而笔不转深，则其意浅，非入于滑，即入于粗矣；玉田以婉丽为宗，但学其婉丽而句不炼精，则其音卑，非近于弱即近于靡矣。故善学之，则得其门而入，升其堂，造其室，即可与清真、白石、梦窗诸公互相鼓吹，否则浮光掠影，貌合神离，仍是门外汉而已。"然则周济所言"专恃磨砻雕琢，装头作脚，毫无脉络"者，非深知玉田者也。玉田词主雅淡，意至深婉，后人徒以修饰字句学之，浮滑靡弱之讥，乃不能免，斯亦不善学者之过，未容遽斥古人也。

15. 王沂孙。戈载曰："中仙词运意高远，吐韵妍和，其气清，故无忿懑之音；其笔超，故有宕往之趣。是真白石之入室弟子也。"周济选词，欲人问途碧山，谓："碧山餍心切理，言近指远，风容调度，一一可循。"又曰："碧山胸次恬淡，故黍离、麦秀之感，只以唱叹出之，无剑拔弩张习气。咏物最争托意，隶事处以意贯串，浑化无痕，碧山胜场也。"以碧山词托意既深，隶事亦妙。张惠言谓："其咏物词并有君国之忧。《眉妩》喜君有恢复之志，而惜无贤臣也。《高阳台》伤君臣晏安，不思国耻，天下将亡也。《庆清朝》言乱世尚有人才，惜世不用也。"（并见张氏《词选》）端木埰谓："其《齐天乐》词，'宫魂'点出命意；'乍咽'三句，慨播迁也；'西窗'三句，伤敌骑暂退，燕安如故也；'镜掩'二句，残破满眼，而侧媚依然也；'铜仙'三句，宗器迁移，泽不下究也；'病翼'三句，言海岛栖流，断不能久也；'余音'三句，遗臣孤愤，哀怨难论也；'谩想'二句，责诸臣到此，尚安危利灾，视若全盛也。"（王鹏运《本集跋》引）信乎寄慨遥深，情词悱恻，南宋诸家，靡与伦匹矣。

右述南宋七家，舍稼轩外，戈载所称为诸大家者也。此外若周必大、陆游、刘克庄、陈亮、刘过辈，见于黄昇《中兴以来绝妙词选》者凡八十九家，见周密《绝妙好词》者凡百三十二家，未能详述也。冯煦曰："北宋大家每从空际盘旋，故无椎凿之迹。竹坡以下，渐以字句求工，而昔贤疏宕之致微矣。"刘熙载曰："北宋词用密亦疏，用隐亦亮，用沉亦快，用细亦阔，用精亦浑，南宋只是掉转过来。"于两派之同异，言之至晰。若夫统括两朝，喻诸诗品，则刘氏谓："东坡、稼轩，李杜也。耆卿，香山也。梦窗，义山也。白石、玉田，大历十才子也。其有似韦苏州者，张子野当之。"对照参观，亦足征词场之正变焉。

七、余论

词之为调，万氏《词律》所载，凡六百五十有九，计一千七百七十三体，《钦定词谱》又倍增之。其律吕、音韵，俱有定格；而遣词、造意，则无定格也。昔沈义父谓作词之法，实难于诗，其言曰：

> 音律欲其协，不协则成长短句之诗；下字欲其雅，不雅则近乎缠令之体；用字不可太露，露则直突而无深长之味；发意不可太高，高则狂怪而失柔婉之意。

陈子龙更扬其说曰：

> 以沉挚之思，而出之必浅近，使读之者骤遇之，如在耳目之表，久诵之，而得隽永之趣，则用意难也。以儇利之词，而制之必工炼，使篇无累句，句无累字，圆润明密，言如贯珠，则铸词难也。其为体也纤弱，明珠翠羽，犹嫌其重，何况龙鸾？必有鲜妍之姿而不藉粉泽，则设色难也。其为境也婉媚，虽以惊露取妍，实贵含蓄不尽，时在低徊唱叹之余，则命篇难也。

两说互相发明，足为准则，兹更就小调、中调、长调三者析论之。沈谦曰：

> 小调要言短意长，忌尖弱。中调要骨肉停匀，忌平板。长调要操纵自如，忌粗率。能于豪爽中著一二精致语，绵婉中著一二激厉语，尤见错综。

又曰：

> 小令、中调有排荡之势者，吴彦高之"南朝千古伤心事"，范希文之"塞下秋来风景异"是也。长调极狎昵之情者，周美成之"衣染莺黄"，柳耆卿之"晚晴初"是也。于此足悟偷声变律之妙。

夫小令犹诗中之绝句，贵乎节短音长，含蓄不尽。中调、长调犹排律、歌行，则须沉郁顿挫，秾丽婉转。沈氏所论，殆非常则。沈雄《梅墩词话》[1]曰：

> 词贵柔情曼声，第宜于小令。若长调而亦喁喁细语，失之约矣。惟沉雄悲壮，情致叠叠，方为合作。其多有不转韵者，以调长势散，恐其气不贯也。如俞彦所云："意窘

---

[1] 梅墩词话　底本作"柳塘词话"，此条见于沈雄《古今词话》所引之《梅墩词话》，据《词话丛编》（P.837）沈雄《古今词话》改。

于侈，字贫于复，气竭于鼓，鲜不纳败。"

邹祗谟《远志斋词衷》亦曰：

> 余尝与文友论词，谓小调不学《花间》，则当学欧、晏、秦、黄。《花间》绮琢处，于诗为靡，而于词则如古锦[1]纹理，自有黯然异色。欧、晏蕴藉，秦、黄生动，一唱三叹，总以不尽为佳。清真、乐章，以短调行长调，故滔滔莽莽处，如唐初四杰作七古，嫌其不能尽变。至姜、史、高、吴，而酝篇、炼句、琢字之法，无一不备。今惟合肥兼擅其胜，正不如[2]修好入六朝丽字，似近而实远也。

并谓小令以警策为工，虽以稼轩之雄健，于短调亦间作妩媚语，曲折变化，无所用之，非若长调之须丽情盛藻，布置周密，节节转换，而又能一气贯注也。学者可以知所取法矣。

---

[1] 如古锦　底本作"为古锦"，据《词话丛编》（P.651）邹祗谟《远志斋词衷》改。
[2] 如　底本作"厈"，据《词话丛编》（P.651）邹祗谟《远志斋词衷》改。

本章参考书

《全唐词》(附《全唐诗》后)
毛晋《宋六十一词》 又《词苑英华》
沈辰垣《历代诗余》
江标《宋元名家词》
朱彝尊《词综》
朱祖谋《彊村丛书》
　　以上总集
赵崇祚《花间集》
《尊前集》
《草堂诗余》
黄昇《花庵词选》
周密《绝妙好词》
王沂孙《乐府补题》
陈耀文《花草粹篇》
张惠言《词选》
董毅《续词选》
周济《宋四家词选》 又《词辨》
戈载《宋七家词选》
成肇麐《唐五代词选》
冯煦《宋六十一家词选》

以上词选

张炎《词源》（附杨缵《作词五要》）

沈义父《乐府指迷》

王灼《碧鸡漫志》

周密《浩然斋雅谈》下卷

陆辅《词旨》

杨慎《词品》

王世贞《词评》

沈雄《古今词话》又《柳塘词话》

沈辰垣《历代词话》（附《历代诗余》后）

邹祗谟《词衷》

王士禛《花草蒙拾》

贺裳《词筌》

刘体仁《词绎》

徐釚《词苑丛谈》

张宗橚《词林纪事》

毛奇龄《西河词话》

方成培《词麈》

刘熙载《词曲概》

宋翔凤《乐府余论》

孙麟趾《词径》

周济《介存斋论词杂著》（附《词辨》后）

俞彦《爱园词话》
谢章铤《赌棋山庄词话》
陈廷焯《白雨斋词话》
郑文焯《词源斠律》
王国维《人间词话》
任讷《词源斠法》
吴梅《词学通论》
刘毓盘《词史》
  以上词评
王奕清等《钦定词谱》
万树《词律》（杜文澜校正）
舒梦兰《白香词谱》
戈载《词林正韵》
  以上词律及词韵

第九章 论金元以来南北曲

一、曲之源流

王世贞曰："曲者，词之变。自金元入中国，所用胡乐嘈杂凄紧，缓急之间，词不能按，乃更为新声以媚之。"(《艺苑卮言》)刘熙载曰："曲之名古矣，近世所谓曲者，乃金元之北曲及后复溢为南曲者也。未有曲时，词即是曲；既有曲时，曲可悟词。苟曲理未明，词亦恐难独善矣。"(《艺概》)按金元来自塞外，音律与诸夏异宜，非复旧调所能谐协，新声代起，由是北曲以作。然寻其渊源，仍本诸词，两者虽彼此界域分明，而体制则先后沿袭。兹推源流变，其嬗变之迹，可得言焉。

（一）宋杂剧词　宋词之歌舞相合者，其体有六：一曰传踏，亦谓之转踏，亦谓之缠达，二曰曲破，三曰大曲，三者并限于一曲者也；四曰鼓吹曲，五曰诸宫调，六曰赚词，三者合数曲而成套者也。其大较已述于前章矣，而集其大成者则为杂剧词。杂剧实两宋流行最要之戏曲（《都城纪胜》言："散乐教坊十三部，惟以杂剧为主"），下启金人院本、元人杂剧之先声，故言元曲者不可不溯其源于宋词也。

（二）金院本　陶宗仪《辍耕录》云："金有杂剧、院本、诸宫调。院本、杂剧，其实一也。国朝（元朝）始厘而二之。"王国维考《辍耕录》所著录之院本六[1]百九十种，皆金人之作。其名例与周密《武林旧事》所记宋官本杂剧段数大抵从同，体裁亦复近似，而复杂过之（详《宋元戏曲史》第五章、第六章）。则院本非金人之创作，实沿用宋词之体式，故宋杂剧与金人院本两者初无二致也。

（三）鼓子词、挡弹词、连厢词　毛奇龄《西河词话》曰："宋末，有安[2]定郡王赵令畤者，始作商调鼓子词，谱《西厢传奇》，则纯以事实谱词曲间，然犹无演白也。金章宗朝，董解元不知何人，实作《西厢挡弹词》，则有白有曲，专以一人挡弹，并念唱之。嗣是，金作清乐，仿辽时大乐之制，有所谓连厢词者，则带唱带演。"三者并联章之词（详前章），亦宋金戏曲之支流也。

（四）元杂剧　后人参合前述宋金两代歌曲，以一定之体段，一定之曲调，成一种新文体者，则元人之杂剧也。王氏考元杂剧，视前代戏曲之进步，约有二端：一就乐曲言之，宋杂剧中用大曲者格律至严，用宫调者变化较多，则欠雄肆。元杂剧视

---

[1] 六　底本脱，据《宋元戏曲史》（P.53）补。
[2] 安　底本作"高"，据《词话丛编》（P.582）毛奇龄《西河词话》改。

大曲为自由，而较诸宫调为雄肆也。二就体制言之，宋大曲皆
为叙事体，金之院本虽用代言，大体仍多叙事。元杂剧则于科
白中叙事，而曲文全为代言也（详《宋元戏曲史》）。乐曲文体，
两者并进，而后一代之新文体出焉。然其由宋词蜕变而成，可
于周德清《中原音韵》所纪三百三十五章中分析之，其出于古
曲者凡百有一章，殆及全数三分之一。虽其词字句之数或与古
词不同，当由时代迁移之故，其渊源所自，要不可诬也（王国
维说）。

（五）明传奇　传奇之名虽始于宋，而学者于明以后之剧本，
率称传奇。元杂剧概属北曲，传奇则南曲也。王世贞论南曲之
起源曰："北曲不谐南耳，而后有南曲。"又曰："大江以北渐染
胡语，时时采入，而沈约四声遂缺其一。东南之士未尽顾曲之
周郎，逢掖之间又稀辨挝之王应，稍稍复变新体，号为南曲。"
南曲之成固在明初，而元人所作小令、套数，每有用南北合套
者，故南曲作始，实在元季，似去词较远，两不相涉。然考
沈璟之《南九宫谱》，所载南曲五百四十三章，出于古曲者凡
二百六十章，几当全数之半，较北曲之出于古曲者尤多。且北
曲中调名与词同者，其句法不必从同。而南引子调名与词同者，
其句法亦多类似。南曲于宋词之关系，于此亦可见矣。

（六）词曲之沿革　考词曲两者相沿袭之点，著之如左，见
其渊源所自焉。

A. 曲之宫调牌名多本于词。宫调之说，始见于《词源》。

所谓七宫者：一黄钟宫，二仙吕宫，三正宫，四高宫，五南吕宫，六中吕宫，七道宫。十二调者：一大石调，二小石调，三般涉调，四歇指调，五越调，六仙吕调，七中吕调，八正平调，九高平调，十双调，十一黄钟羽调，十二商调。此南宋时所存宫调之目也。核之《中原音韵》，仅存六宫十一调，故有十七宫调之名。自元代亡其歇指调、角调、宫调三者，仅存十四。南曲又失商角调，仅存十三。十三调中六宫改称为调，明蒋惟忠乃有《十三调谱》之作。知北十四、南十三，并由十七宫调蜕嬗而出，则谓南北曲之宫调出于词之宫调，非臆说也。曲之调名，俗称曲牌。曲牌之名本于词牌者至多，特在北曲牌名虽同，句法各异，以北人音乐殊于中原也。至南曲如【虞美人】【谒金门】【一剪梅】等，牌名、句法，两无差池，足征南曲折衷两者之间，故后人每求宋调音节于南曲中也。

B. 曲之体制多本于词。任讷考词曲各体间相互之关系，约有三端。

（1）确是一体，曲由词变者。词中寻常散词变为曲中寻常小令，词中成套者变为曲中套数，迹象最明。其他词中犯调与曲中集曲，词中联章与曲中重头，确为一体，亦易见也。

（2）虽非一体，而极相当者。如词中大遍当于曲中之套数，词中杂剧词当于曲中之杂剧、传奇，词中摘遍当于曲中之摘调等。此种比较，亦可由省察而得也。

（3）仅属一体，词曲难分者。此专指诸宫调及赚词而言。

二者发生确在宋代,故前章列为词体之一种。实则宋时诸宫调失传,所用究与寻常词合否,不可知也。而金元以后之诸宫调,亦断非寻常曲调。既不能言词有诸宫调,亦不能言曲有诸宫调也。赚词一种,体制首尾,调名字句,无一不似元曲,则其去词甚远可知。但元曲中又绝无其调,似亦两无所归者也(《词曲研究法》说)。

更求其嬗变之理,则不外演进退化二因,述之如次。

(1)由词发达而为曲者。如词之成套,变为曲之成套是。词中大遍,无论法曲、大曲,皆有散序、歌头,非套曲之散板、引子而何?大曲之有杀衮,又非套曲之尾声而何?故言法曲、大曲者,虽仍认其为一词之多遍相联,但实则确具成套之形式。质言之,即套词之一种也。故套之在词,初为一词多遍者,继为一宫多调者;将变成曲,则诸宫调亦可联套;已变成曲,则一套中有借宫之制;再进一步,则南北殊声者,亦可以联合而为调矣。

(2)由词退化而为曲者。如词之寻常小词,变为曲之寻常小令是。盖在词中,凡体调双叠、三叠、四叠者,必不容割去下叠或下数叠而不填。一至曲中,则原调虽有么篇,或么篇换头,则多略而不填也(惟少数小令,如【黑漆弩】【昼夜乐】等仍依词法,填前后两叠)。故词调有二百余字极长者,至曲调则除增句格、带过曲或集曲外,大都不满百字也(《词曲研究法》说)。

凡此变化消长之间所发生之异同繁简，并可由比较观察，辨其异同。则词为曲之鼻祖，曲由词递演而来，其痕迹分明，昭然若揭。故词名诗余，曲名词余，并可信也。

二、曲之体制

曲之大体，不过小令、套数、杂剧、传奇数事，其间小令有重头、过曲、集曲等目，杂剧、传奇有南曲、北曲之差，详为裁别，异体至繁，兹举其显著者言之。

A. 小令。曲中寻常小令，取一二短调填之，此制与词中寻常散词略同，或即由词蜕变而来，前章已详，无俟复述。外有摘调、重头、过曲、集曲及演故事者，述之如次。

（1）摘调。散曲中于寻常小令外，周德清有摘调之一法，盖从一套中摘取一二调声文并美者，另作小令，犹前章所述词中之摘遍也。

（2）重头。曲之小令中有重头一体，以北曲中为最多。其中有一题者，有分题者，犹前述联章词中一题与分题也。南曲重头与无尾之套曲每不易辨，可于用韵处别之，若前后异韵，是为重头；否者首尾一韵，则成套矣。

（3）带过曲。散曲中之带过曲者凡分三类：一北带北，二南带南，三南北兼带者。

（4）集曲。集曲者节取数曲之词句，以合成一曲也。此例求之北曲中，如女弹折之【九转货郎儿】外，其余不可多得。南曲如【梁州新郎】【甘州歌】等，其例至多，约别兼集尾声者与不集尾声者两类。

（5）演故事者。散曲之演故事者，有纪动及纪言二者之别。纪动者多属"同调重头"之一体，如《雍熙乐府》中《摘翠百咏小春秋》，即以【小桃红】一调重头，多至百数，统咏《西厢》前后情节者也。纪言者则为"异调间列"一体，如《乐府群玉》中王日华"双斩小青问答"，率以【天香引】为问，【凌波仙】为答，二调相间而列也（此体与套曲不同）。

3. 套数。套数者无引子，无科白，但取宫调相同之曲，联贯而成也。王季烈曰："套数南北曲中皆有一定之体式。在北曲虽有长套短套之别，而各宫调之套数，其首尾数曲，殆为一定，不过中间之曲可以增删改易及前后倒置耳。在南曲则惟引子必用于出场时，尾声必用之于归结处，至中间各曲孰前孰后，颇难一定。然非无定也，盖南曲有慢急之别，慢曲必在前，急曲必在后，欲联南曲成套数，先当辨别何者为慢曲，何者为急曲，何者为可慢可急之曲，而后体式可无误也。"（《螾庐曲谈》）兹举其类别：

（二）寻常散套。寻常散套中，北曲套数及南曲套数，宫调、体式两者各异，是为南北分套。更有南北合套者，取南北曲相间而成之套数也，其例则自元沈和创之，其所作《潇湘八景》《欢喜冤家》诸本，皆南北合套之曲也。

（2）重头加尾声之套。南曲中有以一调重头，加尾声而成套者，与小令中之重头有别。小令中凡调皆可重头，套曲中必宜叠用之曲方可重也。

（3）无尾声之套。又分寻常散套无尾声及重头无尾声两类。

C.杂剧。《暖姝由笔》云："有白有唱者名杂剧，扮演戏文，跳而不唱者名院本。"按《辍耕录》云："国朝杂剧、院本，分而为二。"是杂剧者元人所创代言体之曲剧，院本则金源遗文，不用代言体宾白之曲剧也。今考院本，舍《辍耕录》所载六百九十种名目外，无一存者，故存而不论，而述杂剧之体制焉。

（1）一本四折。杂剧以宫调之曲一套为一折，通例每本以四折为限，惟纪君祥之《赵氏孤儿》一本五折，则为变例。毛奇龄《西河词话》曰："至元人造曲，则歌者舞者，合作一人，使勾栏舞者自司歌唱，而第设笙、笛、琵琶，以和其曲。每入场以四折为度，谓之杂剧。其有连数杂剧而通谱一事，或一剧，或二剧，或三四五剧，名为院本《西厢》者，合五剧而谱一事者也。然其时司唱独属一人，仿连厢之法，不能遽变。"盖杂剧至多四折，若王实甫《西厢记》总二十折，后人或目之为传奇，实则集五本杂剧而成也。

（2）一折一调一韵。南北曲之宫调，通行者凡六宫十二调，实际杂剧中所常用者，仅仙吕、南吕、黄钟、中吕、正宫、大石、商调、越调、双调九种而已。在北曲中，一折限于一调，其第一折、第二折所用之曲且多从同。梁廷枏《曲话》曰:"北曲中第一折必用仙吕【点绛唇】套曲,第二折多用南吕【一枝花】套曲,余则多用正宫【端正好】,商调【集贤宾】等调。盖一时风气所尚,人人习惯其声律之高下,句调之平仄,先已熟记于胸中。倚文时,或长或短,随笔而赴,自无不畅所欲言。"今考之元人百种曲,证明梁氏之说如左:

宫调	套数	第一折	第二折	第三折	第四折
仙吕	点绛唇	95	2	0	0
	八声甘州	3	0	0	0
	村里迓鼓	0	0	0	(1)
南吕	一枝花	0	35	8	1
中吕	粉蝶儿	0	13	30	16
正宫	端正好	1	31	18	6
黄钟	醉花阴	0	1	2	4
大石	六国朝	1	0	1	0
	念奴娇	0	1	0	0
商调	集贤宾	0	7	12	0
越调	斗鹌鹑	0	6	15	1
	耍三台	0	1	0	0
双调	新水令	0	2	13	71
	五供养	0	1	1	1
合 计		100	100	100	100

又每一折中一韵到底,多用周德清《中原音韵》十九部之韵目也。

（3）楔子。杂剧每本四折，其有余情难入四折者，另为楔子，止一二小令，非长套也。楔音屑，垫桌小木谓之楔，木器笋松，而以木砧之，亦谓之楔，吴音读如撒（《西厢笺疑》）。《说文》："楔，櫼也。"楔子所以补四折外未尽之余情，亦犹楔用以补两木间之间隙也。楔子或用于折首，或在各折之间，大抵用仙吕【赏花时】或【端正好】二曲，用仙吕【忆王孙】及越曲【金蕉叶】者，则属诸例外。惟《西厢记》第二剧中之楔子，则用正宫【端正好】全套，与一折等，其实一楔子也（王国维说）。

（4）一人独唱。北曲每折，唱者专限于一人，非正末即正旦，说白者为宾，不容其歌咏也。李渔《闲情偶寄》曰："宾与主对，说白在宾，而唱者自有主也。北曲一折止隶一人，虽有数人在场，其曲止出一口，从无互歌叠咏之事。"梁廷枏《曲话》亦曰："至元曲则歌舞合于一人，一折自首至末，皆以其人专唱，非正末即正旦。唱者为主，而白者为宾，则连厢之法未尽变也。"然明人对于宾白有持异说者，姜南《抱璞简记》曰："北曲中有全宾全白，两人相说曰宾，一人自说曰白。"（《续说郛》卷十九引）则宾白又自有别，兹仍以宾主说为是。

（5）题目、正名。北曲之末必有题目、正名，大抵由七言或八言联句而成，有二句，有四句者。其正名则说明其为何种杂剧也，如关汉卿《窦娥冤》之题目曰"秉鉴持衡廉访法"，正名曰"感天动地窦娥冤"，略述《窦娥冤》杂剧之剧情也。又白仁甫《梧桐雨》之题目曰"安禄山反叛干戈举，陈元礼拆散鸾凤侣",正名曰"杨贵妃晓日荔枝香,唐明皇秋夜梧桐雨",四句三韵,与诗无异。且考之毛奇龄《西河词话》,知题目、正名非优人自唱,乃扮演人下场后,由伶人代唱,犹连厢词中司唱者坐间代唱之遗风也。

D.传奇。前述元杂剧限于四折,每折限一宫调,唱者限于一人,其规律至严,不容出入。其体制自由,一本多至数十折者,名曰传奇。考传奇之名作始于宋,本传奇、杂剧之总称,后人以传奇之名,专属之明以后之剧本,以示区别于元杂剧也。试述其体制如次。

(1)出目。北曲每本四折,径以第一折、第二折呼之,未尝别制标题。至南曲则出数无定,且每折必标出目,或用四字,或用二字,大概用二字者为多,如《长生殿》全部五十折,第一折曰《传概》,第二折曰《定情》,第三折曰《贿权》等,是其例也。

(2)每出无一定之宫调,且许换韵。北曲一折一调,必须一韵到底。南曲不拘此制,即一出中前曲后曲宫调各异,且许换韵也。

(3)破一人独唱之例。北曲每折限定一人独唱,法至拙滞,南曲则否,凡登场人物皆可互歌共唱,不拘人数之多寡也。故毛奇龄曰:"至元末明初,改北曲为南曲,则杂色人皆唱,不分宾主。"破一人独唱旧例,其兴趣较北曲洋溢矣。

(4)楔子。北曲于题前或过渡处,必有楔子。至传奇第一折正生出场之前,先以副末开场,略述前书大意,谓之"家门",可作为第一折,亦可不入各折之内。所填者则为词而非曲,略一二首,与北曲楔子相当。

(5)下场诗。北曲篇末有题目、正名,南曲则以下场诗代之,如《杀狗记》下场诗曰:"两乔人全无仁义,蠢员外不辨亲疏。孙二郎破窑风雪,杨玉贞杀狗劝夫。"其中亦包含曲名,与元曲《杀狗劝夫》杂剧之题目、正名云"孙虫儿挺身认罪,杨氏女杀狗劝夫",无以异也。足征下场诗与题目、正名之关系矣。

三、南北曲之声律

乐曲之分南北也,其起于晋宋之际乎?考宋人胡翰之言曰:"晋之东,其辞变为南北。南音多艳曲,北俗杂胡戎。"吴莱亦曰:"晋宋六代以降,南朝之乐,多用吴音;北国之乐,仅袭夷虏。"(据王骥德《曲律》引)盖自胡乐代起,夏声浸微,中邦曲苑,遂分两派。其真虽约略可识,其声调久不可得而辨矣。今论南北声律同异,莫详于明人之说焉。康德涵曰:"南词主激越,其变也为流丽;北曲主慷慨,其变也为朴实。惟朴实故声有矩度而难借,惟流丽故唱得宛转而易调。"谓南调差易,北曲较难。至王元美《艺苑卮言》则曰:"北主劲切雄丽,南主清峭柔远。北字多而调促,促处见筋;南字少而调缓,缓处见眼。北词情少而声情多,南声情少而词情多。北力在弦,南力在板。北宜和歌，南宜独奏。北气易粗，南气易弱。此其大较。"则南北各有短长，所论视康说为详。魏良辅《曲律》亦主斯说。臧晋叔《元曲选序》则辨之曰："予尝见王元美之论曲曰，'北曲字多而声调缓，其筋在弦；南曲字少而声调繁，其力在板'。夫北之被弦索，犹南之合箫管，催藏掩抑，颇足动人，而音亦袅袅，与之俱流，反使歌者不能自主。是曲之别调，非其正也。若板以节曲，则南北皆有力焉。如谓北筋在弦，亦谓南力在管，可乎？惜哉，元美之未知曲也。"数家并深明音律者也，其言之不同有如此，是固非后人所能尽明。惟《钦定曲谱》曰："每曲字句多寡，音律高下，大都不出本宫本调，而填者之纵横见长，歌者之疾徐取巧，全在偷衬互犯，谱中不过成法大略耳。在善识谱者神而明之，斯无印板之弊。"则谱有定法，而运用之妙，存乎其人。今惟就宫调、曲牌、四声阴阳之法言之，至制谱、度曲之妙用，则俟诸识者。

（一）宫调　各家区别南北曲之宫调，不尽从同，要以六宫十一调之说较为通行，其目如左——

六宫：仙吕、南吕、黄钟、中吕、正宫、道宫

十一调：大石、小石、般涉、商角、高平、歇指、宫调、商调、角调、越调、双调

右列六宫十一调中，歇指、宫调、角调并有目无词，实仅

十四宫调耳。而此十四宫调中，道宫、小石、般涉、商角、高平曲牌并少，故北曲中常用之套数，实仅黄钟、正宫、仙吕、南吕、中吕、大石、商调、越调、双调九种宫调而已。南曲有仙吕、正宫、中吕、南吕、黄钟、道宫、越调、商调、双调、仙吕入双调、羽调、大石、小石、般涉，凡十四种。其商角、高平、歇指、宫调四种并无南词，般涉所属，仅哨遍一曲，殊不适用，可置勿论。实仅十三种而已。

宫调所以限定乐器管色之高低，故一曲必属于某宫或某调，一套曲亦必同宫同调，不容紊乱，方不致有出宫犯调之病。然因彼此宫调可以同用一管色也，故有时亦可以相通，北曲谓之借宫，南曲谓之集曲，容后分述。今先将笛中管色分配之法列之如左：

1. 小工调，仙吕、中吕、正宫、道宫、大石、小石、高平、般涉、双调属之。

2. 凡字调，南吕、黄钟、商角、仙吕属之。

3. 六字调，南吕、黄钟、商角、商调、越调，亦可小工属之。

4. 正工调，或用之黄钟、仙吕。

5. 乙字调，北曲少用。

6. 尺字调，与小工调同。

7. 上字调，南吕、商调、越调属之。

上述各宫调之管色，北曲以上尺凡六四调为最通行，其余不必常用，与南曲不同。以南曲一宫之中，彼曲牌与此曲牌多不同管色，分析甚微，不能通假，北曲则泰半可以通假也。兹再将南曲各宫调分配管色列左：

仙吕，小工或尺；大石，小工或尺；

正宫，小工或尺；小石，小工或尺；

中吕，小工或尺；羽调，凡或六；

南吕，凡或六；商调，六或凡。

黄钟　凡或六；越调，小工或凡；

双调，正工或小工；仙吕入双调　正工或小工；

道宫，小工或尺。

其他宫调变化亦甚繁，兹仅举其多数言之耳。

（二）调名　曲之调名，亦曰曲牌，始于汉之《朱鹭》《石流》《艾如张》《巫山高》，梁陈之《折杨柳》《梅花落》《鸡鸣高树巅》《玉树后庭花》等篇，于是词而为《金荃》《兰畹》《花间》《草堂》诸调，曲而为金元剧戏诸调（本王骥德《曲律》说）。今欲知南北各曲之调名，宜观南北九宫各曲谱。由谱种类至多，以《大成宫谱》最为完备。然在初学观之，或病其繁，最精审者，北曲为李元玉之《北词广正谱》，南曲为吕士雄等之《南词定律》。统括南北者则有《钦定曲谱》一书，其北曲全采自明《啸余谱》，南曲全采自沈璟之《南曲谱》，其六宫九调中所列曲牌，几及千名。然偏僻牌名，传奇中不经见者，殆居其半。通常用之南北曲牌，近人王季烈《螾庐曲谈》所列者不过五百左右耳。学者可复按原书，无取详为罗列也。若言体式，其登场首曲，北曰楔子，南曰引子。引子曰慢词，过曲曰近词。曲之第二调，北曰么，南曰前腔，曰换头。前腔者连用二首或四五首，一字不易者也。换头者，换其前曲之头，而稍增减其字也。煞曲曰尾声，或曰余文，或曰意不尽，或曰十二时（以尾声十二板名），其详容后节文述之。

（三）北曲套数　联合数曲以成套数，南北曲中各有一定之体制。大抵北曲虽有长套、短套之别，而各宫调之套数，其首尾数曲，殆为一定，仅中间之曲可增删改易或前后倒置耳。至南曲则除前用引子，后用尾声外，中间各曲，惟须审其慢急以定先后，初无一成不易之定律也。兹将北曲各宫调通行之套数列左：

仙吕宫

1.【点绛唇】【混江龙】【油葫芦】【天下乐】【哪咤令】【鹊踏枝】【寄生草】【煞尾】

2.【点绛唇】【混江龙】【油葫芦】【天下乐】【后庭花】【青歌儿】【赚煞】

3.【点绛唇】【混江龙】【村里迓鼓】【寄生草】【煞尾】

4.【村里迓鼓】【元和令】【上马娇】【胜葫芦】【煞尾】

　　南吕宫

1.【一枝花】【梁州第七】【四块玉】【哭皇天】【乌夜啼】【尾声】

2.【一枝花】【梁州第七】【牧羊关】【四块玉】【骂玉郎】【元鹤鸣】【乌夜啼】【尾声】

3.【一枝花】【四块玉】【骂玉郎】【感皇恩】【采茶歌】【草池春】

4.【一枝花】【梁州第七】【九转货郎儿】

　　黄钟宫

1.【醉花阴】【喜迁莺】【出队子】【刮地风】【四门子】【水仙子】【煞尾】

2.【醉花阴】【出队子】【刮地风】【四门子】【水仙子】【尾声】

　　中吕宫

1.【粉蝶儿】【醉春风】【石榴花】【斗鹌鹑】【上小楼】【煞尾】

2.【粉蝶儿】【醉春风】【迎仙客】【石榴花】【上小楼】【么篇】【小梁州】【么篇】【朝天子】【煞尾】

3.【粉蝶儿】【醉春风】【迎仙客】【红绣鞋】【石榴花】【斗鹌鹑】【快活三】【十二月】【尧民歌】【上小楼】【么篇】【煞尾】

4.【粉蝶儿】【醉春风】【十二月】【尧民歌】【石榴花】【斗鹌鹑】【上小楼】【么篇】【煞尾】

5.【粉蝶儿】【上小楼】【么篇】【满庭芳】【快活三】【朝天子】【四边静】【耍孩儿】【三煞】【二煞】【一煞】【煞尾】

正宫

1.【端正好】【滚绣球】【叨叨令】【脱布衫】【小梁州】【么篇】【快活三】【朝天子】【煞尾】

2.【端正好】【滚绣球】【叨叨令】【脱布衫】【小梁州】【么篇】【上小楼】【么篇】【满庭芳】【快活三】【朝天子】【四边静】【耍孩儿】【五煞】【四煞】【三煞】【二煞】【一煞】【煞尾】

3.【端正好】【蛮姑儿】【滚绣球】【叨叨令】【伴读书】【笑和尚】【倘秀才】【滚绣球】【煞尾】

4.【端正好】【滚绣球】【倘秀才】【滚绣球】【倘秀才】【滚绣球】【倘秀才】【滚绣球】【煞尾】

5.【端正好】【滚绣球】【叨叨令】【倘秀才】【滚绣球】【白鹤子】【耍孩儿】【三煞】【二煞】【一煞】【煞尾】

大石调

【六国朝】【喜秋风】【归塞北】【六国朝】【雁过南楼】【擂鼓体】【归塞北】【好观音】【好观音煞】

商调

1.【集贤宾】【逍遥乐】【上京马】【梧叶儿】【醋葫芦】

【么篇】【金菊香】【柳叶儿】【浪里来】【高过随调煞】

2.【集贤宾】【逍遥乐】【金菊香】【梧叶儿】【醋葫芦】【么篇】【后庭花】【柳叶儿】【浪里来煞】

越调

1.【斗鹌鹑】【紫花儿序】【小桃红】【金蕉叶】【调笑令】【秃厮儿】【圣药王】【麻郎儿】【络丝娘】【尾声】

2.【斗鹌鹑】【紫花儿序】【金蕉叶】【小桃红】【天净沙】【么篇】【秃厮儿】【圣药王】【尾声】

3.【看花回】【绵搭絮】【么篇】【青山口】【圣药王】【庆元贞】【古竹马】【煞尾】

双调

1.【新水令】【折桂令】【雁儿落】【得胜令】【沽美酒】【太平令】【鸳鸯煞】

2.【新水令】【驻马听】【乔牌儿】【搅筝琶】【雁儿落】【得胜令】【沽美酒】【川拨棹】【太平令】【梅花酒】【收江南】【清二引】

3.【新水令】【驻马听】【沉醉东风】【雁儿落】【得胜令】【挂玉钩】【川拨棹】【七弟兄】【梅花酒】【收江南】【煞尾】

4.【新水令】【驻马听】【胡十八】【沽美酒】【太平令】【沉醉东风】【庆东原】【雁儿落】【得胜令】【搅筝琶】【煞尾】

5.【新水令】【步步娇】【沉醉东风】【搅筝琶】【雁儿落】

【得胜令】【挂玉钩】【殿前欢】【煞尾】

6.【夜行船】【乔木查】【庆宣和】【落梅风】【风入松】【拨不断】【离亭宴】带【歇拍煞】

（四）南北合套　此体为元人沈和所创，盖以南北曲一一相间，便于传奇多人排场，且音律折衷南北亦最美也。兹录其普通者以示例：

仙吕宫

北【点绛唇】、南【剑器令】、北【混江龙】、南【桂枝香】、北【油葫芦】、南【八声甘州】、北【天下乐】、南【解三酲】、北【哪咤令】、南【醉扶归】、北【寄生草】、南【皂罗袍】、【尾声】

中吕宫

北【粉蝶儿】、南【泣颜回】、北【石榴花】、南【泣颜回】、北【斗鹌鹑】、南【扑灯蛾】、北【上小楼】、南【扑灯蛾】、【尾声】

黄钟宫

北【醉花阴】、南【画眉序】、北【喜迁莺】、南【画眉序】、北【出队子】、南【滴溜子】、北【刮地风】、南【滴滴金】、北【四门子】、南【鲍老催】、北【水仙子】、南【双声子】、北【煞尾】

正宫

南【普天乐】、北【朝天子】、南【普天乐】、北【朝天子】、南【普天乐】、北【朝天子】、南【普天乐】

仙吕入双调

北【新水令】、南【步步娇】、北【折桂枝】、南【江儿水】、北【雁儿落】、带【得胜令】、南【侥侥令】、北【收江南】、南【园林好】、北【沽美酒】、带【太平令】、南【尾声】

（五）南词套数　南曲所联套数，其例甚繁，至无一定。大抵以引子出场，以尾声作结，而亦有不用引子或尾声者。至于过曲，有宜叠用数支者，有不宜叠用者，有宜于丑净唱者，有宜于生旦唱者。有必须列前者，有必须列后者，有可前可后者，均视曲牌之性质以为区别。故作南词者，必先将曲牌之性质加意区别。爰分论之。

引子为出场时所唱，或用笛和，或不用笛，概系散板。引子与过曲用同一宫调，固最合宜，亦可不论宫调。且每一引子曲牌不必全填，仅填首数句亦可。第一折正生上场之引子调宜稍长，必须全填，通常多用【恋芳春】【满庭芳】【喜迁莺】【破齐阵】【东风第一枝】【齐天乐】等。以下各折则不宜用长引子矣。

过曲之可作出场用者，如【蜡梅花】【望吾乡】【金钱花】

【窣地锦裆】【哭岐婆】【一江风】【六么令】等，皆与引子无异。此外净丑出场之曲，如【光光乍】【大斋郎】【五方鬼】【梨花儿】【水底鱼儿】【赵皮鞋】【吴小四】【雁儿舞】【普贤歌】【字字双】【倒拖船】【柳穿鱼】【小引】【丞相贤】之类，其用亦与引子无以异也。

过曲之排列，须先以慢曲，次及中曲，后及急曲。盖慢曲即细曲，为有赠板之曲；中曲为一板用三眼，无赠板之曲；急曲则一板一眼，或流水板之曲也。故欲明南曲各宫调之套数体式者，必先明节奏之缓急，缓者有赠板，宜用在前；急者无赠板，当用在后；至赠板可有可无之曲，则可前可后。此南曲中一定不易之规律也。

（六）犯调　曲中移宫换调，北谓为借宫，南谓之集曲。借宫者，曲中每折所联套数，有时于本宫曲牌之外，更联接别宫之曲牌。集曲者，截取数曲之词句，别成一新曲也。借宫之法，非精察各宫调管色及曲牌排场性质者不宜轻用，虽古人名曲中借宫甚多，然亦不可学步。如《牡丹亭·惊梦》折，管色仅可通融，而宫调凌乱，曲牌性质，彼此不同，后人谱之，鲜有不误谬者。集曲所以求各折套数，不复用曲牌，改用不常见之集曲，以稍变其面目，非故为割裂，勉强凑合也。《南词定律》列各集曲于正曲之后，别为一类，如【梁州新郎】【甘州歌】【倾杯玉芙蓉】之类，历来传奇中沿用之久，几与正曲无异。学者苟精于宫调音律，即别创新格，亦无不可。特草率为之，必多愆尤，非所宜也。

（七）排场及剧情　排场指演剧者之动作而言，剧情则各宫调所表之音节也。元人论曲，所云"仙吕清新绵邈，南吕感叹悲伤，正宫惆怅雄壮，黄钟富贵缠绵，中吕高下闪赚，道宫飘逸清幽，大石风流酝藉，小石旖旎妩媚，高平条拗滉漾，般涉拾掇坑堑，歇指急并虚歇，商角悲伤宛转，双调健捷激袅，商调凄怆怨慕，角调呜咽悠扬，宫调典雅沉重，越调淘写冷笑"，此言北曲各宫调之曲情也，南曲则不复从同。言其大较，则仙吕、南吕、仙吕入双调慢曲较多，宜于男女言情之作，所谓清新绵邈，婉转悠扬，兼而有之。正宫、黄钟、大石近于典雅端重，间寓雄壮。越调、商调多寓悲伤怨慕。商调尤宛转。至中吕、双调宜用于过脉短套居多。若细析之，则不惟每套各有性质，且每曲曲情各殊，决不能如北曲以四字形容之，概其全宫调也。制曲者宜先将剧情分为悲剧、喜剧、英雄豪杰、滑稽嘲笑诸部分，然后审定某折为喜境，宜用欢乐之调；某折为悲境，宜用悲哀之调，某折为情话缠绵，某折为线索过渡。布局既定，则按调选词，自无声情不合之弊矣（许之衡《曲律易知》说）。

曲律以排场为最要，每遇头绪纷繁时，安置排场妥贴，殊非易事。盖传奇中所派之角色，必须各门俱备，而又不宜重复，方能调和搬演者之劳逸，使观者之耳目为之一新。考昆曲中角色，略别生旦净丑四类，其中生有老生、冠生、小生，旦分老旦、正旦、刺杀旦、作旦、闺门旦、贴旦，净分正净、白净、副净,惟丑仅有一。此外尚有外及末,总计十有五门。传奇中欲各色俱备而又不重复,颇非易事。历来作者大都以一生一旦为全部传奇之主,其余并为配角。主角不可重复,配角在一折内亦不宜重,在异折中不妨复出也。试观《长生殿》传奇共五十折,除第一折《传概》为上场照例文章外,其余四十九折不特曲牌通体无重复之处,其各折之宫调及主角亦绝无重出者。其选择宫调,分配角色,布置剧情,务使悲欢离合,错从参伍。自来传奇之胜,无过此者,斯可为作者法矣。曲中有因排场变动而换宫换韵者,一折中只宜一用,不宜三四用之也(《螾庐曲谈》说)。

(八)声韵　制曲要事,先明声韵。声者喉腭舌齿唇间之清浊,韵者二十一类之阴阳也。填词者必先将清浊阴阳辨识清晰,方无拗嗓沾唇之病。天下之字,不出宫商角徵羽之五音,分属人口,则为喉腭舌齿唇之五声。凡喉声皆属宫,腭声皆属商,舌声皆属角,齿声皆属徵,唇声皆属羽。宫音最浊,羽音最清,此其大较也。北曲用韵,多本周德清《中原音韵》。南曲微有不同,明人作曲,多本《洪武正韵》,亦未尽善。嗣范善溱撰《中州音韵》,于南北曲均宜,至今奉为准绳。韵之阴阳,在平声入声至易别晰,上去二声比较难知,以上声之阳近于去声,去声之阴又近于上声也。故周氏《中原音韵》,平声而外,不别阳阴。至范氏《中州音韵》,乃将上去二声分别阴阳,足供度曲者之参考。夫平声之字,其音和平;上声之字,其音上扬；去声之字，其音远去；入声之字，其音迫促。四者本易分辨，但北音无入声，故北曲之入声字，分派于平上去三声唱之。即在南曲中，亦惟短腔速断时可得入声之真相，苟在长调中延长其音，则亦与平声无异矣。

前人论曲律至严，所列曲禁四十八则，有系乎四声者，约述之如次。凡去上上去，最重在每句末处。曲之末句末字，能悉遵上去声最宜。倘不得已，宁多用去，勿多用上，谱中去声字必须遵用也。两上两去，不宜叠用，但两去有时亦可通融。入声字可作平上去三声用，遇平上去三声用字欠妥时，即可以入声代之。但每曲韵脚，仍不宜多用入声代平上去也。

（九）衬字　南北曲句读并宜只遵谱格，然北曲中衬字多少不拘，且不论四声，虚实并用，亦无妨碍。南曲衬字，总以不过三字为宜。盖北曲无定板，繁声稍多，亦可加板。南曲板眼紧慢，皆有定数，衬字过多，则抢带不及也。南曲分有赠板、无赠板及可有可无三类，其赠板之曲尚可多用衬字，若无赠板之曲唱法甚急，衬字多则窒碍难唱矣。又宜检谱看明板式，两板相距贴近，则中间可著衬字，若两板相距较远，则中间总以不著衬字为宜。

古代入乐之文，其音节并多失传，无可考信。今日中国歌曲惟有南词而已，音调纡徐，字音正确，口诀细密，并出他种歌曲之右，加之文词典雅，尤为脍炙人口。本章所论，多取材前人述造，学者自宜复按原书，识其梗概，幸无以简略见讥也。

四、曲之修词

诗词并以综缉辞采，错比文华为第一要义。至于北曲，则以本色见长，方言俚语，散见错出，无取乎采藻缤纷，似无修词之可言也。不知杂剧虽多谐俗之处，而浅显之中仍须有隽永之旨，若鄙俚粗率，有伤大雅，终非所宜。故作曲者必知修词，与诗词无以异也。兹亦分字法、句法、章法三者述之。

（一）字法　王骥德《曲律》曰："下字为句中之眼，古谓'百炼成字，千炼成句'，又谓'前有浮声，后有切响'。要极新又要极熟，要极奇又要极稳。虚句用实字铺衬，实句用虚字点缀。务头须下响字，须逐一点勘换去。又闭口字少用，恐唱时费力。今人好奇，将戏剧标目，一一用经史隐晦字代之。夫列标目欲令人开卷一览，便见传中大义，亦且便翻阅。却用隐晦字样，彼庸众人何以易解？此等奇字，何不用作古文，而施之戏剧，可付一笑也。"按王氏此则所述，可分数事说明之。

A.用字。王氏首标新、奇、稳、熟四者为准则，末以经史隐晦一语为厉病，与周德清《作词十法》及《曲律》所载"曲禁四十则"之说互相发明。《作词十法》四论用字，谓"不可用生硬字、太文字、太俗字"。曲禁四十则中关于字句者，忌陈腐（不新采）、生造（不见成）、俚俗（不文雅）、謇涩（不顺溜）、粗鄙（不细腻）、错乱（无次序）、蹈袭（忌用旧曲语意，若成语不妨）、太文语（不当行）、太晦语（费解说）、经史语（如

《西厢》"靡不有初，鲜克有终"类）、学究语（头巾气）、书生语（时文气）。盖以陈腐则不能新，生造则不能熟，鄙俚蹈袭则不得奇，蹇涩错乱则不得稳，而经史隐晦语尤病庸腐，未足与言出色当行也。

B. 衬字。王氏论衬字虚实并用，指北曲而言，若在南曲则无用实字者。且衬字虽为曲中所不可无，要亦不宜过多。在纤调板缓时，多用二三字尚不妨；紧调板急，若用多字，便躲闪不迭矣。古《荆钗记·锦缠道》"说甚么晋陶潜认作阮郎"，"说甚么'三字，衬字也。而张伯起《红拂记》却作"我有屠龙剑，钓鳌钩，射雕宝弓"，增入"屠龙剑"三字，是以"说甚么"三字作实字也。《拜月亭》【玉芙蓉】末句"望当今圣明天子诏贤书"，本七字句，"望当今"三字系衬字，后人连衬字入句，"我为你数归期，直损掠儿梢"，遂成十一字句。又如散套【越恁好】"闹花深处"一曲，纯是衬字，无异缠令，今皆著板，至不可句读，凡此皆衬字太多之弊也（《曲律·论衬字第十九》说）。

C 务头。言务头须用响字者，以务头为调中最紧要句字。凡曲遇揭起其音而宛转其调，如俗之所谓做腔处，每调或一句或二三句，每句或一字或二三字，即是务头。旧传《黄莺儿》第一七字句是务头，以此类推，余可想见。古人凡遇务头，辄施俊语或古人成语一句其上，否则诋为不分务头，非曲所贵。周德清所谓如"众星中显一月之孤明也"（《曲律·论务头第九》说）。李渔曰："凡一曲中最易动听之处，是为务头。"（《闲情偶寄》）吴梅曰："务头者，曲中平上去三音联串之处也。如七字句，则第三、第四、第五之三字不可用同音。大抵阳去与阴上相联，阴上与阳平相联，或阴去与阳上相联，阳上与阴平相联。每一曲中必须有三音或二音相联之一二语，此即务头也。即就周氏定格证之，如白仁甫【寄生草】曲云，'长醉后何妨碍，不醒时有甚思。糟腌两个功名字，醅渰千古朝廷事。曲埋万丈虹蜺志。不达时皆笑屈原非，但知音尽说陶潜是'。词中用'醒时'二字，为阴上与阳平相联，'古朝'与'屈原'（屈作上）四字亦然，'有甚'二字为阴上与阳去，'尽说陶'三字为阳去阴上阳平，皆是务头也。故周氏所谓要知某调某句某字是务头者，盖填词时宜知某调某句某字是务头也。即谓当先定以某句某字为务头，为之定上去，析阴阳也。所谓可施俊语于其上者，盖务头上须用俊语实之，不可拘牵四声阴阳之故，遂致文理不顺也。"（《词余讲义》）则务头本腔调之美，进而为文字之美，必令相得益彰，勿使两俱减色，作曲者尤当加意者也。

D. 重字。上下文有重字，须逐一点勘换去，否则疵累实多，如《太平乐府》载贯云石【塞鸿秋】词云："战西风几点宾鸿至，感起我南朝千古伤心事。展花笺欲写几句知心事，空教我停霜毫半晌无才思。往常得兴时，一扫无瑕疵。今日个病恹恹，刚写下两个相思字。"此词衬字虽多，然俊爽风流，机趣不尽，而前三句"事"字重叶，则非所宜，至足惜也。

E. 闭口字。闭口字者，韵书中侵、覃、盐、咸等诸部撮唇收鼻之音，其字须闭口读之，不得开展也。曲中只许单用，如用"侵"不得又用"寻"，或又用"盐""咸""廉""纤"等字，致歌者费力，不能畅适。若吴中方言竟无闭口字，每以"侵"为"亲"，以"监"为"奸"，以"廉"为"连"，遂缺此三部，亦不可为训。惟入声之缉合叶洽等字，闭口呼之则声不可出，散叶于齐微、歌戈、家麻、车遮诸韵中，其势不得不然。平声则仍以还其本韵读之为宜，特不许多用及开闭并押耳。

上述王氏所陈五事，于曲中字法，言之綦详。此外应补述者，尚有二端。

F. 叠字。元曲多新异叠字，梁廷枏《曲话》所载凡百数十则，兹摘录如下：响丁丁，冷清清，墨喽喽，虚飘飘，各刺刺（雕轮碾落花），扑腾腾，宽绰绰，笑呷呷，香馥馥，闹炒炒，轻丝丝（黄柳苇栖鸦），暖溶溶，静巉巉（的绿愁红怨），醉醺醺，呆邓邓（把衣裳袒裸），乱蓬蓬，碧油油，白邓邓，黑突突，战钦钦，慌张张，昏惨惨，疏刺刺（的风雨节），舞旋旋，叫喳喳，扑碌碌，恶狠狠，哭啼啼，泪纷纷，黑黯黯，战兢兢，白茫茫，寒森森，滴溜溜，笃簌簌，密濛濛，乱纷纷，明晃晃，眼睁睁，急煎煎，悲切切，泪汪汪，清耿耿，雄纠纠，志昂昂，气腾腾，娇滴滴，羞答答，乐陶陶。以状字、副字为多，泰半当时俗语也。

G. 字音。度曲非惟求腔调协、板眼准已也。于曲中字面，必须正其音读，吐之喉际，方能明晰，故识字正音，习曲者第一要义也。《曲律·论识字》曰："识字之法，须先习反切。盖四方土音不同，其呼字亦异，故须本之中州。而中州之音，复以土音呼之，字仍不正，惟反切能赅天下正音。只以类韵中同音第一字切得不差，其下类从诸字自无一字不正矣。至于字义，尤须考究。作曲者往往误用，致为识者讪笑，如《浣纱》【刘泼帽】曲云，'娘行聪俊还娇倩，胜江南万马千兵'。不知倩有二音，一雇倩之倩，作清字去声读；一音茜，即'巧笑倩兮'之倩，言美也。此曲字义当作茜音，今却押庚清韵中，即童时《论语》亦不记忆，何浅陋至此。"则不知审正音读，既不足与言度曲，制曲更不易言矣。

（二）句法　曲中句法关系板式，句法一错，下板无从。如七字句，有宜上四下三者，有宜上三下四者，此间分别都在板式。盖上四下三句，如"锦瑟无端五十弦"，其板在"无"字、"五"字、"弦"字上，读之如一句诗。若"五十弦锦瑟年华"，则板在"十"字、"锦"字、"年"字，而在"华"字下用一截板，见此句已完。故作者当知句法（吴梅《词余讲义》说）。此句法之系诸板式者也。若言文律，则《曲律》言："句法宜婉曲，不宜直致；宜藻艳，不宜枯瘁；宜溜亮，不宜艰涩；宜轻俊，不宜重滞；宜新采，不宜陈腐；宜摆脱，不宜堆垛；宜温雅，不宜激烈；宜细腻，不宜粗率；宜芳润，不宜噍杀。又总之，宜自然，不宜生造。意常则造语贵新，语常则倒换须奇。他人所道，我则引避；他人用拙，我独用巧。平仄调停，阴阳谐叶。上下引带，减一句不得，增一句不得。我本新语，而使人闻之若是旧句，言机熟也；我本生曲，而使人歌之容易上口，言音调也。一调之中，句句琢炼，毋令有败笔语，毋令有欺嗓音。积以成章，无遗恨矣。"于句法之修词，言之綦详。周德清《作词十法》更分造语为可作、不可作二类，录之如次。

A.可作：1.乐府语，2.经史说，3.天下通语。

"未造其语，先立其意，语意俱高为上……造语必俊，用字必熟。太文则迂，不文则俗；文而不文，俗而不俗。要耸观，又耸听，音律好，衬字无，平仄稳。"

按乐府语每觉其文，天下通语，或病其俗。"文而不文，俗而不俗"者，谓其界于亦文亦俗之间，乃曲中最上之一境，非诗词所可比拟也。经史语则曲律之所禁，黄周星谓："曲之体无他，不过八字尽之，曰'少引圣籍，多发天然'而已。"(《制曲枝语》)周氏置之可作之列，所未解也。

B 不可作 1.俗语，2.蛮语，3.谑语，4.市语，5.方语（各处乡谈），6.书生语（书之纸上，详解方晓，歌则莫知所云），7.讥诮语（讽刺古有之，不可直述，托一景，托一物可也），8.全句语（短章乐府，务头上不可多用全句，还是自立一家言语为上。全句语者，惟传奇中务头上用此法耳），9.构肆语（不必要上纸，但只要好听，俗语、谑语、市语皆可，前辈云"街市小令，唱尖新蒨意，成文章曰乐府"是也。乐府、小令两途，乐府语可入小令，小令语不可入乐府），10.张打油语（吉安龙泉县水淹米仓，有于志能号无心者，欲县官利塞其口，作【水仙子】示人，自谓得意，末句云"早难道水米无交"，自名之曰乐府，观其全集，悉皆此类。士大夫评之曰，"此乃张打油乞化出门语也，敢曰乐府"。作者当以为戒），11.双声叠韵语（如"故国观光君未归"是也。夫乐府贵在音律浏亮，何乃反入艰深之乡？此不可无，亦不可专意作而歌之，但可构肆中白念耳），12.六字三韵语（前辈《周公摄政传奇》【太平令】云，"口来，豁开，两腮"，《西厢记》【麻郎幺】云，"忽听，一声，猛惊""本官，始终，不同"，韵脚俱用平声，若杂一上声，更属第二著，皆于务头上使。近有【折桂令】皆二字一韵，不分务头，亦不喝采。全淳则已，若不淳，则句句急口令矣，所谓画虎不成反类犬也。殊不知前辈止于全篇务头上使，以别精粗，如众星中显一月之孤明也。可与识者道），13.语病（如"达不著主母机"，有答之曰"烧公鸭亦可"，似此之类切忌），14.语涩（句生硬而平仄不好），15.语粗（无细腻俊美之言），16.语嫩（谓其言太弱，既庸且腐，又不切当，鄙猥小家而无大气象也）。

按元曲贵当行，俚语方言，皆可驱使，然究以天下通行，今古易识之文为贵。若俗语、市语、方语之鄙倍，谑语、讥诮语之刻薄，蛮语之粗蠢，嗑语之琐屑，构肆语（勾栏中语）之谰恶，张打油语之浮滑，皆以摈绝为宜。吾人披览北曲，每于当时方言，不能尽憭，便觉索然寡味，足征市井俗谈虽能取快一时，断难通行后世。乃后之制曲者不务明白晓畅，专以掇拾元人土语自矜当行，亦可怪矣。至书生语，即王氏《曲禁》中之太文、太晦语。语涩、语粗、语嫩，即《曲禁》中所谓："塞涩不顺溜，粗鄙不细腻，陈腐不新采。"全句语则蹈袭旧曲，不加剪裁。且曲须咏歌，尤重音节，故于双声叠韵语、六字三韵语及语病之声音混同，难读难听者，皆不宜采用也。兹析论曲中句法如次。

A.叠字句。一字叠用，徐甜斋【水仙子】之夜雨云："一声梧叶一声秋，一点芭蕉一点愁，三更归梦三更后。落灯花，棋未收，叹新丰孤馆人留。枕上十年事，江南二老忧，都到心头。"

又二字叠用之句，如《西厢记》第四剧四折【得胜令】云：

惊觉我的是颤巍巍竹影走龙蛇，虚飘飘庄周梦蝴蝶。絮叨叨促织儿无休歇，韵悠悠砧声儿不断絶。痛煞煞伤别，急煎煎好梦儿应难舍。冷清清的咨嗟，娇滴滴玉人儿何处也。

其四字叠用者，如郑光祖《倩女离魂》第四折【古水仙子】云：

全不想这姻亲是旧盟，则待教袄庙火刮刮匝匝烈焰生。将水面上鸳鸯忒楞楞腾分开交颈，疏剌剌沙鞴雕鞍撒了锁韁。厮琅琅汤偷香处唱号提铃，支楞楞争弦断了不续碧玉筝。吉丁丁珰精砖上摔破菱花镜,扑通通冬[1]井底坠银瓶。

更有多字叠用者,如无名氏《货郎旦》剧第三折【货郎旦六转】云:

我则见黯黯惨惨天涯云布,万万点点潇湘雨。正值着窄窄狭狭沟沟堑堑路崎岖,黑黑黯黯彤云布。赤留赤律潇潇洒洒断断续续,出出律律忽忽鲁鲁阴云开处,霍霍闪闪电光星注。正值着飕飕摔摔风,淋淋渌渌雨,高高下下凹凹答答一水模糊。扑扑簌簌湿湿渌渌疏林人物,却便似一幅惨惨昏昏潇湘水墨图。

B. 叠句。如马致远之《汉宫秋》第三折【梅花酒】云:

呀!对着这迥野凄凉,草色已添黄,兔起早迎霜,犬褪得毛苍,人拥起缨枪,马负着行装,车运着糇粮,打猎起围场。他他他,伤心辞汉主,我我我,携手上河梁。他部从,入穷荒,我銮舆,返咸阳;返咸阳,过宫墙;过宫墙,绕回廊;绕回廊,近椒房;近椒房,月昏黄;月昏黄,夜生凉;夜生凉,泣寒螀;泣寒螀,绿纱窗;绿纱窗,不思量。(收

---

[1] 冬　底本作"东",据《元曲选》(P.718)郑光祖《倩女离魂》改。

江南)咳！不思量，除是铁心肠；铁心肠，也愁泪滴千行。美人图今夜挂昭阳，我那里供养，便是我高烧银烛照红妆。

C. 排句。如郑光祖《倩女离魂》第三折【醉春风】云：

空服遍瞑眩药不能痊，知他这脂髓病何日起？要好时直等的见他时。也只为这症候因他上得，得。一会家缥渺呵忘了魂灵，一会家精细呵使着躯壳，一会家混沌呵不知天地。

又王实甫《西厢记·听琴》折【天净沙】云：

莫不是步摇得宝髻玲珑？莫不是裙[1]拖得环珮叮玲？莫不是铁马儿檐前骤风？莫不是金钩双控吉丁当敲响帘栊？(《调笑令》)莫不是梵王宫夜撞钟？莫不是疏竹潇潇曲槛中？莫不是牙尺剪刀声相送？莫不是漏声长滴响壶铜？潜身再听在墙东，元来是近西厢理丝桐。

D. 比较句。如郑光祖《倩女离魂》第三折【迎仙客】云：

---

[1] 裙 底本作"裾" 据《西厢记》(P.113)改。

日长也，愁更长。红稀也，信尤稀。春归也，奄然人未归。我则道相别也数十年，我则道相隔着数万里。为数归期，则那竹院里刻遍琅玕翠。

又《西厢记·惊艳》折【混江龙】云：

系春心情短柳丝长，隔花阴人远天涯近。

E. 对偶。王氏《曲律》曰："凡曲遇有对偶处得对，方见整齐，方见富丽。"周氏《十法》曰："逢双必对，自然之理，人皆知之。"任讷曰："曲文第一妆点尚饱满，第二形容须尽致，第三气欲盛，第四语贵谐，则对偶排比之处，不得不多矣，尚非自然之理与夫整齐、富丽所能尽其故也。"（《作词十法疏证》）兹将周氏所举各对及任氏所引例证，述之如次：

甲、扇面对。【调笑令】第四句对第六句，第五句对第七句，例如李玉《北词广正谱》选一散曲为式云：

得宽，且盘桓，袖着手谁弹贡禹冠？兴亡尽入渔樵断（第四句），把将军素书休玩（第五句）；《春秋》谩将王霸纂（第六句），请先生史笔休援（第七句）。

又【驻马听】起四句是也，如李好古散套云：

小小亭轩，燕子来时帘未卷；深深庭院，杜鹃啼处月空圆。金钗拨尽玉炉烟，香尘渍满琵琶面。谁共言，何时枕匾黄金钏？

起四句，一对三，二对四。任讷云："扇面对即长短句之隔句对，文字别饶韵味，诗词所不常见，而曲中独盛也。"

乙、重叠对。【鬼三台】第一句对第二句，第四句对第五句，第一第二第三句，却对第四第五第六句是也，例如周氏套曲【鬼三台】，除去衬字，对法正与此合，且余四句亦复相对也。

〔两家局〕安营地（一），施谋智（二），〔似〕挑军对垒（三）；争破绽（四），用心机（五），〔色儿似〕飞沙走石（六）。汉高皇对敌楚项籍，诸葛亮要擒司马懿。〔那两个〕地割鸿沟，〔这两个〕兵屯渭水。

任曰："此种对法完全做作，文律上毫无意味，不足依也。"
丙、救尾对。【红绣鞋】第四句、第五句、第六句为三对，如张可久《寻真》云：

白草矶头独钓，青衣孺子相招，寻真不怕路迢遥。闲云迷洞口，残雪老墙腰，夕阳红树杪（末三句对仗工整，张氏另有《隐士》一首对法不合）。

又【寨儿令】第九句、第十句、第十一句为三对，如张可久词云：

你见么？我愁他，青门几年不种瓜，世味嚼蜡，尘世团沙，聚散树头鸦。自休官清煞陶家，为调羹俗了梅花。饮一杯金谷酒，分七碗玉川茶，嗏！〔不强如〕坐三日县官衙。

末四句中，除去衬字与"嗏"字一字句外，正属相对。另有查德卿《渔父》一首，对法不合。此乃三句对之一种，所以补救文势散弱者，极有意义。此外对式名目，《太和正音谱》所载更有：

　　合璧[1]对——两句对者是。
　　连璧对——四句对者是。
　　鼎足对——三句对者是。
　　联珠对——句多相对者是。
　　隔句对——长短句对者是。
　　鸾凤和鸣对——首尾相对，如【叨叨令】所对者是。
　　燕逐飞花对——三句对作一句者是。

---

[1] 璧　底本作"壁"，据《太和正音谱》（P.14）改。

王氏《曲律》论对偶之种类为最详，有：

两句对

三句对——如救尾对。

四句对

隔句对——如扇面对。

叠对——如【鬼三台】为三层叠对。

两韵对——两句既对，而且叶韵。

隔调对——同调两首并列者，其中同位置之句相对。

王氏又曰："当对不对，谓之草率；不当对而对，谓之矫强。对句须要字字的确，斤两相称方好。上句工，宁下句工。一句好，一句不好，谓之偏枯，须弃了另寻。借对得天成妙语方好，不然反见才窘，不可用也。"说至精粹，足补周氏之未备。

F. 末句。周氏曰："末句，诗头曲尾是也。如得好句，其句意尽可为末句。前辈已有'某调某句是平煞，某调某句是上煞，某调某句是去煞'，照依后项用之。夫平仄者，平者平声，仄者上去声也。后云上者必要上，去者必要去，上去者必要上去，去上者必要去上，仄仄者上去、去上皆可。上上、去去若得回避尤妙，若是造句熟，亦无害。"任讷曰："曲尾最要紧，因音节较美，每每即务头所在，故文字必紧，而平仄必严。末句固重，而末字尤重，去声则必去声也。特谱式有定，而作为求下笔便利，每不依从。是不独后人为然，元人且然矣。学者要不宜藉口于彼而卤莽灭裂，抹杀兹定格也。"兹详征周氏所列末句平仄之格并举调如次，其调中平仄全合者，著〇以别之；不合者，著●以别之，[1] 别举相合之例于其下焉。

　　去上，去平属第二著，切不可上平。

●《庆宣和》

　　仄平平

〇【雁儿】（原误作"雁落"）【汉东山】

　　平去平，平去上属第二著。

●【山坡羊】●【四块玉】

　　仄仄平平

〇【折桂令】●【水仙子】●【殿前欢】〇【乔木查】●【普天乐】

　　平平去上

〇【醉太平】

　　仄仄仄平平

〇【金盏儿】【贺新郎】●【喜春来】●【满庭芳】〇【小桃红】●【赛儿令】【小梁州】【赏时花】

　　平平上去平，仄平平去平亦可。

【呆古朵】【牧羊关】【德胜令】

---

[1] 〇，底本作"。"，易与句号相混，故易为〇；●，底本作"、"，易与顿号相混，故易为●。

仄平平去平

【乔牌儿】

上平平去平

〇【凭阑人】

仄平平去上

●【红绣鞋】【黄钟尾】

仄仄平平去，上声属第二著。

〇【醉扶归】〇【迎仙客】〇【朝天子】【快活三】【四换头】〇【庆东原】【笑和尚】【白鹤子】〇【尧民歌】【碧玉箫】【端正好】【步步娇】

仄仄仄平去（原误作仄仄仄平平，已见前，兹为改正）

【新水令】【胡十八】

平平去平上

【越调尾】●【离亭宴】（歇指【鸳鸯煞】）

平平仄仄平平

●【天净沙】〇【醉中天】【调笑令】〇【风入松】【袄神急】

仄平平仄平平去

〇【落梅花】【上小楼】●【夜行船】●【拨不断】〇【卖花声】

平仄仄平平平去

【太平令】

平仄仄平平去上，去平属第二著。

【村里迓鼓】●【醉高歌】○【梧叶儿】○【沉醉东风】【愿成双】【金蕉叶】

平平仄仄仄平平

【赚煞尾声】●【采茶歌】

平平仄平平去平

【搅筝琶】

平去仄平平去上

●【江儿水】

平平仄仄平平去，上声属第二著。

○【寄生草】○【塞鸿秋】【驻马听】

仄仄平平去平上

正宫中吕双调尾声

以上共列末句平仄之格二十二种，举调六十有九（正宫、中吕、双调尾声作三调），其中合者二十一调，不尽合者十七调。

G.用事。周氏《十法》论用事曰："明事隐使，隐事明使。"与《曲律》说同。而《曲律》又申言之曰："有一等事，用在句中，令人不觉，如禅家所谓撮盐水中，饮水乃知咸味，方是妙手。"即明事隐使之解释。又曰："务使唱去人人都晓，不须解说。"则隐事明使之谓也。试观许自昌所撰《水浒》，其首曲云："马嵬埋玉，珠楼堕粉，玉镜鸾空尘景。莫愁敛恨，枉称南国佳人。便做医经獭髓，弦续鸾胶，怎济得鄂被炉香冷。可怜那章台人去也，一片尘，铜雀凄凉起暮云。听碧落，箫声隐，色丝谁续恹恹命，花不醉下泉人。"此由除末句外，余如马嵬坡、绿珠楼、莫愁湖、獭髓、鸾胶、鄂君被、章台柳等，一句一典，绝不类蠢妇蒖婆惜之吐属，徒见词意晦涩已耳。然此曲出于旦口，不妨用文言也。若饰副净之张文远，身充衙役，出语应粗俗矣，而其所填之曲云："莫不是向坐怀柳下潜身？莫不是迎南子户外停轮？莫不是携红拂越府奔？莫不是仙从少室，访孝廉封陟飞尘？"亦复填砌故实，不知明事隐使、隐事明使两大准则也。李渔曰："古来填词之家，未尝不引古事，未尝不用人名，未尝不书现成之句，而所引所用与所书者则有别焉。其事不取幽深，其人不搜隐僻，其句则采街谈巷议。即有时偶涉诗书，亦系耳根听熟之语，舌端调惯之文，虽出诗书，实与街谈巷议无别者。"（《曲话》）盖曲文与诗词不同，贵浅显，不贵艰深，尚机趣不尚典雅，否则读之文人能晓，唱之妇孺不知所云，可谓之高文典册，不得谓之杂剧传奇也。

（三）章沄《曲律》曰："作曲犹造宫室者然。工师之作室也，必先定规式，自前门而厅，而堂而楼；或三进，或五进，或七进；又自两厢而及轩寮，以至廪庾、庖湢、藩垣、苑榭之类，前后左右，高低远近，尺寸无不了然胸中，而后可施斤斫。作曲者亦必先分段数，以何意起，何意接，何意作中段敷衍，何意作后段收煞，整整在目，而后可施结撰。"盖作剧最重搬演，必须纲领整齐，线索清晰，角色分配匀称，排场冷热得宜，演之毡毹，方能动人观听。否则关目繁多，头绪凌乱，宫调虽谐，文辞虽美，终不能风行于歌场舞榭间也。兹摭前人论章法之说，述之如次。

A. 立主脑。李渔《曲话》曰："古人作文，一篇定有一篇之主脑。主脑非他，即作者立言之本意也，传奇亦然。一本戏中有无数人名，究竟俱属陪宾，原其初心，止为一人而说。即此一人之身，自始至终，离合悲欢，中具无限情由，无穷关目，究竟俱属衍文，原其初心，又止为一事而设。此一人一事，即作传奇之主脑也。然必此一人一事果然奇特，确有可传，则不愧传奇之目，而其人其事与作者姓名皆千古矣。如一部《琵琶》，止为蔡伯喈一人，而蔡伯喈一人，又止为重婚牛府一事，其余枝节，皆从此一事而生。二亲之遭凶，五娘之尽孝，拐儿之骗财匿书，张太公之输财仗义，皆由于此。是'重婚牛府'四字，即作《琵琶记》之主脑也。一部《西厢》，止为张君瑞一人，而张君瑞一人，又止为白马解围一事，其余枝节皆从此一事而生。夫人之许婚，张生之望配，红娘之勇于作合，莺莺之敢于失身，与郑恒之力争原配而不得，皆由于此。是'白马解围'四字，即作《西厢记》之主脑也。余剧皆然，不能悉指。后人作传奇，但知为一人而作，不知为一事而作。尽此一人所行之事，逐节铺陈，有如散金碎玉，以作零出则可，谓之全本，则如断线之珠，无梁之屋，作者茫然无绪，观者寂然无声，无怪乎有识梨园望之而却走也。"按曲中主脑,大都属之生旦,必须于第二折及第三折出场,使观者易于明晰,其余他色,均属配角耳。惟自来作者,知遵守成法为一人而作,不知为一事而作;不知前后敷陈许多事,皆为此一事之陪衬,至东涂西抹,掇拾成篇,脉络不清,主从无别,若徐天池之《四声猿》、杨笠湖之《吟风阁》,皆美中不足,殊无当也。

B.密针线。李渔曰:"编戏有如缝衣,其初则以完全者剪碎,其后又以剪碎者凑成。剪碎易,凑成难,凑成之工,全在针线紧密,一节偶疏,全篇之破绽出矣。每编一折,必须前顾数折,后顾数折,顾前者欲其照映,顾后者便于埋伏。不止照映一人,埋伏一事,凡是此剧中有名之人,关涉之事,与前此后此所说之语,节节俱要想到。宁使想到而不用,勿使有用而忽之。吾观今日之传奇,事事皆逊元人,独于埋伏照应处,胜彼一筹,非今人之太工,以元人之所长不在此也。若以针线论,元曲之最疏者,莫过于《琵琶》。无论大关节目背谬甚多,如子中状元,三载而家人不知;身赘相府,享尽荣华,不能自遣一仆,而附家报于路人;赵五娘千里寻夫,只身无伴,未审果能全节与否,其谁证之?诸如此类,皆背理妨伦之甚者。"盖传奇全本,无虑数十折,其中关目重多,事实繁复,苟不知起伏照应,穿插联络,则前后矛盾,情理乖违。元人注重曲文,白与关目,皆非所长,故背谬之讥,在所难免。后之作者,可以鉴诸。

C. 减头绪。李渔曰："头绪繁多，传奇之大病也。《荆》《刘》《拜》《杀》之得传于后，止为一线到底，并无旁见侧出之情，三尺童子观演此剧，皆能了了于心，便便于口，以其始终无二事，贯串只一人也。后来作者不讲根源，单筹枝节，谓多一人可增一人之事，事多则关目亦多，令观场者如入山阴道中，应接不暇。殊不知戏场脚色止此数人，便换千百个姓名，也只此数人妆扮，止在上场之勤不勤，不在姓名之换不换。与其忽张忽李，令人莫识从来，何如只扮数人，使之频上频下，易其事而不易其人，使观者各畅怀来，如逢故物之为愈乎？"盖关目过多，角色纷杂，必致宾主混殽，线索紊乱，如屠赤水之《昙花记》，贪袭仙佛话头，曲情多而事情少，遂致头绪不清，故当时有点鬼簿之诮也（用吴梅说）。

D. 避重复。传奇中角色，略别生旦净丑四者，而生又分老生、冠生、小生，旦分老旦、正旦、刺杀旦、作旦、闺门旦、贴旦，净分正净、白净、副净，惟丑仅一耳。其他更有外及末，都凡十有五门。昆曲既兴，角目分析日繁也。一部传奇中，求各门角色齐备，而又不欲其重复，则某折主角宜用生，某折主角宜用旦，必须布置停匀，分配适当，方能使搬演者无劳逸不均之弊。试观《长生殿》传奇，全部凡五十折，非特排场变动，剧情更换，宫调改易也，其前一折之主色，与后一折之主角决无重复之处。乃知其结构之巧，求之传奇中，不可多觏。若汤若士之《紫钗》、徐榆村之《镜光缘》，则不足语于此矣。

刘熙载曰："累累乎端如贯珠，歌法以之，盖取分明而联络也。曲之章法所尚，亦不外此。"前述立主脑、减头绪两者，所以求分明；密针线、避重复两者，所以求联络也。头绪既分明，脉络仍贯通，章法之要义，尽于斯矣。

五、曲之艺术

（一）描写　姚华谓："一物之微，一事之细，尝为古文章家不能道，而曲独纤微毕露，譬温犀之照水，象禹鼎之在山。"（《曲海一勺》）曲文体物之工，写心之妙，有非诗词所能比拟者，试详征之。

A. 写人。曲文传述口吻，描写个性，每觉姿态横生，跃跃欲动，如《西厢记·寺警》折之正宫【端正好】写惠明云：

不念《法华经》，不礼《梁皇忏》。颩了僧伽帽，袒下了偏衫。杀人心逗[1]起英雄胆，两只手[2]将乌龙尾钢椽搂。

又【滚绣球】云：

非是我贪，不是我敢，知他怎生唤做打参，大踏步直

---

[1]逗　底本作"斗"，据《西厢记》（P.76）改。
[2]两只手　底本作"我便"，据《西厢记》（P.76）改。

杀出虎窟龙潭。非是我搀，不是我揽，这些时吃菜馒头委实口淡，五千人也不索炙煿煎熰。腔子里热血权消渴，肺腑内生心且解馋，有甚腌臜。

又【叨叨令】云：

浮沙羹，宽片粉添些杂糁，酸黄齑、烂豆腐休调啖，万余斤[1]黑面从教暗，我将这五千人做一顿馒馅。是必休误了也么哥，休误了也么哥，包残余肉把青盐蘸。

又【白鹤子】云：

瞅一瞅古都都翻了海波，滉一滉[2]厮琅琅振动山岩，脚踏得赤力力地轴摇，手扳得忽剌剌天关撼。
远的破开步将铁棒飚，近的顺着手把戒刀钐，有小的提起来将脚尖跐，有大的扳下来把髑髅砍。

上写狰狞狂僧，跣足科头，呜咽咤叱，直使山岳震撼，风云变色。求之艳情之《西厢记》中，此等有声有色之文，不可多见。其《惊艳》折写莺莺则娇羞婉转，婀娜蕴藉，乃与此判

---

[1] 斤　底本作"片"，据《西厢记》(P.77)改。
[2] 滉一滉　底本作"幌一幌"，据《西厢记》(P.77)改。

然不同。兹取金圣叹节本及其评注，以见其曲折微妙之趣焉。

【元和令】颠不刺的见了万千，这般可喜娘罕曾见！我眼花撩乱口难言，魂灵儿飞去半天。

金曰："右第五节，写张生惊见双文，目定魂摄，不能遽语。"

尽人调戏，䩞着香肩，只将花笑拈。【上马娇】是兜率宫，是离恨天，我谁想这里遇神仙。

金曰："右第六节，写双文不曾久立，张生瞥然惊见。"

宜嗔宜喜春风面。

金曰："右第七节，只此七字是双文正向。"

偏宜贴翠花钿。【胜葫芦】宫样眉儿新月偃，侵入鬓云边。

金曰："右第八节，写双文侧转身来。"

未语人前先腼腆（一），樱桃红破（二），玉粳白露（三），半晌（四），恰方言（五）。（后）似呖呖莺声花外转。

莺莺云："红娘，我看母亲去。"

金曰："右第九节，双文见客来，便侧转身。"

行一步，可人怜，解舞腰肢娇又软，千般袅娜，万般旖旎，似垂柳在晚风前。

金曰："右第十节，自偏字至此，止是一晌眼间事，盖侧转身来，便移步入去也。"

右金评将【元和令】【上马娇】【胜葫芦】二篇四曲任情割裂，致曲度节奏失调。故梁廷枏谓："圣叹以文律曲，每于衬字删繁就简，而不知其腔拍之不协。至一牌画分数节，拘腐最为可厌。"然吴石华为之辩护谓："金本科白简净，书札尤雅，旧本所不及，改曲亦有佳者。"（《桐华阁校正西厢记》）兹按协诸音律，金本支离灭裂，诚不可为训，若玩赏文字，其评注细密，亦有可取者。

B. 写景。元人写景有春秋殊情，湖山异色，各极其妙者，如王和卿之【阳春曲】云：

　　柳梢淡淡鹅黄染，波面澄澄鸭绿添。及时膏雨细廉纤，门半掩，春睡殢人甜。

右写春思。

周德清之【朝天子】云：

　　月光，桂香，趁着风飘荡。砧声催动一天霜，过雁声嘹亮。叫起离情，敲残愁况，梦家山，身异乡。夜凉，枕凉，不许愁人强。

右秋夜客里。

张小山之【塞鸿秋】云：

断齑流水西林渡，暗香疏影梅花路。蹇驴破帽登山去，夕阳古寺题诗处。树头啼翠禽，水面飞白鹭，伤心和靖先生墓。

右湖上即事。
又唐毅夫之【殿前欢】云：

　　冷云间，夕阳楼外数峰闲，等闲不许俗人看。雨鬓烟鬟，倚西风十二阑。休长叹，不多时，暮霭风吹散。西山看我，我看西山。

右大都西山。
又若马谦斋【水仙子】之咏雪夜云：

　　一天云暗玉楼台，万顷光摇银世界。卷帘初见阑干外，似梅花满树开。想幽人冻守书斋，孙康朱颜变，袁安绿鬓改，看青山一夜头白。

徐甜斋【红绣鞋】之咏半月泉云：

　　凿透杯间山溜，平分天上中秋，菱花分破印寒流。沁梅疏影缺，攀桂片云愁，待团圆掬在手。

此外若马九皋《山坡羊》之咏西湖四时景色，盖西村《小桃红》之咏八景，莫不刻画入微，沁人心脾。凡此皆小令也，若套数之描写景色者，马致远《秋思》云：

【拨不断】利名竭，是非绝。红尘不向门前惹，绿树偏宜屋角遮。青山正补墙东缺，竹篱茅舍。【离亭宴煞】蛩吟一觉才宁贴，鸡鸣后万事无休歇。算名利，何年是彻？密匝匝蚁排兵，乱纷纷蜂酿蜜，闹攘攘蝇争血。裴公绿野堂，陶令白莲社。爱秋来那些，和露摘黄花，带霜烹紫蟹，煮酒烧红叶。人生有限杯，几个登高节？嘱咐与顽童记者，便北海探吾来，道东篱醉了也。

情景交融，苍凉悲壮，周德清评为万中无一，王元美推为套数中第一，诚确论也。更考之杂剧，郑德辉《倩女离魂》第二折之【秃厮儿】云：

你觑远浦孤鹜落霞，枯藤老树昏鸦。听长笛一声何处发。歌欸乃，橹咿哑。

又【圣药王】云：

近蓼洼，缆钓槎，有折蒲衰柳老蒹葭。傍水凹，折藕芽，见烟笼寒水月笼纱，茅舍两三家。

又王实甫《西厢记·寺警》折之【混江龙】云：

落红成阵，风飘万点正愁人。池塘梦晓，阑槛辞[1]春，蝶粉轻沾飞絮雪，燕[2]泥香惹落花尘。系春心情短柳丝长，隔花阴人远天涯近。香消了六朝金粉，清减了三楚精神。

清丽缠绵，足与小令相颉颃也。

C.咏物。《曲律》曰："咏物不得骂题，却要开口便见是何物。不贵说体，只贵说用。佛家所谓不即不离，是相非相，只于牝牡骊黄之外，约略写其风韵，令人仿佛中如灯镜传景，了然目中，却摸捉不得，方是妙手。元人王和卿咏大蝴蝶，'挣破庄周梦，两翅驾东风，三百座名园一采一个空。谁道风流种？唬杀寻芳的蜜蜂，轻轻飞动，把卖花人扇过桥东'，只起一句便知是大蝴蝶，下文势如破竹，却无一句不是俊语。古词咏柳，'窥青眼'，开口便知是柳，下'偏宜向朱门羽戟，画桥游舫'，又'倚阑凝望，消得几番暮雨斜阳'等，皆从柳外做去，所以渺茫多趣。他如祝京兆咏月，陶陶区咏雁，梁伯龙咏蛱蝶等，非无一二佳语，只夹杂凡俗，便是不成片段。问如何是说

---

[1] 辞　底本作"生"，据《西厢记》(P.65)改。
[2] 燕　底本作"雁"，据《西厢记》(P.65)改。

体？如昔人咏柳絮'一似半天飘粉，绕树凝酥，平地飞琼堵'是也。如何是说用？如咏草，'斜阳外，几家断桥村坞'，又'池塘雨歇，梦回南浦'，又'王孙何事在长途？好归去，又惊春暮'是也。"按曲之咏物，厥例孔繁。雅之为琴书，村之为米盐，艳之为裙裾，炬之为冠带，蠢之为牛马，灵之为花鸟；或壮丽而为江山，或喧阗而为钲鼓，或轩昂而为裘马，或穷愁而为韦布；逸则为尘拂，旷则为鞋笠，离则为舟车，合则为酒食；为夫妇之破镜，为母子之断机，为朋友之鸡黍，为羁旅之翰简。综是殊名，陈其体用，务摩色以揣声，期穷形而尽相，斯又曲文之殊长，足与诗词相颉颃者也。

（二）叙事　宋人大曲，皆为叙事体，金之诸宫调虽有代言之处，而大体只可谓之叙事，惟元人杂剧于科白中叙事，而曲文全为代言（王氏《戏曲史》说）。然今观关汉卿《拜月亭》第一折之【油葫芦】云：

> 分明是风雨[1]催人辞故国，行一步一叹息。两行愁泪脸边垂，一点雨间一行凄惶泪，一阵风对一声长吁气。百忙里一步一撒，索与他一步一提。这一对绣鞋儿分不得帮和底，稠紧紧，黏软软，带着淤泥。

---

[1] 是风雨　底本脱，据《古今杂剧》补。

叙述风雨中奔驰之苦，语语沉痛，字字酸楚。施君美袭之作《拜月亭记》，其第十三出叙母子避难曰：

【渔家傲】（老旦）天不念去国愁人助惨凄，淋淋的雨若盆倾，风如箭急。（旦）侍妾从人皆星散，各逃生计。（合）身居处华屋高堂，但寻常珠绕翠围，那曾经地覆天翻受苦时。（老旦）孩儿，两条路不知从那条路去。

【剔银灯】迢迢路不知是那里，前途去，身安在何处？（旦）一点点雨间着一行行凄惶泪，一阵阵风对着一声声愁和气。（合）云低，天色傍晚，子母命存亡兀自尚未知。【摊破地锦花】（旦）绣鞋儿分不得帮和底，一步步提，百忙里褪了跟儿。（老旦）冒雨荡风，带水拖泥。（合）步难移，全没些气和力。

写凄风苦雨中，母女逃生，凄惶愁惨之状，令人不忍卒读。其下第十四出又叙兄妹逃难曰：

【赛观音】（生）雨儿催，风儿送，叹一旦家邦尽空。（小旦）想富贵荣华如梦。（合）哽咽伤心，教我气填胸。

（前腔）（小旦）意儿慌，脚儿痛，颤笃速如痴似懵。

（生）苦捱着疾忙行动。（合）郊野看看，又早晚烟云笼[1]。

【人月圆】（生）途路里奔走流民拥，胆丧魂飞心惊恐。（小旦）风吹雨湿衣襟重，止不住双双珠泪涌。（合）行不上，惟闻得战鼓声振苍穹。

（前腔）（生）军马又来，四下如铁桶，眼见得京师城壁空。（小旦）他每赶着无轻纵，人似豺狼马似龙。（合）遭驱虏，亲骨肉甚年何日重逢？

加之刀兵蔽野，流冗塞途，尤使人惊惶无地。凡此并叙乱离情况也。至睢景臣《哨遍》写高祖还乡云：

社长排门告示，但有的差使无推故。这差使不寻俗，一壁厢纳草也根，一边又要差夫索应付。又言是车驾，都说是銮舆，今日还乡故。王乡老执定瓦台盘，赵忙郎抱着酒葫芦，新刷来的头巾，恰糨来的绸衫，畅好是妆么大户。

【耍孩儿】瞎王留引定火乔男女，胡踢蹬吹笛擂鼓，见一彪人马到庄门，匹头里几面旗舒：一面旗白胡阑套住个迎霜兔，一面旗红曲连打着个毕月乌，一面旗鸡学舞，一面旗狗生双翅，一面旗蛇缠葫芦。

【五煞】红漆了叉，银铮了斧，甜瓜苦瓜黄金镀，明

---

[1] 烟云笼　底本作"烟浓"，据《六十种曲·幽闺记》（P.39）改。

晃晃马镫枪[1]尖上挑,白雪雪鹅毛扇上铺。这几个乔人物,拿着些不曾见的器仗,穿着些大作怪衣服。

(四)辕条上都是马,套顶上不见驴,黄罗伞柄天生曲,车前八个天曹判,车后若干递送夫。更几个多娇女,一般穿着,一样妆梳。

(三)那大汉下的车,众人施礼数。那大汉觑得人如无物,众乡老屈脚舒腰拜,那大汉那身着手扶。猛可里抬头觑,觑多时,认得熟,气破我胸脯。

(二)你须身[2]姓刘,你妻须姓吕,把你两家儿根脚从头数。你本身做亭长,耽几盏酒;你丈人教村学,读几卷书。曾在俺庄东住,也曾与我喂牛切草,拽坝扶锄。

(一)春采了桑,冬借了俺粟,零支了米麦无重数。换日契,强秤了麻三秆,还酒债,偷[3]量了豆几斛。有甚胡突处?明蓁着册历,见放着文书。

【尾】少我的钱,差发内旋拨还;欠我的粟,税粮中私准除。只道刘三,谁肯[4]把你揪摔住?白甚么改了姓,更了名,唤做汉高祖。

---

[1] 枪　底本脱,据《朝野新声太平乐府》(P.348)补。
[2] 身　底本脱,据《朝野新声太平乐府》(P.349)补。
[3] 偷　底本脱,据《朝野新声太平乐府》(P.349)补。
[4] 肯　底本脱,据《朝野新声太平乐府》(P.349)补。

写高祖未到前准备之烦，到后仪仗之盛，全从乡人目中见出，口中道出，便觉逸趣横生，笑容可掬。然小令套数泰半言情，杂剧传奇乃多述事，故令仅一章，套或数段，而杂剧乃至四折，传奇增至数十出。以情有时尽，文不得长，事与情相生，文与笔乃能互用也。是故杂剧传奇之标题，或名曰记，或名曰传，其次曰谱，其次曰图，作者俨以史职自居，可以想见。观夫陆天池之《明珠记》谱刘无双事，梅孝己之《酒家佣》谱李固之子李燮事，梅鼎祚之《玉合记》谱章台柳本事，张凤翼之《红拂记》谱李卫公事，可谓有容之词章，有韵之说部。若夫《春灯记》《燕子笺》《桃花扇》等剧，关系一代兴亡，一朝掌故，为文为史，更不容辨。论者乃谓其以诗人之心，行稗官之志，曲之为文，所以俪史，信不诬矣。

（三）抒情　剧情变化，更仆难穷，约举都凡，"悲欢离合"四字足以尽其义蕴，喜剧、悲剧两类足以括其宏纲。兹分别南北，核其旨归。北人填词，悲剧大抵用南吕商调，喜剧用黄钟仙吕，英雄豪杰则歌正宫，滑稽嘲笑则歌越调，元人殆无不守此规律者。《中原音韵》更详述各宫调之音节曰：

唱仙吕宫宜清新绵邈，
　南吕宫宜感慨悲伤，
　黄钟宫宜富贵缠绵，
　中吕宫宜高下闪赚，

正宫宜惆怅雄壮，

道宫宜飘逸清幽，

大石调宜风流酝藉，

小石调宜旖旎妩媚，

高平调宜条畅滉漾，

般涉调宜拾掇坑堑，

歇指调宜急并虚歇，

商角调宜悲伤婉转，

双调宜健捷激裹，

商调宜凄怆怨慕，

角调宜呜咽悠扬，

宫调宜典雅沉重，

越调宜淘写冷笑。

此北曲各宫调之音节及其所表之曲情也。至南曲各宫调之套数，就曲情分类，凡属细曲，均宜于诉情。如南商调之第一套、第二套及第三套，南仙吕之第一套，南南吕之第一、第二、第三及第五套，南正宫之第一套，南仙吕入双调之第四、第五及第八套，南黄钟之第五套，叠用之曲牌，如引，【祝英台】（四支），引，【绵搭絮】（四支），皆属细腻熨贴，情致缠绵之曲也。此种诉情之曲，多系大套长曲，为全部传奇中主要之折，宜于生旦唱之。近悲情者宜用商调，近喜情者宜用正宫，余皆可悲可喜者也。

其他宜于欢乐用之套数，如南南吕之第四套，南双调之第一套，南大石之第一套及第二套，南中吕之第二套及第三套，南黄钟之第一套及第二套。

宜于游览用之套数，如南南吕之第四套，南大石之第一套，正宫南北合套之一，南中吕之第二套。

宜于悲哀用之套数，如南越调之第二套，南商调之第四套及第五套；叠用之曲牌，如引，【三仙侨】（三支），引，【风云会四朝元】（四支），引，【金络索】（四支）。

宜于幽怨用之套数，如南仙吕之第一套；叠用之曲牌，如引，【风云会四朝元】（四支），引，【江头金桂】（四支），【雁鱼锦】五段。

宜于行动之套数，如南中吕之第一套，南正宫之第四套；叠用之曲牌，如引，【甘州歌】（四支），【尾】，引，【朝元令】（四支），引，【二犯江儿水】（二支），引，【香柳娘】（四支或六支），引，【锁南枝】（四支）。

以上共分六类，欢乐及游览、行动三类宜于同唱，悲哀、幽怨二类则多宜于旦唱，小生亦可用之。至老生及净遇悲剧，则以用北曲为宜，盖南曲柔靡，少雄壮之音，故不适于生净之口吻也。此外尚有过场短剧，乃传奇中线索之过脉，剧情之过渡，虽绝不可少而非重要部分，故不详述，略述表情之曲文焉（以上用《螾庐曲谈》说）。

A. 悲伤语。高明《琵琶记》第二十一出糟糠自厌云：

(商调过曲)【山坡羊】(旦)乱荒荒不丰稔的年岁，远迢迢不回来的夫婿。急煎煎不耐烦的二亲，软怯怯不济事的孤身己。衣尽典，寸丝不挂体。几番拼死了奴身己，争奈没主公婆教谁看取？思之，虚飘飘命怎期？难捱，实丕丕灾共危。

(前腔)滴溜溜难穷尽的珠泪，乱纷纷难宽解的愁绪。骨崖崖难扶持的病身，战兢兢难捱过的时和岁。这糠，我待不吃你呵，教奴怎忍饥？我待吃你呵，教奴怎生吃？思量起来，不如奴先死，图得不知亲死时。

朱竹垞《静志居诗话》谓："闻则诚填词，夜案烧双烛，填至'吃糠'一出，句云'糠和米本一处飞'，双烛交为一。"吴舒凫《长生殿传奇序》亦谓："则诚居栎社沈氏楼，清夜案歌，几上蜡炬二枚，光交为一，因名其楼曰瑞光。"说虽附会，然自来评文者以之为神来之作，则可信也。

B 愁怨语。《西厢·酬韵》折之越调【拙鲁速】云：

对着盏碧荧荧短檠灯，倚着扇冷清清旧帏屏。灯儿又不明，梦儿又不成，窗儿外渐零零的风儿透疏棂，忒楞楞的纸条儿鸣。枕头儿上孤另，被窝儿里寂静。你便是铁石人，铁石人也动情。

写张生辗转反侧，迷离恍惚苦状，读之荡人魂魄。前节诸文如放声号哭，此文则如泣如诉，如怨如慕也。
C. 雄健语。王伯成《贬夜郎》之第一折【点绛唇】云：

鹤梦翱翔，坦然独向。蓬山上引九曲沧浪，助我怀中况。

又【混江龙】云：

忽地里眼皮开放，似一竿风外酒旗忙。不向那竹溪翠影，则恋着花市清香。我舞袖拂开三岛路，醉魂飞上五云乡。三杯两盏，浇灌吟怀，箪食瓢饮，洗涤愁肠。我比颜回隐迹，只争个无深巷。叹人生碌碌，美人世苍苍。

劲切雄壮，的是元人本色。
D. 委婉语。曲文抒情，贵淋漓尽致，沉着痛快，与诗词之婀娜蕴藉者不同，然亦有委婉曲折，含蓄不露者，如《西厢·荣归》折之【沉醉东风】云：

不见时准备着千言万语，得相逢都变做短叹长吁。他急攘攘却才来，我羞答答怎生[1]觑。将腹中愁恰待申诉，及至相逢一句也无，只道个先生万福。

E. 旷达语。曲中抒情，主于色食，亦有牢骚之极，反为放达，爰有餐霞服日之想，枕流漱石之志，则词场之别调也，如王子一《误入桃源》第一折之【混江龙】云：

山间林下，伴药炉经卷老生涯，眼不见车尘马足，梦不到蚁阵蜂衙。闲来时静扫白云寻瑞草，闷来时自锄明月种梅花。不想去上书北阙，不想去待漏东华，似这等鹍鹏掩翅，都只为狼虎磨牙。怕的是斫身铜剑，愁的是碎脑金瓜。怎学他屈原湘水，怎学他贾谊长沙？情愿做归湖范蠡，情愿做噗酒柰巴。携闲客登山采药，唤村童汲水烹茶。……学圣贤洗涤了是非心，共渔樵讲论会兴亡话。羡杀那知祸福塞翁矢马，堪笑他问公私晋惠闻蛙。

F. 本色语。金元人杂剧，所谓出色当行者，以白描句语为多，辞藻缤纷，篆组雕缋之作，本非所贵。董解元《西厢记》，方言俗语，杂见行间，传诵一时，推为杰作，实由于此。今观其卷一中吕调之【香风合缠令】云：

---

[1] 生　底本脱，据《西厢记》(P.242) 补。

转过荼蘼架，正相逢着宿世那冤家。一时间见了他，十分地慕想他。不道揩大连心要退身，却把个门儿亚，唤别人不见吵，不见吵！朱樱一点衬腮霞，斜分着个庞儿鬓似鸦。那多情媚脸儿，那鹘鸰渌老儿，难道不清雅？见人不住偷睛抹，被你风魔了人也嗦，风魔了人也嗦！

又【墙头花】云：

也没首饰铅华，自然没包弹，淡净的衣服儿扮得如法。天生更一段儿红白，便周昉的丹青怎画。手托着腮儿，见人羞又怕，觑举止行处，管未出嫁。不知他姓[1]甚名谁，怎得个人来问咱？不曾旧相识，不曾共说话，何须更买卦[2]，已见十分掉不下。兀的般标格精神，管相思人去也妈妈！

文中"鹘鸰"即胡伶、聪明之谓，北人谓眼为渌老，及兀的吵、嗦等语词，皆当代方言也。

（四）想象　曲中所用之事，有实有虚。实者，就事敷陈，不假造作，有根有据之谓；虚者，空中楼阁，随意构成，无形无影之谓也（李笠翁《曲话》说）。传奇无实，半属寓言，故最

---

[1] 姓　底本作"信"，据《董解元西厢记》（P.8）改。
[2] 卦　底本作"卜"，据《董解元西厢记》（P.8）改。

富于想象,爰约举数例,以见都凡。

A. 设想。如《西厢·听琴》折之【渔灯儿】云:

莫不是步摇得宝髻玲珑?莫不是裙拖得环珮叮咚?莫不是铁马檐前骤风?莫不是金钩双控咭叮当敲响帘栊?(前腔)莫不是梵王宫夜撞金钟?莫不是漏声长滴响壶铜?莫不是疏竹萧萧曲槛中?莫不是牙尺剪刀声相送?却原来是近西厢谁理丝桐。

多方悬河,并用联想的想象以拟其音。

B. 想象。如马东篱《陈抟高卧》之【倘秀才】三煞云:

身安静宇蝉初蜕,梦绕南华蝶正飞。卧一榻清风,看一轮明月,盖一片白云,枕一块石头。直睡的陵迁谷变,石烂松枯,斗转星移,长则是抱元守一,穷妙理,造玄机。

右高士理想之境界也。他如《牡丹亭》写杜丽娘之惊梦,情节尤奇,由是游魂、冥誓诸说,层见叠出。后之作剧者往往假托神怪,或糅杂鬼魅,若《双珠》之投渊遇神,《狮吼》之遍游地狱,六尺罷觎,人鬼参半,皆由好奇太过,山穷水尽,不得不设一幻境,以便生旦团圆。此李渔所以戒荒唐,非想象之上乘也。

六、南北曲之派别

元人杂剧参合宋金两代歌曲,以一定之体段,一定之曲度,成一代之文体,前节详著之矣。顾其体创自何人,起于何世,稽之载籍,殊无确征,惟钟嗣成《录鬼簿》著录元曲作者,以关汉卿为首。宁献王《太和正音谱》评关氏曲亦云:"观其词语,乃可上可下之才,盖所以取者,初为杂剧之始,故卓以前列。"考之蒋仲舒《尧山堂外纪》:"关仕金末,官太医院尹,金亡不仕。"则杂剧成于金遗民之手,其创作之时实在金末元初,下逮明清,时历四代,前后亘四五百年,诚近世最著之体制也。故述作者日繁,名家辈出,虽才有长短,义有浅深,无非演畅物情,表彰人事而已。爰征列历代作者,著有源流正变之迹焉。

A. 北曲。《录鬼簿》于北曲作者,凡分三期:(一)前辈已死名公才人,有所编传奇行于世者;(二)方今已亡名公才人余相知者,及已死才人不相知者;(三)方今才人相知者,及方今才人闻名而不相知者。王国维考其第一期为蒙古时代,自太宗取中原以后,至至元一统之初,《录鬼簿》卷上所录之作者五十七人,大都在此期中,其人皆北方人也;第二期为一统时代,自至元后至顺帝后至间,《录鬼簿》所谓已亡名公才人,与余相知或不相知者,其人则南方为多,否则北人而侨寓南方者也;第三期为至正时代,《录鬼簿》所谓方今才人是也。此三期中,以第一期之作者为最盛,其著作存者亦多,元剧之杰作大抵出于此期中。至第二期则除宫天挺、郑光祖、乔吉三人外，殆无足观，而其剧存者亦罕(《宋元戏曲史》)。兹表其著者。

1. 关汉卿。已斋叟金末为太医院尹，入元不仕，所撰杂剧见于《太和正音谱》者，凡六十三种。今《元曲选》及士礼居藏元曲中所存者，惟《玉镜台》《谢天香》《金线池》《窦娥冤》《鲁斋郎》《救风尘》《胡蝶梦》《望江亭》《单刀会》《拜月亭》《调风月》《西蜀梦》仅十二种。《滹南诗话》《艺苑卮言》又以《西厢记》之第五剧为汉卿作，合得十有三种。其词多汪洋肆恣，感慨苍凉，今所传之《训子》《刀会》，即《单刀会》之后二折，其尤著者。《拜月亭》中佳曲尤多，如第一折之【油葫芦】，已见前节。其第三折【倘秀才】云："你休着个滥名儿将咱来引惹，敢待是你个小鬼头春心儿动也。我与你宽打周遭，向父亲说，我又不风魔，不痴呆，要则甚迭。"【叨叨令】云："原来你深深的花底儿将身遮，搭搭的背后把鞋捻，涩涩的轻把我裙儿拽，煴煴的羞得我恁儿热。直恁的撞破我么哥，撞破我么哥，我一星星都只索从头儿说。"并为《幽闺记》之所本。其《续西厢》四折，不事雕缋，惟尚白描，的是元人本色。金圣叹不辨，妄加讥弹，非知音也。

2. 王实甫。实甫《丽春堂》杂剧，以颂祷金章宗作结，盖亦金遗民之入元者也。所作曲十四种，今存《西厢记》《丽春堂》二种，以妍丽艳冶著称，视北曲之尚本色者不同。如《西厢·惊艳》折之【寄生草】云："兰麝香仍在，佩环声渐远，东风摇曳垂杨线。游丝牵惹桃花片，珠帘掩映芙蓉面。你道是河中开府相公家，我道是南海水月观音现。"《寺警》折之【混江龙】云："落红成阵，风飘万点正愁人。池塘梦晓，阑槛辞春，蝶粉轻沾飞絮雪，燕泥香惹落花尘。系春心情短柳丝长，隔花阴人远天涯近。香消了六朝金粉，清减了三楚精神。"词藻缤纷，风光旖旎，颇近南曲，在元剧中，斯为异军。然其《丽春堂》中之【耍孩儿】云："这泼徒怎敢将人戏，你托赖着谁人气力？睁开你那驴眼可便觑着阿谁，我便歹杀者波，是将军的苗裔。"《西厢》中之【搅筝琶】云："怕我是赔钱货，两当一便成合，凭着他举将除贼，消得个家缘过活，费了甚么？古那便结丝萝，休休波，省人情奶奶忒虑过，恐怕张罗。"【满庭芳】云："你休要呆里撒奸，你待思情满，教我骨肉摧残。他手搭着檀棍摩挲看，粗麻线怎透针关？直待教我挂着拐帮闲钻懒，缝合唇送暖偷寒。待去呵，消息儿踏着犯，待不去，教甜话儿热趑，教我左右做人难。"亦未尝无出色当行处也。

3. 白朴。仁甫年七岁遭壬辰之难，父寓斋以事远适。明年春，京城变起，元遗山遂挈以北行。日亲炙遗山謦欬，谈笑悉能默记。后数年，寓斋北归，父子卜筑于滹阳。时律赋为专家之学，而仁甫有能声，号后进之翘楚，遗山每过之，必问为学次第，尝赠之曰："元白通家旧，诸郎汝独贤。"未几，生长见闻，学问博洽，然自幼经丧乱，仓皇失母，便有满目山川之叹。逮亡国后，恒郁郁不乐，以故放浪形骸，期于适意。开府灮公将以所业荐之于朝,再三逊谢。栖迟衡门,视荣利蔑如也(节王博文《天籁集序》)。所作杂剧十七种,今传者有《梧桐雨》《墙头马》二种,《梧桐雨》第一折【油葫芦】云:"报接驾的宫娥且慢行,亲自听,上瑶阶那步近前楹。悄悄蹙蹙,款把纱窗映。扑扑簌簌,风飐珠帘景。我恰待行,打个呓挣,怪玉笼中鹦鹉知人性,不住的语偏明。"【醉中天】云:"龙麝焚金鼎,花蕚插银瓶。小小金盆种五生,供养着鹊桥会,丹青帧[1]。把一个米来大蜘蛛抱定,搀夺尽六宫宠幸,更待怎生般智巧心灵。"【醉扶归】云:"暗想那织女分,牛郎命,虽不老,是长生。他阻隔银河信杳冥,经年度岁成孤另,你试向天宫打听,他决害了些相思病。"《长生殿·密誓》折袭其意处不少。第二折【粉蝶儿】云:"天淡云闲,列长空数行征雁,御园中夏景初残。柳添黄,荷减翠,秋莲脱瓣。坐近幽阑,喷清香玉簪花绽。"又《惊变》折之所本也(《蟫庐曲谈》)。

4. 马致远。东篱作曲十四种,今传《汉宫秋》《荐福碑》《岳阳楼》《黄粱梦》《青衫泪》《陈抟高卧》《任风子》七种。《汉宫秋》第一折【点绛唇】云:"车碾残花,玉人月下,吹箫罢。未遇宫娃,是几度添白发。"【混江龙】云:"料必他珠帘不挂,望昭阳一步一天涯。疑了些无风竹影,恨了些有月窗纱。他每见弦管声中巡玉辇,恰便似斗牛星畔盼浮槎。是谁人偷弹一曲,

---

[1] 帧 底本作"灯",据《元曲选》(P.351)改。

写出嗟呀？莫便要忙传圣旨报与他家。我则怕乍蒙恩把不定心儿怕，惊起了宫槐宿鸟，庭树栖鸦。"第三折【新水令】云："锦貂裘生改尽汉宫装，我则索看昭君画图模样。旧恩金勒短，新恨玉鞭长。本是对金殿鸳鸯，分飞翼，怎承望。"词旨清俊。至《荐福碑》第二折之【滚绣球】，则又明白浅显，令人忘其为曲。《秋思》一套，尤负盛名，周德清推为元人之冠（引见前节）。其小令【天净沙】云："枯藤老树昏鸦，小桥流水人家，古道西风瘦马，夕阳西下，断肠人在天涯。"高妙自然，尤推卓绝。

右关、王、白、马为第一期四大作者，此外与关、白、马并称者有郑光祖，则第二期之大家也。

5. 郑光祖。德辉杂剧十九种，存者有《倩女离魂》《王粲登楼》《㑇梅香》《周公摄政》四种。《倩女离魂》第一折之【村里迓鼓】云："则他这渭城朝雨，洛阳残照，虽不唱阳关曲本，今日来祖送长安年少，兀的不取次弃舍，等闲抛掉。因而零落，恰楚泽深，秦关杳，泰华高，叹人生离多会少。"【柳叶儿】云："见淅零零满江干楼阁，我各刺刺坐车儿懒过溪桥，他矻蹬蹬马蹄儿倦上皇州道。我一望望伤怀抱，他一步步待回镳，早一程程水远山遥。"第二折之【秃厮儿】云："你觑远浦孤鹜落霞，枯藤老树昏鸦，听长笛一声何处发。歌欸乃，橹咿哑。"【圣药王】云："近蓼洼，缆钓槎，有折蒲衰柳老兼葭。傍水凹，折藕芽，见烟笼寒水月笼纱，茅舍两三家。"清丽流便，不失本色。《王粲登楼》第三折【红绣鞋】云："泪眼盼秋水长天远际，归心似落霞孤鹜齐飞,则我这襄阳倦客苦思归。我这里凭栏望,母亲那里倚门悲,争奈我身贫归未得。"【迎仙客】云:"雕檐红日低,画栋彩云飞。十二玉阑天外倚,望中原,思故国,感慨伤悲,一片乡心碎。"《㑳梅香》第一折【寄生草】云:"不争向琴操中单诉着你飘零,却不道窗儿外更有个人孤另。"又【六幺序】:"却原来群花弄影,将我来諕一惊。"情意独至,皆绝妙好词也。

6.宫天挺。大用作《七里滩》,其第一折【混江龙】云:"自从夏桀将禹丧,独夫殷纣灭成汤。丕显立吊民伐罪,丕承立守绪成康。瑶池上筵开穆满,湘流中溺杀昭王。自开基起运,立国安邦。坐筹帷幄,竭力边疆。百十万阵,三五千场。满身矢簇,遍体金疮。尸横草野,鸦啄人肠。未曾立两行墨迹在史书中,却早卧一丘新土在芒山上。咱看这富贵如蜗牛角半痕涎沫,功名似飞萤尾一点光芒。"雄健混朴,不在关、白、马、郑下也。

7.乔吉甫。梦符博学多能,以乐府称重于世,尝云:"作乐府亦有法,曰凤头、猪肚、豹尾六字是也。大概起要美丽,中要浩荡,终要响亮。尤贵在首尾贯串,意思清新,能若是斯可以言乐府矣。"(《辍耕录》)所作杂剧有《认玉钗》《两世姻缘》《扬州梦》《死生交》《勘风情》《金钱记》《荆公遣妾》《节妇牌》《贤孝妇》《九龙庙》《黄金台》十一种,今仅存《两世姻缘》《扬州梦》《金钱记》三种,见《元曲选》中。小令尤有风致,如【天净沙】云:"莺莺燕燕春春,花花柳柳真真。事事风风韵韵,娇娇嫩嫩,停停当当人人。"【咏香茶】云:"细研片脑梅花粉,新剥珍珠豆蔻仁。依方[1]修合凤团春,醉魂清爽,舌尖香嫩,这孩儿那些风韵。"清新秀逸,不愧大家。

  8.张可久。小山以乐府得盛名,有《小山小令》二卷。《太和正音谱》评其词"清而且丽,华而不艳"。今观其秋日宫词【一半儿】云:"花边娇月静妆楼,叶底沧波冷翠沟,池上好风闲御舟。可怜秋,一半儿芙蓉,一半儿柳。"其二云:"数层秋树隔雕檐,万朵晴云拥玉蟾,几缕夜香穿绣帘。等潜潜,一半儿开门,一半儿掩。"明李中麓刻梦符、小山两家小令,以方唐之李、杜。王骥德谓:"李则实甫,杜则东篱,始当。乔、张盖长吉、义山之流,然乔多凡语,似又不如小山更胜也。"

  9.沈和。和甫所作《潇湘八景》《欢喜冤家》诸本,皆用南北合套。后人遵其例,以南北曲相间而成套数,如仙吕宫之北【点绛唇】、南【剑器令】、北【混江龙】、南【桂枝香】、北【油葫芦】、南【八声甘州】、北【天下乐】、南【解三酲】、北【哪咤令】、南【醉扶归】、北【寄生草】、南【皂罗袍】之类,新创之体颇多,皆自沈和导其先声也。

  王氏《戏曲史》考元剧第一期之作者以大都为众,平阳次之。中叶以后,则悉为杭州人。其散处各行省者,皆沉浮下僚

---

[1]方 底本作"仁",据《朝野新声太平乐府》(P.84)改。

不得志之士。江南嘌唱，别创南北合套之格，则别辟蹊径者也。吴梅曰："元人之词，约分三类：喜豪放者学关卿，工锻炼者宗二甫，尚轻俊者效东篱，而张小山以小令著称，不入戾家矍弄，斯又词品之高卓者也。"（《词余讲义》）盖关卿豪迈，二甫研练，东篱清俊，三家鼎盛，领袖一时，余子皆不能越其范围也。

B. 南曲。南曲渊源，祝允明《猥谈》谓："出于宣和之后，南渡之际，谓之温州杂剧。"叶子奇《草木子》亦云："俳优戏文，始于王魁，永嘉人作之。"是其创始实在北曲之前。特金元两代，作者特寡，至元明之际复兴，其后遂夺北曲之席而代之矣。

南曲之存者，后人以《荆》《刘》《拜》《杀》为元四大家，明无名氏以《荆钗记》为柯丹邱撰。王国维谓："柯敬仲未闻以制曲称，想旧本当题丹邱子或丹邱先生撰。丹邱子者，明宁献王道号也，后人不知，见丹邱二字，即以为敬仲耳。"《白兔记》不知撰人，《杀狗记》作于徐畛，《拜月亭》（又名《幽闺记》）作于施惠。徐字仲田，施字君美，并元人，徐至明犹存。今读《荆钗》曲文，固无足取，《白兔》《杀狗》，尤为俚鄙，不知何以著称？即《幽闺》中《走雨》《拜月》两折，颇见佳句，亦抄袭关卿（见前）。余则绝无胜处，故并置之不论，论高明之《琵琶记》焉。

1. 高明。明字则诚，永嘉平阳人。《瑞安县志》及顾侠君《元诗选》并载"则诚旅寓鄞之栎社，撰《琵琶记》"。明姚福《青溪暇笔》亦云:"元末永嘉高明,避世鄞之栎社,以词曲自娱,见刘后村有'死后是非谁管得,满村听唱蔡中郎'之句,因编《琵琶记》,用雪伯喈之耻。国朝遣使征辟,不就。既卒,有以其记进者,上览毕曰,五经四书,在民间如五谷不可缺。此记如珍羞美味,富贵家其可无耶? 其见推许如此。"田艺衡《留青日札》亦同此说,则作《琵琶》者确为高明。乃《艺苑卮言》谓:"南曲高拭则诚,遂掩前后。"《尧山堂外纪》亦云:"作《琵琶》者乃高拭则诚。"《静志居诗话》引之并云:"涵虚子《曲谱》有高拭而无高明,则蒋氏之说,或有所据。"不知元刊本张小山《北曲联乐府》,前有燕山高拭题词,此乃涵虚子《曲谱》中之高拭。其人与小山友善,当生于元之中叶,实非元末之高明。《琵琶》乃南曲戏文,其作者自当为永嘉之高明,而非燕山之高拭也。吴梅曰:"《琵琶》《拜月》,古今咸推圣手。则诚以本色见长,而未尝不事藻饰;君美以浑脱著誉,而间亦伤于庸俗。是以学则诚易失之腐,学君美易失之嗲,而献王《荆钗》,且直摩则诚之垒,出词鄙俚,亦十倍于永嘉。继之者涅川《双珠》,夆州《鸣凤》,叔回《八义》,道行《青衫》,肤浅庸劣,皆学则诚之失也。"以《琵琶》中《赏荷》折之【梁州新郎】,《赏秋》折之【念奴娇序】,《剪发》折之【山坡羊】诸曲,亦工绮语,不专尚白描,惟末八折为后人所补。世人买椟还珠,岂善学者哉?

2.王九思。渼陂著《杜甫游春》一剧,王元美谓"其声价不在关、马之下"。何元朗云:"金元人犹当北面。"王伯良云:

"此剧盖借李林甫以骂时相者,其词气雄宕,固陵厉一时,然亦多杂凡语。"盖溪陂以附刘瑾坐废,盛年见摈,无所发泄,寄情词曲,作为此剧,力诋西厓,故其词雄肆奔放,俨然有关、马之遗也,同时酬和者有康海。王伯良曰:"近之为词者,北调则关中康状元对山、王太史溪陂。康富而芜,王艳而整。"又曰:"对山亦忤于时,放情自废,与溪陂皆以声乐相尚,彼此酬和不辍,康所作尤多。非不莽具才气,然喜生造,喜堆积,多用老生语,不得与王并驱。"今读王氏《碧山乐府》,秀丽俊丽,诚非康之《沜东乐府》所能及。然以身世相同,故康之《中山狼》与王之《游春记》,曲情亦大抵相似也。

3. 梁辰鱼。伯龙以《浣纱记吴越春秋》一剧,颇负时名。时太仓魏良辅以老教师居吴中,伯龙就之商订曲律,词成即为之制谱,吴梅村诗所谓"里人度曲魏良辅,高士填词梁伯龙"者是也。又有《红线女》一本,载《盛明杂剧》中。王元美诗云:"吴阊白面冶游儿,争唱梁郎绝妙词。"其见重于当世如此。

4. 汤显祖。钱牧斋《列朝诗集》云:"义仍穷老蹭蹬,所居玉茗堂文史狼藉,宾朋杂坐,鸡埘豕圈,接迹庭户,萧闲咏歌,俯仰自得。为郎时排击执政,祸且不测,诒书友人曰,'乘兴偶发一疏,不知当今何以处我'。晚年师旴江而友紫柏,翛然有度世之思。胸中块垒,陶写未尽,则发而为词曲。四梦之士,虽复流连风流,澹荡物态,要于洗涤情尘,销归空有,则义仍之所存,略可见矣。"《静志居诗话》云:"义仍填词,妙绝一时,

《牡丹亭》曲，尤极情挚。"王伯良曰："临川汤奉常之曲，当置法字无论，尽是案头异书。所作五传，《紫箫》《紫钗》，第修藻艳，语多琐屑，不成篇章。《还魂》妙处，种种奇丽动人，然无奈腐木败草，时时缠绕笔端。至《南柯》《邯郸》二记则渐消芜颣，俛就矩度，布局既新，遣词复俊。其掇拾本色，参错丽语，境往神来，巧凑妙合，又视元人别一蹊径。技出天纵，匪由人造。使其约束和鸾，稍闲声律，汰其剩字累语，规之全瑜，可令前无作者，后鲜来哲，二百年来，一人而已。"按若士天才横逸，不受羁勒，臧晋叔妄加删改，俾就曲律，点金成石，转足见訾。其《南柯》《邯郸》二曲，忏绮情而耽仙佛，尤足发人深省者也。

5. 沈璟。王伯良曰："松陵词隐沈宁庵先生于曲学法律甚精，泛滥极博，斤斤返古，力障狂澜，中兴之功，良不可没。所著词曲甚富，有《红蕖》《分钱》《埋剑》《十孝》《双鱼》《合衫》《义侠》《分柑》《鸳衾》《桃符》《珠串》《奇节》《凿井》《四异》《结发》《坠钗》《博笑》等十七记。散曲曰《情痴寱语》，曰《词隐新词》，二卷。取元人词，易为南调，曰《曲海青冰》，二卷。《红蕖》蔚多藻语，《双鱼》而后，专尚本色。"又曰："词隐传奇，《红蕖》称首，其余诸作，出之颇易，未免庸率。"按宁庵所作传奇，载之《新传奇品》及《曲品》《曲海》目者，凡二十一种。今仅存《义侠记》一本，为汲古阁所刊。此外则《望湖亭》《一种情》《翠屏山》三种，各存数折而已。又增定《南由全谱》二十一卷，别辑《南词选韵》十九卷，并为世宗。

吕天成《曲品》尝并论梁、沈两家曰："吾友方诸生曰，松陵具词法而让词致，临川妙词情而越词检，善夫！可谓定品矣。词隐尝曰，'宁律协而词不工，读之不成句，而讴之始协'。临川闻之，笑曰，'彼恶知曲意哉？予意所至，不妨拗折天下嗓子'。此可观两贤之志趣矣。予谓二公譬如狂狷，天壤间应有此两项人物。倘能守词隐之矩矱，而运以临川之才情，岂非合之两美乎？"而伯良则云："词隐之持法也，可学而知也；临川之修词也，不可勉而能也。大匠能与人规矩，不能使人巧，其所能者人也，所不能者天也。"今观吴石渠之《粲花》五种，孟称舜之《娇红节义》，则以临川之笔协吴江之律也；吕勤之《烟鬟阁》十种，卜大荒之《乞麾》《冬青》，又以宁庵之律学若士之词也。他若冯梦龙之《双雄》《万事》，史叔考之《梦磊》《合纱》，沈孚中之《绾春》《息宰》，徐复祚之《红梨》《宵光》，协律修词，并臻美善（吴梅说），郁蓝生之期望为不虚矣。

6. 李开先。中麓著《宝剑记》《断发记》，驰誉山左。钱牧斋曰："伯华罢归，治田产，蓄声伎，征歌度曲，为新声小令，拗弹放歌，自谓马东篱、张小山无以过也。所藏词曲至富，自谓词山曲海。每大言曰，古来才士，不得乘时柄用，非以乐事系其心，往往发狂病死，今借此以坐销岁月，暗老豪杰耳。"王元美《曲藻》曰："北人自王、康后，推山东李伯华。伯华以百阕《傍妆台》为对山所赏，今其词尚存，不足道也。所为南剧,宝剑、登坛记,亦是改其乡先生之作,二种尚在《拜月》《荆钗》之下。一日问余何如《琵琶记》,余谓,'公之词美不必言,第令吴中教师数十人唱过,随腔改妥,乃可传耳'。李怫然不乐罢。其自负有如此者。"

7. 郑若庸。中伯早岁以诗名吴下,所著曲以《玉玦记》最著,其他《大节记》《五福记》皆不传。《玉玦》曲词典雅工丽,开后人骈绮一派,其《入院》折一套,排歌云:"好鸟调歌,残花雨香。秋迁丽日门墙,可怜飞燕倚新妆,半卷珠帘春恨长。(合)花原畔,玉洞旁,免教仙犬吠刘郎。琼楼启,翠幰张,不知何处是他乡。"【寄生草】云:"河阳县栽花客,锦城官题柱郎。山公立志多豪放,张良举足分刘项,苏秦垂手为卿相。这相逢不似楚襄王,怕思归学了陶元亮。"吴中绮丽之词,推为大家。

8. 徐渭。文长"四声猿"一本四折,每折一事,不相连属,曰《渔阳弄》,曰《翠乡梦》,曰《代父从军》,曰《求凰得凤》。其词雄迈豪爽,直入元人之室。王伯良云:"先生瑰玮浓郁,超迈绝尘,《木兰》《崇嘏》二剧,刳肠呕心,可泣神鬼。"今按其《女状元》中【二犯江儿水】第四支云:"浣花溪外,茅舍绕浣花溪外,是诗人杜老宅。何处野人扶杖,敲响扉柴?况久相依不是,才幸篱枣熟霜斋,我栽的即你栽,尽取长竿阔袋,打扑频来,餔餐权代,我恨不能填满了普天饥债。"俨然老杜"广厦万间"之旨,其豪情侠气,亦足多矣。

9. 阮大铖。圆海作《双金榜》《牟尼盒》《忠孝环》《桃花笑》《井中盟》《狮子赚》《春灯谜》《燕子笺》诸剧，以《燕子笺》为最著。王渔洋《秦淮杂诗》："新歌细字写冰纨，小部君王带笑看。千载秦淮呜咽水，不应仍恨孔都官。"自注云："弘光时，阮司马以吴绫作朱丝阑，书《燕子笺》诸剧进官中。"时民间演此剧者，亦岁无虚日，可谓盛矣。其《写像》折有云："画眉郎怎自把眉儿画，较玉貌羞惭杀。打草稿顾影池中，脱粉本央小镜菱花，画中人又好做人中画。"《骇像》折有云："要包弹一样儿没半星，逞风流倒有十分的可憎，是不曾在马上墙头也，露了红粉些儿一线轻，且向小阁晴窗勘笑釐。"《题笺》折有云："逗花丛若个儿郎，一一般样粉扑儿衣香人面，哑丹青问不出真和赝。"《拾笺》折有云："破工夫描写出当垆艳，不做美的把花窄信手传。敢则他精神出落的忒端然，因此上化为云雨飞去到阳台畔。垂迭了东风图画美人颜，倒变做南海水月观音面。"秀逸隽永，仍存本色，斯难能可贵，固不必以其立品不端，并訾其文词也。

有明曲家，作者蔚起，论其流别，约分吴中、越中、临川三派。自梁伯龙为工丽滥觞，词尚华饰，吴音一派，竟至剿袭靡词。如绣阁罗帏、铜壶银箭、紫燕黄莺、浪蝶狂蜂之类，启口即是，千篇一律。甚至使僻事，绘隐语，不惟曲家本色语全无，即人间一种真情话，亦不可得。沈伯英审于律而短于才，直以浅言俚句，捆拽率凑，自谓称得其宗。越中少年尊为开山，私相服膺，纷纭竞作，而以鄙俚可笑为不施脂粉，以生硬稚率为出之天然。较之套词故实一派，又觉雅俗悬殊（《雨村曲话》说）。临川汤若士婉丽妖冶，语动刺骨，独字句平仄多背格律，诘屈聱牙，歌者拗嗓。斯各有其弊短，学者当知所择矣。吴梅曰："自《琵琶》《拜月》出，而作者多熹拙素；自《香囊》《连环》出，而作者乃尚词藻。自玉茗'四梦'以北词之法作南词，而僩越规矩者多；自吴江诸传以俚俗之语求合律，而打油钉铰者众。于是矫拙素之弊者用骈语，革辞采之繁者尚本色。正玉茗之律，而复工于琢词者，吴石渠、孟子塞是也；守吴江之法，而复出以都雅者，王伯良、范香令是也。"夫曲之始作，原歌诸教坊，行之委巷，故文贵谐俗，语必动人；乃一入士夫之手，即以藻丽相矜，修词益工，本质愈掩。至流派分歧，旨趣各异。故补弊扶偏，折衷至当，不能不属之来学也。

　　C.清代曲家。清初曲家，半属遗民，兴亡之感，家国之痛，储之胸臆，发为咏歌，哀思之音，郁腾词苑。乾嘉以后，作者渐稀，间有嗣音，不闻杰作。此后雅音不作，俗乐繁兴，词坛至是，风流歇绝矣。

　　1.吴伟业。梅村词凄楚幽怨，山川华屋之悲，怆然满纸。其《秣陵春》之【泣颜回】云："藓壁画南朝，泪尽湘川遗庙。江山余恨，长空黯淡芳草。莺花似旧，识兴亡断碣先人表。过夷门梁孝台空，入西洛陆机年少。"【集贤宾】云："走来到寺门前，记得起初勅造，只见赭黄罗帕御床高。这壁厢摆列着官员舆皂，那壁厢布设些法鼓钟铙。半空中一片祥云，簇拥着香烟缥渺。

如今呵，新朝改换了旧朝，把御碑额尽除年号，只落得江声围古寺，塔影挂寒潮。"《临春阁》之【圣药王】云："山几重，云几重，玉箫吹断落飞琼。花影红，烛影红，杜鹃啼血蘸残红，清露滴梧桐。"《通天台》之【天下乐】云："好教我把酒掀髯仰面嗟，你差也不差，怎的做天公这等装聋哑？文书房，停签押，帝王科，没勘查，难道是尽意儿胡涂罢？"【赚煞】云："则想那山绕故宫寒，潮向空城打，杜鹃血拣南枝直下。偏是俺立尽西风搔白发，只落得哭向天涯，伤心地付与啼鸦。难道我的眼盼不到石头车驾，我的泪洒不上修陵松槚，只是年年秋月听悲笳。"沉郁苍凉，虽兰成之《哀江南》，杜陵之赋《秋思》，不是过也。

2．李玉。玄玉著《一笠庵传奇》三十二种，及《北词广正谱》十四卷。明末中副贡，国变后绝意仕进，专以度曲自娱，与梅村友善，梅村撰《北词广正谱序》，纪之甚详。所著传奇，以《一棒雪》《人兽关》《永团圆》《占花魁》四种为最。钱牧斋比之柳屯田，无名氏《新传奇品》云："李玄玉之词如康衢走马，操纵自如。"盖梅村之流亚也。

3．尤侗。展成《钧天乐》一剧卓尔不群，直入元人之室。其第一折之【金络索】云："我哭天公，十载青春负乃翁，黄衣不告相如梦，白眼谁怜阮客穷，真懵懂，区区科目困英雄。一任你小技雕虫，大笔雕龙，空和泪，铭文冢。"《嫁殇》折云："为甚的怏怏鬼病困婵娟？半卷缃帘袅药烟，可怜他空房小胆怯春眠。你看流莺如梦东风懒，一枕春风似小年。"牢骚不平之气，溢于楮墨。《哭庙》诸折，尤为沉痛。其他《读离骚》《吊琵琶》《桃花源》《黑白卫》《清平调》诸杂剧，莫不传诵当时。王阮亭题其《新乐府》云："南苑西风御水流，殿前无复按梁州。飘零法曲人间遍，谁付当年菊部头。"深叹之也。

4．李渔。笠翁所著传奇凡十六种，以十种曲最为著称。十种者，《风筝误》《奈何天》《比目鱼》《蜃中楼》《怜香伴》《慎鸾交》《凤求凰》《巧团圆》《玉搔头》《意中缘》是也。其科白排场之工，当世共认，惟词句间不免市井谑浪之习。梅村赠笠翁诗云："江湖笑傲夸齐赘，云雨荒唐忆楚娥。"盖咏实也。其所著《闲情偶寄》中论曲之语议论精到，近坊间有单行本，署李笠翁"曲话"，诚谈曲者之要集也。

5．洪昇。昉思著有《四婵娟》杂剧，及《回文锦》《孝节坊》《闹高堂》诸传奇，而以《长生殿》一剧为最有名。是剧初名《沉香亭》。后去李白，入李泌辅肃宗中兴事，更名《舞霓裳》，后又合用唐人小说玉妃归蓬莱，明皇游月宫诸事，专写钗盒情缘，名之曰《长生殿》。盖经十余年，三易稿而始成。其官调谐和，谱法修整，为近世曲家第一，不独词句采藻直入元人之室已也。以国忌日妆演，为台垣所劾，与会者皆削职，时赵秋谷年最少，虽断送功名到白头，不稍悔也。

6．孔尚任。尚任《桃花扇传奇自序》云："族兄方训，崇祯末为南部曹，得闻弘光遗事甚悉，证以诸家稗记，无弗同者。

香君面血溅扇，杨龙友以画笔点成桃花，亦系龙友言于方训者。遂本此以龚传奇，朝政得失，文人聚会，皆确考时地，全无假借。"盖此剧语语征实，即纤细科诨，亦皆有所本。如香君诨名香扇坠，见《板桥杂记》。蓝田叔寄居媚香楼，见《南都杂事记》。王铎书《燕子笺》，见《阮亭诗注》。以传奇而可作信史读，洵空前绝后之作也。清圣祖最喜此曲，每观至《设朝》《选优》诸折，叹曰："弘光，弘光，虽欲不亡，其可得乎！"往往为之罢酒。都门演《桃花扇》岁无虚日，坐中故臣遗老，每掩袂泣下。词章之惑人，有如是哉。

南洪北孔，为清康熙中两大曲家。乾嘉以后，则铅山蒋士铨撰《藏园九种曲》，颇负时誉。钱塘夏纶著《杏花村》《瑞筠图》《广寒梯》《花萼吟》《南阳乐》五种，推本五伦，学究气未免太重。此后海盐黄燮清著《倚晴楼九种曲》，尚不失矩度。若宣城李文瀚、阳湖陈烺等并无足观。同、光之间，徽调、京调、秦腔骤然并作，昆曲至是遂成《广陵散》云。

七、余说

明李中麓作《张小山小令序》谓："国朝诸王之国，必以杂剧千七百本资遣之。"今元曲目之载于臧懋循之《元曲选》首卷及程明善《啸余谱》者仅五百余本，则其散失者众矣。继此作曲目者，有焦循之《曲考》，黄文旸之《曲目》，无名氏之《传奇汇考》等。《曲考》未刻入《焦氏丛书》，曲目载诸李斗之《扬州画舫录》中，《传奇汇考》仅有旧钞残本，惟黄氏之书稍为完具。其所见之曲，通《杂剧传奇汇考》，共一千零十三种，复益以《曲考》所有而黄氏所未见者六十八种。近人王国维更参考诸书并各种曲谱及藏书家目录，共得二千二百二十本，著《曲录》二卷，视黄氏之目，增逾一倍。斯诸曲目中之完善者也。

本章参考书

臧晋叔《元曲选》
黄丕烈《古今杂剧三十种》
毛晋《六十种曲》
沈泰《盛明杂剧》
刘世珩《暖红室汇刻传奇》
董康《读曲丛刊》
　　以上总集
杨朝英《阳春白雪》　又《太平乐府》
元人《乐府群玉》　又《乐府新声》
张禄《词林摘艳》
郭勋《雍熙乐府》
沈璟《南词韵选》

陈所闻《南北宫词纪》
许宇《词林逸响》
顾曲散人《太霞新奏》
张旭初《吴骚合编》
　以上选本
钟嗣成《录鬼簿》
芝庵《唱论》（附《阳春白雪》前）
徐渭《南词叙录》
魏良辅《曲律》
王骥德《曲律》
王世贞《曲藻》
何良俊、徐复祚《曲论》
沈宠绥《度曲须知》　又《弦索辨讹》
黄周星《制曲枝语》
沈德符《顾曲杂言》
骚隐居士《衡曲麈谈》
吕天成《曲品》
高奕《传奇品》
李渔《闲情偶寄》
毛先舒《韵白》
焦循《剧说》
李调元《雨村曲话》　又《雨村剧话》

梁廷枏《藤花亭曲话》
陈栋《北泾草堂论曲》
杨恩寿《词余丛话》
徐大椿《乐府传声》
清人《传奇汇考》
王国维《宋元戏曲史》《曲录》《曲录余谈》
吴梅《顾曲麈谈》《词余讲义》
姚华《菉漪室曲话》《曲海一勺》
许之衡《曲律易知》
王季烈《螾庐曲谈》
任讷《词曲研究法》《作词十法疏证》
　　以上曲评
朱权《太和正音谱》
沈璟《南曲谱》
沈自晋《南词新谱》
李玉《北词广正谱》
吕士雄《南词定律》
周祥钰《南北九宫大成谱》
王奕清《钦定曲谱》
叶堂《纳书楹曲谱》
王季烈、刘凤叔《集成曲谱》
　　以上曲谱

周德清《中原音韵》
范善溱《中州音韵》
沈乘麐《韵学骊珠》
　以上曲韵

本次整理征引文献

程俊英、蒋见元:《诗经注析》,中华书局1999年版。
左丘明传,杜预注,孔颖达正义:《春秋左传正义》,北京大学出版社2000年版。
班固撰:《汉书》,中华书局1962年版。
王应麟撰,翁元圻等注,栾保群等点校:《困学纪闻》,上海古籍出版社2008年版。
洪兴祖撰,白化文等点校:《楚辞补注》,中华书局1983年版。
郭茂倩编:《乐府诗集》,中华书局1979年版。
沈德潜选:《古诗源》,中华书局1963年版。
张惠言编:《七十家赋钞》,顾廷龙主《续修四库全书》集部第1611册影印清道光元年本,上海古籍出版社1995—1999年版。
萧涤非主编,张忠纲终审统稿,廖仲安、张忠纲、郑庆笃、焦裕银、李华副主编:《杜甫全集校注》,人民文学出版社2014年版。
刘勰著,范文澜注:《文心雕龙注》,人民文学出版社1962年版。
胡广等撰:《性理大全书》,文渊阁《四库全书》子部第711册,台湾商务印书馆1986年版。
胡仔撰,廖德明点校:《苕溪渔隐丛话》,人民文学出版社1962年版。
释惠洪撰:《冷斋夜话》,张伯伟编校《稀见本宋人诗话四种》,江苏古籍出版社2002年版。

唐圭璋编纂,王仲闻参订,孔凡礼补辑:《全宋词》,中华书局1999年版。

李璟、李煜撰,王仲闻校订:《南唐二主词校订》,中华书局2007年版。

秦观撰、徐培均注:《淮海居士长短句》,上海古籍出版社1985年版。

唐圭璋编:《词话丛编》,中华书局1986年版。

臧晋叔编:《元曲选》,中华书局1958年版。

毛晋编:《六十种曲》,中华书局1958年版。

王实甫著、张燕瑾校注:《西厢记》,人民文学出版社1998年版。

凌景埏校注:《董解元西厢记》,人民文学出版社1962年版。

杨朝英选、隋树森校订:《朝野新声太平乐府》,中华书局1958年版。

元佚名辑:《古今杂剧》,元刻本。

朱权撰,姚品文笺评:《太和正音谱笺评》,中华书局2010年版。

王国维撰:《宋元戏曲史》,上海古籍出版社1998年版。

章太炎撰,庞俊、郭诚永疏证:《国故论衡疏证》,中华书局2008年版。